GEORGES MALDAGUE

HAINE MORTELLE

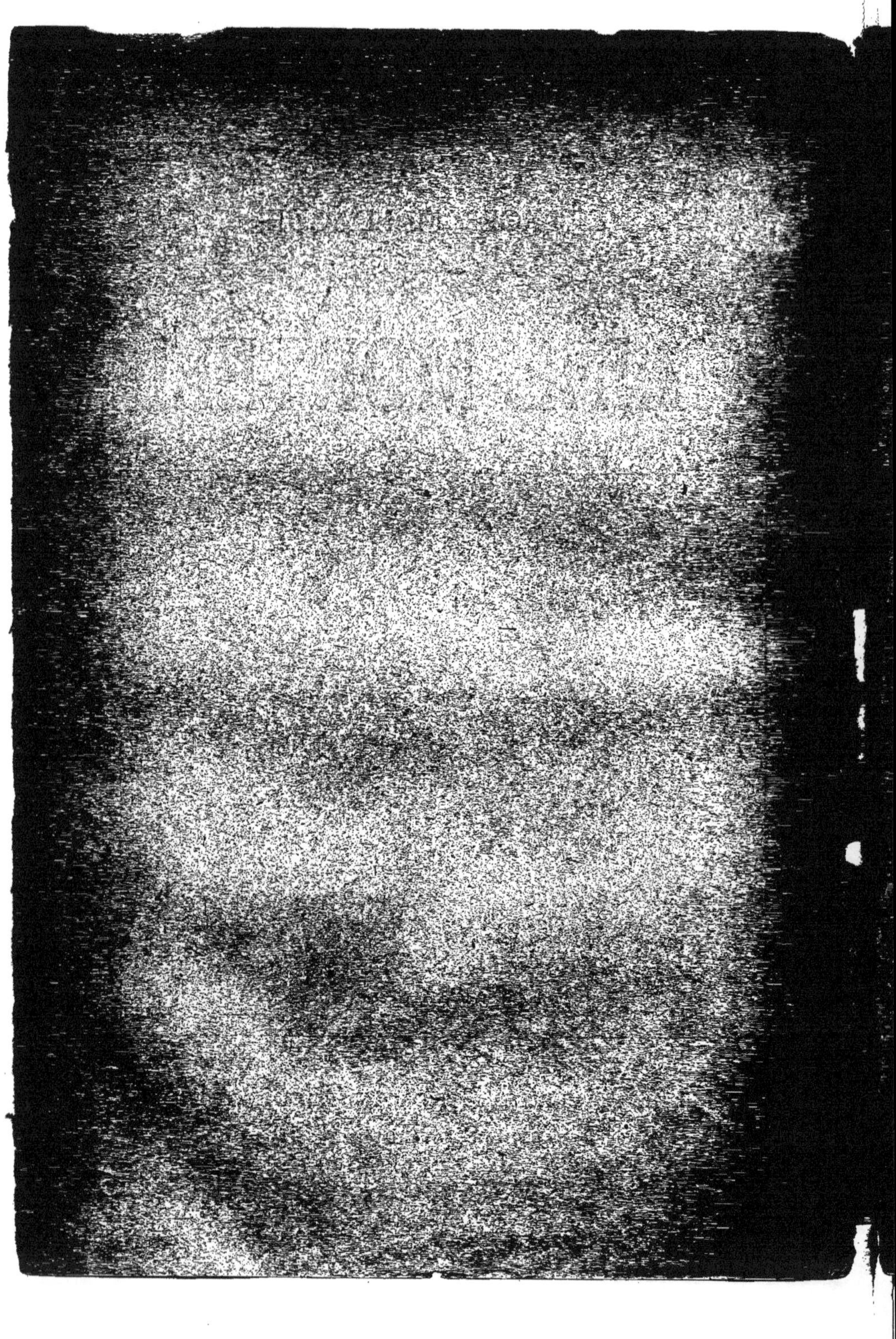

GEORGES MALDAGUE

CHAINE MORTELLE

LES MAITRES DU ROMAN POPULAIRE

ARTHÈME FAYARD et Cie

Éditeurs

18-20, Rue du Saint-Gothard, PARIS

CHAINE MORTELLE

PREMIÈRE PARTIE

LA FILLE D'UN AUTRE

I

[illegible] que dans Paris, la vie engourdie recommence le [illegible] des rues grises où les flammèches des becs de gaz [illegible] encore dans le vent humide de novembre, — [illegible] vie lente qui bientôt va frémir et gronder, — lui, le [illegible]naire, un des rois de l'argent, le banquier Guil[illegible]-Marfant, travaille assis à son bureau depuis plus [illegible] heure, entre ses deux secrétaires, dans le vaste [illegible] de travail de son hôtel de la rue de Lisbonne.

[illegible] écrit sous sa dictée, l'autre traduit tout haut des [illegible] de journaux étrangers.

[illegible] rien perdre de ce qu'il entend, sans une hésita[illegible] dans les phrases qu'il articule, le maître compulse [illegible]papiers, prend des annotations, arrête le lecteur et [illegible]

[illegible] huit ans, Guillain-Marfant a atteint, comme [illegible] ce à quoi un homme peut attendre : il a subi [illegible] qu'un lutteur de sa trempe peut subir, frôlé les [illegible], connu les triomphes qui écrasent les plus [illegible] après l'angoisse de la débâcle, et mettent au [illegible] même sueur.

[illegible] moment où tout se brisait dans ses mains, la [illegible] retournée vers lui, il a foi en elle, il ne craint [illegible] ni la trahison du sort, ni la trahison des hommes.

[illegible] deux secrétaires, le père et le fils, le premier depuis [illegible] ans son collaborateur, le fils aussi dévoué à sa [illegible] que le père, sont ses amis, au courant de ses [illegible] particulières, comme de ses affaires spéculatives.

[illegible] banquier est resté honnête — au sens financier du [illegible]

[illegible]lain-Marfant n'a d'autres ennemis que ceux que la [illegible] lui crée — à moins que ce ne soit le poids de [illegible]connaissance.

[illegible] compter sur des dévouements.

[illegible] moins, il le croit.

[illegible] grand cartel ancien, accroché entre deux des bi[illegible] du cabinet de travail, sonna la demie de [illegible]

[illegible] vibration s'éteignait à peine, que le valet de cham[illegible] ouvrait une porte pour dire

[illegible] le docteur attend monsieur.

[illegible] se leva sans un mot, et par une autre porte, [illegible] comme la première sous une lourde [illegible], passa dans une pièce prise entre son bureau [illegible] à coucher, une sorte de vaste cabinet de [illegible] où la baignoire, les appareils hydrothérapiques, [illegible] de massage, se trouvaient installés avec les der[illegible] perfectionnements.

[illegible] était là, jeune, vingt-six ou vingt-sept ans, un interne de Beaujon, auquel le domestique et le maître donnaient par anticipation le titre qu'il aurait demain.

De taille moyenne, de la forme et du muscle, Max Mannier se spécialisait dès l'hôpital, s'imposait avec une méthode renouvelée des anciens, le massage substitué avec succès, dans des cas désespérés, aux formules habituelles.

Et, dès l'hôpital, son chef lui formait un petit noyau de clients, particulièrement des nerveux, des épuisés, ceux qu'on appelle des neurasthéniques, les victimes du surmenage cérébral, auquel conduisent les exigences de l'existence actuelle.

Le banquier comptait depuis plusieurs mois parmi ceux-là.

Il s'établissait vite entre l'interne et son client un courant sympathique.

L'homme mûr qu'était Guillain-Marfant, le jeune homme qu'était Max Mannier, se sentait de suite une confiance réciproque.

L'influence du premier en tant que médecin, le sérieux de son caractère, comblaient la différence d'âge.

Le banquier serra fébrilement, ce matin-là, la main du jeune homme.

— Quoi donc ! prononça celui-ci, avec un froncement de sourcils ; je vous trouve agité.

— Je le suis... et avec cela brisé !

— Voyons, voyons, vous allez mieux.

— Beaucoup mieux... je me voyais remonté sur [illegible] bête... et la dépression revient... Quand je travaille [illegible] me ressaisis ; dès que je quitte mon bureau, je vais à la dérive, tout craque... Mon ami sauvez-moi.

Le visage énergique, impassible du financier prenait une expression presque désespérée.

— Voyons ! voyons ! répéta l'interne.

Et pressant les mains qui, toutes deux cherchaient les siennes :

— Du calme, prenez sur vous... Vous êtes un homme, une intelligence, un cerveau.

— J'ai eu une intelligence, un cerveau... Mon intelligence se paralyse, mon cerveau se liquéfie... Les vertiges, la lassitude... une lassitude affreuse... Vous m'avez [illegible] du bien et...

— De la patience, vous aurez encore des hauts et des bas, puis il faudrait modifier votre existence.

— Vous savez bien que c'est impossible... [illegible] s'effondre si je m'arrête, et ce n'est pas le moment... [illegible] soir mardi, grande fête chez le banquier Guillain-Marfant, à la suite du mariage civil de ses deux filles... [illegible] main mariage à l'église... Nous vous verrons ce soir [illegible]

— Certes, répondit le jeune homme.

Il avait un peu pâli en se retournant. Son client s'approchait de la table de massage. Le médecin reprit sa tâche quotidienne. Et la séance finie, l'énergie vitale rétablie, la résistance morale revenue, le financier [illegible] sans surexcitation, parla de ses filles, Simone et Odette. Elles épousaient les deux frères Hélier et Gontran d'[illegible]vert.

Toutes deux, l'une par le droit d'aînesse, l'autre par [illegible] droit d'usage, verraient ressortir sur le panneau de leur voiture la couronne de comtesse.

Le sang bleu appauvri des descendants des croisés allait de nouveau se régénérer dans le sang rouge de la roture ; et surtout le blason dédoré se retremperait dans les lingots de la finance.

Le vieux château de la Beauce, écrasé sous ses tourelles grises, reprendrait une vie plus intense avec l'agitation de cette fin de siècle surchauffée que dans la folie de plaisirs du siècle précédent.

Le banquier ne pensait pas sans un serrement de cœur, à la séparation si proche.

S'il éprouvait la satisfaction d'un père qui case ses filles, selon son orgueil et selon leur goût, il sentait surtout le regret de les voir partir, de sentir s'envoler la joie du logis, tout ce qui, pour lui, depuis la mort de la mère, survenue alors qu'elles étaient toutes petites, constituait, dans son labeur acharné, sa combativité constante, la douceur, la tendresse, le bonheur.

Ce fut ce qu'il raconta à Max, qui l'écoutait tout pâle, et sans qu'il devinât une souffrance chez cet homme, jeune par l'âge et par le cœur, mûr par la raison, dont il avait fait son ami.

— Quel vide cela va être, mon cher Mannier ; j'aurais beau les voir, pendant certaines périodes du moins, tous les jours, si je veux, elles laisseront la maison seule... elles ne seront plus à leur père... Le mari, c'est le ravisseur, c'est l'ennemi !

— Juste retour des choses d'ici-bas, prononça le jeune médecin.

— Soit, il est dur à subir... Vous verrez si un jour vous mariez vos filles...

Max Mannier poussa un éclat de rire nerveux.

— Comme je ne me marierai pas moi-même... je ne marierai pas mes filles.

— Vous resterez célibataire ?

— Oui.

— On ne jure de rien à votre âge.

— Je vais avoir trente ans.

— Vous changerez d'avis de trente à quarante.

— Je n'épouserai qu'une femme que j'aimerai.

— Eh bien vous aimerez.

— Non.

— Allons donc !

— Je ne pourrai plus avoir que des caprices.

— Vous ne pourrez plus ?... Vous avez donc eu autre chose ?

— J'aime.

— Mais alors ?

— Celle que j'aime en épouse un autre.

Et le jeune docteur, tendant la main à son client :

— Au revoir, monsieur, et à ce soir !

Le banquier serra cette main sans répondre.

Un sentiment vague, à la fois une prescience et une restriction, lui venait.

Il le chassa intantanément, ou plutôt de lui-même il s'effaça.

Max Mannier avait disparu.

Dans le cabinet de travail, les deux secrétaires, après le départ du patron, restaient l'un à écrire, l'autre à feuilleter les journaux. Cela dura dix minutes.

Le père arrêta sa plume, le fils releva la tête.

Ils se regardèrent.

Et le père, un homme à cheveux gris, dont le visage plutôt doux prit, avec une intensité étrange, une expression mauvaise, prononça à voix si basse que le jeune homme devina plutôt qu'il n'entendit :

— Il est perdu, le banquier Guillain-Marfant.

— Il est perdu ! répéta le fils, qui lui ressemblait.

— Par nous ! articula le premier d'une voix grondante et basse.

— Par nous ! répéta l'autre, comme un écho.

Ils se remirent, le père à écrire, le fils à lire.

Et tout à coup, le fils, froissant le journal qu'il tenait, en se penchant vers le complice de quelque crime rendu plus odieux par la confiance du maître :

— Mais à quoi bon ?... Cela n'arrivera pas à temps pour empêcher ce mariage.

— Ce sera ce matin, à la Bourse, la traînée de poudre... Puis moi, je l'aurai, ma vengeance !

Le fils crispa les lèvres. Et tous deux se plongèrent, pour ne plus en sortir, dans leur travail. Le banquier reparut.

— Continuons, Robert, fit-il s'adressant au jeune homme.

Et, à son premier secrétaire :

— Allons, mon vieux Savaret, vous aussi continuez.

Il se remit à écouter l'un, à dicter à l'autre, reprenant lui-même la plume, se faisant un jeu de cette multiple occupation dont il était coutumier. A huit heures le financier rentrait dans son appartement ; à neuf heures, il était à sa maison de banque. Il reparut avant midi. Comme d'habitude, au moment du déjeuner, ses filles pénétrèrent dans cette pièce, l'antre du travail, d'un formidable travail, contre lequel se fût brisé plus d'un cerveau humain.

Elles arrivèrent à un intervalle de quelques secondes, l'aînée, Simone, vingt ans, grande, admirablement prise, le teint très mat, les cheveux noirs, brillants et lissés, une bouche d'un dessin régulier, pourpre et charnue, des yeux de velours sous la frange sombre des cils. Elle ressemblait, affirmaient ceux qui l'avaient connue, trait pour trait à sa mère.

Odette, quinze mois de moins que sa sœur, plus petite dans sa fragilité, sa grâce, tenait aussi de sa mère, une Marfant, la fille d'un agent de change coté, qui après avoir mis au jeune Guillain ce qu'on appelle le pied à l'étrier, faisait de lui son gendre.

C'était une créature de vivacité, d'espièglerie, de charme, adorable lorsqu'elle voulait être bonne, impitoyable lorsqu'elle avait pris quelqu'un en grippe, une enfant gâtée dans toute l'acception du mot, ne connaissait que sa volonté, ne capitulant que devant son cœur.

Des cheveux châtains, avec une teinte dorée, une teinte fugace, échappant à l'œil, au moment où elle semblait se fixer, un petit nez hardi, une bouche volontaire, des yeux gris, très clairs, dans lesquels on semblait devoir trouver l'âme, qui pourtant se brouillaient, se changeaient insondables, durs, quelquefois mauvais.

Le père les avait, ces yeux-là, dans les heures de corps à corps avec le sort qui semblait lui tourner le dos, lorsqu'il rencontrait une résistance, quand il se trouvait en face d'une félonie.

La seconde fille pouvait témoigner, dans l'indignation, son énergie ; l'aînée possédait, latente sous son calme, cette force de caractère que sa sœur montrait par à coups.

— Vite, papa ! s'écria Odette ; songe donc à ce que nous avons à faire, cette après-midi... A cinq heures à la mairie... et nos toilettes... et trente-six mille choses. Tu nous appartiens jusqu'à ce soir, jusqu'à demain soir, le moment où nous prendrons le rapide. Viens vite !

La sœur dit :

— Bonjour, monsieur Savaret ; bonjour, Robert.

Odette répéta :

— Bonjour, monsieur Savaret ; bonjour, Robert.

L'une et l'autre avaient joué, enfants, avec ce dernier, et elles lui gardaient toute leur cordialité.

Les deux employés répondirent comme toujours, sans presque lever la tête, se hâtant au moment de quitter la place qu'ils ne reprendraient que le lendemain, à cinq heures du matin, avec le patron.

Robert leva le front au moment où le groupe du père et de ses deux filles franchissait la porte du cabinet de travail. Les yeux bleus du jeune homme eurent une lueur qui, chose bizarre, vint s'attacher plus sombre à son père, toujours courbé sur le bureau.

Tous deux se levèrent aux douze coups du cartel Louis XV accroché entre les deux bibliothèques, et ils descendirent sans hâte l'escalier au tapis où le pied enfonçait, à la hampe de bois sculpté qui était un chef-d'œuvre.

Ce matin même, une nouvelle éclatait à la Bourse, au milieu de l'animation du marché, se répandait avec la rapidité de l'éclair, dominait la clameur et les voix innombrables, les cris discordants qui font ressembler, à certaines heures, ce bâtiment à quelque énorme cabanon se débattraient des énergumènes : *Guillain-Marfant devenait fou*. Le résultat fut immédiat.

Les valeurs concernant sa dernière entreprise, une exploitation minière colossale, qui n'était pas un leurre, mais qui nécessitait, avec une impulsion puissante, des fonds considérables, baissèrent d'une façon fantastique. Guillain-Marfant perdant la tête, n'était-ce pas la débâcle. A moins que ce ne fût la débâcle qui l'eût rendu fou. Demain on constaterait sur la place de Paris un véritable krach. Quelques-uns essayèrent d'arrêter la panique. Le banquier, fatigué peut-être, gardait toute sa lucidité, toute sa rigueur de conception. Le lutteur allait se dresser, tenir tête à l'orage. Ce ne serait pas la première fois. Aujourd'hui, le choc se produisait aussi brutal que formidable. Qui avait pu répandre ce bruit de folie ?

A une heure et demie de l'après-midi, comme il sortait de table, Guillain-Marfant recevait dans le même cabinet, où ses secrétaires parlaient les derniers, le principal employé de sa maison de banque.

On n'avait eu connaissance de ce qui se passait en Bourse que sur le coup de midi, et l'on hésitait à venir un jour pareil... Le maître, chez qui le sang affluait au cerveau aux premières paroles du messager, devint livide. Hésiter ! quand par sa présence, il eût tout arrêté... S'il ne fût pas arrivé à temps... Cela s'était produit à la fin du marché, suffisamment tôt pour que la baisse eût lieu, trop tard pour l'enrayer. Mais demain était là...

— Oui, fit l'employé, demain est là... puis tout ce qu'il est possible de faire aujourd'hui sera fait.

— Je n'en doute pas... Je compte sur vous et sur moi !

Le patron sonna son valet de chambre.

— A quatre heures, je rentrerai m'habiller... Si ces demoiselles me demandent, vous le leur direz.

Et, sans que personne que le domestique fût averti, il s'en alla avec son commis. A quatre heures un quart, le banquier reparaissait rue Castiglione. Il semblait vieilli de plusieurs années.

Au fond des prunelles, une lueur flottante ; le rictus crispé, malgré sa volonté de paraître impassible.

Il se ressaisit, pendant qu'il s'habillait, prêt pour le départ à la mairie au moment où ses filles s'inquiétaient de ne pas le voir.

Les deux fiancés arrivaient directement, sans avoir passé par leur appartement de garçon, de ce vieux château de la Beauce où les retenaient les derniers ordres à donner par rapport aux réparations, à l'installation qui devait être prête, au retour d'un voyage de noces peu banal : deux ou trois mois passés en Egypte et en Grèce.

A six heures et demie, on avait accompli les formalités civiles.

A sept heures, les mariés, le père, les témoins se mettaient à table, tandis que s'achevaient, dans l'hôtel, avec la hâte des derniers moments, les préparatifs de la fête.

A minuit, les salons regorgeaient de monde.

Les deux épousées, les deux comtesses, comme on les appelait, radieuses de jeunesse, de beauté, de bonheur, évoluaient en mondaines, accoutumées aux réceptions, les reines du bal. Tout était joyeux, animé ; épaules nues, habits noirs, uniformes brillants d'officiers se mêlaient dans le tourbillonnement des valses et le croisement des quadrilles, sous le scintillement des lustres.

Et cependant, le bruit avait couru, à travers la cohue : on était au courant du krach prochain.

L'impression ne fit qu'effleurer la majorité. On y repenserait après la fête, pendant le retour en voiture, ou le lendemain, le courant de la vie repris, à l'heure où sonnerait peut-être le glas de mort du banquier Guillain-Marfant, où éclaterait l'irrémédiable débâcle qui l'emporterait comme un fétu.

Lui, vers le milieu de la fête, avait quitter l'immense salon où l'on bostonnait entre les valses et les quadrilles. Il entraînait à sa suite Savaret père, son premier secrétaire, son ami.

Et tous deux montaient l'escalier somptueux, rasaient la muraille couverte de tapisseries sévères, entraient dans le cabinet de travail.

Et devant son collaborateur, devant son vieux compagnon, Guillain-Marfant qui, durant plusieurs heures montrait un visage un peu pâle, mais souriant et calme, se livra d'un seul coup.

Une terrible contraction bouleversa ses traits ; ses poings se crispèrent au bout de ses doigts raides ; entre ses dents serrées passa cette phrase :

— Savaret... je suis perdu !

Savaret ne répondit point. La physionomie douce de cet homme aux cheveux gris, à l'allure plutôt incertaine, avec quelque chose de grave et de triste, se transforma également. Aussi livide que le banquier, il darda sur lui un regard fixe.

Et celui-ci, tombant dans le large fauteuil où il avait passé tant de longues heures au travail, se renversant sur le dossier, et prenant sa tête à pleines mains, il s'avança de trois pas lents, arriva contre lui, prononça :

— Oui, vous êtes perdu... Vous êtes perdu, Guillain-Marfant !

Ce ton, cette parole, firent sur le patron l'effet d'un courant galvanique... Jamais son secrétaire ne l'avait appelé autrement que monsieur.

Ses yeux effarés entrevirent au fond de l'œil métallique, inflexible, une profondeur d'abîme. Il se leva, se raidit devant l'homme, l'employé qui le tenait sous son regard subjugueur. Et hautain, menaçant, il demanda :

— Que voulez-vous dire, monsieur Savaret ?

— Je veux dire ce que je dis... que vous êtes perdu, Guillain-Marfant.

— A qui parlez-vous ?

— A un homme comme moi... moins que moi... à un misérable !

Sa bouche se frangeait d'écume. Le maître domina l'employé de sa taille plus robuste et plus haute, ses deux poings levés prêts à écraser. Et l'employé ne bougea pas. Le banquier laissa retomber ses deux bras sans frapper.

— Répète ! fit-il, son visage de mort près du visage de mort de son secrétaire.

— Deux fois misérable ! articula l'autre, ferme à sa place, ainsi qu'un roc.

Un étau se serra autour de son cou ; sans avoir eu le temps de se défendre, il chancela.

L'autre le lâcha avant qu'il perdît pied.

Il se retint à l'angle d'une bibliothèque.

Et il se retrouva avec son impassibilité insolente, sa face terreuse et ses yeux fulgurants, devant le patron qui, depuis dix années, le traitait en camarade.

Celui-ci s'était calmé : le calme d'une eau endormie, sous laquelle tourbillonne le remous du gouffre.

Il appelait à son secours sa volonté, il l'opposerait comme un bloc au déchaînement qui menaçait de l'emporter. Ses yeux gris, aussi durs, aussi métalliques que ceux qui s'y rivaient, devinrent profondément douloureux.

— C'est vous, Savaret, qui me parlez ainsi ?

— C'est moi.

— Perdez-vous la tête ?

— Je suis plus sain d'esprit que vous !

Il pétrit son front entre ses doigts.

— Je me demande si, en effet, je ne suis pas fou.

Le secrétaire ricana.

— Vous le deviendrez.

Guillain-Marfant se ressaisit encore :

— En attendant... tandis que je conserve ma raison, voulez-vous m'éclairer ? me dire comment vous, un subordonné, un ami...

— Mettez simplement un subordonné, on n'est ami que d'égal à égal...

— Quand le patron disparaît, l'ami se montre... plus d'une fois il s'est montré vis-à-vis de vous, Savaret... et ce n'est pas de vous que j'attendais l'insulte...

Le secrétaire eut son rire heurté.

— La punition seule vous atteint... Il y a une justice immanente... il y a la justice de Dieu !

— Discutons, soit... Qu'a-t-elle à faire contre moi, la justice de Dieu ?

L'employé se croisa les bras.

— Vous vous le demandez, Guillain-Marfant ?

Les sourcils du banquier, une seconde distendus, eurent la contraction violente du début de l'entretien.

Le maître, accoutumé au commandement et au respect, se révoltait de nouveau.

[illegible] de nouveau la tristesse sombre, immense, reparut au fond de ses prunelles.

Cette défection — pire qu'une défection ! — lui donnait le coup de massue.

Pourtant, il s'accrochait à ce qui lui restait de force [illegible], le grelot qui, dans son cerveau, tintait le glas de la folie, se tut.

Savaret, les bras serrés sur sa poitrine, attendait une réponse. Guillain-Marfant prononça :

— Oui, je me le demande... Que peut contre moi la justice de Dieu ?... N'ai-je pas été, pour tout ce qui m'entourait, généreux, juste, bon ?... Combien, à commencer par vous, me doivent leur situation, leur fortune.

N'ai-je pas en tant que financier, non seulement évité les spéculations féroces, mais essayé, en y parvenant presque toujours, de récupérer pour mes actionnaires [illegible] les pertes dans lesquelles involontairement, je les avais entraînés ?

Je ne me croyais que des envieux... Les fausses nouvelles de ce matin indiquent des ennemis acharnés... Savez-vous qui les a lancées ?

— C'est moi !

Le patron n'eut plus la force d'une révolte.

Trois pas en arrière il retombait sur le fauteuil où il resta, la tête au dossier, son expression terrifiée reparaissant, avec la lueur hagarde au fond des prunelles brouillées : il était bien vaincu.

Et Savaret, s'avançant, une main posée sur le bord du bureau, incliné vers le maître, le dominant à son tour :

— Il y a plus d'un an que j'attends la vengeance.

— La vengeance ? bégaya ce dernier.

— Croyais-tu qu'elle ne viendrait point ; pensais-tu que je serais l'éternel bafoué... celui qui oublie, si ce n'est celui qui tolère ?... J'ai su la vérité... j'ai pardonné parce que j'aimais, parce que l'homme qui a mis son cœur dans les mains d'une femme n'est plus un homme... Pour toi a sonné l'heure de payer, tu paieras pour deux... Demain ce sera la ruine et la honte... la correctionnelle, si ce n'est la Cour d'assises... Une plainte en abus de confiance a été déposée à mon instigation, Guillain-Marfant !

— Misérable !

Savaret se prit à rire, du rire démoniaque qui, à deux reprises, atteignait les oreilles du banquier.

— Moins misérable que toi... Mon bonheur, tu me l'as pris, ma femme, tu me l'as volée... L'enfant que je croyais de moi, la petite fille aux cheveux d'or, la joie de mon âge mûr, ma folie... elle est ta fille !...

Le banquier eut un sursaut violent, un éclat terrible.

— Ah ! tu en as menti !

— Elle te ressemble...

— Tu en as menti !

— Pourquoi nier ?... *Elle* a avoué.

— Qui ?

— Parbleu ! celle que j'ai tirée de la misère, épousée, moi qui avais un fils presque de son âge... aimée à me traîner presque à ses genoux !

Oh ! la lâcheté de l'homme dont le cœur n'a point vieilli !... D'elle je n'ai pas voulu me venger... L'enfant, la petite fille aux cheveux d'or, est mon supplice aujourd'hui... je hais l'innocente qui n'a plus le droit de venir m'embrasser !...

C'est à toi qu'enfin... enfin... je fais payer ma souffrance... Mon fils est mon complice, c'est un homme, je lui ai tout dit... Il aime ta fille Simone... Pauvre, elle pourra le comprendre, abaisser son regard sur lui... La catastrophe éclate trop tard... ou plutôt quelque incident, dont ni lui ni moi ne nous rendons encore compte, a permis que le double mariage se fit.

Tes filles sont comtesses devant la loi, elles ne passeront peut-être pas par l'église... Les d'Harvert ne garderont point des femmes sans dot... le divorce est là... Simone Guillain-Marfant épousera Robert Savaret à moins qu'elle ne veuille de la misère... Odette se jettera dans le monde galant... Et l'autre, l'enfant de l'adultère, l'autre, l'enfant de l'amour, portera comme ses sœurs, je te le jure, le poids du crime !

J'étais le plus heureux des hommes, tu as fait de moi un paria... Et tu demandes ce que peut [illegible] justice de Dieu !...

Pendant qu'il laissait, hachées ou précipitées [illegible] ou lentes, tomber ces paroles de rancune, [illegible] détresse, celui à la face de qui il les jetait sortait [illegible] troisième reprise, de sa torpeur glacée.

La griffe qui lui prenait le cerveau se desserrait [illegible] pensée y circulait, débarrassée de ses entraves, av[illegible] sensation monstrueuse de quelque trame plus [illegible] plus inextricable que ce que son imagination [illegible] même de concevoir.

A son tour il se pencha, il approcha sa face [illegible] sienne. Et il articula encore :

— Tu en as menti !

— A quoi te sert de nier... *elle* a avoué.

— Qui ?

— Ma femme.

— Si elle l'a fait, c'est elle qui a menti !

— L'enfant te ressemble.

— Impossible !

— Mais puisque Charlotte m'a tout dit !

— Sur les têtes de Simone et d'Odette, je jure [illegible] c'est un mensonge !

Savaret eut un recul ; sa figure crispée se figea, [illegible] un égarement dans les yeux.

« Sur les têtes de Simone et d'Odette... »

Ces paroles sortant de cette bouche l'atteignaient [illegible] sa haine. Sa conviction résista.

Plus âpre, plus grondante, dans sa violence con[illegible]trée, sa voix martela de mots terribles l'oreille du [illegible]

— Fou, tu l'es déjà, Guillain-Marfant. Tu auras [illegible] ces deux innocentes, avec la ruine, d'autres calamités [illegible] Prends garde ! Ne le vois-tu pas, l'avenir de tes filles [illegible] Crois-tu, une dernière fois, qu'elles resteront comme [illegible] les appelle ce soir, comtesses d'Harvert ?

Oui, pour elles, la misère... la prostitution... pour [illegible] le déshonneur, le banc d'infamie... et peut-être le [illegible]

Quelque chose se heurta comme un sanglot, [illegible] comme un rugissement, déchira la gorge du banquier [illegible]

Et, tout à coup, ses prunelles dilatées se [illegible] encore... Les yeux de Savaret suivirent leur [illegible] Lui recula, les bras en arrière.

Le lourd rideau de Smyrne qui cachait la porte [illegible] communiquer le cabinet de travail avec la salle [illegible] sage venait de se soulever.

Une femme parut dans l'encadrement de la tenture [illegible] son bras en écartait.

Élancée, souple, une gorge de neige, dans le décol[illegible] de satin jaune attachés aux épaules par d'étroites [illegible] rettes de velours, le buste admirable, se détachant [illegible] le col évasé d'une amphore, des hanches [illegible] elle avait une tête énergique et étrange, de grands [illegible] verdâtres sous des cils sombres, des cheveux longs [illegible] des coulées chaudes, dont la masse écrasait une [illegible] fine que caressaient les boucles [illegible].

II

C'était Mme Savaret.

Charlotte Savaret atteignait la trentième année, [illegible] âge où la femme vraiment femme ou vraiment [illegible] gardent la grâce et les charmes de cette première période de jeunesse qu'elle laisse derrière elle, arrive à la [illegible] du beau fruit qui s'épanouit, atteint au parfum [illegible] fleur qui ouvre au soleil sa corolle capiteuse.

Neuf ans plus tôt, Pierre Savaret, en comptant [illegible] quarante-trois, et ayant d'un premier mariage [illegible] prématurément par la mort un fils de dix-huit, épousa la petite sous-maîtresse, orpheline et rivée pour [illegible] francs par mois à l'esclavage de tous les instants [illegible] s'appelle l'éducation enfantine...

Comme secrétaire et homme de confiance du [illegible] Guillain-Marfant, Savaret touchait des émoluments [illegible]nuels de vingt mille francs.

Mis à même par sa situation de profiter de divers [illegible]tages financiers, il acquérait peu à peu un capital [illegible] assurait en cas d'accident, l'aisance pour l'avenir.

Guillain-Marfant pouvait sombrer... lui demeurait [illegible]

[illegible] qu'il ne retrouvait point la [illegible] qu'il perdait.

Le banquier fixait ses prunelles vagues sur [illegible] apparition.

Mme Savaret était pâle.

Ses yeux prenaient la teinte de la vague sous une nue d'orage, glauques, traversés par le fluide électrique.

Avant que ni l'un ni l'autre des deux hommes eût poussé une exclamation, elle s'élançait entre eux :

— Assez ! tout cela est infâme... assez !

C'était son mari qu'elle regardait, l'époux auquel elle devait la faute qu'il lui pardonnait.

Celui-ci prononça, désignant le maître :

— Il n'y a d'infâme, ici, que cet homme !

— Croyez-vous ?... Ne l'êtes-vous pas plus que lui ?

— Charlotte !

— Assez !... Je vais tout vous dire... ou sinon tout, je ne le pourrais point, voire devant la mort, la vérité à l'égard de M. Guilhain-Mariani... J'ai menti, ce n'est pas lui le père de Suzette.

Savaret la considérait.

Sa bouche se crispa dans un rire mauvais.

— Je ne le crois pas !

— Je te le jure !... Tu as voulu un nom, je t'ai donné le sien... Oui, j'ai menti.

— C'est aujourd'hui que tu mens !

— Je jure, répéta-t-elle.

Il haussa les épaules.

— A quoi bon ? rien ne le sauvera plus... La ruine est à la porte de cet hôtel, l'un des plus riches de Paris, à la porte de ce salon où l'on danse... La plainte en [illegible] est déposée... Rien n'empêchera la marche de ma vengeance !

— La plainte, tu la retireras.

— Elle n'émane pas de moi, si c'est à mon instigation qu'on l'a faite...

— Alors que je voudrais, il est trop tard... et je ne le voudrais pas !

— Pierre, encore une fois, je le jure... J'ai menti !

— Jurons donc !

— Sur la tête de Suzette...

Il montra du doigt Guilhain-Mariani, muet, rigide, attentif.

— Lui aussi, vient de faire sur la tête de ses filles un faux serment.

Le banquier se leva, et calme, dans sa pâleur de mort :

— Ni un père ni une mère, fussent-ils les derniers des misérables, ne mettent point en jeu ceux qui leur sont les plus sacrés, leurs enfants.

Savaret maintenant le dévisageait.

Une lueur terrible s'allongeait dans l'œil fixe du [illegible]. Il n'y trouva ni bravade, ni défaillance.

Le regard de sa femme, à la fois sombre et plein d'ardeur, soutint aussi le sien.

Celle-ci avait sur les traits la crispation angoissée des moments suprêmes ; une révolte mitigée de terreur, une supplication qui ordonnait.

De ce mari, de cet homme assez épris pour pardonner [illegible] amenant au foyer un intrus, elle croyait obtenir merci pour celui dont elle niait aujourd'hui la complicité.

Lui, fit un geste implacable.

— Trop tard !

— Qui sait, dit-elle éperdue ; je vous en prie... je t'en prie, Pierre. C'est horrible, une action pareille... J'ai compris à ton visage, tous ces jours-ci, que quelque chose se préparait d'anormal... J'ai compris ce soir au milieu de cette fête, à vous voir tous les deux, que le drame se passait... Je savais la nouvelle, la rumeur de ce matin... tu m'avais dit : « Je me vengerai. » J'ai deviné que c'était la vengeance... Et je suis montée derrière vous... Ce n'est pas la première fois que je viens ici... Je suis entrée par le cabinet de toilette, la porte était ouverte, la tenture seule me séparait de vous... J'ai tout entendu...

Pierre, fais de moi ce que tu veux, tue-moi... j'ai menti... Arrête, si tu le peux, le malheur avant qu'il tombe ici... Ce serait le remords de ta vie... Je t'en conjure !

Il dit encore :

— Il est trop tard !

Charlotte était à genoux.

— Je t'en conjure !

Et, les mains unies, tendues l'une dans l'autre :

— Ce serait aussi le remords de la tienne.

Savaret ne répondit point.

Il abaissa sur elle ses yeux de feu.

Une espèce de voile les couvrit.

Cette créature, superbe, altière au cours même de l'explication terrible qui, un an plus tôt, à la suite d'un de ces riens, d'une de ces surprises qui livrent brutalement les secrets des mieux cachés, éclatait entre eux, cette femme, la sienne, maudite et toujours aimée, [illegible] en ce moment son amour, sa haine, sa pitié.

La haine devait tout dominer.

Il ne la croyait point, rien ne l'eût ébranlé à cet égard.

Il fit un geste qui la repoussait, en même temps qu'il reculait lui-même.

Et sa voix martela le silence coupé par le halètement des respirations :

— Une dernière fois, je le répète : il est trop tard.

Tu m'as point menti l'an dernier, tu mens aujourd'hui, et ne mentirais-tu pas, qu'aucune puissance humaine n'empêcherait le destin de s'accomplir.

Il répéta son geste, atteignant cette fois Guilhain-Mariani.

— La ruine, le déshonneur... et peut-être le bagne !

Charlotte Savaret se leva d'un bond, avec de la fureur, bravant et menaçant.

— Tu veux la guerre... dis, la veux-tu ?

Je veux la vérité... Faut-il que je te la crie ?...

Alors, malheur à toi ! Malheur !

Il eut un haussement d'épaules, incrédule et [illegible].

— Dis-la donc, la vérité, si tu peux !

— Tu le veux ! fit-elle encore.

Elle marchait sur son mari.

Ils étaient visage contre visage, ses yeux verts [illegible] des feux d'émeraude magnifique et terrible.

Et lui, avec son impassibilité voulue, sa dureté [illegible] son implacable conviction :

— Je ne croirai rien... Tu peux tout raconter !

La jeune femme eut le mouvement des lèvres de quelqu'un qui va laisser échapper une révélation.

Puis aussitôt sur ses traits, sur sa bouche, une expression de peur, une appréhension arrêtant les paroles dans son gosier.

Ses prunelles où la flamme verte se mourait, allèrent du mari qui se vengeait avec un implacable raffinement, à celui qui portait, comme un fardeau qui broie, le poids de cette vengeance.

Ce n'était plus, chez Guilhain-Mariani, l'effort suprême dans lequel se concentrent toutes les volontés, c'était la tension d'un esprit affolé vers ce qui pouvait le sauver après l'avoir perdu.

Mme Savaret frémit, enveloppée de ce regard qu'elle ne devait point oublier, qui la poursuivrait plus tard, qui s'attacherait sur elle, le drame passé, avec son désespoir, sa malédiction.

Elle resta silencieuse.

La voix du maître gronda :

— Parlez malheureuse ! Mais parlez.

Et elle, reculant, les mains sur le visage :

— Hélas !... pourquoi !... Il a raison... il est trop tard.

Entre les deux, Pierre Savaret jouissait de son diabolique triomphe.

Charlotte avait regagné la porte par laquelle elle était entrée.

Elle écartait encore la tenture, y crispant ses doigts, s'accrochant défaillante à l'étoffe lourde, poursuivie par ce regard qu'elle reverrait — endormie ou éveillée — aux heures de cauchemar.

La stupeur retombait sur le banquier, avec une faiblesse physique qui amenait à chacun de ses cheveux une gouttelette de sueur.

Pierre Savaret, sa femme disparue, marcha aussi vers la porte.

Au moment de soulever à son tour la tenture, il se retourna.

Ses traits avaient perdu de leur expression satanique

Si sa haine, aujourd'hui seulement jetée au visage de celui sur qui, durant des jours et des mois, elle s'était amassée, ne chancelait point ; si elle demeurait au fond de ses prunelles aussi implacable qu'en son âme, il avait repris la rigidité glacée de l'homme marchant vers un but, sans que sa conscience l'arrête, comme on marche presque vers un devoir.

Il considérait celui qui en était la victime, sans colère à présent, mais sans faiblesse, sans bravade, de toute la hauteur de la chose accomplie, la chose monstrueuse qui de l'apogée d'une situation, précipitait un être désormais sans défense, dans le gouffre de honte d'où l'on ne remonte pas.

Et Guillain-Marfant prononça de nouveau son nom :

— Savaret !

Le secrétaire ne desserra point la bouche.

Il vit se dresser, comme se dresserait un automate, le patron à qui pendant des années et des années, il témoignait le dévouement que celui-ci récompensait en amitié franche, toujours prêt à lui être utile et à le lui prouver.

Avec un calme qui, malgré la cuirasse dont il s'enveloppait, fit glisser un frisson sur l'épiderme du justicier, le banquier prononça des paroles inoubliables comme serait inoubliable son regard pour celle qui sortait un instant plus tôt.

— Savaret, c'est la dernière fois que vous m'entendez... Je suis de ceux qui tiennent tête à l'orage, tant que leur honneur n'est pas en jeu... Guillain-Marfant ne s'assoira pas plus sur les bancs de la Cour d'assises que sur ceux de la Correctionnelle.

Savaret, je souhaite que le mal que vous avez commis, ce que vous appelez votre vengeance, ne retombe pas sur vous, aussi lourde que vous la faites peser sur moi. Je jure encore... sur les têtes chères de mes enfants, que je n'ai point été l'amant de votre femme.

Elle vous a menti... pour sauver l'*autre*.

L'avenir est là... oui vous souffrirez avec le remords qui vous atteindra, vous qui êtes honnête, juste... bon au fond... plus que je ne viens de souffrir, moi, en quelques minutes, sous une accusation imméritée, et dans l'effondrement de mon amitié, de ma confiance... avec la menace du cataclysme qui doit avoir, prétendez-vous, son épilogue devant les juges.

Il s'arrêta, sans que sa voix faiblît, pour articuler à deux reprises :

— Pauvre Savaret ! pauvre Savaret !

Ce dernier ressentit le frisson qui, une minute plus tôt, lui courait sur le corps.

Ce fut cette fois plus violent, comme un coup de fouet de la nuque au talon.

Le remords déjà l'étreignait-il ?

Les simples mots suffisaient-ils à l'éveiller ?

« Vous qui êtes honnête, juste et bon... »

En effet, il l'avait été, bon... rigide dans le devoir, conciliant et doux, l'esprit large.

L'être doux était devenu un tigre.

Une seconde personnalité surgissait dans la sienne.

Sous la poussée d'un sentiment aigu de désespoir et de jalousie, le besoin d'une vengeance égalant s'il était possible, le mal subi, l'insulte reçue, il allait à toute la duplicité, à tous les raffinements dont un cerveau humain est capable.

Et une éclaircie brusque se faisait dans le sien.

Une pensée surgissait comme une révélation, lui montrant tout entière l'infamie, l'odieux, la monstruosité de l'action commise et irréparable.

L'éclaircie s'obscurcit.

L'idée fixe reprit sa force.

La haine de nouveau parla.

Le dernier amour de Pierre Savaret, — de ceux qui assistent à la trahison, — était de ceux aussi qui ne s'arrêtent point dans les représailles.

Il avait trop souffert pour laisser parler la pitié.

Puis laisser parler la pitié, ce pouvait être laisser entamer sa conviction.

Et, si sa conviction s'ébranlait, s'il pensait que sa femme, afin de sauver l'*autre*, avait pu mentir, l'enfer ne serait-il pas pour lui bien pire que celui où il se débattait ?

Il ne voulait pas, il ne fallait pas s'arrêter à cette idée.

S'il s'y arrêtait, il ne lui resterait qu'à prendre un revolver et à se faire sauter la cervelle.

Il était trop tard...

Le mal accomplirait son œuvre.

Cet homme qui lui prenait sa femme, lui volait aussi sa dernière ivresse de paternité.

Suzette, « la petite fille aux cheveux d'or », était l'enfant de l'adultère.

Guillain-Marfant ne souffrirait jamais ce que Pierre Savaret avait souffert.

Ces réflexions passèrent en tumulte dans l'esprit du secrétaire, tandis que ses yeux se rivaient sur les yeux du maître.

Il laissa retomber la portière.

Le banquier restait seul, dans l'écrasement moral et physique de cette scène torturante, atroce, où se débattait sa raison.

En bas, l'on dansait toujours.

Simone et Odette, — les comtesses d'Harvel, — en l'éclat de leur vingt ans et de leur bonheur, rayonnaient.

La traînée de poudre courait sans les atteindre, autour des jeunes filles enchaînées depuis quelques heures devant la loi, et qui demain agenouillées à l'autel, recevraient la bénédiction du prêtre.

La vérité non plus n'arrivait pas aux oreilles du comte Hélier et de son frère.

Tous deux portaient haut la tête : sourire léger des lèvres, triomphe voilé des yeux, satisfaction discrète, en gens d'éducation raffinée qu'ils étaient.

Chacun savait la catastrophe ; les intéressés l'ignoraient.

Le jour suivant — ou plutôt ce jour-là — serait chargé : toilettes de mariés, cérémonie à l'église, lunch, toilettes de voyage, départ par le rapide du soir.

On coucherait en sleeping-car.

Hélier d'Harvert prit congé de Simone, Gontran d'Odette, dans un petit boudoir mauve, une pièce où les deux sœurs se tenaient de préférence au cours de la journée, et qui échappait à l'envahissement des invités.

Etreinte passionnée, encore chaste, murmures amoureux, baisers légers et fous dans les nuques frémissantes.

Ils étaient tous deux très épris ; tous deux aimaient.

Ils formaient deux jolis couples.

L'un blond, l'autre presque brun, avec la même ligne correcte de visage sans avoir exactement les mêmes traits, les deux frères, Hélier trente-deux ans, Gontran vingt-huit, se ressemblaient aussi par la taille, la minceur, ce grand air de race, une race étiolée mais suprêmement élégante, qu'ils possédaient au plus haut degré.

Les deux sœurs, avec leur finesse de Parisiennes, l'éclat d'une santé que ni chagrins, ni fatigues mondaines n'avaient encore touchée, et cette royauté des vingt ans que d'autres années seules flétrissent avec leur charme, leur beauté, représentaient bien les compagnes capables de régénérer la race.

Les fiancés — les maris — étaient partis.

Simone et Odette qui n'avaient point retrouvé leur père dans la cohue brillante, et qui le connaissaient assez pour penser qu'il avait bien pu l'abandonner, se réfugier dans son cabinet de travail, se dérobant, ne fût-ce que pour une heure, à ses devoirs de maître de maison, en poussèrent la porte, en passant sur le large palier.

Elles ne se trompaient pas.

Il était devant son bureau.

Accoudé des deux bras, la tête dans les mains, il ne bougea point au bruit de cette porte qui s'ouvrait.

La voix joyeuse de sa plus jeune fille l'arracha, en lui donnant quelque énergie à sa torpeur.

— Comment papa, ici, cette nuit ?

Il se retourna et les vit avec de si beaux regards, si ravissantes, l'une en rose fort pâle, l'autre en bleu très clair, des nuages de mousseline de soie, des corsages dégageant la naissance des épaules nacrées, leurs cheveux un peu ébouriffés par la danse, encadrant des visages souriants, qu'il se sentait comme arraché du siège où une défaillance l'avait rejeté pour le laisser dans sa pose de stupeur.

Le mouvement qui le poussa vers elles fut de ceux dont on n'oublie pas la violence.

A leur tour, Simone et Odette se souviendraient.

Comme, en s'arrêtant tout à coup, elles se serraient l'une contre l'autre, il les saisit dans la même étreinte, les réunit sur sa poitrine. Ses mains rapprochèrent les têtes adorées.

Il baisa les deux fronts doux où courait, sous l'épiderme que l'ombre d'une ride ne froissait point, le fin réseau des veines.

— Oh ! mes enfants !... mes chéries... mes pauvres petites !

Il dit plusieurs fois :

— Mes pauvres petites !

A demi-étouffées dans ces bras, les emprisonnant de nouveau, elles eurent une unique pensée, une même phrase de consolation :

— Père, père, tu ne nous perds pas... nous sommes toujours tes filles qui t'aiment...

— Ah ! mes enfants... mes pauvres petites ! mes chéries...

Quelles paroles qui rendissent tout ce que contenait celles-là ?... tout ce qu'elles ne pouvaient deviner, elles, heureusement...

Qu'elles eussent, au moins, quelques dernières heures de bonheur.

La loi les faisait comtesses d'Harvert, si l'amour encore n'avait rien ratifié, si l'Eglise n'avait point sanctionné par la solennité du sacrement, la formalité de la mairie.

Leurs maris se montreraient à hauteur du cataclysme.

De l'honneur de leur nom ils couvriraient celles qu'ils avaient jugées dignes de le porter.

Oui, ses filles resteraient comtesses d'Harvert.

Du reste, il ne leur léguerait point la honte.

Le vaincu qui sait disparaître n'est pas le fripon qui sauve sa peau au prix de lâchetés, dont aucune n'égale celle de vivre.

Il se rendait compte qu'il n'y avait à la catastrophe aucun remède.

Sa perte était jurée, et ses ennemis eux-mêmes — son ennemi le plus féroce, son ami d'hier, — ne parviendraient plus à l'enrayer.

Leurs quelques millions de dot ne seraient pas davantage versés à ses enfants.

Le passif, dans les conditions où se produisait la débâcle serait formidable.

Appuyant tour à tour les lèvres au front de ses filles, le banquier murmura pour la dernière fois :

— Pauvres petites !

Il les repoussa, sans brutalité, avec quelque chose de nerveux pourtant.

— Montez, mes chéries, allez vous reposer...

— Toi aussi, n'est-ce pas ? dit Simone.

— Demain, c'est le grand jour, fit sa sœur... Il faut que tu aies une mine souriante et heureuse...

Il les tenait sous le même regard, un étrange et profond regard, qu'elles ne devaient comprendre aussi que plus tard, y trouvant, cette nuit-là, l'expression seule du chagrin, — immense au dernier moment — de les perdre, de les voir emporter, suivant son expression, par l'ennemi, le ravisseur.

Elles l'embrassèrent à leur tour, bien tendrement, en le suppliant d'aller se coucher.

Il était défait, il était malade.

— Non, mes enfants, je ne suis pas malade... Ne vous inquiétez pas... J'ai à terminer différentes choses, ce sera bientôt fait... Après, le repos... Oui, je me reposerai...

Ah ! mes chéries, pourvu que vous soyez heureuses !

Elles eurent le même sourire confiant.

— Heureuses ! Mais oui, père, nous le serons. Pourquoi ne le serions-nous pas ?

— La vie est si pleine d'imprévus ! Vous ne savez pas cela encore... Vous avez eu, enfants et jeunes filles, une existence aussi parfaite qu'on peut l'avoir... Votre mère, que vous avez si peu connue, vous a à peine manqué... Vous voilà mariées, si je vous manquais moi-même...

Simone lui mit la main sur la bouche :

— Si tu nous manquais !

Odette s'écria :

— Tais-toi !

— Tout est possible... je suis bien las...

En même temps elles passèrent un bras à son cou.

— Mais tu n'es pas malade, pas malade du tout.

— Et tu n'as pas besoin d'autre chose que du repos.

— Certes, un grand repos...

— Tu nous promets de le prendre ?

— Oui mes petites, oui...

— A la bonne heure !

Encore une étreinte.

Elles lui cachaient leur propre émotion, bien réelle, sinon moins profonde.

Dans leurs chambres, voisines l'une de l'autre, Simone et Odette, débarrassées de leur camériste, se trouvèrent bientôt en peignoir de nuit, leurs cheveux brossés et nattés avec soin.

En face l'une de l'autre, près du lit de Simone, se regardant une minute au fond des yeux, puis se prenant à pleins bras, elles laissèrent éclater l'émotion qu'elles cachaient en bas.

Adorées, gâtées par leur père, elles l'aimaient, non en filles trop choyées, n'ayant de vrai souci qu'elles-mêmes, mais chacune profondément, avec les manifestations de son caractère.

Odette, plus expansive, eut quelques sanglots.

Simone étouffa les siens.

Elles deux seraient heureuses.

Mais lui...

— Nous, nous sommes sûres d'être heureuses, faisait Odette, avec cette confiance sublime et folle qui caractérise la jeunesse, nous aimerons toujours, nous serons toujours aimées... puis, nous ne nous quittons pas... Ah ! s'il avait fallu nous séparer, Simone, — ou moi, vivre loin de toi... je crois que je n'aurais pas consenti à me marier.

— Si, ma petite Odette, tu aurais consenti, mais la séparation eût été doublement douloureuse, ton père d'un côté, ta sœur de l'autre... Et moi, que serais-je devenue sans toi ?...

— Toi ? tu te serais mariée la première, c'est dans l'ordre... Pense donc, quinze mois de plus que moi !... On a le temps, en quinze mois, de se marier trois ou quatre fois !

— Enfin l'une ou l'autre, nous nous fussions trouvées très malheureuses... Les événements se sont merveilleusement arrangés... Nous partons pour le même voyage de noces, nous revenons en même temps ; nous habitons à Paris deux hôtels jumeaux, nous menons en Beauce ensemble, et cependant chez nous, la vie de château.

Il n'y a absolument que lorsqu'il plaira à nos seigneurs et maîtres de nous enlever chacun de son côté que nous aurons à craindre la séparation.

— Mais, exclama Odette, entrevoyant, avec plus d'exubérance que sa sœur, cette existence nouvelle à laquelle toutes deux touchaient, nos seigneurs et maîtres ne feront, au fond, que ce que nous voudrons !

— Espérons-le, ma chérie.

Elles s'embrassèrent encore.

— Pauvre papa ! murmura Odette.

— Il m'inquiète, prononça Simone, dont les sourcils, du noir de jais de ses cheveux, tracés en deux coups de pinceau réguliers sur ses yeux profonds, se rapprochèrent tristement.

L'aînée des sœurs, sinon plus impressionnable, plus intuitive, certainement, que la cadette, si elle ne soupçonnait rien de la vérité, éprouvait, à l'égard de son père un souci qui, à cet instant, devint presque de la crainte.

Odette articula après Simone :

— Moi aussi, il m'inquiète... Allons, Simone, bonsoir.

— Bonsoir, Odette.

La plus jeune franchissait le seuil de sa chambre.

Elle s'arrêta.

— Tu ne sais pas ce que m'a raconté Jeanne de Franceville, l'autre jour... te l'ai-je répété ?

— Je ne crois pas.

— Une idiotie... que deux sœurs qui se marient le même jour ne sont pas heureuses... Ça porte malheur !

— Oui, fit Simone en haussant les épaules, une idiote !

Jusqu'à ce qu'elles eussent fermé les yeux, d'une pièce à l'autre, elles continuèrent à parler.

Enfin ce fut le silence dans les deux chambres où montait la musique du bal.

Les invités, lentement, puis en un dernier flot, se retirèrent.

Dans les salons, dans la serre, le désordre d'une nuit de fête.

Les domestiques, surmenés, avaient gagné leur couche.

Et les deux sœurs reposaient sous le ciel de lit, drapé de soie pâle et légère, où la lampe de nuit accrochait des points de lumière opaline.

Elles étaient comtesses d'Harvert.

III

Il y avait une heure à peu près que, dans l'hôtel somptueux de la rue de Lisbonne, tout dormait ou semblait dormir.

Le maître, lui, veillait.

La portière retombée sur ces deux êtres, incarnation de la jeunesse et du bonheur, ces têtes souriantes et adorées, que l'aile noire de la fatalité allait toucher, disparues, évocation déjà lointaine et si réelle qu'elle restait devant lui pour ainsi dire palpable, le banquier demeura droit devant cette porte, voilée de la tenture de Smyrne, par laquelle ses filles venaient de partir.

Lentement, il tourna sur lui-même.

Ses yeux s'attachèrent à une autre porte, au fond de la pièce, celle qui communiquait avec la salle de massage.

Par là, tandis que Pierre Savaret déversait sur lui, de sa voix haineuse, féroce, des torrents d'injures et des flots de menaces, une femme avait pénétré.

Et le banquier revécut dans la vision rapide d'un kaléidoscope, ses dernières années.

Le jour où son secrétaire lui présentait la seconde Mme Savaret, celle-ci le frappa comme une des plus belles créatures qu'il eût connues.

Peut-être ressentit-il, cette nuit, la sensation que le désir l'avait mordu.

Mais il était de ceux qui ne se laissent guère entièrement conquérir.

Il avait revu Mme Savaret.

La fièvre de sa vie, le travail cérébral, la responsabilité morale, la tâche enfin, lourde et terrible, assumée par lui seul, ne lui laissaient point le loisir des intrigues compliquées.

L'accusation de Pierre Savaret tombait sur lui aussi monstrueuse qu'inattendue.

Oui, il trouvait sa jeune femme une des plus belles, les plus désirables qu'il eût vues.

Mais Charlotte n'avait jamais été sa maîtresse.

Et il lui vint une pitié pour celui qui, dans sa fureur jalouse, le poussait vers le gouffre d'où il ne remonterait point.

La ruine.

Le déshonneur.

La prison.

Le grelot sinistre tinta aux oreilles de Guillain-Marfant.

Il éprouvait la sensation d'une fêlure qui lui séparait le crâne, par où glissait sa moelle, sa substance tout entière, sa cervelle, son sang.

Sa raison fuisait par la blessure.

Et chez cet homme qui sentait, comme en un dédoublement de son être, s'échapper ce qui fait la cause de l'existence, fuir son « moi », s'éteindre le flambeau illuminant la matière, eut lieu une véritable bataille, une sorte de corps à corps, entre la volonté qui résiste, le désespoir qui submerge la volonté, la folie qui promène, entre la volonté et le désespoir, ses divagations.

Quand, pour quelques secondes, il la ressaisissait bien, sa raison, quand il regardait [illegible] se disait :

— Je dois rester debout, c'est le moment [illegible] la brèche, de faire face au danger.

« Je suis la victime d'une machination, je le prouve[illegible]

« J'accuserai en face le misérable qui [illegible] de ma folie.

Ce mot de folie revenait malgré lui, implacable, [illegible] fatalement, agitait encore le grelot sinistre.

On prétendait qu'il était fou.

L'était-il ?

Cette fatigue physique, cet anéantissement moral [illegible] profond qu'il ne l'avouait à son médecin, qu'il [illegible] l'avouait à soi-même, ces absences de mémoire, ces [illegible]tiges, n'étaient-ils pas le prélude de la démence ?

Non, il n'aurait plus la force de lutter.

Le financier Guillain-Marfant était bien perdu !

Dans le désarroi de toute sa personne, dans le [illegible]mords, la course vertigineuse de ses idées, le [illegible] d'hommes et de choses qui se succédait devant lui, sur[illegible] une figure, celle d'un sauveur :

Le docteur Max Mannier.

Ce jeune homme qui conquérait sur lui l'influence qu[illegible] tout médecin, prenant à cœur de relever un malade au[illegible] bien au moral qu'au physique, acquiert sur ce malade quand il a affaire du moins à un intelligent, le sauver[illegible] peut-être tout à fait.

Il allait faire chercher le jeune docteur.

Et le banquier essayait de trouver la sonnerie électrique, le bouton à sa portée sur son bureau, celui sur lequel il appuyait souvent le doigt, près de la chemin[illegible]

Il ne rencontrait ni l'un, ni l'autre.

La confusion revenait dans son pauvre cerveau [illegible] moment où sa main allait atteindre le but.

L'image de Max Mannier s'évanouissait.

Le défilé des familles, les fantômes [illegible] naient devant ses prunelles agrandies.

L'organisme surmené du financier ne résistait pas [illegible] choc.

Et il n'eût fallu peut-être, en effet, en cette nuit [illegible]prême de bataille, que la présence, auprès de la [illegible] qui sombrait, d'une volonté ; le contact d'une force [illegible] raffermir sa force et sa volonté.

Seul, il allait à la dérive.

Il se mit à écrire.

Sa plume, sa large plume, écrasait les mots sur le papier.

Les phrases succédaient aux phrases, sans cohésion [illegible]

Non, je ne suis pas un voleur... je suis un [illegible] homme... je n'ai jamais causé de tort à personne [illegible]

J'ai réparé, toujours.

La ruine, oui... Mais la honte...

Mes filles, ah ! je vous les confie, messieurs [illegible] vert...

Voilà mon bilan, je le dépose... Je le [illegible] me tue... mon nom ne sera pas déshonoré !

Ce n'est pas le banquier Guillain-Marfant que [illegible] verrez s'asseoir au banc de la correctionnelle, ce [illegible] pas le banquier Guillain-Marfant que vous verrez [illegible]seoir au banc de la Cour d'assises...

Son passé est pur.

C'est le mort, messieurs, c'est le mort qui [illegible] sa place et vous tiendra ce discours :

Comment s'appelle-t-il donc, le traître ?

Comment ?

Là, quelques lignes, avec d'inextricables caractères, [illegible] main en déroute comme la pensée.

Puis des chiffres, un rendement de comptes, et enco[illegible] cette phrase :

Ce ne sera pas le banquier Guillain-Marfant qui [illegible]sera au banc d'infamie, ce sera le traître...

Comment s'appelle-t-il donc, le traître ?

Le nom, ce nom qu'il prononçait dix fois par jour, [illegible]dant vingt ans, ne venait point sous sa plume.

Ses doigts ne parvenaient pas plus à le tracer, [illegible] ses lèvres à l'articuler.

… se heurtait en vain son souvenir, sa mémoire fuyait devant l'obstacle.

Il ne pourrait pas livrer l'homme qui causait sa perte, qui le déshonorait, qui ruinait ses enfants.

Le financier s'arrêta.

Il venait de signer en lettres énormes, avec un paraphe formidable.

Sa plume arrachait le papier, lançant des éclaboussures noires.

Il renversa la tête sur le dossier du fauteuil; ses bras tombèrent le long de son corps.

Et la sueur, goutte à goutte, de grosses perles glacées, courut sur ses tempes.

La nuit passait, lente.

Quatre heures du matin.

Guillaume Mariant, quarante-huit heures plus tôt, un des rois de la finance parisienne, un des heureux de la terre, un des favoris du sort, en ce moment un pauvre être ne se mouvant que sous l'empire d'une idée fixe, une loque humaine, une épave partant à la dérive, Guillaume Mariant se leva.

Allant à un coffre-fort, cette fois sans tâtonner, il fit jouer le secret.

Il tira de là un revolver, puis une fiole toute petite, et une espèce de mince stylet enfermé dans sa gaine.

Trois armes de mort.

La fiole contenait un toxique violent, un poison qui ne pardonne point.

Le banquier ferma le coffre-fort, revint à son bureau, et se rassit en posant devant lui le revolver, le stylet et le poison.

IV

Hélier et Gontran d'Harvert habitaient, rue de Messine, la même garçonnière, un rez-de-chaussée comprenant quatre pièces, où tous deux avaient profité joyeusement des dernières années de leur célibat.

Chacun s'y trouvant chez soi, chambre et salon formant fumoir ; chacun y recevait particulièrement ses maîtresses, quand ils n'y organisaient pas, en joyeuse compagnie, de ces parties fines qu'on peut appeler des orgies.

Vannés, endettés, le vieux château de la Beauce fortement hypothéqué, fatigués aussi peut-être des journées sans but et des parties carrées, ils se mariaient.

Les grands noms appellent les grosses dots.

Tous les deux s'éprenaient, du reste sincèrement, chacun avec son caractère.

Si, au physique, les deux frères présentaient ce qu'on appelle un air de famille, ils ne paraissaient réunis moralement que par leur volonté de jouir, de dépenser leurs belles années avec la prodigalité de ceux qui n'escomptent pas l'avenir.

Par un hasard qui suscitait dans la pensée un rapprochement, leur dernier caprice, la liaison avec laquelle ils enterraient leur vie de garçon, les maîtresses à qui ils donnaient l'adieu léger des viveurs qui ne s'attachent point — comme leurs fiancées — étaient deux sœurs.

Zizi et Zozo, Elise et Zoé, deux jolis trottins, des petites modistes de la rue de la Paix, avaient un minois effronté et charmeur, la taille onduleuse et provocante, la parole leste, le cœur tendre.

Un besoin fou de s'amuser, de gaspiller aussi ce bien inappréciable quand on ne l'a plus qui s'appelle la jeunesse, du bagout et de l'esprit, telles étaient Zizi et Zozo ; Zizi la brune, teinte au henné avec, dans les cheveux, des flamboiements de cuivre rouge ; Zozo, d'un châtain plutôt foncé, s'oxygénant à blanc, pour se dorer ensuite, à l'aide du produit chimique en vogue.

Un Goya et un Titien, disaient Hélier et Gontran.

Elles avaient pleuré, sanglote, s'étaient roulées sur les sofas du cabinet particulier où leurs amants leur annonçaient la nouvelle du prochain mariage, entre les truffes, les baisers et le champagne.

Puis, plus jolies, échevelées, avec des larmes encore dans les yeux, le sourire au coin des lèvres, le regret s'envolant devant l'écrin qui contenait, pour l'une, deux brillants comme boutons d'oreille, pour l'autre une bague avec une perle — leur rêve — elles clôturaient gaîment cet amour d'à peine une année, chantonnant dix fois après l'avoir dite tout entière, la finale de la romance en vogue :

> *Qu'importent les trahisons*
> *Des lèvres que nous baisons,*
> *Si ces lèvres sont jolies....*

Donc, il y avait de cela tout au plus huit jours ; on s'était quittés bons amis, en se promettant du reste, sincèrement de part et d'autre, ou avec certaines restrictions mentales, que l'on se reverrait.

Elise et Zoé poursuivaient leur vie coutumière, toute la journée à chiffonner des rubans, à poser des plumes et à piquer des fleurs, « garnisseuses » dans le même atelier.

Elles ne montraient plus le fol entrain qui les caractérisait.

L'une exhibant ses boucles d'oreilles, l'autre sa bague, les compagnes de travail conclurent qu'il y avait quelque rupture amoureuse, forcément acceptée, dont elles restaient tristes, malgré la compensation du cadeau d'adieu.

Les petites modistes, en effet, demeuraient songeuses.

Si Hélier et Gontran d'Harvert n'étaient pas leur première passion, ils possédaient ce qui, peut-être, flattait le plus et leur cœur et leur amour-propre.

On ne brise pas des liaisons que soi-même on ne désirait nullement briser, et des liaisons avec des hommes « chics » comme ceux-là, sans qu'il en naisse du regret.

Les deux sœurs ne tournaient plus la tête, le soir à la sortie de leur travail, à cette heure où les « suiveurs » de tout âge se donnent rendez-vous pour jeter leur dévolu à travers le flot de jolies filles que l'atelier déverse sur le trottoir.

Elles s'en allaient indifférentes, regagnant le logement exigu où elles mettaient de la coquetterie et du confort, le nid qu'elles avaient fait, oiseaux vite échappés de la cage où leur pesait le joug familial.

Et chaque jour, l'une à l'autre, quand ce n'était pas dix fois par jour mentalement, elles se posaient cette question :

— Est-ce que, véritablement nous aimions ?

Ce n'avait certes pas été la passion aux racines profondes, excluant tout ce qui n'est pas elle.

Ce n'avait pas été le fol amour qui pousse aux résolutions fatales... simplement, sans qu'elles s'en rendissent compte, le moins banal qu'elles eussent noué, glaneuses de plaisir, semeuses de bonheur.

Aujourd'hui, elles sentaient qu'on pouvait souffrir d'avoir aimé.

Elise et Zoé entretenaient et surexcitaient, avec de mutuelles confidences, la déception plus d'une fois prévue et qui les laissait, à l'avance, consolées de leur abandon.

Puis elle s'était faite si brusquement, cette séparation, sans préambule, au dessert, dans ce cabinet particulier, entre les coups de champagne et la bombe glacée.

Elles eussent voulu revoir, ne fût-ce qu'une fois, Hélier et Gontran avant ce mariage qui pouvait, après tout, les séparer pour toujours.

Et un beau matin, le matin du jour où avait lieu, justement, la cérémonie à la mairie, une idée lumineuse germa dans l'esprit de Zozo, d'ailleurs la moins mélancolique des deux.

— Dis donc, Zizi, nous avons la clé de la garçonnière !

— Oui, fit Elise, très amère, cela nous avance à quelque chose.

— A les revoir, dans tous les cas... Nous pouvons leur rendre leurs adieux de garçons.

— Tu es folle !

— J'en ai seulement assez, de broyer du noir... Quand j'aurai fait cette niche à Gontran, je serai consolée... Je verrai bien comment il le prendra... ce serait drôle !

— En es-tu ?

— De quoi ?

C'était une demi-heure avant le départ pour la maison de modes de la rue de la Paix.

Zoé plus vive, habillée la première, faisait chauffer sur un petit fourneau, le lait du déjeuner.

Elise tordait, au-dessus de son front un peu bas, ses lourds cheveux cuivrés.

Sa sœur souriait en versant le lait dans les tasses.

Elise répéta :

— De quoi ?

— Tu ne devines pas ?

— Parle vite... Tu vas m'empêcher de m'habiller, nous serons en retard.

— Tu as bien lu hier dans les journaux que le banquier Guillain-Merfant, le soir même du mariage civil de ses filles, donnait une fête dans son hôtel.

— Oui... et puis ?

— Les deux maris, devant M. le maire, reviendront certainement coucher chez eux.

— C'est plausible.

— Si nous nous y trouvions, quand ils rentreront ?

Elise, qui voulait être sombre, sourit malgré elle.

— Ça, c'est bien de toi ?

— Tu ne penses pas que ce serait drôle ?

— Je me demande comment ils le prendraient.

— Pas du mauvais côté... Du reste, s'ils nous fichent à la porte, nous le verrons bien.

— C'est à voir.

A une heure de la nuit, lorsque le comte d'Harvert et son frère entrèrent ensemble avenue de Messine, leur valet de chambre, un domestique très stylé habitué à leurs frasques de garçons, les débarrassa dans l'antichambre de leurs pardessus, et sans demander aucun ordre, accoutumé en ces circonstances à s'éclipser, pour ne plus se présenter qu'à un coup de sonnette, les laissa pénétrer dans la première pièce qui était le fumoir du comte Hélier.

Celui-ci recula, et Gontran derrière lui.

Non seulement la haute lampe, voilée par son abat-jour empire, mais les bougies des candélabres, les appliques étaient allumées.

Et deux femmes, souriantes, les lèvres rouges, avec pourtant un peu de pâleur aux joues, d'hésitation dans les yeux, s'élancèrent, se jetant à leur cou.

— Toi !

— Toi !

Ce double monosyllabe sortit de la bouche des deux frères.

Chacun essaya de se dégager.

Leur première impression était plutôt l'ennui.

— Mon Gontran !

— Mon Hélier !

— Tu es folle, ma petite.

— Qu'est-ce que vous êtes venue faire ici, toutes les deux ?

Zizi, prenant un air tragique :

— Te revoir... une dernière fois !

Zozo, espiègle et câline :

— Tu ne trouves pas que ce n'est pas banal, ce souper à quatre, entre la mairie et l'église !

— Tu es folle !

— Vous êtes folles toutes les deux...

Elles se suspendirent à leurs bras.

Elise dit :

— C'est nous deux Zozo, qui régalons une dernière fois... Vous nous le rendrez à la première brouille conjugale.

Il y avait sur un grand guéridon, incrusté d'ivoire, un pâté de foie gras, des écrevisses, une volaille entourée d'une belle gelé blonde.

Au pied du guéridon, le seau à glace, duquel dépassaient les deux cols d'or de deux bouteilles de pommery.

Les petites modistes faisaient les choses aussi largement qu'on les avait faites avec elles.

— Nous pensions bien, dit Zoé, que vous rentreriez de bonne heure ; les mariés s'en vont toujours avant les autres, même quand ils ne ramènent pas leurs femmes... Vous n'avez pas pris le temps de souper, et vous ne dormiriez point, avec l'estomac creux.

Hélier gardait un air « embêté ».

L'étreinte des deux bras d'Elyse, de nouveau noués à son cou, ne le déridait pas.

Evidemment, il trouvait la chose moins amusante qu'elle.

Il se fût passé de cette aventure.

S'en fâcher était difficile.

Le comte finit par en rire.

On s'attabla et l'on fit honneur au souper, que les petites modistes envoyaient dans la soirée et que Jules, le valet de chambre, peut-être un peu estomaqué, à l'idée d'une partie carrée durant le court intervalle qui séparait le mariage civil de ses maîtres du mariage à l'église, mais au fond trouvant tout possible de leur part, dressait sur le guéridon, où il en avait dressé tant d'autres.

Le résultat était fatal.

Jusqu'à la dernière minute, Hélier et Gontran d'Harvert mèneraient la vie de garçon.

Ce qui ne les empêcherait pas de se lever au moment voulu, de procéder à une toilette minutieuse, tandis que s'envolaient, pour leur atelier de la rue de la Paix, les oiseaux charmeurs, les jolis trottins parisiens, vives et mutines.

Mais si les deux frères gardaient fort heureusement le sentiment de leurs devoirs officiels, ils perdaient toute notion des choses extérieures.

Ni l'un ni l'autre n'avait plus ni le sens visuel, ni le sens tactice des objets. Gontran toucha, sans s'en douter, un télégramme, un « petit bleu », posé au milieu de sa table de nuit. Si Hélier jeta les yeux vers celui que le domestique plaçait également bien en vue, sur le marbre du petit meuble, il ne l'aperçut point.

La rencontre, chez eux, des deux démons qu'ils appelaient Zizi et Zozo, la fin de cette nuit donnée au plaisir, puis le brusque réveil, les séparations, la station forcément rapide, malgré les détails de la toilette, dans la pièce où le valet de chambre se multipliait, la sortie de la garçonnière en désordre et le départ dans le coupé qui les menait à l'hôtel de la rue de Lisbonne, tout cela en une précipitation presque vertigineuse, les empêchait d'accorder une attention, même relative, à ce qui n'était pas la préoccupation présente.

Jules, en faisant les chambres, grommelait tour à tour avec un mouvement des épaules :

— Bon ! Monsieur le comte n'a seulement pas vu le télégramme.

« Tiens... monsieur Gontran non plus.

Et toujours en aparté.

— Ça ne doit pas être très important... Ça vient de la Bourse... Ah ! si c'étaient des télégrammes de province ! Je les leur mettrai dans leur valise.

Cette pensée de la valise devait servir au domestique de stimulant.

Car la valise évoquait les autres bagages.

Ses maîtres n'étaient pas hommes à voyager trois mois en Egypte, sans se faire suivre de colis dont le contenu pouvait leur procurer le summum du confort qu'il est permis de rêver en route — surtout au désert.

Jules, qui les suivait dans leurs pérégrinations, devait en cette journée achever les malles et faire vingt-cinq choses à côté, sans compter l'appartement à mettre dans une propreté et un ordre relatifs.

La voiture emmenant les deux frères s'était arrêtée rue de Lisbonne.

Ceux-ci entrèrent dans l'hôtel devant lequel stationnaient déjà, avec quelques équipages, les deux coupés garnis de lilas, de roses, de camélias blancs, dans lesquels ils ramèneraient tout à l'heure de l'église les nouvelles comtesses d'Harvert.

Le vestibule, l'escalier, se trouvaient remplis de fleurs et de verdure.

Dans les salons, déblayés la veille pour le bal, les tables de lunch se dressaient.

Il y avait déjà du monde en haut, dans le boudoir mauve et la vaste pièce qui était la bibliothèque communiquant par deux portes à doubles battants grands ouverts.

Les jeunes filles, dans leurs robes blanches, franchissaient le seuil du boudoir, au moment où Gontran et Hélier y entraient.

Ni les uns ni les autres n'étaient en avance.

— Et mon père? fit Simone, après des poignées de mains, des présentations, des compliments.

— C'est vrai, et papa ? répéta Odette.

— Vous l'avez vu aujourd'hui ? interrogea Hélier.

— Non... Nos femmes de chambre, nos couturières sont autour de nous depuis notre lever ; il ne nous est pas resté une minute pour penser à personne.

— Pas même à vous deux ! fit Odette mi-sérieuse, mi-malicieuse, sous son voile de point d'Angleterre.

— Nous vous pardonnons, déclara Gontran ; ce ne sont pas les maris qui tiennent la plus grande place chez les jeunes filles, le jour de leur mariage.

— Quoi donc ?

— La toilette, la cérémonie... le cortège, la réception...

— Ah ! vous nous jugez ainsi ?

— C'est pour répondre à ta boutade, dit Simone. Tu l'as mérité, petite sœur.

Puis aussitôt, sérieuse :

— Comment papa n'a-t-il pas encore paru ?

Odette achevait à peine cette phrase que le valet de chambre de M. Guillain-Marfant, arrivant droit à ses filles, prononça tout agité :

— Mesdemoiselles... je trouve drôle que Monsieur... que Monsieur ne bouge pas de son bureau.

— Je m'en doutais ! exclama Odette, papa travaillera jusqu'au moment où l'on viendra annoncer :

« Monsieur, le cortège attend, c'est le moment de monter en voiture... »

« Dites-le-lui, Germain, dites-lui que nous l'attendons !

— Voici trois fois, mademoiselle, qu'après avoir frappé sans obtenir de réponse, j'ai poussé la porte du cabinet de travail afin d'avertir monsieur qu'il était temps de s'habiller.

Monsieur n'a pas davantage répondu ni même changé de position.

— Il a continué à écrire ? fit Simone.

— Je ne sais pas s'il écrit... Je crois plutôt qu'il lit.

Je n'ose jamais m'avancer de plus d'un pas quand je me présente sans qu'il m'ait sonné, et c'est à peine si j'élève la voix...

Les ordres sont formels : quand monsieur travaille, personne, pour n'importe quoi, n'a le droit de le troubler.

J'ai peur d'être renvoyé.

— Mais mon pauvre garçon, c'est ici un cas de force majeure... il fallait nous prévenir.

— C'est ce que je fais, mademoiselle.

— Mon père n'est pas habillé ?

— Il n'a pas sonné... Pourtant, je crois... car je ne l'ai pas vu que de dos, la tête appuyée dans une main, qu'il est en habit :

Odette dit :

— Je jurerais d'une chose, c'est que notre père ne s'est pas couché... Cela lui arrive et c'est comme cela qu'il se tue !... Il a gardé ses vêtements de soirée.

— Nous n'avons, dit Hélier d'Harvert, qu'à l'enlever de vive force de son bureau... Il lui restera quelques minutes pour passer dans son cabinet de toilette.

— M. Savaret n'est pas avec lui ? interrogea l'aînée des deux sœurs.

— Non, monsieur est seul.

— Le Dr Mannier est-il venu ?

— Non plus...

— Aujourd'hui, reprit Hélier, il y a relâche pour tout le monde... M. Guillain-Marfant reste seul acharné et infatigable.

— Allons, fit Simone, avant que le monde afflue.

Elle sortit la première, Odette après.

Les mariées atteignaient la porte du cabinet de leur père.

Derrière elles, Hélier et Gontran.

Les invités qui arrivaient sur le palier n'allaient pas plus loin, regardant le groupe pénétrer dans la pièce dont la porte demeura ouverte.

Simone, après trois pas rapides, s'était arrêtée.

— Père !

Et Odette, s'arrêtant également, articula dans une exclamation les deux syllabes qui toujours, si occupé qu'il fût, avaient amené une parole, un geste de celui aux oreilles de qui leur voix ne semblait point venir.

— Papa !

Le banquier ne se retourna pas.

Comme l'avait raconté le valet de chambre, un coude sur le bureau, la tête appuyée sur une main, il restait sans bouger.

Simone refit trois pas.

Elle était devenue aussi blanche que sa robe.

Le sang, brusquement, se retirait de ses lèvres.

Elle saisit par le poignet l'homme immobile qui restait muet.

Ce mouvement, presque violent, imprima au corps, d'une raideur d'automate, une impulsion de côté.

La jeune fille en ressentit le choc.

Elle jeta un cri terrible.

Hélier ouvrit à temps ses bras pour la recevoir.

L'évanouissement, chez elle, fut aussi instantané qu'avait été foudroyante l'apparition de la vérité.

Odette leva les bras désespérément, poussant une exclamation déchirante et lugubre.

— Papa est mort ! Mon Dieu !... papa est mort !

Du palier on entendit.

Une rumeur courut dans le boudoir mauve, dans la bibliothèque, du haut en bas du somptueux hôtel rempli ce jour-là comme la veille, de verdure et de fleurs.

A travers le groupe devenu vite compact, massé à la porte du cabinet de travail, un homme se fraya passage, jeune, son visage énergique, contracté, ses yeux agrandis d'angoisse.

C'était le Dr Max Mannier.

Il avait saisi dans ses bras le banquier, tombé sur un des côtés du fauteuil, avant qu'on eût pensé à le toucher.

Et il enlevait en un effort puissant, ce corps à demi raidi, qui s'allongea dans une dernière tension mécanique des muscles.

— Ouvrez-moi sa chambre !

Germain, le domestique, pénétrant un des premiers dans le cabinet de travail, se précipita sur une porte.

Et le médecin, devant les regards terrifiés, passa avec son fardeau.

Germain l'aida à l'étendre sur le lit.

La poitrine apparut découverte.

Le gilet avait été écarté.

Sur la batiste immaculée de la chemise de soirée, une tache pourpre, qu'on eût crue encore humide.

Des trois genres de mort qu'il avait à sa disposition : le revolver, le stylet, le poison, le financier choisissait le revolver.

Il cherchait la place du cœur.

Il tirait juste.

On s'aperçut que ses doigts crispés autour de la crosse n'avait pas lâché l'arme.

Elle tomba seulement lorsque le médecin souleva le bras droit resté pendant, pour le poser le long du corps sur le lit.

Guillain-Marfant gardait grands ouverts ses yeux grisâtres.

Et dans les prunelles vitrifiées, l'expression de désespoir, d'épouvante, de folie que Robert Savaret distinguait au commencement de cette nuit terrible, ne semblait pas morte.

Que s'était-il passé ?

Le jeune médecin se posait à peine la question.

Il cherchait une trace de vie là où la vie, depuis peut-être une heure, avait disparu.

Car le suicide remontait à peine à une heure.

Le financier, assis devant son bureau, regardant tour à tour le poignard, le pistolet, le poison, ou arpentant la pièce avec de grands gestes raides, des grondements sourds, des paroles hachées, n'arrivait qu'après une nouvelle lutte — le lambeau de raison qui finirait par sombrer flottant encore en lui — à l'extrémité finale qui jette au néant.

Le va-et-vient recommençait dans la maison.

Odette et Simone, des mains des femmes de chambre passaient dans celles des couturières quand le père, très calme à présent, palpa sous le sein gauche le point [illegible] — entre la cinquième et la sixième côte — où la balle devait passer pour frapper sûrement.

Un faible cliquetis de gâchette, une percussion mate, qu'eût à peine saisie quelqu'un qui se fût trouvé dans la pièce, et la main droite serrée autour du canon retombait ; la tête, que soutenait la gauche, le coude au bord du bureau, s'affaissait plus fort sur cette main, sans qu'elle fléchît.

Maintenant, autour de lui, la stupeur, l'effroi.

Aidé du valet de chambre — un serviteur fidèle — qui s'était mis à sangloter, Max Mannier enlevait les vêtements, examinait la blessure.

La balle avait traversé le cœur.

Le médecin recouvrit le corps du couvre-pieds de satin [illegible].

La porte de la chambre qu'on venait de fermer se rouvrit.

Les deux sœurs, plus blanches que leurs robes blanches, sous le voile qui retenait en diadème, autour du diadème des cheveux, les branches délicates, les boutons embaumant d'oranger, pénétrèrent dans la chambre.

Aussi émues l'une que l'autre — Simone ayant encore au front la sueur de la syncope, Odette se tordant les mains en montrant un visage convulsé, — elles s'avancèrent vers le lit.

— Est-il mort ?

Le Dr Mannier fit un mouvement.

Ses yeux allèrent d'abord à l'aînée des sœurs.

Sa bouche murmura, sans qu'il se tournât vers la cadette :

— Du courage... je vous en supplie, du courage !

Elles comprirent.

Les traits d'Odette prirent la rigidité de ceux de Simone.

Et les malheureuses enfants tombèrent à genoux contre cette couche, collant tour à tour leurs lèvres à la main glacée qui pendait hors de la couverture de soie rouge.

Leur père s'était tué !

Cette phrase résumait toutes leurs sensations.

Rien d'autre n'était plus que cela... la chose affreuse, événement impossible, et pourtant arrivé.

Plus de pleurs, pas de sanglots.

C'était la stupeur dans la douleur, l'écrasement après lequel reviendra l'explosion, les larmes qui soulagent, qui sauvent.

Deux êtres à côté d'elles semblaient frappés, si elle n'avait pas la même cause, de la même stupeur : Hélier et Gontran d'Harvert.

La foudre, en les touchant, ne les eût pas laissés sous le coup d'une commotion plus grande.

Ils suivaient le va-et-vient, de plus en plus désordonné autour d'eux, avec les yeux de gens qui ne voient pas.

L'apparition de trois personnages qui n'avaient rien de l'allure de ceux que la cérémonie à l'église amenait tout d'abord à l'hôtel de la rue de Lisbonne, les ramena, d'un coup brutal, au sentiment exact de la réalité.

Lorsque le premier surgit dans l'embrasure d'une porte séparant la chambre à coucher du cabinet de toilette, montrant par l'échancrure de son pardessus, une écharpe tricolore.

Les deux autres présentaient l'attitude fermée, plutôt dure des gens habitués aux besognes pénibles.

Le premier, un petit homme bedonnant, à la complexion plutôt sanguine, semblait assez bouleversé.

Les deux autres ne paraissaient subir aucune impression spéciale.

M. Rollin était le type du commissaire qui reste un homme — il y en a beaucoup plus comme cela qu'on ne le pense — victime du devoir professionnel avec lequel il ne transigeait point.

M. Rollin se trouvait dans une des passes les plus délicates où l'avait fourvoyé sa carrière.

M. Guillain-Mariant était une des personnalités avec lesquelles on compte même alors que la destinée en a fait de simples mortels tombant sous le coup de la loi.

On n'arrête point un prince de la finance, quand surtout ce prince de la finance est un homme distingué, estimé de tous, atteint, par un coup imprévu, comme on arrête un vulgaire escroc.

[illegible] et force d'obéir [illegible] où il marie ses filles [illegible] vers un cortège d'invités [illegible] maudire le métier qui vous fait, toujours au [illegible] lui apporter dans une maison pleine de bonheur [illegible] sespoir et la honte.

Oui, le mandat était formel.

L'exécuter aussitôt reçu, ne pas attendre une [illegible] sible facilitée par les incidents prévus ou imprévus [illegible] journée : mettre enfin la main au collet de l'homme [illegible] de banqueroute frauduleuse, avant qu'il fût [illegible] teinte.

Et M. Rollin avait gravi, suivi de ses acolytes, l'escalier bordé de verdure, longé, en écartant ceux qui [illegible] naient son passage, le large palier aux encoignures [illegible] nies de véritables massifs blancs, était entré dans le [illegible] net de travail, puis dans la salle de massage, et [illegible] vant le mouvement, avait franchi le seuil de la chambre à coucher.

Un regard lui donna la prescience de la vérité.

Il n'aurait point la peine d'accomplir tout entière sa mission.

Sur cette couche, ce mort couvert jusqu'à mi-corps [illegible] satin rouge.

Devant, ces deux femmes prostrées, si jeunes, si [illegible] dans leur douleur, ces mariées dont les voiles blancs [illegible] laient se changer en voiles noirs.

La catastrophe semblait plus affreuse dans ce [illegible] de luxe et de fête, en un jour où devait s'ouvrir l'ère [illegible] du bonheur pour les créatures sur qui s'abaissait la main de la Fatalité.

Il ne s'agissait plus d'arrestation.

Le commissaire de police arrivait bien à l'épilogue du drame. Il s'avança vers le lit.

Ensemble, les deux mariées eurent un mouvement [illegible]

Elles se levèrent, l'expression navrée de leur [illegible] changée en une intensité de stupeur [illegible] devinaient, si elles ne comprenaient pas [illegible]

La Justice se dressait au chevet de la couche funèbre [illegible]

Quels terribles préliminaires avait donc eus ce [illegible] foudroyant ?

Leur pauvre cerveau ne concevait rien de [illegible] cœur, comme arraché des fibres qui l'attachaient [illegible]

L'excès même de cette épouvante rendit à Simone [illegible] plus forte moralement que sa sœur, et en général [illegible] maîtresse d'elle, une dose d'énergie qui devait aller augmentant et qui déteindrait sur Odette.

La jeune fille éprouva l'intuition rapide de ce qu'il y avait à faire.

L'heure n'était ni aux interrogations, ni aux [illegible] tions.

Mlle Guillain-Mariant se plaça devant le lit [illegible]

— Monsieur, mon père est mort... Que voulez- [illegible]

— Constater le décès ! répondit avec un [illegible] sa bonté native le représentant de la loi.

La jeune fille éprouva, dans le sombre de [illegible] pair, une reconnaissance envers celui qui ne lui [illegible] pas.

— J'étais venu pour une arrestation.

Ce décès, nul ne le connaissait encore ni [illegible] plus tôt.

Personne n'avait eu le temps matériel d'en porter la nouvelle au commissariat.

Mlle Guillain-Mariant s'en rendait bien compte.

Cet homme lui apparut comme un allié.

Il faudrait à tourner, si la chose était possible, [illegible] moins d'une scène sur laquelle sa tendresse filiale [illegible] donner le change.

Il lut, lui, M. Rollin, dans le regard de la jeune fille un espoir qu'il essaierait de ne pas tromper.

Il s'avança plus près d'elle.

Et, à voix presque basse :

— Mademoiselle, je suis obligé d'opérer ici une [illegible] sition... ne pourriez-vous faire qu'on m'y laissât [illegible] près seul avec mes agents ?

Mlle Guillain-Mariant regarda autour d'elle.

Et pour la première fois depuis la constatation de l'irréparable malheur, ses yeux s'arrêtèrent sur [illegible] d'Harvert.

[illegible] pâle comme son frère, [illegible] lui le [illegible] impassible, demeurait figé près de l'embrasure [illegible] porte.

[illegible] prunelles se heurtèrent.

Le comte Hélier d'Harvert, le mari devant la loi de Simone Guillain-Martant, détourna les siennes.

En cet instant, où rien en dehors de la catastrophe brutale ne semblait devoir l'atteindre, la malheureuse enfant éprouva la sensation aiguë que lui eût donnée un coup de poignard.

L'expression de ces prunelles à la fois inflexibles et [illegible], qui fuyaient les siennes, ne lui laissèrent pas de [illegible].

Une barrière se dressait entre elle et celui qui, tout à [illegible] encore, effleurait des lèvres son voile blanc, lui [illegible] des paroles d'amour.

Simone jeta les yeux sur Gontran.

Sa sœur, justement, abordait ce dernier.

La pauvre Odette semblait chercher auprès de lui le refuge suprême.

Gontran d'Harvert ne sut pas se dominer.

[illegible] un pas de côté.

Odette aussi avait compris.

Sa sœur la saisit par la main.

Et d'un ton sourd :

— Du courage, nous ne sommes plus que nous deux...

Mais Odette faiblissait à son tour.

Le coup, s'il ne l'atteignait pas plus profondément qu'il [illegible] sa sœur, lui enlevait ses forces factices.

Simone la saisit par la taille.

Une voix murmura à leurs oreilles.

— Non, vous n'êtes pas seules... Je suis un ami.

Les yeux élargis de Simone, les prunelles mourantes d'Odette se tournèrent vers Max Mannier.

Ce jeune homme, aperçu de temps à autre, invité à deux ou trois reprises à dîner par leur père, ne restait pour elles qu'un indifférent.

La loyauté de cette figure leur apparut pour la première fois.

Il y avait une force auprès de leur faiblesse.

Simone se sentit plus de courage pour la lutte.

Odette vainquit la syncope.

Et comme s'ils eussent pressenti les paroles qu'ils n'entendaient pas, comme s'ils eussent reçu la flétrissure de l'épithète méritée de lâche, que prononçait peut-être la conscience, les deux frères d'Harvert, soit remords humain, soit souci du jugement que le monde prononcerait contre eux, s'approchèrent de celles qui portaient leur nom.

Malgré elles, malgré le coup reçu, les pauvres petites se sentirent émues presque doucement.

L'une comme l'autre, elles eurent le pardon généreux de cette attitude du premier moment, du geste qu'on peut n'oublier jamais.

Elles éprouvaient la même sensation, aimant toutes deux, se croyant aimées.

Hélier et Gontran n'obéissaient qu'à un mouvement instinctif, indépendant de leur volonté et de leur affection.

À peine ce mouvement ébauché, ils se ressaisissaient.

Odette tendit la main à Gontran.

Simone s'appuya sur le bras d'Hélier.

Le jeune médecin, lui, ne s'y trompa point.

Les deux frères cachaient, sous une correction nécessaire, [illegible] impression profonde de déception qui fait [illegible] le sentiment et l'honneur.

[illegible] abîme était creusé entre ces jeunes couples qu'une fatalité unissait, que la mort sur ce lit allait désunir.

[illegible] un mépris passa dans les yeux clairs et avides de [illegible] Mannier.

[illegible] syncope [illegible] n'avait pas duré une minute.

Le jeune docteur parla, se prévalant de son autorité de [illegible], demandant à ceux qui, les uns derrière les autres, faisaient irruption, soit dans la chambre, soit dans les pièces qui y aboutissaient, de vouloir bien se retirer, [illegible] et le commissaire de police, — celui-ci prévenu sur-le-champ et accouru pour l'enquête indispensable, — devant seuls y demeurer.

L'évacuation s'opéra, lente, à regret, la curiosité se [illegible] à l'émotion très violente chez les uns, [illegible] chez les autres par ce qu'ils savaient dès la veille.

Enfin, les trois pièces se trouvèrent vides, les portes fermées.

Il n'y restait que les comtesses d'Harvert et leurs maris, le Dr Mannier, le commissaire, les deux agents, puis le vieux valet de chambre du banquier.

La forme du décès constatée, une balle en plein cœur, M. Rottin passa aux perquisitions d'abord dans le cabinet de travail de M. Guillain-Martant.

Rien, sur le bureau, n'avait été touché.

Les feuilles volantes éparses parmi tous les autres papiers et les objets qui le garnissaient, furent d'abord rassemblées, attirant invinciblement le regard avec leur large écriture, tourmentée, écrasée, parfois illisible.

« Non, je ne suis pas un voleur, je suis un honnête homme.

« Ce n'est pas Guillain-Martant qui ira s'asseoir sur les bancs de la correctionnelle, c'est le mort.

« Elle vous dira le Mort... »

Ces phrases heurtées, décousues, écrites en lettres plus grandes, sautèrent aux yeux du commissaire qui les fit passer sous ceux du jeune homme.

— Laissez-moi tout lire, demanda celui-ci à voix basse, mon malheureux client était un ami... Comme tel [illegible] et comme ami, je voudrais savoir par quelles phases il a passé, pour en arriver là, son pauvre cerveau [illegible].

« Hier matin, je l'ai quitté [illegible], beaucoup mieux ; suicide... je ne m'explique pas... »

M. Rottin interrompit à voix basse, tendant [illegible] au docteur des feuillets rassemblés par lui.

— Vous ne savez pas ?... Vous n'avez entendu parler de rien ?

— De quoi aurais-je entendu parler ? Je [illegible] apparition hier soir, à la fête donnée [illegible]. Il était convenu que je ne verrais pas mon client ce matin, celui-ci craignant de se lever tard.

« Je l'ai bien trouvé un peu pâle, j'ai attribué cette pâleur à l'émotion plus encore qu'à la fatigue qu'il éprouve depuis quelque temps, et pour laquelle je lui faisais suivre un traitement spécial.

« Mais je ne sais rien.

« Je n'ai rien entendu.

— Un krach formidable... banqueroute frauduleuse... dénonciation au parquet.

— Banqueroute frauduleuse ?... Impossible !

— Chut ! prononça M. Rottin.

Le médecin lisait rapidement, malgré le voile qui se formait entre ses yeux et le papier.

Ce mot de « trahison » revenant à tout instant, ce nom que la plume n'écrivait jamais ; ces divagations et ces phrases lucides indiquaient que le détraquement cérébral éclatait sous le coup de quelque formidable découverte, d'un cataclysme certainement imprévu.

Qui était le traître, l'ennemi, le misérable auteur du drame ?

Max Mannier avait à peine le loisir de se le demander.

La situation s'éclaircirait, trop tard, hélas !

Il n'est pas de compensation devant la mort.

Le commissaire et les agents poursuivaient leurs recherches, fouillant les tiroirs, forçant ceux que le domestique ne parvenait pas à ouvrir.

Tout devait être bouleversé dans l'appartement particulier de M. Guillain-Martant.

La visite accomplie à cette heure chez lui coïncidait avec celle qu'un autre commissaire de police, accompagné d'autres agents, opérait du haut en bas de la maison de banque, au lieu de la circonscrire au bureau particulier qu'il avait également là-bas.

Simone et Odette, qui suivaient d'abord les trois hommes, exécuteurs au nom de la loi de la plus [illegible] des violations, retournèrent accablées et désespérées près du lit funèbre où leurs maris revenaient aussi.

Le bruyant désespoir qu'Odette montrait au premier moment, tandis que Simone perdait peu à peu ses [illegible], se faisait jour à présent chez cette dernière.

Ce fut un bien.

Les nerfs se détendent, la fièvre du cerveau s'apaise, tandis que les pleurs coulent.

Il n'y avait point certes de consolation pour le terrible malheur qui fondait sur ces têtes heureuses.

Pourtant, des mains pouvaient chercher, et retenir et étreindre, ces petites mains jointes qui se tordaient dans un geste pareil d'appel, vers ce lit où le corps ne bougeait point.

Des bras, où, malgré l'intensité de leur détresse, elles soutiraient le refuge dans lequel on puise la force de la résignation, eussent pu s'ouvrir pour se resserrer sur elles.

Des lèvres eussent pu prononcer leur nom.

Un silence profond...

Héller et Gontran d'Harvert les regardaient, certes, avec plus de pitié que celle que ces deux créatures eussent inspirée à des indifférents.

Il y avait au fond deux-mêmes un sentiment avivant cette pitié.

Ce sentiment eût éclaté, si à la stupeur d'un événement auquel, sans le cadavre dont la main livide tranchait sur le satin rouge de la couverture ils neussent pas cru, ne se fût joint l'écrasement d'une formidable déception.

Ruinés, acculés à un mariage riche ou à une vie de besogneux, à moins que ce ne fût à une vie d'expédients, les deux frères avaient vendu plusieurs millions leur nom et leurs armoiries.

La dot ne devait être versée qu'au cours d'une année.

Donc, sur les millions, il ne fallait plus compter.

Les deux femmes leur restaient avec leur jeunesse, leur grâce.

Chacun s'était senti emporté vers sa fiancée.

Ils subissaient un entraînement certain.

Simone et Odette étaient de celles qu'on remarque, chacune avec sa tournure d'esprit et son genre de beauté.

Elles avaient, avant leurs vingt ans, attiré non seulement les coureurs de dot — plus d'un adorateur sincère.

Elles étaient, l'une comme l'autre, capables de susciter une passion profonde et impérieuse.

Qui sait si les deux d'Harvert ne fussent pas devenus les amants épris de leurs femmes ?

Le coup de tonnerre éclatant sur cette maison paralysait, chez eux, jusqu'aux facultés d'émotion.

Les conséquences de la catastrophe primaient tout.

L'égoïsme, le « moi » féroce et implacable, se dressait entre eux et le devoir, entre eux et la pitié.

Il n'était plus, pour l'un comme pour l'autre que ceci :

La ruine, le déshonneur, le scandale.

Et si eux qui quittaient à peine leurs maîtresses — maîtresses banales, c'est vrai, maîtresses de passage — ils se sentaient, en rentrant à l'hôtel de la rue de Lisbonne, repris par l'ambiance du milieu, tout en ce moment les en détachait.

Ils avaient l'inextinguible envie de partir, une fuite au milieu des invités, des gens du cortège, noms connus de la finance et même de la noblesse, une retraite vers les coupés garnis de fleurs blanches, qui, au lieu de les conduire à l'église les ramèneraient en quelques secondes avenue de Messine.

Loin de ce milieu, peut-être se ressaisiraient-ils.

Tandis que Simone et Odette pleuraient au pied du lit funèbre, ils sortaient à pas furtifs.

V

Ce matin-là, dans une chambre petite et toute blanche, avec de gros nœuds bleus servant d'embrasses aux rideaux de la fenêtre, de garniture à la flèche qui maintenait la mousseline légère, voilant la tête et le pied d'un mignon lit de cuivre, où depuis qu'elle avait quitté le berceau elle dormait, les yeux grands ouverts dès longtemps déjà, Suzette pensait.

Suzette avait sept ans aujourd'hui.

Elle savait lire, consultait très bien le calendrier.

Et elle se demandait si elle recevrait pour son anniversaire, comme l'année dernière, une belle poupée.

Elle chérissait par-dessus tout les poupées.

Et Suzette, la petite Suzette Savaret, qui s'éveillait contente dans la continuation d'un rêve, celui d'une nouvelle « fille », qu'elle bercerait mollement, en chantant le refrain, qu'on lui chantait lorsqu'elle était bébé, fixa soudain, comme dans une peur, ses beaux yeux d'un gris de lin, sur la porte qu'on n'ouvrait plus jamais, alors qu'autrefois jamais on ne la fermait, — celle qui faisait communiquer sa chambrette avec la chambre de ses parents.

Le jour filtrait à peine dans la blancheur de la mousseline.

Pourtant, elle la voyait bien, la vilaine porte qui lui avait fait verser tant de larmes.

Un soir, on la claquait bruyamment ; son père... son papa si bon, autrefois, qui la gâtait tant... et qui maintenant, était méchant... Oh ! très méchant !

Elle eut peur.

Elle cria.

Lui, la menaça, la frappa même...

Et depuis, elle pleurait tout bas, en n'osant appeler sa mère.

Suzette se souvenait très bien que cela se passait le soir même de ses six ans, alors qu'elle serrait contre elle, sur son oreiller, la belle poupée reçue le matin.

Depuis, elle se trouvait très à plaindre.

Pourquoi si gâtée l'année d'avant et si sévèrement menée, si brusquée à présent.

Sans doute parce qu'elle était grande.

Car Suzette, qui savait que sept ans c'est l'âge de raison, se croyait devenue un personnage.

Réfléchie, avec un fond d'espièglerie qui pouvait d'une petite fille trop raisonnable faire une enfant terrible, il lui venait de ces réflexions de femme, atténuées par ces naïvetés sublimes d'enfant qui frisent si souvent l'inflexible logique.

Il n'y avait eu qu'une grosse dispute entre son père et sa mère.

Elle entendait, à travers la porte fermée, leurs voix fortes et mauvaises.

Chacun, depuis, dans la maison, restait triste et difficile.

Son père la repoussait, sa mère ne l'embrassait plus quand il était là.

Au lieu de se la passer, tour à tour, des genoux de l'un sur les genoux de l'autre, l'un l'écartait, quelquefois avec brutalité, l'autre lui enjoignait de se tenir en place.

Et son grand frère, Robert, qui peut-être la gâtait le plus, qui jouait avec elle comme s'il avait été un petit garçon, était redevenu sérieux, ne lui parlait que raison, lui recommandait d'être docile, lui disant, s'il lui donnait des bonbons, de les cacher.

Elle avait presque peur, également de lui.

Il la serrait si fort dans ses bras, quand il pouvait l'attraper, sans personne autour d'eux, que cela lui faisait mal.

— Ma pauvre petite chérie, je t'aime bien... je t'aime bien, ma pauvre petite !

Il disait aussi :

— Sois toujours sage à présent, toujours... il le faut, pauvre innocente !

Il ressortait trois conclusions nettes, dans l'esprit de la fillette.

On était méchant pour elle.

Son papa et sa maman ne l'aimaient plus, puisqu'ils ne l'embrassaient plus.

Et elle eût préféré que son grand frère Robert ne l'embrassât pas du tout.

Suzette s'était donc faite sérieuse, au cours de cette année, plus sérieuse qu'on ne le devient à son âge.

Repliée sur elle-même, surprise et froissée, craintive alors qu'auparavant elle osait tout, elle vivait en un travail d'imagination trop intense pour son frêle cerveau.

Avait-elle eu cette nuit un cauchemar, s'était-elle éveillée vraiment pour entendre les voix brèves, les voix mauvaises de son père et de sa mère, qui arrivaient à ses oreilles, de la chambre à côté ?

Elle ne se rendait pas compte.

Ils étaient allés à un bal, chez le patron de son papa.

Voilà tout ce qu'elle savait.

Le jour, peu à peu, pénétrait dans la chambre.

L'enfant attendait.

Autrefois, vite impatiente, elle eût crié pour qu'on la levât.

Et si la bonne n'entrait pas pour la prendre et l'habiller, dès qu'elle l'appelait, son père arrivait, l'enlevait de son petit lit et la couvrant de baisers, la portait dans le grand où sa mère, à demi éveillée, la tenait câline, serrée entre ses bras.

Et quoique depuis longtemps, longtemps, il n'y eut plus de ces bonnes parties du réveil, quoique sa mère elle-même ne la mît plus guère dans son grand lit que lorsqu'elle était malade, elle en gardait la mémoire comme on garde celle des bonnes choses qu'on a bien aimées.

Son papa devait être là, ce matin, puisqu'il rentrait tard.

Et Suzette sentait une crainte.

Elle n'eût demandé qu'une chose, c'est qu'il ne fût jamais à la maison.

Au fond, pourtant, elle l'aimait bien toujours.

Oui, elle l'aimait bien, car lorsqu'elle le voyait pleurer en la regardant, comme il faisait, il n'y avait pas très longtemps, elle sentait se fondre aussi en larmes son pauvre petit cœur.

Et elle accrochait ses bras autour de son cou, en répétant pour le consoler :

— Papa, je serai toujours sage, toujours.

Il l'embrassait à lui faire mal, comme son frère Robert l'embrassait.

Puis il la soulevait, la portait dans la pièce voisine, fermait la porte, dont il tournait la clé.

Et depuis, plus un baiser.

Des paroles sévères, des gestes brusques, parfois des yeux terribles.

Ah ! qu'y avait-il, dans cette maison de son papa et de sa maman, où elle était avant, la petite reine ?

Tout à coup Suzette sursauta.

La porte de laquelle son regard ne se détachait pas, s'ouvrit.

C'était lui... son papa, qui entrait.

La petite fille ferma les yeux.

Il s'avança, contre le mignon lit de cuivre, enveloppé de mousseline légère.

Le jour, qui commençait à venir de la fenêtre, laissait le fond de la pièce en une demi-obscurité, où la couche toute blanche, semblait un nuage.

Il s'en approcha, interceptant encore, entre lui et la fillette, la lueur tardive de ce matin d'hiver.

S'il distingua le visage mince, tout pâle, dans les cheveux d'or, il ne s'aperçut pas du mouvement involontaire des paupières.

Les boucles lourdes écrasaient les épaules étroites, sous le grand col en piqué, ajouré au bord de la chemise de nuit.

Dans son geste involontaire, Suzette avait joint à la hauteur de son menton ses petites mains.

Pierre Savaret la regardait.

Cet homme, qui vieillissait étrangement depuis quelque temps, sortait de cette nuit, — la dernière de celles où il se serait trouvé dans le cabinet de travail de la rue de Lisbonne, en face du banquier Guillain-Marfant — si défait, qu'il semblait avoir vécu dix années.

Ses cheveux gris paraissaient blancs collés en mèche sur son front en moiteur.

Ses yeux, striés de fibrilles bilieuses avaient l'atonie des mornes détresses...

La bouche aride laissait échapper une respiration coupée, fiévreuse.

Pierre Savaret mit ses mains sèches sur la rampe du petit lit, auquel il imprima une oscillation.

Suzette ne rouvrit pas les yeux.

Ses longs cils ne frémirent plus.

La crainte peut immobiliser jusqu'aux paupières d'une petite fille qui ne dort pas.

Celle-ci sentit sur son visage une haleine chaude.

Elle ne bougea pas davantage.

Et voilà qu'elle tressaillit, qu'elle les ouvrit très grands, ses yeux couleur de lin.

Des gouttes, qui brûlaient plus encore que le souffle ardent, venaient de toucher son visage.

Elle articula :

— Papa !

Les prunelles de l'homme prirent l'expression terrible déjà vue.

Suzette jeta sa tête en arrière.

Tout son corps tremblait.

Mais le tremblement s'arrêta.

Une immense douceur venait de remplacer, au fond de ses yeux à lui, le fulgurant éclair.

Il se mit à genoux, joignit à son tour les mains, et sourdement murmura :

— Pauvre innocente !

Voilà ce que disait aussi le grand frère Robert.

Lui, le père, prononça d'autres paroles :

— Oui... oui... je t'ai bien aimée... tu étais tout pour moi... plus qu'elle, plus qu'elle encore... ma petite fille aux beaux cheveux... aux cheveux d'or...

Sous les prunelles obscurcies de l'homme, des larmes se reformaient, jaillissaient condensées, creusant leur sillon au long des joues.

— Est-ce ta faute, mignonne... Je devrais ne sentir que la caresse de tes bras, t'aimer toujours... t'aimer quand même ! Oh ! ce fiel, cette haine... ce désespoir !... Suzette ?

— Papa...

— Oui, ton papa...

Ses mains saisirent les menottes qui se tendaient au travers des barreaux du lit.

Et les lèvres, excoriées, brûlées de fièvre, baisèrent les tout petits doigts.

— Je t'aime bien, papa.

— C'est vrai, ma chérie ?... Je suis pourtant méchant, très méchant, à présent.

— Non... non, papa.

— Si, je le suis.

— Mais ce n'est pas ta faute... Maman dit que tu es malade, et quand on est malade... on est méchant... quelquefois, pas toujours. Moi, je suis sage, je reste dans mon lit, et je bois du mauvais sirop. Toi, si tu restais dans ton lit, et que tu prennes le mauvais sirop... après tu serais peut-être gentil comme avant, dis, mon petit père ?

— Ne m'appelle pas ton petit père.

Il embrassait toujours les doigts roses déjà fuselés comme des doigts de femme.

— Pourquoi ? c'est donc mal aujourd'hui ?

« Tu es pourtant mon petit père.

Pierre Savaret se redressa.

Il recula de deux pas, les paumes des mains sur les yeux.

Et Suzette, qui n'y eût rien compris — n'entendit pas les paroles mal articulées, sortant de son gosier :

— Si ce n'était pas toi... Si tu ne me disais pas... que tu es... la fille de l'autre... Si je n'avais pas le cœur arraché... j'oublierais... Mais cette chose ! cette chose !...

Ses bras se tendirent en un mouvement raide, de recul et d'attirance, vers la couche où palpitait l'être qu'il avait cru son sang et qui n'était point à lui.

Dans la haine faite du déchirement de son amour déçu, de sa confiance trahie, de sa paternité trompée, il y avait encore une tendresse et surtout une pitié.

Oh ! la faiblesse, la force des enfants !

C'était elle, Suzette, après cette nuit maudite, qui amollissait son cœur, qui éveillait sa conscience, qui apportait en lui la notion nette de l'action commise.

En sortant du cabinet du banquier, Pierre Savaret repassait par les salons en fête que, trois quarts d'heure plus tôt, il quittait pour monter derrière celui-ci.

La première personne qui frappait sa vue, au milieu de ce tumulte brillant, était sa femme, tragique et pâle à côté de son fils, tous deux immobiles sous un portail, comme refoulés à droite et à gauche, par le flot des danseurs.

S'il le vit, lui, il ne regarda qu'elle.

Entre Pierre et Charlotte, c'était depuis un an, à l'état latent, la méfiance et la lutte...

Si Charlotte subissait la [illegible], c'est que la nécessité la contraignait à le subir, c'est qu'elle avait peut-être aussi peur que cet homme, qui l'aimait toujours, ne se laissât aller contre elle à quelque extrémité.

Ce dernier se leva, [illegible] entre les couples de danseurs, fit en face de sa femme :

— Partons !

Elle [illegible] — restée au fond la dominatrice, et dans les actes ordinaires de la vie, le conduisant encore, — par un [illegible].

L'heure était grave.

Elle ne pouvait rien contre la Fatalité.

Charlotte suivit son mari, tandis que, blême, la figure [illegible], le fils les accompagnait du regard.

Pendant le trajet si court — quelques maisons plus loin que l'hôtel du banquier — qu'ils n'avaient point besoin de prendre de voiture, pas un mot entre eux.

Rentrés dans leur appartement, même silence.

Elle se mit au lit.

La jeune femme ne devait point fermer l'œil.

Pierre demeura, le reste de la nuit, enfermé dans son bureau.

Elle l'entendait marcher.

Elle l'entendit pleurer.

Et dans le cauchemar qui passa devant ses yeux grands ouverts, elle entrevit à vingt reprises, sans pouvoir le [illegible], le cataclysme qui, à son tour, l'enveloppait, dans lequel elle se débattrait en vain, comme le malheureux sur la tête de qui elle amassait une impitoyable vengeance.

Le mari qui tue sa femme dans une furie passionnelle, est-il plus cruel que celui qui la frappe indirectement, moralement, sans pitié ?

Lorsque, au matin, Mme Savaret vit le sien traverser sa chambre d'un pas d'automate, sans tourner la tête vers son lit, le grand lit conjugal où ils dormaient de moins en moins côte à côte, puis ouvrir la porte donnant sur celle de sa fille, elle sentit ses oreilles tinter, une telle faiblesse dans ses membres qu'elle n'eût même pas la force de l'arrêter d'un geste ou d'une parole.

Et tout à coup — Pierre Savaret n'était pas resté dix secondes en face du petit lit — la porte de communication se rouvrit...

Il apparut, tenant, comme au temps du bonheur, Suzette blottie contre sa poitrine, toute mince dans sa grande chemise de nuit.

La sueur froide encore aux tempes, la mère entr'ouvrit sa couverture.

Et le petit corps chaud se serra près du sien.

Pierre ramena la couverture sur elles deux, sourit le visage près de leur visage.

— On est bien là... hein ! On est bien ?

Son sourire était une contraction ; sa voix n'avait point d'intonation.

On voyait, dans ses yeux, la volonté de ressaisir, ne fût-ce que quelques secondes, la sensation perdue.

Il [illegible] du grand comme il s'était écarté du petit [illegible].

Il y a des joies qu'on ne retrouve pas.

Une heure plus tard, Pierre Savaret et son fils, en tenue de cérémonie, étaient prêts à partir.

Il ne fallait éveiller aucun soupçon.

Hésiter l'un ou l'autre, laisser prise à une suspicion, c'était assumer une responsabilité publique.

Ils avaient assez de leur responsabilité cachée.

Car Robert se trouvait, dans l'abominable affaire, le complice, sinon agissant, du moins qui laisse agir.

Entre père et fils, on peut arriver en certaines phases de l'existence aux confidences.

Pierre Savaret, en cette heure de crise, suivant la découverte qu'un hasard lui livrait, devint celui qui était un homme [illegible], criait sa rage et sa douleur.

Peu à peu, le père laissa percer en face du fils sa volonté de vengeance.

Un jour, il y avait de cela quelque six semaines, après s'être tu longtemps, il lui précisait cette vengeance.

Soudain l'œil de Robert, de son œil bon et calme jadis, où passait maintenant une de ces haines que rien n'enfante, Pierre Savaret, cynique et froid, disait :

— Tu aimes l'aînée de ses filles, Simone ?

Et Robert, [illegible] :

— Je n'aimerai jamais quelqu'un que je [illegible] avoir.

— Tu l'aimes !... Je t'épie ; chaque jour, je vois [illegible] la lutte.

« Et pourquoi ne l'aurais-tu pas ?

— Si elle était pauvre, je pourrais espérer...

— Alors, elle pauvre, tu te mettrais sur les rangs ?

— Peut-être.

— Tu préférerais une femme sans un sou, que tu adores... à une femme riche qui ne t'aimerait pas ?

— Oui.

Le père ricana.

— Comme moi... Mais toi, tu es jeune, tu [illegible] aimer...

« Les hommes d'âge mûr qui épousent de jeunes [illegible] méritent mon sort...

« Ils n'ont qu'à prendre leur parti en braves... [illegible] n'y a pas un enfant... un enfant qu'ils ont chéri, et [illegible] se sentent haïr.

« Je ne voulais rien te dire... Un tel poids est trop [illegible] à porter seul...

« Je ruinerai Guillain-Marfaut ; tu auras sa fille, si tu la veux encore quand le père sera déshonoré ?

Robert devint livide. Il articula :

— Ne fais pas cela... c'est trop odieux.

Lui, les poings crispés, de l'écume aux lèvres :

— Il faut que je me venge !...

« Au commencement, je voyais rouge... Combien de [illegible] n'ai-je pas eu la hantise de tuer !...

« Un duel ?

Je n'ai jamais tenu une épée ; ma main pourrait [illegible] mal un pistolet... je ne suis pas lâche, tu le sais, [illegible] ne veux pas mourir sous la balle de ce misérable... [illegible] veux pas de son triomphe sur mon cadavre.

— Non !

« L'envie que j'avais, une envie parfois si intense que [illegible] cherche des yeux quelque chose à ma portée, [illegible] papier, des ciseaux, son lourd encrier de bronze, [illegible] je me trouvais seul avec lui, ou avec toi et lui, [illegible] ler dans son cabinet, c'était de l'étendre à mes [illegible] l'assommer comme un animal malfaisant [illegible] que je savais tout... et qu'il était le père... le père [illegible] Suzette...

« C'est cela, vois-tu, c'est cela... Il faut que je me [illegible] autrement, sans que personne s'en doute, lâchement si [illegible] veux... moins lâche que lui... pour ne pas jeter sur [illegible] miens le déshonneur, sur moi une insultante pitié.

— Mais, père, cette vengeance retombera sur des [illegible] centes.

— Tu épouseras l'une, l'autre fera ce qu'elle [illegible] J'ai trop souffert... Je ne retrouverai de sommeil [illegible] que lui ne dormira plus.

— Père, n'agis pas ainsi, en traître !

— Robert !

Il sondait davantage ses yeux.

Colère et surprise, une sorte de honte aussi se [illegible] dans les siens.

La bouche de Robert, encore rouge sous sa [illegible] tache, devint exsangue, comme son visage.

— Eh bien, fit-il, marche !

— Tu m'aideras ?

— En quoi ?

— Par ton silence...

— Certes, je le garderai...

— Cela me suffit... J'ai besoin de parler à quelqu'un [illegible] tu n'est pas mon fils, tu es un ami... Un ami sûr [illegible] à toi que je me confie.

— Peut-être réfléchiras-tu...

— Tais-toi !

Robert devait se taire.

Pour sauver l'une, il fallait trahir l'autre.

On ne trahit pas son père.

Pierre Savaret et Robert Savaret étaient prêts à [illegible].

Le premier rentra chez Charlotte.

Celle-ci avait fait emporter l'enfant par la bonne [illegible] restait au lit.

Son mari dit brusquement :

[illegible] mariage ! je pense que vous êtes aussi y assister.

La jeune femme fixa sur lui des grands yeux aux lueurs [illegible].

Puis, d'une voix sombre et nette :

— Je n'y assisterai pas.

Il n'ajouta rien.

Leurs prunelles, ni à l'un ni à l'autre, ne se détournaient.

Pierre posa la main sur le bouton de la porte et sortit [illegible]ement.

La femme s'assit sur son séant.

Elle prit à pleins doigts ses cheveux, tandis que son visage se contractait dans une expression d'angoisse, de [illegible] de révolte.

Et sa voix gronda haletante :

— Cette vie peut-elle durer ?

« C'est trop à présent, il faut que cela finisse... J'aimerais mieux la mort ! »

Charlotte retomba en arrière sur ses oreillers.

Un pli creux coupait son front, entre ses oreillers.

La flamme sombre de ses yeux filtrait entre ses paupières mi-closes, qu'elle fermait parfois tout à fait, pour les rouvrir aussitôt.

Elle regardait quelque point fixe d'un horizon fermé [illegible] tout autre que pour elle, un horizon où se dissimulaient peut-être des scènes d'un passé fatal...

De ce passé, dont son mari devait surprendre, sinon le [illegible], du moins l'adultère...

Comment faisait-il cette découverte ?

Le plus incroyable des incidents mettait sous ses yeux, [illegible] la preuve de l'infidélité de la femme, celle de l'illégitimité de l'enfant.

Il y a des hasards terribles.

Sa tranquillité, son impunité à elle, la sécurité morale, [illegible] bonheur de son mari, tenaient à un fil qui s'était [illegible].

Elle avait livré un nom, que depuis la veille seulement [illegible] défendait.

Comment l'eût-il crue ?

Tandis que Mme Savaret demeurait dans le gouffre de [illegible] pensées le père et le fils atteignaient l'hôtel du banquier.

Le désarroi régnait non seulement à l'intérieur, mais [illegible] la rue, sur le trottoir, parmi les valets de pied, les cochers des équipages stationnant devant la maison, les [illegible] rassemblés pour voir partir les mariés.

Le fils, aussi bien que le père, comprit avant qu'on les [illegible] renseignés.

Guillain-Marfant s'était tué.

Robert demeura dans le vestibule de l'hôtel, anéanti. Pierre Savaret monta l'escalier à la rampe de chêne [illegible].

[illegible], le chapeau à la main, il entra dans le cabinet de travail où instrumentaient le commissaire de police et [illegible] agents.

Un homme lui barra le chemin : Max Mannier.

— Docteur, laissez-moi... Vous me connaissez ?

— Je vous ai vu, en effet...

— A deux ou trois reprises, lorsque vous êtes entré dans le cabinet où je travaillais, le matin, avec M. Guillain-Marfant, dont je suis depuis vingt ans le secrétaire.

— Ah ! parfaitement...

— Je puis passer par là ?

Savaret tendait la main dans la direction de la chambre à coucher.

Et, le médecin hésitant :

— J'étais, reprit-il, non seulement le subordonné, mais le collaborateur... l'ami.

— Venez.

Odette et Simone sanglotaient toujours, affaissées près [illegible].

Savaret s'arrêta sur le seuil.

Le collaborateur... l'ami, regardait.

Et ce fut étrange ce qui se passa chez cet homme, que le souvenir du désespoir, qui eût pu le tuer, rendait implacable.

Guillain-Marfant mort, toute son inimitié tombait.

On eût dit qu'on venait de lui enlever avec la main le [illegible] qui, nuit et jour, écrasait sa poitrine.

Ses tempes ne battaient plus.

Il respirait largement, comme quelqu'un qui, depuis longtemps, n'a pas senti l'air arriver à ses poumons.

C'était un soulagement, un allègement, cette sensation de la tâche accomplie, qui dégage l'esprit de l'obsession.

Puis, plus brusque, une impression de vide à l'âme, une crispation au cœur, un resserrement à la gorge.

Et quelque chose d'épouvantable, les affres d'une angoisse dont Pierre Savaret la nuit précédente au moment où il quittait le cabinet de travail, ressentait l'étreinte.

Puis, cette pensée s'évanouit comme elle avait surgi.

Si son œuvre de vengeance avait frappé un innocent !

En se rappelant l'homme, il se rappelait l'ami,

Car ce mot n'était pas de trop.

Il y avait eu, entre le banquier et son secrétaire, le patron et l'employé, une de ces sympathies faites d'estime, sincères et durables.

Savaret c'était l'intégrité, la fidélité ; ces qualités jointes à un jugement sain, à une façon posée d'envisager les choses, qui matait parfois heureusement la vivacité de conceptions, pouvant atteindre à l'emballement, de M. Guillain-Marfant.

Ce dernier, la loyauté, la bonté, en toutes circonstances, aussi bien dans les opérations financières qu'il exécutait au grand jour, sans combinaisons louches, que dans des simples actes de l'existence quotidienne, non seulement ne témoignant vis-à-vis de ses subordonnés, à quelque hiérarchie qu'ils appartinssent, d'aucune morgue, mais s'intéressant à tous, du haut en bas de l'échelle.

L'un avait montré du dévouement ; l'autre cette gratitude pour les services rendus que l'on rencontre plutôt rarement chez les supérieurs, pas davantage du reste chez les inférieurs ou des égaux.

Et entre ces deux hommes loyaux, la haine mettait d'un côté, son hypocrisie, sa férocité, sa lâcheté.

La mort qui nivelle tout ramenait au point Pierre Savaret.

Le souvenir des vingt années côte à côte subsistait seul.

Celui qui restait se sentait étreint d'une émotion profonde devant celui qui n'était plus.

Le premier visage que virent, à travers leurs pleurs, les deux filles du banquier fut celui de Max Mannier.

Leurs yeux se détournèrent pour chercher dans la pièce.

Un homme qu'elles reconnurent, Pierre Savaret, s'avançait.

Hélier et Gontran avaient disparu.

Le médecin parla en même temps aux deux jeunes filles.

— Je vous en supplie, sortez quelques instants d'ici, retirez-vous chez vous. La cérémonie à l'église ne peut avoir lieu aujourd'hui... Vous reviendrez, mais retirez-vous quelques instants... Calmez-vous, soyez fortes... Montrez-vous à la hauteur de la situation.

Elles le regardaient avec le navrement des douleurs sans espoir.

L'une et l'autre ressentirent encore dans cette détresse, un réconfort.

Leurs maris, ceux dont elles portaient le nom, n'étaient plus à leur côtés.

Sur qui appuyer leur faiblesse ?

Un homme leur parlait avec son cœur, fixait sur elles des yeux loyaux.

Elles subirent, plus fort que tout à l'heure, l'attirance de cette sympathie.

Elles écoutèrent la voix, arrivant seule à leurs oreilles pour les soutenir, sinon les consoler. [illegible] passèrent chez elles.

Max Mannier, seul avec lui dans la chambre du défunt, examinait Pierre Savaret.

Et il lui sembla, à l'instant où celui-ci [illegible] regardait le visage du mort, que ce qui remplaçait l'émotion toute naturelle causée par l'imprévue catastrophe, avait quelque chose d'extraordinaire.

Une secousse, imprimant à son corps un recul, passa rapide, sur le secrétaire particulier de Guillain-Marfant.

Une contradiction lui crispait le visage une horreur dilatait ses prunelles.

Ses lèvres remuèrent.

Il jeta soudain un cri rauque, un cri à moitié étouffé.

Et, avec un affolement irrésistible, il se précipita vers la porte par laquelle il était entré.

Le Dr Mannier restait surpris.

Cette impression ne fit que surgir et disparaître.

L'heure était de celles qui accaparent entièrement.

Le jeune médecin devait s'occuper de donner des ordres, pour l'ensevelissement, pour que l'on cherchât les religieuses qui veilleraient le corps.

Lui-même ferait la déclaration à la mairie.

Il se rendrait à l'église, afin de prévenir que la cérémonie n'aurait pas lieu.

Dans cette maison en désarroi, il y avait des initiatives à prendre.

Les formalités nécessaires accomplies, il serait seulement permis de penser à la situation immédiate des deux sœurs.

Max Mannier se sentait fort de la tâche volontairement assumée, qu'il considérait comme un devoir : soutenir celles que leurs défenseurs naturels, leurs maris, en ce moment plus que critique semblaient abandonner.

Et tandis que la voiture dans laquelle il avait sauté emportait rapidement le jeune homme, il se rappelait les paroles du banquier, un matin que celui-ci, dans une crise plus forte de fatigue, de découragement, de neurasthénie, laissait percer des inquiétudes d'avenir :

— Mon cher docteur, si je venais à disparaître avant d'avoir marié mes filles, elles resteraient seules au monde... Et si quelque catastrophe financière avait fondu sur moi, je ne sais pas comment elles s'en tireraient.

Max Mannier se demandait s'il y aurait un moyen de sauver les deux sœurs de la ruine.

Hélier et Gontran d'Harvert feraient peut-être d'ailleurs leur devoir.

Ceux-ci venaient de rentrer dans leur garçonnière de l'avenue de Messine.

Le valet de chambre leur ouvrait la porte positivement ahuri.

— Monsieur le comte... monsieur... ces messieurs ont oublié quelque chose ?

Hélier fit un geste net, sans un mot.

Son frère prononça sur un ton qui n'attirait pas la réplique :

— Assez ! ne bouclez pas les malles, nous ne partons pas ce soir.

Le domestique resta bouche ouverte et bras ballants.

Ses maîtres étaient déjà chez eux, dans le fumoir de Gontran sur lequel ouvrait la chambre à coucher, et qui communiquait avec celui d'Hélier, dont la chambre aussi était contiguë.

Ils se regardèrent bien en face, une fois la porte refermée sur eux.

Gontran, le plus communicatif, prononça en jetant son claque sur le divan :

— Nous voilà propres !

Hélier ne répondait point.

Ses yeux tombaient sur deux télégrammes, les « petits bleus » que le domestique posait sur la même table, en attendant qu'il les plaçât dans les valises de ses maîtres.

Il les prit, en passa un à son frère.

— Qu'est-ce que c'est ?

Chacun déchira le pointillé.

Et chacun, spontanément, se tendit le sien.

— Lis !

Ils avaient la même teneur.

Un billet anonyme, arrivé trop tard, ou plutôt eux, descendus trop tard avenue de Messine.

Filez non, au dernier moment, ou n'allez point jusqu'à la mairie ; Guillain-Marfant est ruiné, demain il sera en prison.

Un Ami.

Les dépêches étaient arrivées l'avant-veille au soir.

Si les deux jeunes gens n'étaient venus directement de leur château de la Beauce à la rue de Lisbonne, prévenus avant de se lier devant la loi, ils y eussent certainement regardé à deux fois.

Maintenant, comment agir ?

Simone et Odette étaient comtesses d'Harvert.

Ce fut encore Gontran qui parla.

— Ce n'est pas tout cela... Qu'allons-nous faire ?

Hélier le regarda, la figure sombre.

— D'abord, reprit le plus jeune, pourquoi sommes-nous ici ?

L'aîné jeta sur sa propre personne un coup d'œil.

— Pour passer nos redingotes, probablement.

— Après, quand nous aurons passé nos redingotes ?

— Nous retournerons rue de Lisbonne.

— Après ? interrogea encore le cadet.

— Nous emmènerons en Beauce celles qui portent nos noms.

— Et puis ?

Hélier eut un mouvement saccadé des épaules.

— Et puis... nous verrons.

Sans quitter les mains de ses poches Gontran se mit à marcher dans le fumoir, d'un pas énervé.

Au bout d'une minute, il vint se planter devant son frère qui restait immobile, le dos appuyé contre la cheminée, les yeux fixes sous ses sourcils rapprochés.

— Et que ferons-nous dans la Beauce... avec nos femmes ?

Hélier eut un geste vague.

L'autre continua :

— Notre mariage nous remettait à flot... Nous risquons à présent, je pourrais dire nous sommes sûrs d'être expulsés, non seulement d'ici, mais de la *Hêtraie*, où nous venons de faire faire des réparations considérables, que devaient payer les millions de beau-papa...

Qui sait ce que la catastrophe qui a amené sa mort nous apportera, à nous aussi, acculés par des créanciers, qui, certainement, se montreront intraitables ?

L'aîné redressa son front courbé.

— Qu'y faire ?

Et Gontran, avec une crispation des lèvres, avec un grondement de rage :

— Nous sommes dans une sale déveine !

Le suicide du banquier Guillain-Marfant, plutôt la catastrophe financière qui amenait cet acte désespéré, désagréable avant le mariage, devenait, après, néfaste pour eux comme pour ses filles.

Non seulement ils n'avaient plus, vis-à-vis de leurs créanciers, la ressource d'épouser la forte somme, mais ils ne trouveraient ni pitié, ni merci.

C'était le travail ou les expédients : c'était la misère.

Hélier et Gontran d'Harvert, acculés à la mansarde ou au suicide.

Travailler ?

Même le voulant, même résolus à abdiquer leur vain orgueil de caste, à secouer leur indifférence ataviques pour ce qui n'était pas le plaisir ou la gloire, l'eussent-ils pu ?

Aptes à beaucoup de choses, mais dans leur [illegible] absolument superficielle, possédant maints talents d'agrément, très forts à tous les sports, que feraient-ils dans la lutte où des millions d'êtres se débattent chaque jour pour le pain ?

La situation était de celles qui dépassent, en imprévu aussi bien que du côté critique, ce que l'imagination la plus fertile pourrait enfanter.

De quel côté le salut viendrait-il ?

Les deux frères n'eussent eu de ressource qu'en un vieux parent, cousin germain de leur père, un d'Harvert comme eux, si le vieux cousin eût pu être une ressource.

Fort riche, intéressé, quant à ce qui ne touchait pas sa manie de collectionneur, dépensant du reste, pour satisfaire cette manie, la plus forte partie de gros revenus, il évinçait à peu près de son entourage ces garçons dépensiers, qui jetaient idiotement leur gourme.

Hélier et Gontran savaient que non seulement, ils n'étaient pas auprès de lui en odeur de sainteté, mais qu'ils n'avaient rien à en attendre, du moins de son vivant.

Même après la mort, pourraient-ils prétendre à quelque chose ?

Avait-il fait, ne ferait-il pas un testament ?

Ils étaient ses seuls héritiers naturels.

Hautains d'ailleurs, ils ne lui faisaient aucune concession, ne lui adressaient jamais une demande.

Le marquis à côté de cette manie des collections : émaux, faïences, bijoux anciens, avait celle du titre.

Le double mariage de ses jeunes parents n'était pas pour l'attendrir à leur égard.

Eussent-ils épousé des milliardaires dans la roture qu'il les eût tout autant blâmés.

Les millions des demoiselles Guillain-Mariant n'influaient point sur lui.

Il avait refusé positivement d'assister à la bénédiction nuptiale.

Non, de ce côté, pour les deux frères, rien à attendre.

Et c'était le seul homme vers lequel leurs yeux se tournaient.

Leur situation, vis-à-vis du marquis, empirait, s'il était possible qu'elle empirât.

M. d'Harvert eût rayé ses petits cousins de son testament, pour peu qu'ils introduisissent dans la famille les filles d'un failli, d'un suicidé.

La catastrophe était bien complète.

Hélier et Gontran qui évoquaient en quelques paroles brèves, la personne du vieux parent intraitable, gardaient malgré ses réflexions la même pensée ; demander en cette heure critique, à l'homme sensé qu'au fond il était, un conseil qu'il donnerait, dons la justesse de son jugement dégagé de tout sentiment personnel.

Le marquis habitait, hiver comme été, depuis une dizaine d'années, une vaste propriété sur les hauteurs de Saint-Cloud.

Ils se rendraient à Saint-Cloud aujourd'hui, demain au plus tard, quand ils sauraient quelque chose.

Evidemment le petit bleu anonyme disait la vérité.

Il fallait un krach formidable, engloutissant non seulement sa fortune, mais son honneur, pour que le banquier, le matin du mariage de ses filles, se tirât un coup de revolver en plein cœur.

L'état de choses, pourtant, était-il aussi terrible que le disaient les dépêches, et que l'avait cru le malheureux !

L'un et l'autre voulaient encore espérer.

Quoi qu'il en fût, ils devaient tout affronter.

Lorsque les deux jeunes gens revinrent rue de Lisbonne, aucun équipage ne stationnait plus devant l'hôtel.

Du haut en bas de la maison, le silence.

La perquisition accomplie, le commissaire et ses agents vidaient les lieux.

Les domestiques en une stupeur compréhensible, ne bougeaient guère de l'office.

Et dans la chambre mortuaire, près du grand lit au couvre-pieds de satin rouge sur lequel tranchaient les mains d'ivoire du mort, quatre femmes veillaient : deux jeunes femmes et deux religieuses.

VI

Charlotte Savaret, quelque besoin qu'elle eût de repos après sa nuit de fièvre et d'insomnie, en entendant la porte de l'antichambre se fermer sur son mari et sur son beau-fils, glissait hors de la couche, nerveuse et souple à la fois, ses pieds blancs sur la fourrure noire de la descente de lit, détachant de sa nuque, en un geste fébrile, ses cheveux qui la fatiguaient.

Elle eut un mouvement de tête soulagé tandis que s'éparpillait la masse foncée où les reflets naturels mettaient leur note fauve.

Charlotte passa dans le cabinet de toilette.

Là encore, elle secoua ses cheveux, y glissa à plusieurs reprises les doigts, touchant son crâne endolori, eut un battement lourd des paupières, une crispation lente des lèvres, et redevenue nerveuse, enroulant d'un tour de main la masse sombre, l'épingla au-dessus de son front en une torsade serrée, fit tomber rapidement sa longue chemise de nuit et se trouva, statue vivante aux formes superbes, marbre éblouissant, sous la pluie scintillante de l'appareil à douche.

A peine le grain du frisson sur l'épiderme lisse.

L'eau glacée calme et fortifie.

La pluie cessa les gouttes brillantes séchées sur elle, avant qu'elle se fût enveloppée du peignoir-éponge prestement détaché de sa patère.

La réaction s'opérait naturellement, comme chez les tempéraments riches, les natures exubérantes.

Mme Savaret cachait, dans une forme de chair impeccable, cette résistance, cette énergie — l'apanage de bien peu de femmes — qui domine les nerfs quand il le faut, cette santé, en un mot, qui produit l'équilibre entre les facultés intellectuelles et les facultés physiques.

Charlotte Longaut, la petite institutrice à trente francs par mois, fille honnête, de parents honnêtes, se mariait, sinon éprise de son mari, du moins l'aimant assez, et suffisamment heureuse de son changement de condition, pour ne pas même songer qu'elle pourrait le trahir.

Qui avait passé, si vite après le mariage, dans la vie de Mme Savaret ?

Comment le mari trompé avait-il connu son malheur ?

Il faut tout craindre dans la vie.

Un mot, un geste, un rien, une phrase d'écriture, un fragment de papier, la vérité la mieux dissimulée, le secret le plus caché, surgissent.

Il y avait donc de cela un an.

Ce souvenir évoqué ramenait, précis, le drame bref de l'irrémédiable découverte.

Oui, un hasard... une félonie du sort, formidable et stupide, quelque chose de plus imprévu que tout ce qu'on peut prévoir...

Ç'avait été, ici, un bout de lettre épargné par la flamme, qu'un coup de bourrasque refoulait du foyer mort à l'intérieur.

Cela se passait dans la chambrette même de l'enfant, où l'on ne faisait pas de feu depuis l'hiver précédent.

Les fumistes, conduits par Savaret qui voulait leur indiquer une réparation au rideau de la cheminée, venaient de soulever la plaque.

La bouffée du grand vent éparpillait les cendres, découvrant le papier jadis atteint par le feu, et qui, soulevé avec elles, s'abattait sur la bottine du maître de la maison.

C'était une lettre.

Le mari de Charlotte y attacha les yeux.

Pourquoi ?...

Et pourquoi ramassa-t-il cette lettre ?

Le papier restait double, ou plutôt quadruple, mordu par la flamme aux quatre angles.

Des lignes demeuraient entières, tout un paragraphe.

On parlait d'un voyage en Angleterre.

On avait l'âme triste... l'absence...

« Suzette est à moi pourtant... Remords cruel, remords vivant... notre chère petite Suzette... »

Pierre Savaret, tenait dans sa main agitée d'un tremblement convulsif, cette lettre rongée aux quatre angles, roussie sans que les mots fussent effacés, certaine partie même demeurée intacte.

Instinctivement rapproché de la fenêtre, tandis que les fumistes commençaient leur besogne, il se disait :

— J'y suis allé en Angleterre... Serait-ce mon écriture à moi... Mais Suzette, ma Suzette n'est pas mon remords.

Il mit le papier dans sa poitrine.

Il le brûla comme si le feu y fût attaché encore.

En passant dans son bureau, tremblant maintenant si fort que ses jambes ne voulaient plus le porter, il tomba sur un siège, avec une sueur de syncope au front.

Ce fut ainsi que Charlotte, qui allait et venait dans l'appartement, le trouva, au bout de dix minutes d'inertie, alors que le sang commençait à lui remonter au cerveau.

L'afflux en fut terrible.

La jeune femme eut en face d'elle un être qu'elle ne connaissait pas, un visage congestionné, aux yeux striés de rouge, avec une mousse aux lèvres, des gestes de fou.

Elle crut réellement qu'il perdait la tête.

Lorsqu'elle comprit, elle sentit à son tour la faiblesse l'envahir.

Elle était perdue.

[illegible] Anatole [illegible]

[illegible] à défaut de cette preuve trop certaine, [illegible]

[illegible] un aveu.

[illegible] l'avait trompé [illegible]

[illegible] erreur [illegible]

Mais elle voulait savoir si l'enfant était née [illegible] la petite fille aux cheveux [illegible]

[illegible] la rage rouge, prête à armer sa main [illegible] la douleur, l'affreux arrachement de son [illegible]

[illegible] toujours, il devait pardonner... pardonner [illegible] jeter sur l'enfant, la seule innocente, une [illegible] de réprobation, et donner à l'autre toute sa haine [illegible]

[illegible] il l'accablait le premier, il forçait [illegible] à le répéter.

[illegible]

[illegible] qui ne devait voir le banquier de plusieurs [illegible] celui-ci était en voyage, eut le temps de se [illegible]

[illegible] une vengeance, que tuer quelqu'un à bout portant [illegible]

[illegible] se venger !

[illegible] balle qui tranche une existence [illegible]

[illegible] de la souffrance [illegible]

[illegible] de Charlotte [illegible]

[illegible] qui ne se rompt qu'avec la vie [illegible]

[illegible] ne se déracine point à cinquante ans [illegible]

[illegible] cœur ne refleurit que lorsqu'il lui reste de la sève [illegible] Savaret avait besoin de la femme qui prenait [illegible] celle de son cœur comme on a besoin d'air pour [illegible] de somnifère pour dormir.

[illegible] l'ambiance, sa vie, la douceur et la douleur de [illegible]

[illegible] à se montrer lâche et vil [illegible] à Pierre Savaret pour ne pas trancher [illegible] une situation qui ne [illegible]

Il en fallait plus encore à Charlotte pour demeurer [illegible] l'enfer qu'était devenu leur ménage.

[illegible] devant la psyché du cabinet [illegible] de bain.

[illegible] renvoyait son image blanche comme [illegible] superbe et indifférente dans sa nudité.

[illegible] de foulard dont elle s'en[illegible] avant de se mettre sous la douche, [illegible] les cheveux [illegible] en longs serpents tordus, tandis que [illegible] visage aux yeux verts [illegible]

Avec cette haine, le souffle intense qui parfois la [illegible] comment Charlotte [illegible] horizon [illegible] mais au supplice, à présent, à des

[illegible] [illegible]

A ces [illegible]

Comment pouvait-elle [illegible] jusqu'aux gâteries les plus [illegible] brusquerie avec laquelle on [illegible]

Et c'était peut-être le plus grand [illegible] n'avoir pas le courage, [illegible] elle, ou de la défendre contre l'[illegible]

Elle ne se sentait même plus celui [illegible] se cachait pour la serrer dans ses [illegible] pour fouiller les blonds cheveux de [illegible] contre le sien battre le frêle cœur.

Était-ce peur ?

Était-ce regret ?

L'adultère se compliquait chez Mme Savaret [illegible] plus intense que celle de la faute [illegible]

Ce remords la dominait-elle jusqu'à [illegible] de résistance, l'esprit de combat qui était en elle [illegible]

Et pourtant, pourtant, à cet instant où elle [illegible] belle, où le poids de la scène affreuse de la [illegible] sur elle à l'étouffer, Mme Savaret se répétait [illegible] ne pouvait plus vivre ainsi.

Elle se fût tenue à son ménage, dans le confort [illegible] des vingt mille francs d'appointements de son [illegible] elle avait continué à y être reine et maîtresse.

Une tyrannie la dominait.

C'était, autour d'elle, l'espionnage et le doute.

C'était subir des crises de passions et des [illegible] tristesse, des colères sourdes ou des [illegible]

Que serait l'existence entre eux, après la [illegible] vengeance, dont elle mesurait l'étendue ?

Mme Savaret se vêtit, nerveuse et [illegible] surexcitée et anéantie.

Comme elle passait sa robe de chambre, [illegible] voix de Suzette. Elle cria :

— Viens, mon ange, viens, mon adorée.

— Papa était parti ?

— Oui, [illegible] il est parti.

Des pas légers, sur la pointe des pieds, [illegible] de petites [illegible]

Suzette était là.

La mère la prenait à pleins bras, la dévorait [illegible]

— Mon cher petit enfant, ma pauvre mignonne [illegible]

— Maman... ah ! il est parti, quel bonheur !... [illegible] m'entendra pas, je peux bien le dire... Tu [illegible] qu'aujourd'hui j'ai sept ans ?

— C'est vrai ! ma Suzette... je [illegible] vilaine, mon pauvre amour !

— Non, tu n'es pas vilaine... Ma maman... [illegible] est belle... mais elle a du chagrin aussi... [illegible]

— Comme toi ? tu en as donc, Suzette ?

— Oh oui... papa est méchant... pourtant [illegible] fait... je suis sage, bien obéissante... Il y a des fois [illegible] ne l'aime pas du tout papa... puis des fois où [illegible] encore... Il ne m'a pas apporté de belle poupée [illegible]

— Il a oublié, [illegible] Du reste tu es [illegible] ne donne un cadeau à leur anniversaire qu'aux [illegible] filles.

L'enfant [illegible] jointes [illegible] de sa mère [illegible] de ses bras.

[illegible] Mme Savaret [illegible] elle.

— C'est pour rire, mon amour, [illegible] que [illegible] tu voudras.

— [illegible]

— [illegible]

— [illegible] les autres [illegible]

— [illegible] il faut que [illegible]

[illegible]

— [illegible]

— Oui, mon ange.

— Alors, [illegible]

— Pas maintenant, [illegible]

— Aujourd'hui [illegible]

— Si ce n'est pas aujourd'hui [illegible] laisseras bien un jour de [illegible]

[illegible] encore [illegible]
[illegible] une impatience.
[illegible] tu sais, il faut être sage, maintenant.
L'enfant s'en alla boudeuse, n'osant plus ne pas être [illegible] même quand son père n'était pas là.
[illegible] sa fille disparue, s'habilla rapidement.
[illegible] la porte du palier s'ouvrir et se refermer.
[illegible] conduisait Suzette à son cours.
[illegible] y était régulièrement acceptée par l'[illegible] et, par exception, comme demi-pensionnaire, [illegible] que sa présence, autrefois la distraction du logis, [illegible] la discorde.
[illegible] heures et demie du soir, quand elle rentrait, on [illegible] dîner.
[illegible] sept heures et demie, elle était couchée.
[illegible] ne [illegible] guère, la pauvrette.
[illegible] qu'elle continuait à appeler : papa, passait quelquefois des journées sans la voir.
[illegible] mère parvenait ainsi à écarter plus d'une complication.
Mais Charlotte pressentait que l'heure allait sonner où [illegible] surgiraient, les complications, sans qu'elle parvînt [illegible] conjurer.
[illegible] cataclysme dans lequel sombrait la banque Guillain-Marfant les envelopperait tous.
La jeune femme, pour la vingtième fois se le répétait.
[illegible] comment ?
[illegible] ne savait pas.
[illegible] une de ces intuitions qui forment d'impalpables [illegible] réalisés.
[illegible] se sentait enlevée comme une feuille jetée [illegible] quatre vents, emportée vers l'inconnu.
[illegible] il lui venait des envies de fuir, de quitter, pour n'y [illegible] rentrer, ce logis où s'étaient écoulés dix ans de sa [illegible] auquel elle avait tenu comme on tient à tout ce qui [illegible] soi-même, qu'elle détestait aujourd'hui, où la peur [illegible] à elle.
[illegible] s'était-il passé chez M. Guillain-Marfant, après son [illegible] et celui de son mari ?
[illegible] débâcle était-elle complète ce matin à la Bourse ?
[illegible] après avoir pensé à sortir, à marcher, à respirer, [illegible] car elle étouffait ici, Charlotte se résignait à attendre les nouvelles.
[illegible] si son mari, son beau-fils, ne revenaient qu'après [illegible] lunch, [illegible] elle n'aurait cette patience.
[illegible] son manteau, son chapeau, Mme Savaret [illegible] alla.
[illegible] dans la rue, elle se trouva face à face avec son [illegible]
[illegible] dernier, ou ne la vit pas, ou ne la reconnut pas.
[illegible] à un cadavre avec des yeux vivants de [illegible]
Charlotte se laissa frôler sans l'arrêter.
[illegible] se retourna sur lui.
[illegible] ne rentrait point à la maison.
[illegible] continua, elle, jusqu'à l'hôtel du banquier.
[illegible] sut de suite à quoi s'en tenir.
Quelques mots d'un domestique lui donnèrent l'épilogue du drame de la nuit.
[illegible] sortit, défaillante, voyant tout tourner autour [illegible] obligée de raser les murs contre lesquels elle cher[illegible] son appui.
[illegible] n'était pas Pierre qui causait tout cela.
[illegible]
[illegible] n'y avait pas d'autre coupable.
[illegible] elle cheminait comme une somnambule, dans un [illegible] dans un cauchemar.
L'air humide et froid de la rue la ranima petit à petit. [illegible] lucidité, la force de penser, reparut dans son [illegible]
[illegible] lui fallait disparaître, fuir le domicile conjugal.
[illegible] Savaret se demandait encore où se rendre.
[illegible] — du père — elle avait juré sur la tête de [illegible] que ce n'était point le banquier — ne devait-elle [illegible] aucun secours ?
Charlotte, si elle abandonnait le domicile conjugal, se [illegible]-elle réellement seule, sans un soutien, dans sa [illegible] à travers le monde ?

Sans doute, [illegible] eut la [illegible] chercher dans les annonces de journaux une [illegible] un emploi n'importe lequel qui lui permettrait [illegible] sa fille, de la soustraire avec elle à quelque [illegible] doute de démence.
La jeune femme acheta à un kiosque le *Figaro*.
Et elle se glissa dans un bureau d'omnibus afin de pouvoir parcourir à son aise les multiples avis insérés en colonnes compactes aux deux dernières pages.
Pourquoi s'arrêta-t-elle à celle-ci plutôt qu'à toute autre, moins ambiguë et moins bizarre :
« Vieux monsieur, collectionneur et maniaque, [illegible] et grincheux, mais juste et payant bien, [illegible] soin, quatre heures par jour, dame pour l'aider à [illegible] ses collections. »
Dans ces lignes, sans les abréviations d'usage, elle voyait surtout ces deux mots :
Payant bien.
Le reste, elle ne voulait pas y penser.
L'essentiel était qu'elle s'assurât d'un fixe lui permettant de vivre pendant quelque temps.
Mme Savaret, qui venait de faire en fermant à demi les yeux cette rapide réflexion, les rouvrit pour relire [illegible] l'annonce qui portait l'adresse de la villa du Roi, à Saint-Cloud.
On pouvait s'y adresser toute la journée.
Il était onze heures moins le quart.
En prenant la gare Saint-Lazare, elle débarquait à destination avant midi.
L'affolement, contre lequel elle ne parvenait pas à lutter, la poussait à courir à cette adresse.
Charlotte, à cinq minutes de la gare Saint-Lazare, y descendit à pied.
A midi moins le quart, elle sonnait à la haute grille d'une propriété, une des plus belles et des plus vastes que possède cet endroit charmant au parc magnifique qui s'appelle Saint-Cloud.
La lourde porte de fer s'entr'ouvrit.
La visiteuse poussa avec quelque peine le battant qu'elle referma ensuite.
A droite une loge de concierge, une petite habitation à un étage garnie de lierre qui restait vert, très [illegible], très soigné. A gauche, les écuries.
En face, au delà des grandes pelouses que l'hiver n'avait pas complètement jaunies, une vaste et belle maison moderne, où l'on devinait le confort.
Mme Savaret marcha vers la loge.
Et à la femme qui se montrait sur le seuil :
— Je viens à propos d'une annonce parue ce matin dans le *Figaro*.
La concierge la toisa.
— Allez par là, je ne sais pas si on vous recevra.
Mme Savaret répondit à cette vague indication par un mouvement de tête sec, et prit l'allée large, entre les grandes pelouses.
Un coup de cloche de la loge avertissait à la villa de l'arrivée de quelqu'un.
Comme Charlotte atteignait le haut du perron, la porte du vestibule s'ouvrit.
Elle passa devant un valet en grande livrée, à [illegible] culotte courte.
— Je viens pour une annonce parue dans le *Figaro*.
Le valet regarda un cartel Louis XV accroché [illegible] deux armoires de la même époque.
— Midi moins cinq, fit-il d'un ton moins [illegible] celui de la concierge. M. le marquis [illegible] de recevoir jusqu'à midi sonnant.
Tenez, madame, prenez ce numéro.
— Un numéro ! exclama-t-elle.
— Parfaitement... il y a trois jours que l'annonce [illegible] rait ; la première matinée, nous avons eu six per[illegible] la seconde neuf.
Aujourd'hui il en a défilé sept et il en reste [illegible] autant.
— Mais alors, à quelle heure...
— Madame, vous luncherez... On a dressé, [illegible] pièce d'attente, un déjeuner froid.
Malgré la préoccupation terrible qui l'amenait [illegible] qu'elle fût en passe de ne s'étonner de rien, la [illegible]

Elle pensa que le hasard la conduisait certainement chez un original.

Une sorte de crainte traversa même son esprit, quelque chose de vague, de crispant à la fois.

Elle éprouva l'envie de partir.

Pourquoi alors être venue ?

Une seconde seulement d'hésitation, durant laquelle le domestique, correct, dut pourtant, en la regardant, se dire que son maître aurait affaire à une bien belle personne.

Celui-ci tendait le numéro qu'elle prit.

Et introduite par lui, elle entra dans une pièce qui devait être une bibliothèque.

Une demi-douzaine de femmes se trouvaient là, en effet. Le domestique leur dit :

— M. le marquis ne recevra plus personne avant une heure et demie ; on va apporter la théière, vous pourrez déjeuner, mesdames, sans vous gêner ; M. le marquis vous le recommande, ces victuailles sont à votre disposition.

— Monsieur le marquis ne veut pas que personne se gêne.

Elles se regardèrent toutes, ne faisant pas, au premier moment, attention à la nouvelle venue qui eut le loisir de les examiner et qu'elles devaient détailler ensuite des pieds à la tête, avec la surprise, le sentiment d'envie, de crainte, que donnent la concurrence sur laquelle on n'a pas compté et qui paraît sérieuse.

Que venait faire ici cette femme bien mise, belle, certainement pas besogneuse ?

Leur couper l'herbe sous le pied ?

Immédiatement, elle fut mise à l'index.

Après examen scrutateur, on feignit de ne plus la voir.

Et quand, éprouvant comme chacune le tiraillement d'estomac qui pousse à se réconforter, elle souleva à son tour la théière, il n'y avait plus rien dedans.

Un seul sandwich, convoité par une petite rousse ébouriffée sous un canotier noir à ruban fané, restait sur une assiette.

La petite rousse fit presque un haut-le-corps lorsqu'elle s'aperçut qu'elle la devançait.

Le domestique, qui n'avait pas reparu, ouvrit la porte.

En voyant table nette, il eut un sourire.

— Ces dames n'ont peut-être pas eu suffisamment ?

La rousse esquissa un geste commun.

— C'est Madame qui a nettoyé les plats.

Il y eut des rires que la dernière venue ne parut pas entendre. Le domestique reprit :

— Monsieur m'envoie demander si vous désirez encore quelque chose ?

— Une tasse de thé, répondit tranquillement Mme Savaret.

La théière emportée était rapportée au bout de cinq minutes et le valet, qu'hypnotisait maintenant la beauté de la jeune femme, versa lui-même le breuvage doré et brûlant.

Cette simple condescendance du personnage en mollets blancs en imposa même à la petite femme aux cheveux roux et incendiaires.

Ce fut au tour de Mme Savaret réconfortée physiquement et se reprenant tout entière au moral, à détailler ses compagnes d'attente.

Il y en avait de toutes jeunes ; celle-là même qui venait de montrer son hostilité ; une autre de dix-huit ans environ, malingre, avec des pommettes fiévreuses.

Puis, une personne d'une trentaine d'années, deux autres marchant vers la maturité, et enfin une femme âgée, à figure triste, venue certainement pour la forme, sachant qu'on ne la prendrait pas.

Il sonnait trois heures, lorsque seule depuis dix minutes, la vieille dame à figure résignée passée immédiatement avant elle, Charlotte fut introduite par le valet au regard admiratif.

Elle se trouva, à peine le seuil franchi, comme perdue dans une immense pièce à six fenêtres, tenant certainement tout un côté du rez-de-chaussée de la maison.

Autour, à mi-hauteur, des vitrines spécialement aménagées.

Et dans la largeur, dans la longueur aussi, des vitrines rangées sur des tables d'acajou.

Pas un grain de poussière, certainement, dans ce hall où le parquet uni luisait comme un miroir.

Au bout, en face, entre deux des fenêtres hautes à vitraux anciens, assis devant un bureau, un homme sec, parcheminé, aux cheveux très blancs, comme la barbe en pointe et la moustache soyeuse, un vieillard excessivement soigné, avec un air de grand seigneur, le nez légèrement busqué, l'œil dominateur sous l'arcade profonde.

Le buste droit indiquait une taille au-dessus de la moyenne.

Il ne bougea pas, regardant fixement venir la jeune femme.

Elle s'arrêta à quelques pas.

Il lui fit signe d'approcher.

Et sa prunelle dure se couvrit comme d'une légère brume.

Mais aussitôt, la même impénétrable fixité.

— Asseyez-vous, madame.

Il désignait du doigt une chaise à haut dossier, près de son bureau.

La jeune femme obéit au geste.

Elle resta silencieuse, attendant.

— Eh bien ! prononça-t-il au bout d'une minute d'un ton bref.

— Je suis venue, monsieur, au sujet de l'annonce...

— Parue dans le *Figaro*... Je m'en doute. Combien d'heures par jour êtes-vous libre ?

— Tout le temps que vous le désirerez.

Le vieillard entra, comme deux vrilles, ses yeux dans les siens. Et brusquement :

— Je vous en demanderais trop ou trop peu ; vous ne pouvez pas faire mon affaire.

Charlotte sentit un flot de sang lui monter au front.

Elle se redressa d'un mouvement nerveux.

Lui aussi était debout.

Il la détaillait ainsi qu'un connaisseur détaillerait un joli animal de race.

Mme Savaret fronçait ses sourcils.

Il eut un geste net.

— Madame, je ne vous crois pas la première venue. Non seulement comme beauté, mais comme intelligence ; certaines lignes du visage ne trompent pas. Je suis physionomiste.

« Je vais donc vous parler comme on parle à une personne intelligente.

« Je m'appelle le marquis d'Harvert, je n'ai plus qu'une passion, celle des émaux, des faïences, des joyaux anciens, elle suffit à un homme de soixante ans... Elle me fait vivre... une autre m'avilirait.

« Je veux une vieillesse digne.

« Un d'Harvert ne finira pas sa vie entre les mains d'une maîtresse.

Elle l'écoutait, non plus froissée, surprise de cette franchise peu banale.

Le nom la fit tressaillir.

Son interlocuteur vit le léger sursaut qui la secouait.

— Je suis brutal... pardonnez-moi... Évidemment, des femmes de tout âge que je vois défiler ici depuis trois jours, vous êtes la seule qui feriez mon affaire.

« Vous saisiriez rapidement l'importance de tel ou tel détail, de telle ou telle différence dans le classement de mes pièces de vitrine, vous vous intéresseriez également à mes collections, vous les défendriez contre la poussière.

« Vous pourriez être également mon secrétaire.

« Je préfère une femme à un homme, pour l'ordre et la minutie ; j'avais, depuis cinq ans, une ancienne institutrice très érudite, et comme moi, amateur, qui m'aidait beaucoup.

« Elle fut appelée par les enfants d'une sœur défunte, et elle resta parmi eux.

Depuis, je n'ai trouvé personne qui me plût ; aucune de ces pauvres créatures qui vous ont précédée n'est capable de la remplacer.

Je continuerai jusqu'à ce que je mette la main sur celui, homme ou femme, qui me conviendra, à me servir de mon valet de chambre.

Mme Savaret poussa, malgré elle, un soupir.

— Je regrette bien, monsieur, j'aurais grand besoin de trouver un emploi.

Le marquis d'Harvert la considéra encore de la tête aux pieds.

Ses yeux, moins aigus, ne la déshabillaient plus.

Ils s'arrêtaient à la toilette, à ces détails qui dénotent la femme, fussent-ils à peine soulignés dans le désarroi d'un moment difficile.

La jupe en drap foncé, de coupe sobre et élégante, le boléro d'astrakan, la toque de velours avec ses piquets de violettes de Parme, le renseignaient.

Légitime ou illégitime, la situation avait été de celles qui semblent enviables.

Le marquis d'Harvert, qui venait de se déclarer physionomiste, était peut-être aussi, et presque fatalement, un psychologue.

Cette jeune femme, très belle, élégante, se trouvait subitement, soit à la suite de quelque drame conjugal, soit après l'abandon d'un amant, dans la nécessité de s'assurer le pain quotidien.

Où sa décision allait-elle la jeter ?

Vers quelle extrémité la poussait-il.

Son air sombre, le pli de sa bouche, indiquaient une déception dont les conséquences seraient peut-être tragiques.

Ce vieillard maniaque, réputé un égoïste féroce, et sans doute arrivé à l'égoïsme profond de l'homme qui n'a trouvé qu'en dehors de l'humanité, dans l'inertie des choses qui subsistent alors que nous ne sommes plus, des satisfactions qui ne trompent pas, cet homme encore vert, assez énergique pour repousser la tentation qu'il sentait surgir, la dernière peut-être de sa vie, eut soudain la pitié — plus forte que la curiosité — qui cherche les confidences dans l'unique but de parer à quelque détermination néfaste.

Il demanda, après une minute de cet examen :

— Vous avez alors grand besoin d'un emploi.

— J'ai une fillette de sept ans à nourrir, monsieur.

— Pas de mari ?

Les sourcils fins et très marqués de la jeune femme se joignirent tout à fait.

Elle répondit, entre ses dents rapprochées :

— Un mari avec lequel je ne puis plus demeurer.

Le marquis resta encore un instant silencieux.

Et se rasseyant, il montra de nouveau à la jeune femme le fauteuil qu'elle venait de quitter.

— Causons un peu, voulez-vous ?

— Je le veux bien.

— Serez-vous franche ?

Elle secoua sa tête, presque tragique.

— En tant que je pourrai l'être.

— Je n'ai évidemment aucun droit à vos confidences ; ce qui vous touche ne devrait pas non plus m'intéresser... Vous voyez cependant que vous avez de suite produit un effet sur moi.

« Je répète que je tiens à poursuivre une vieillesse digne. C'est pourquoi je ne vous prends pas comme secrétaire... Cela ne m'empêche pas de vous être utile.

« Vous savez qui je suis. J'ignore tout de vous.

« Quoi que vous me confiez, je le garderai ; si je vous demande quelque chose, c'est dans l'unique but de vous être utile.

— Je le comprends, monsieur, et vous en remercie...

Elle s'arrêta, hésita.

Puis, interrogeant à son tour :

— Seriez-vous un parent du comte Hélier et de Gontran d'Harvert ?

Le marquis dressa l'oreille.

— Vous connaissez ces deux représentants peu dignes du nom ?

— Ils devaient épouser aujourd'hui, à l'église, Mlles Simone et Odette Guillain-Marfant.

— Ils devaient ?... Mais, à cette heure c'est fait.

— Je ne sais, je ne crois pas, monsieur.

— Comment cela, madame ?

Et M. d'Harvert, du ton de quelqu'un qui vient d'effleurer un espoir aussi vite déçu,

— Mais ils ont passé hier par la mairie ?

— Oui, ils sont unis devant la loi...

— Pourquoi pas alors, ce matin, de mariage à l'église ?

— M. Guillain-Marfant s'est suicidé la nuit dernière.

Le marquis, pâle d'habitude, devint plus pâle encore.

— Que m'apprenez-vous là ?

La jeune femme avait une crispation de traits, une angoisse du regard, décevant un de ces bouleversements intimes que la plus énergique des volontés ne parvient pas à cacher.

Au-dessus de la surprise désagréable — étant donné que le nom qu'il plaçait si haut allait être accolé par le monde à celui du financier — provoquée par cette brusque nouvelle, planait cette fois un sentiment de curiosité.

— M. Guillain-Marfant s'est tué, murmura-t-il, pour quel motif ?

— Un financier ne se suicide guère qu'à la suite d'un krach en Bourse.

— C'est ce qui a causé sa triste détermination, répondit avec un violent frisson Mme Savaret.

— Je n'ai entendu parler de rien.

— Hier seulement l'événement s'est produit.

La jeune femme frissonna encore.

Le vieillard scrutait de plus en plus profondément sa physionomie.

— Seriez-vous liée à la famille Guillain-Marfant ? interrogea-t-il.

Elle ne répondit point.

— Je répète, poursuivit son interlocuteur, que je suis guidé vis-à-vis de vous par un intérêt exempt de tout égoïsme. Et si je vous avais demandé, madame, de remplir auprès de moi ce poste pour lequel je me suis décidé à faire des annonces dans les journaux, il m'aurait fallu des renseignements très exacts sur votre compte.

— C'est vrai, murmura-t-elle.

Elle releva sa tête qui s'était baissée.

Elle le regarda à son tour bien en face.

— Mais je n'entre pas chez vous, monsieur.

Le marquis d'Harvert eut un battement répété des paupières.

— Je vous ai dit pourquoi, madame.

Charlotte se leva encore.

Et d'une voix amère, où il y avait du sarcasme :

— Il est malheureux d'être jeune...

— Et trop belle, acheva le marquis.

Elle marcha vers la porte. Il la suivit.

Avant de toucher le bouton elle se retourna.

Son visage était si contracté que le vieillard ressentit une crainte.

Cette inconnue, qui le frappait dès l'abord, qui l'intéressait maintenant à un autre point de vue, ne se porterait-elle pas, et cela par sa faute, parce qu'elle n'avait point trouvé l'aide qu'il pouvait lui donner, à quelque résolution extrême.

— Un instant encore, madame... Je ne vous demande plus rien...

« Qu'il vous suffise, à vous, de savoir que je suis à votre disposition, que je vous aiderai de tout mon pouvoir, quand vous viendrez me dire simplement la vérité.

Elle le considéra, avec une surprise, une reconnaissance pleine d'angoisse.

Et d'une voix qui se brisa :

— Je reviendrai probablement... monsieur.

— Alors, madame, au revoir.

— Oui... j'en ai peur, au revoir.

Le marquis ouvrit lui-même la porte.

Mme Savaret se trouva dans le vestibule, où le valet de pied stationnait.

Une autre porte, celle du perron, s'ouvrit devant elle.

Elle descendit les marches de pierre, se dirigea vers l'allée, entre les grandes pelouses.

D'instinct, elle se retourna.

Ses yeux s'attachèrent à la vaste et confortable maison de laquelle elle sortait, la maison étrangère où elle se sentait une sympathie.

Et, poursuivant son chemin, entre les pelouses, elle s'en alla le front bas.

VII

Pierre Savaret, parti comme un fou, n'avait vu, ni qu'il passait devant son fils, dans le vestibule de l'hôtel de la rue de Lisbonne, ni près de sa femme dans la [illegible].

Il devait aller ainsi le long des rues, rasant les maisons ou traversant les chaussées, en échappant aux accidents par cette habitude instinctive du Parisien à se couler entre les voitures, une partie de la journée, jusqu'à ce que, exténué, il échouât à la terrasse d'un café-restaurant où il se fit servir quelque nourriture, dont il ne prit pas la moitié.

La bête réclamait.

En quittant le restaurant, Savaret se dirigea vers la maison de banque de son ancien patron.

Les bureaux étaient fermés, les scellés apposés partout.

Effondrement complet !

L'ex-secrétaire du banquier Guillain-Marfant s'en retourna chez lui.

Devant il y rentrer, il erra de nouveau sans but.

Le logis, le foyer conjugal lui faisait peur.

Il était sept heures lorsqu'il y reparut.

On faisait prendre à Suzette son repas, pour la coucher aussitôt, comme d'habitude.

L'enfant, tout en mangeant sa soupe, tenait sur ses genoux, serrée sur son bras gauche, une poupée neuve, habillée d'une robe rose, coiffée d'une capote de même [illegible].

Sa mère lui parlait de la chambre voisine.

Assis en face de la fillette, Robert, le grand frère, pâle, aux lèvres un sourire qui était une crispation, les bras croisés sur la table, la regardait.

Suzette exultait.

A peine répondait-elle à sa mère.

Elle causait à sa fille, dans des rires, dans des baisers.

Elle n'en finissait pas de manger ce potage, qu'il fallait pourtant bien finir.

Mme Savaret parut au seuil de sa chambre, donnant d'un côté sur la salle à manger.

Elle aperçut son mari dans l'embrasure de l'autre porte, ouverte sur l'antichambre.

— Suzette, dépêche-toi... tu ne vois pas papa ?

Ce mot suffit pour rendre l'enfant attentive et obéissante.

Vivement elle fit marcher sa cuiller.

Puis elle porta son franc regard, empreint pourtant d'incertitude, du côté de la porte, où elle n'avait fait que deviner celui qui, pour elle maintenant, était l'épouvantail.

Elle sourit, de ce sourire des petits, qui est une invite à la bienveillance des grands.

Elle desserrait un peu son bras gauche, pour mieux montrer sa fille, tout en rose :

— Regarde, j'ai sept ans... C'est grand frère qui m'a apporté une belle poupée.

Le père eut vers son fils un regard machinal.

Le fils eut vers son père un coup d'œil noir qui rappela à celui-ci toute la situation, sa trahison, son crime.

Robert se leva d'un grand mouvement raide, et, franchissant une troisième porte, celle qui donnait sur le salon, traversa cette pièce éclairée par une lampe à large abat-jour, et s'en alla dans sa chambre.

Sans un mot, M. Savaret passa dans celle qui lui servait de cabinet de travail.

Là aussi, il y avait de la lumière, une lampe basse, à abat-jour vert, posée sur une des extrémités du bureau.

Il s'assit devant le meuble couvert de papiers qu'il rapportait en partie, pour les reporter ensuite ou les détruire, s'ils n'étaient utiles à rien, de l'hôtel de la rue de Lisbonne.

Dans le cerveau de Pierre Savaret, recommençait à tourner comme une roue de moulin.

Devant ses yeux qu'il fermait avec ses deux poings, les choses [illegible] le bureau et le lit [illegible], le grand lit [illegible] au couvre-pieds de satin [illegible], reposait sur l'oreiller rigide, à la tête [illegible] sereine, tandis que les prunelles [illegible] semblaient emporter dans l'au-delà, le long, le terrible [illegible] dont elles le stigmatisaient, vivantes.

Depuis cet instant où il voyait mort celui qu'il [illegible] lait tout court, dans leur dernière entrevue, Guillain-Marfant, Pierre Savaret se sentait mordu par le remords.

Il pensait que peut-être il s'était trompé.

Ce peut-être le rendait fou.

En ce moment, le chaos régnait dans son cerveau, presque aussi désemparé que l'avait été celui du malheureux financier.

Une image sortit de ce chaos.

Celle de Suzette mangeant sa soupe et berçant sa poupée.

Savaret se redressa.

Il lui tombait des tempes des gouttes de sueur.

Le sombre et fulgurant éclair qui les traversait à ses plus mauvais moments, brûlait ses yeux.

Il prit une clé dans son tiroir de droite de son bureau et sortit un revolver.

Il regarda l'arme.

Elle était chargée.

Savaret la glissa dans la poche de son pantalon, [illegible] dant la main sur la crosse.

Son autre main eut le geste de rejeter en arrière [illegible] cheveux blanchis en un an.

A grands pas, il s'élança du côté de la salle à manger.

Le couvert était dressé, la petite Suzanne [illegible] table.

Attiré par la porte ouverte, il alla vers le salon.

L'enfant était assise sur les genoux de sa mère.

Celle-ci la repoussa.

— Va bien vite dire à Marie qu'elle te couche, il [illegible] l'heure.

Suzette ne souffla mot, retournant vers la salle à manger. Le père l'arrêta par le bras.

— Reste par là, joue avec ta poupée, je te la [illegible] pour ce soir.

Et il la poussa, la ravissant et la terrorisant à la [illegible] au-delà de la porte qu'il ferma.

Charlotte semblait clouée au siège qu'elle occupait.

La physionomie, l'allure de son mari, faisaient présager quelque scène encore.

Comment cette journée finirait-elle ?

Elle croisa ses bras sur le guéridon en face d'[illegible] son regard se détournant de l'homme qu'elle [illegible] braver, elle se revit en l'espace d'une seconde, [illegible] heures seulement plus tôt, en la riche maison du [illegible] de Saint-Cloud, devant ce vieillard maigre et [illegible] cet homme étrange qui refusait ses services [illegible] ploi qu'il offrait, « parce qu'il voulait une vieille [illegible] gne » et qui lui disait en la voyant partir :

« Je suis à votre disposition si vous avez besoin [illegible] moi. »

Comment, en rentrant à Paris, n'était-elle pas [illegible] prendre sa fille à son externat, pour retourner avec [illegible] villa du Roc !

A cet homme qu'elle ne connaissait point le matin, qui s'appelait le marquis d'[illegible], elle pouvait [illegible] révéler la vérité entière, au moins ressentir suffisamment de la vérité pour l'intéresser, — si ce n'était plus à [illegible] — à la pauvre innocente que lui semblait à présent [illegible] un danger.

— Charlotte ! fit à son oreille une voix sourde, [illegible] dis qu'une haleine fiévreuse courait sur son cou.

Elle détourna lentement la tête.

Son visage de statue se trouva contre le visage [illegible] reux de son mari.

La bouche de la jeune femme resta rigide.

Les prunelles vertes sondèrent, avec quelque [illegible] sinistre, les yeux noirs implacables qui les [illegible].

Avant que son mari eût rien ajouté, elle [illegible].

— Il me restait à votre égard, une affection [illegible] faite de mes remords, mais sincère.

— Maintenant, je vous hais !
— Tu me hais ?
— Vous êtes un misérable !
Elle se détourna lentement.
— Charlotte !
Sa voix sifflait davantage, entre les dents grinçantes.
Il plaqua une main sur l'épaule qu'il fit ployer.
Elle eut un mouvement de tête impassible vers lui.
Sa pâle figure heurta presque sa face grise, au rictus fou.
L'éclair vert de ses yeux n'était pas celui de la peur.
Il distillait le ressentiment et le mépris.
— Tuez-moi donc, fit-elle.
— Prends garde !
— Tuez-moi !
Leurs pupilles dilatées, où passait toute l'intensité de leurs sentiments réciproques, s'hypnotisaient l'une et l'autre.
Ce vaincu lui, une fois encore, le mari.
Pierre Savaret desserra son étreinte.
Elle secoua l'épaule.
— Allons, assez ! la force brutale n'a jamais rien prouvé.
Et il enleva sa main.
Lentement, Pierre attira une chaise de l'autre côté du guéridon, posa comme elle les coudes sur le bord de la petite table, et la regardant toujours :
— Tu as raison, je suis un misérable, et parce que je suis un misérable, la vie ne doit plus me donner, je ne dis pas du bonheur, mais une tranquillité suffisante pour la supporter.
« Ni paix, ni trêve, à présent ! Ni oubli, ni sécurité morale.
« Je l'ai vu sur son lit de mort.
« Il m'a dominé.
« J'ai senti que de nous deux, le plus indigne c'était [illegible]
Elle se pencha vers lui, au-dessus de la table.
— C'était vous !
« Vous m'aviez pardonné à moi, vous aviez juré de vous venger de lui.
« Il fallait le faire loyalement, de suite, ne pas attendre un an, pour arriver à forger la combinaison la plus ignoble qu'un cerveau puisse imaginer : semer la panique, et par des lettres anonymes, et des bouches complices, produire sur un champ d'action comme celui de la Bourse de Paris, un revirement tel, que non seulement c'était la ruine pour Guillain-Martant et ses amis, mais pour tant d'autres, de pauvres gens plaçant dans une spéculation qui, sans vous, était bonne, toute leur espérance.
« Alors même que je ne vous eusse pas menti — ce que vous ne pouviez pas savoir — alors qu'il eût été capable de vous avoir pris votre femme...
L'œil de Pierre redevint tragique.
— Tu ne vas pas ajouter à ma torture en continuant le mensonge de cette nuit ?
Charlotte se fit plus froide, glacée.
— Je t'ai menti, te dis-je... Il te fallait un nom, je te l'ai donné...
« Il me semblait que contre l'homme qui tenait ta vie... celle... de ton fils, le nôtre enfin, à tous, tu ne pourrais jamais rien...
« Ou plutôt, je ne réfléchissais à rien, quand je te l'ai dit...
« J'ai crié Guillain-Martant ! comme j'aurais crié autre chose...
« Ce n'est pas avec lui que je commis cette faute, qui, par ton pardon que je croyais généreux, a fait de toi, inconscient, un tigre à face humaine.
— C'est le mot... un tigre à face humaine.
À cette minute, on frappa à une porte, qu'on ouvrit aussitôt.
[illegible] une bonne berrichonne, passant sa coiffe blanche dans l'entre-bâillement, annonça :
— Madame est servie.
— Laissez-nous ! Tout à l'heure. Si son maître avec un geste tel, que le petit bonnet rond s'éclipsa instantanément.
Pierre, reprenant ses bras sur le guéridon, prit vis-à-vis de sa femme qui ne changeait pas d'attitude, sa posture première.
— Ce n'est pas avec lui que tu commis la faute ! répéta-t-il.
— Non.
— Tu le soutiens !
— Parce que c'est vrai.
— Nomme l'autre ?
— Jamais !
— Tu le nommeras ou je te tuerai.
— Tue-moi !
Ils se parlaient dans les yeux, leurs souffles se mêlant, leurs visages rapprochés davantage par-dessus la petite table.
Dans leurs voix il y avait la même haine, la même rage.
Mais des prunelles de la femme, de ces prunelles vertes terribles, le charme funeste émanait.
L'homme, qui tourmentait dans sa poche la crosse du revolver, en détacha ses doigts frémissants.
Charlotte reprit, consciente de sa force, de sa domination :
— Si j'avais pu sauver Guillain-Martant, si lorsque j'ai surpris dans son cabinet la scène entre vous et lui, le mal n'avait pas été irréparable, si mon aveu, le sacrifice même de ma vie, n'eussent été inutiles, je l'aurais prononcé...
« La débâcle était arrivée.
« Je n'éprouve pas le remords d'un suicide que je n'eusse pu empêcher.
« Ce malheureux était cérébralement trop fatigué pour résister à une catastrophe semblable.
« En le ruinant, fatalement vous le poussiez à la mort...
« Et puisque tout est accompli, puisque c'est l'irrémédiable, pourquoi vous livrerais-je une seconde victime ?
« Pourquoi tournerais-je votre fureur et votre inextinguible soif de vengeance, vers un malheureux, dont le seul tort fut d'être très jeune, et qui souffrit autant d'une heure d'égarement, que vous avez pu souffrir.
— Tais-toi !... tais-toi !... Pour faire de Pierre Savaret ce qu'il est aujourd'hui, tu sais bien ce qu'il a fallu que fût sa souffrance...
Une détente passa sur le rigide visage de Charlotte.
Un peu de brume tamisa la dureté de pierre lumineuse de ses prunelles.
Quand ce brouillard s'effaça, les yeux étaient pleins de vraie pitié.
Bien qu'il fût son mari, que Mme Savaret, à moins d'être le monstre que sont certaines de ces créatures qu'on appelle des femmes, eût éprouvé, ne fût-ce qu'une minute, la sensation des sincères désespoirs.
Ce mari d'aujourd'hui était-il celui qu'elle avait connu ?
Quand elle l'épousait dans la force de l'âge, il gardait assez de vigueur et il avait surtout assez d'amour pour lui donner l'illusion de la jeunesse.
Quelques années abaissaient un peu ce feu des premiers temps de passion.
Il restait auprès d'elle l'époux aussi épris, et peut-être plus même, avec ses sollicitudes et des gâteries de tous les instants.
Pierre se montrait pour elle, avec ce que sa tendresse [illegible] suffisamment y ajoutait, ce qu'il était pour tous, bon, indulgent et doux.
Quel flot de limon se mouvait soudain au fond de cet être ?
Quelle détresse lui donnait l'énergie et la lâcheté à la fois de pardonner à l'une pour réserver à l'autre un de ces coups de Jarnac qui tuent sans qu'on ait le temps de se défendre par traîtrise ?
Mme Savaret résista. L'impression qui amollissait ses traits à elle, fondait l'éclair d'un de ses yeux en la lueur de pitié, par ces trois mots qui tombèrent comme un baume sur le cœur de l'individu, du damné qu'avait fait sa faute :
— Mon pauvre Pierre !

Un frisson passa sur Savaret.

Il redressa le buste, prit son front à deux mains, se rejeta en avant, et se rapprochant avec une expression d'incommensurable fatigue, d'épouvante, de douleur :

— Qui m'a mené là ?... Qui m'a mené là ?

Elle aussi prit son front à deux mains.

— Dites plutôt qui nous a menés là... Vous-même...

« Une erreur, un oubli... je vous avais juré que la faute avait été sans lendemain... Je vous l'avais juré sur la tête de ma fille...

« J'avais eu une heure de folie, lui très jeune, un enfant de vingt ans.

— Un enfant de vingt ans ! répéta Pierre dont le sang bouillonnait encore.

Et l'éternelle demande, l'ordre qu'on n'écoutait point :

— Je veux son nom !

— Qu'en ferez-vous ?

— Je le tuerai...

— Vous en avez déjà tué un !

Non, plus un frisson, un tremblement qui le secoua à faire craquer ses os, à heurter l'une contre l'autre ses mâchoires, l'empêcha de répondre.

— N'as-tu pas assez d'un remords poursuivit-elle, un remords que rien n'effacera ?...

— Non, rien, répliqua-t-il contraignant ses nerfs à se calmer, rien !

— Il te suffit d'un fantôme pour marcher désormais dans la vie.

— Il nous suffit, veux-tu dire ?

« Le cadavre de Guillain-Marfant te barrera plus souvent la route qu'à moi.

« La coupable, la seule coupable, qui est-elle si ce n'est toi ?

Savaret parlait sans surexcitation, prenant le ton de persuasion qui peut attirer la confiance.

Avant que sa femme eût répondu, il reprenait :

— Les conséquences sont affreuses, je n'ose y penser sans me dire, en effet, que ma vie est perdue, sans me demander si j'aurai le courage de vivre.

« La coupable, je te le répète, c'est toi.

« Te rends-tu compte, voyons, entre nous, une bonne fois, les yeux dans les yeux, de l'odieux de ton mensonge ?

— Certes, je m'en rends compte, mais seulement à présent... Je répète que j'ai crié ce nom comme j'en aurais crié un autre.

— Pourquoi ne pas t'être ressaisie ?

« Il est impossible, par exemple, lorsque je te disais, poussé par un aveuglement qui me faisait voir à côté : « Cette enfant lui ressemble, je hais cet homme chaque jour davantage ! » que la crainte tôt ou tard de conséquences graves, ne t'ait pas engagée à revenir sur ton mensonge.

— Revenir ?... et comment ?... Plus d'une fois, la peur m'a étreinte, j'ai eu plus d'une sueur d'angoisse. J'ai passé des nuits blanches...

« Pouvais-je penser, je le répète, car je vous l'ai déjà dit — que vous, l'homme pondéré, honnête et doux, au lieu d'aller par le chemin droit des explications, vous prendriez les lignes tortueuses des vengeances criminelles.

« Si j'avais su ! si j'avais su !...

Il se remit à la regarder.

Et après un instant de silence :

— Tu étais bien heureuse, toujours le rire aux lèvres, la gaîté dans les yeux, tu me disais que tu m'aimais.

— Et j'avais pour vous, en effet, une grande affection... Mais les hommes d'âge mûr, voyez-vous, sont des fous d'épouser de jeunes femmes.

Elle ajouta violente :

— Pourquoi voulez-vous que lorsqu'elle passe réellement auprès d'elles, la jeunesse, elles n'en subissent pas la griserie et ne ferment pas les yeux ?

— J'aimais... Guillain-Marfant n'était guère plus jeune que moi. Je t'ai pardonné...

— Votre haine n'a pas désarmé.

— Un autre en eût subi de la même façon les effets. Un duel duquel l'un de nous deux ne fut pas sorti vivant, l'eût rayé du monde ou vous l'eût laissé.

« La félonie chez Guillain-Marfant était de celles qui détournent le sens moral.

« Elle a dévié le mien.

A la place de l'homme honnête et doux, comme tu dis, si c'est bien en effet ce que j'étais, elle a donné un être de dissimulation, de machiavélisme.

« On m'avait trahi, je trahirais aussi.

« Sous des dehors d'amitié, d'intérêt, en me traitant comme un camarade, mon patron me couvrait de ridicule.

« Tu m'as jeté sur la piste d'un innocent...

« Je veux le coupable et je l'aurai !

Pierre Savaret se leva, arpenta d'un pas irrégulier le salon.

Il essayait peut-être d'apaiser l'orage qui se déchaînait en lui, avec une impétuosité telle qu'il sentait qu'il ne pourrait plus bientôt l'endiguer.

Il revint à sa femme, toujours assise, ne bravant pas, mais encore prête à la lutte.

— Tu vois bien que tu mens... Cette lettre que Satan ou Dieu arracha de la cendre où tu la croyais aussi réduite en poussière, parle d'un voyage en Angleterre.

« Nous étions dans le Devonshire pour une affaire de mines, il y a dix-huit mois, nous deux, mon fils et le patron.

« Seul, il a pu te l'envoyer.

« La conclusion s'impose

« Le mensonge, toujours le mensonge !... Tu prétends que ce fut une faute sans lendemain.

« Suzette a sept ans, et l'année dernière ce misérable t'écrivait encore.

Mme Savaret était touchée.

Son front se courba.

Elle le redressa aussitôt.

Son mari eut un rire effrayant :

— Tu trouveras à répondre ?... Eh bien, réponds, j'écoute !

— Ce n'est point Guillain-Marfant... Le jeune homme qui m'aima devait conserver pour moi un culte platonique, d'où jaillissent parfois des regrets, des détresses que vous comprendriez si vous saviez...

« Mais vous ne saurez point...

« Vous ne saurez jamais !

— Tu crois cela ?

Pierre Savaret se précipita vers la porte qu'il fermait sur la petite fille, et que la bonne avait tirée sur elle après avoir annoncé que le dîner était servi.

S'élancer dans la salle à manger, saisir par un bras l'enfant s'amusant tranquillement près de la table avec sa poupée que la violence de son père lui fit lâcher, l'entraîner dans le salon, fut l'affaire d'une demi-seconde.

Et avant que la mère eût eu le temps de se précipiter, paralysée, du reste immédiatement par l'horreur du geste et de la menace, il tirait de sa poche son revolver qu'il braquait vers la tête de l'innocente :

— Parle ! je le veux, le nom... et ne mens point, je le devinerai ! Parle, ou je tire !

Elle se tordit les bras.

Suzette avait jeté un cri strident.

— Je tire ! répéta-t-il, touchant presque cette fois le front avec le canon de l'arme, tandis que, désespérément, la petite se jetait en arrière. Le nom de son père ou je tire !

Une poussée vigoureuse à l'épaule lui fit détendre son étreinte.

Un homme lui arracha l'enfant, se plaçant du même mouvement entre elle et lui.

Il reconnut son fils.

Et blême, la bouche exsangue, la voix sourde et ferme, Robert Savaret prononça :

— Son père... *c'est moi !*

VIII

Elles n'étaient pas rentrées ce matin-là, les petites modistes, et quoique ce fût d'abord leur intention, à leur atelier de la rue de la Paix.

Non seulement elles perdraient leur journée, mais elles seraient vertement tancées le lendemain.

On était dans un moment de « presse » qui ne souffrait pas d'abstentions.

— Eh bien ! comme disait Zozo, elles s'en « fustigeaient le cristallin ».

Elles avaient juré d'assister au mariage à l'église d'Hélier et de Gontran.

Dussent-elles se trouver ensuite expulsées de l'atelier, elles y assisteraient.

Dans leur logement de la rue du Rocher, composé de leurs chambrettes et d'un espace carrelé grand comme les deux mains, décoré du nom de cuisine, elles se mirent à chanter en faisant leur toilette.

Leur insouciance, leur gaieté, si assombrie depuis une dizaine de jours, leur était revenue tout entière.

Cette dernière nuit de folie, au lieu d'accroître leur chagrin, les en avait débarrassées.

A quoi bon broyer du noir ?

Elles savaient qu'Hélier et Gontran n'étaient que des amis de passage.

Ils les quittaient pour convoler en justes noces.

Leur amour-propre sortait de là sans froissement.

On restait bons amis.

On se reverrait sans doute, sûrement même...

Une incartade maritale, un coup de canif en l'honneur des trottins de la rue de la Paix.

Elles y avaient mis de leur cœur, mais cette parcelle seulement que savent donner les jolies amoureuses facilement accueillantes, celles qui aiment le plaisir pour le plaisir, et d'où qu'il vienne, pourvu que celui qui le procure soit beau garçon et aimable compagnon.

Elles descendirent dans leur plus belle toilette, parfumées, froufroutantes et provocantes, toutes deux en boléro de peluche loutre.

La porte de la loge était ouverte.

Elise y passa la tête.

— Rien pour nous ? madame Pépin.

— Non, rien, mademoiselle.

— Qu'est-ce que vous avez ? Pourquoi cette drôle de voix ? Vous pleurez ?

— Il y a de quoi, mademoiselle Sibot, mon mari va perdre sa place.

— Comment cela ?

— La maison de banque où il était depuis bientôt trente ans fait faillite... Pensez, à son âge, où retrouvera-t-il quelque chose ?...

« Et nous avons notre fille si mal mariée qui a tant besoin de nous... Mon Dieu ! mon Dieu !

— Voyons, consolez-vous, ça ne remédiera à rien de vous bouleverser ainsi.

— Je sais bien, mais c'est un tel coup ! Il avait encore quelques bonnes années et son patron lui aurait fait une rente. Puis il l'aimait tant, son patron, comme tous les employés : c'était une adoration. Mon pauvre François en a un désespoir !

En relevant soigneusement sa robe, Elise Sibot s'était écartée.

Sa sœur, qui écoutait derrière elle, la remplaça sur le seuil. Ce fut elle qui demanda :

— C'est dans une maison de banque qu'il était votre mari ?

— Oui... une des principales de Paris.

— Eh bien, tranquillisez-vous, nous connaissons quelqu'un... nous avons des amis qui épousent aujourd'hui, justement, les filles d'un banquier... Nous allons même, telles que vous nous voyez, à leur messe de mariage... Au revoir, nous en reparlerons...

Elles avaient traversé le vestibule, elles étaient dans la rue. La brave Mme Pépin maugréait :

— C'est lui, M. Guillain-Marfant qui devait marier ses filles aujourd'hui... Ce n'est pas par hasard à cette messe de mariage qu'elles iraient, ces deux folles ?

Les jeunes filles descendirent à pied jusqu'à Saint-Augustin.

Beaucoup de monde déjà dans la nef principale où se continuait le tapis qui couvrait les marches de l'église surmontées d'une large tente, garnie à droite et à gauche de verdure.

Au fond, dans le chœur, de la verdure encore, des fleurs blanches et tous les grands lustres allumés.

L'heure avait sonné de l'entrée dans le temple.

On ne s'inquiétait point.

A peine s'impatientait-on.

Les mariés se font toujours attendre.

Cependant, le grand suisse galonné, les bedeaux dans leur costume de gala, prirent des allures agitées.

Rien n'indiquait l'arrivée prochaine des deux couples.

Midi... Midi et demi.

De l'assistance très nombreuse des invités à l'office et au lunch, ou simplement à l'office, des gens isolés, puis des groupes se détachèrent.

— Qu'est-il arrivé ?

— C'est stupide !

— Ils oublient l'heure.

— Ils se moquent du monde !

— Certainement, il y a eu quelque chose.

Dans la rumeur grossissant sous la voûte, où l'orgue n'avait pas encore jeté ses accords puissants, où les chants sacrés qui devaient être exécutés par des artistes de l'Opéra, n'avaient pas retenti, la rumeur très vague, isolée d'abord, courait, comme elle eût couru presque dans un endroit profane.

Le krach, la ruine dont on parlait la veille, pouvait être un fait accompli.

Qui savait ce qui s'était passé, cette matinée, à l'hôtel de la rue de Lisbonne ?

On le sut.

De la fabrique de l'église, un subalterne envoyé aux nouvelles en rapporta.

M. Guillain-Marfant était mort.

Le mariage n'aurait pas lieu.

Voilà comment Zizi et Zozo, les jolies modistes de la rue de la Paix, firent ce matin-là dans leurs beaux atours, au milieu d'une assistance choisie et élégante, un fiasco complet.

Elles en étaient donc pour leurs frais de dérangement, de toilette, et la perte de leur journée.

Elles ne pensaient, cependant, à rien regretter.

Leur curiosité très surexcitée les poussait à savoir encore.

— Ça c'est trop raide ! répétait pour la vingt-cinquième fois Zozo en regagnant la rue du Rocher, c'est à se demander si nous avons bien entendu.

— Oui, plus fort que de jouer au bouchon ! fit sa sœur sérieuse.

Elles n'avaient plus qu'une vingtaine de pas pour atteindre leur maison.

Un instant séparées sur le trottoir, elles se rejoignirent.

Et au moins aussi pour la vingtième fois, elles répétaient l'une après l'autre :

— Pauvre Hélier !

— Pauvre Gontran !

— Quelle déveine !

— C'est pas de chance !

Puis, arrivées devant leur porte :

— Je me demande, prononça l'aînée, ce que nous metterons faire chez nous.

— Je me pose la même question, dit la cadette : en voilà une idée d'avoir rappliqué jusqu'ici... J'ai l'estomac dans les talons.

— Et moi la migraine de faim ; si nous allions déjeuner au restaurant ?

— Tu sais qu'il ne nous reste plus beaucoup d'argent... Hélier et Gontran ont oublié de nous payer le souper que nous leur avons offert.

— Pour une fois nous pouvons bien le payer, nous...

— Je ne dis pas le contraire, seulement...

— Bah ! nous ne prendrons qu'un beefsteak aux pommes.

Elles continuèrent leur route quand ensemble elles s'arrêtèrent.

— Si on entrait dans la loge ?

L'une et l'autre avaient le pressentiment que la maison de banque où était depuis trente ans M. Pépin et la banque Guillain-Marfant ne faisaient qu'une.

Elles ne se trompaient point.

Mme Pépin savait maintenant par son mari qu'elles aperçurent blême comme un linge au fond de la pièce sombre, le suicide du patron.

[illegible] quelques instants.
— [illegible] le restaurant tout proche de chez elles, où elles en[illegible] quelquefois.
Si elles n'étaient pas des habituées, les garçons pour[illegible] les connaissaient.
Elles s'installèrent à un bon coin, arrêtant un menu [illegible] comme variété, et en bavardant, mangèrent avec [illegible] entrain de ces [illegible] que les écrevisses, le foie [illegible] et le champagne de la nuit précédente mettent le lendemain en fameux appétit.
Elles étaient toutes à l'événement qui touchait d'un coup [illegible] dans les bras de qui elles passaient cette dernière nuit.
Le fond, pour elles, de la question était ceci :
— Hélier et Gontran avaient-ils déjà palpé la dot — les [illegible] millions, qui étaient « l'excuse » à leur mariage?
[illegible] au café qu'elles dégustaient en apprécia[illegible]
Zizi et Zozo en étaient là — peut-être par ce principe qui fait combattre les nerfs par les excitants — plutôt [illegible] dans leur journée, lorsque Zoé, la [illegible] frappa sous sa toque de [illegible] son front un peu bas.
— Une idée, Zizi!
— Laquelle?
— Eh bien, je suis sûre que dans notre [illegible] a déjà coiffé les demoiselles Guillain-Mariani.
— [illegible] Il n'a [illegible] même, en octo[illegible] cette année, des nouvelles clientes... On a parlé de la fortune de leur père.
— Tu te souviens pas?
— Nous pas du tout.
— Mais si, des toques en chinchilla avec piquets de par[illegible]
— Admettons que je me souvienne... Où veux-tu en [illegible], ma chérie?
— Ne venons-nous pas de nous confier [illegible] que nous donnerions deux [illegible] pour voir les têtes que [illegible] en ce moment ces messieurs d'Harvart!
— J'en donnerai même quatre pour mon compte.
— Et autant pour voir leurs dames?
— Quatre de plus!
— Eh bien, nous n'avons qu'à nous présenter comme envoyées de la maison [illegible], à l'hôtel de la rue de [illegible]
— Quel toupet!
— Si nous lui rapportons une commande, madame sera enchantée.
— Même si elle n'en est pas payée?
— Nous nous en battons l'œil.
— Pardon, comme ce sera notre faute, elle fera tomber sa colère sur nous.
— On ne nous a pas dit de venir prendre des [illegible] chez des gens qui ont fait la fête.
— Alors, ce sera de la frime. On n'a pas besoin de l'exécuter, la commande.
— C'est malhonnête ce que tu veux faire... [illegible] des filles en deuil, qui attendront leurs chapeaux!
— [illegible] si elles commandaient [illegible] que nous les verrons.
[illegible] nous exécuterons [illegible] Un peu de crêpe, du tulle raide, du taffetas, [illegible] [illegible] leur en ferons cadeau.
Zoé s'arrêta net.
— Une idée! exclama-t-elle encore avec son [illegible]
— Ah ça! il t'en pousse tous les cinq minutes. Si [illegible] elle est aussi ingénieuse que l'autre.
— Tu dis, Zizi, que nous prétendons nous [illegible]
— [illegible] travailler chez nous, pour avoir [illegible] de [illegible] que nous ne venons pas de nous [illegible] [illegible] la clientèle, des cartes à notre adresse?... [illegible] commencement!
— Eh bien, ma chère, faisons-la passer notre carte, [illegible] instance de nous recevoir.
Élise, un peu plus réfléchie que Zoé, demanda :
— A quoi cela nous servira-t-il?
— Dame! répliqua la cadette, à entrer dans la place.
— Mais dans quel but?
— Pas d'autre que celui [illegible] quelque chose au vol.
Le garçon venait apporter l'addition.
Tout en dévissant, ces demoiselles avaient soldé.
Zoé, l'éternelle raisonneuse, était au fond aussi [illegible] que sa sœur.
Elles se dirigèrent à la hâte vers leur petit lo[illegible] passèrent d'autres robes, prirent d'autres chapeaux moins soulevés, peut-être plus piquantes, se [illegible] vers l'hôtel du financier.
Elles n'en avaient pas pour dix minutes de [illegible]
Élise sonna.
Elles franchirent le portail qui roula doucement [illegible] leur poussée.
L'aînée demanda :
— Mesdemoiselles Guillain-Mariani?
— Ces demoiselles ne sont pas visibles, répond[illegible] concierge qui avait des ordres formels.
— C'est pour leurs chapeaux de deuil.
— Vous êtes les modistes?
— Oui.
— Alors, montez au premier étage.
Au premier étage, sur le palier, tendu de vieilles [illegible]series, éclairé par des vitraux gothiques, elles trouv[illegible] un domestique qui les toisa des pieds à la tête.
Les modistes répétèrent ce qu'elles disaient en [illegible]
Le domestique appela la femme de chambre qui [illegible] sans un regard de méfiance, répondit qu'elle [illegible] ces demoiselles.
La camériste alla, en effet, entr'ouvrir avec pré[illegible] la porte de la chambre mortuaire.
Suzanne et Cécile, qui s'y trouvaient encore un [illegible] d'heure plus tôt, n'y étaient plus.
Les deux religieuses et le vieux valet de cham[illegible] vant le maître durant vingt-cinq ans veillaient [illegible] mort.
Au signe de tête que fit la femme de chambre, [illegible] s'approcha.
— Où sont ces demoiselles?
— Elles passent à la minute chez elles, MM. d'[illegible] les ont fait demander.
La soubrette sortit.
Devait-elle déranger ses jeunes maîtresses?
Pourtant, cela presse, les affaires de deuil!
Elle frappa, aussi discrètement qu'à la chambre [illegible]tuaire, à la porte du petit salon ouvert.
— Entrez, fit une voix étouffée.
MM. d'Harvart — et leurs fiancées — étaient [illegible] ensemble.
— C'est la modiste qui arrive pour les chapeaux [illegible] deuil.
Les deux sœurs eurent le même geste, un geste [illegible] parfait.
« Que nous importe! nous ne voulons de [illegible]
Gontran, qui marchait les mains [illegible] dis qu'Hélier demeurait froid et immobile, [illegible] à la cheminée, s'arrêta devant Cécile.
— Ma chère enfant, il vous faut cependant [illegible] de crêpe.
— Pensez-vous que nous ayons la force, ma [illegible] moi, de nous occuper de ces détails?
— Eh bien, laissez-nous nous en occuper pour [illegible] Vos couturières ont-elles envoyé également?
— Je ne sais pas.
Le jeune homme interrogea des yeux la camériste.
— Non, monsieur, personne n'est venu de leur [illegible]
— Cependant elles doivent savoir... le triste évé[illegible]
— Certainement... elles attendaient ce matin, [illegible] ces demoiselles habillées, l'arrivée du cortège [illegible] les toilettes, car elles n'avaient pas le temps [illegible] l'église. Elles savaient... la vérité, et partant [illegible]
— Et vous êtes certaine que personne n'est [illegible]
— Oh! monsieur, personne.
Le plus jeune des d'Harvart lança à l'aîné un [illegible] d'intelligence.
— Faites entrer, dit-il.
Et la femme de chambre disparaissant, Gontran [illegible] baissant la voix :

[illegible] fournisseurs aux prix [illegible] [illegible] au [illegible] de [illegible] se présentaient.

[illegible] deux sœurs étaient regardées.

[illegible] comprenaient.

[illegible] pour [illegible] l'isolement et des amis et des subal[illegible].

La porte se rouvrit.

Deux jeunes personnes parurent avec la tranquillité [illegible] que n'eussent pas désavouées des femmes du [illegible] monde.

Avant d'aller aux deux sœurs, leurs regards croisèrent [illegible] des deux frères.

[illegible] calme, leur impassibilité sembla à ces dernières, [illegible] n'avaient point réprimé un tressaillement de sur[illegible], le comble de l'impudence.

Simone et Odette ne remarquaient point le jeu rapide [illegible] physionomie de leurs maris.

[illegible] les paupières meurtries, mornes autant l'une [illegible] l'autre, elles [illegible] machinalement leurs [illegible] vers ces jeunes filles qu'elles n'avaient jamais [illegible].

Zoé, la plus jeune et la plus hardie, prit la parole.

— Ces dames nous excuseront... nous venons leur [illegible] nos services. Nous nous établissons et serions [illegible] de les satisfaire.

Simone et Odette s'interrogèrent lentement du regard.

Elles sentaient bien l'une et l'autre qu'il était temps qu'elles s'occupassent de cette question de toilette mais [illegible] parole ne leur venait aux lèvres.

Le mari d'Odette parla.

— Il faut à ces dames des chapeaux... quels qu'ils [illegible], d'où qu'ils viennent, ainsi en ce moment. Vous [illegible] leur moindre [illegible].

[illegible] Vous avez ce qui peut leur convenir, envoyez-le leur le plus [illegible] possible... Vous nous adresserez la facture.

— Bien, monsieur.

Zoé et Zozo s'approchèrent davantage de ces pauvres [illegible] mariées, vraiment belles et touchantes dans [illegible] silencieuse douleur.

Entre elles, en quelques phrases [illegible], en jetant sur [illegible] et sur l'autre de petits coups d'œil entendus, elles [illegible] telle ou telle forme, telle ou telle garniture, [illegible] avec un salut respectueux — sans [illegible] [illegible], — elles se retirèrent.

Gontran, comme s'il l'eût fait machinalement, les [illegible].

— C'est égal, vous en avez un toupet toutes les deux ! [illegible]

— Qu'est-ce que vous veniez ficher ici ?

— Tu le vois bien, répondit Zoé.

[illegible] relancer ?

— [illegible] du monde, offrir nos services... Demain [illegible] enverrons les chapeaux.

[illegible] Elise, d'une voix vraiment pleine de commisération :

— Pauvres jeunes femmes, ou plutôt pauvres jeunes filles, [illegible] le sacrement même n'y a pas passé.

— C'est le cas de dire ! fit Zoé, sur le même ton de [illegible].

[illegible] sa sœur, avec un mouvement plus apitoyé encore,

— Mais c'est vous deux, alors donc, qui n'êtes pas [illegible] de beaux draps ?

— A moins que vous n'ayez déjà palpé, ajouta la [illegible] aux élus.

— Rien du tout !... La dot ne devait être versée qu'au commencement de la seconde année ; jusque-là, on nous [illegible] la rente.

— Alors, vous voilà... avec vos femmes sur les bras... vous voilà dans le pétrin, quoi !... et jusqu'au cou [illegible] enfants.

— Elles sont bien jolies, fit Elise ; quelle catastrophe !... [illegible], je me sens de la sympathie à leur égard.

— Moi aussi, fit Zoé, sans blague, mon petit, pour [illegible] de bon ?

— Vous êtes de braves filles, mais tout de même [illegible] idée d'être venues ici !

— Une idée comme une autre, déclara Zoé ; nous [illegible] ne nous trompait pas, nous vous [illegible] trouvés.

— Tu sais que si vous avez besoin de nous [illegible] pas, nous sommes toujours là... C'est pas drôle, les [illegible] [illegible].

— Fichez-moi le camp ! dit Gontran, et ne revenez plus.

— Pas plus tard que demain ou après, mon [illegible], porter nos chapeaux.

Et elles s'en allèrent avec un frisson entre les épaules, continuant à plaindre, tour à tour et différemment, les deux frères et les deux sœurs.

Elise et Zoé Sibot possédaient une bonne âme.

Sans ressentiment contre les rivales qui, fatalement — que ce fussent les unes ou les autres, — devaient surgir, l'explosion de chagrin du premier moment suivie de quelques journées de mélancolie dissipée, s'il leur restait une camaraderie franche, prête d'ailleurs à toutes les concessions, à toutes les effusions, envers Hélier et Gontran, elles se sentaient bien réellement, ainsi qu'elles le disaient à ce dernier tout à l'heure, une pitié pleine de sympathie pour celles dont le charme douloureux, dont le malheur influait sur leur fibre facilement excitable de femmes sentimentales et romanesques.

Car il y avait là tout un roman, « ma chère », tout un drame.

Oui, ils étaient dans de beaux draps, Hélier et Gontran, avec leurs épouses !

Qu'est-ce qu'ils allaient faire ?

Si on retournait ce soir à leurs garçonnières ?

C'était toujours Zoé, qui émettait des idées de ce genre.

Et Zizi, réfractaire dans la forme, adhérait invariablement au fond.

— Cette fois, ce qu'ils nous enverront nous balader !

— Eh bien, on se baladera !... Sûrement qu'on n'[illegible] pas ce soir pour faire des bêtises, ni même pour en dire.

— Allons dare-dare fabriquer nos chapeaux... nous [illegible] merons et nous nous rendrons avenue de Messine... Demain, il faudra réintégrer la boîte.

Après s'être arrêtées une minute sur le trottoir, pour décider rapidement que l'une rentrerait à la maison, tandis que l'autre descendait rue du Sentier pour acheter les fournitures voulues dans une maison de gros, elles se mirent à trotter, Zoé vers la rue du Rocher, Elise du côté de l'omnibus.

Aussitôt leur sortie de l'antichambre, Gontran d'[illegible] rentrait dans le boudoir mauve.

Son frère n'avait point quitté la posture qu'il avait à leur arrivée, adossé à un angle de la cheminée, les bras croisés sur sa poitrine.

Odette et Simone, la première dans un fauteuil à l'autre coin de la cheminée, la seconde sur un canapé [illegible] entre les deux fenêtres, restaient affaissées, les yeux baissés.

Gontran lui, vers son frère, un regard que [illegible] [illegible].

Leurs maîtresses étaient venues les tirer de l'embarras d'une entrée en matière difficile.

Il leur fallait avoir un entretien sérieux avec celles qui portaient désormais leur nom.

Comme elles ne quittaient point la chambre de leur père, ils leur faisaient demander une entrevue.

Ils étaient ensemble depuis cinq minutes à l'arrivée des deux modistes.

Personne encore n'entrait en matière.

Une gêne planait entre ces quatre êtres plus forte que la sensation de la catastrophe, même chez celles qui pleuraient leur père.

Elles aimaient leurs fiancés.

Elles croyaient les aimer follement.

Et ce matin, l'une et l'autre, [illegible] avec son [illegible] [illegible] spéciale, subissaient le choc qui peut ne pas [illegible] totalement l'amour, mais qui lui porte cette [illegible] atteinte dont il garde toujours le stigmate.

La conversation qu'elles pressentaient, un peu au milieu de leur détresse, accuserait-elle cette impression ?

L'atténuerait-elle ?

Simone et Odette ne se sentaient point en confiance.

Hélier enfin parla.

— Simone, prononça-t-il, quelque affreuse que soit la douleur qui vous oppresse, si peu choisi que semble le moment, il nous faut parler d'autre chose que de cette douleur, ou du moins prendre quelques arrangements momentanés, en attendant que, envisageant froidement la situation, nous voyons d'une façon définitive ce que nous avons à faire.

Il laissait tomber sur la jeune fille un regard où il y avait de la pitié, de la gêne, avec pourtant un sentiment réel, une flamme que retenait la contrainte involontaire des impressions opposées suscitées par les événements.

Simone venait d'avoir un grand frémissement.

Elle sortait d'un seul coup de sa torpeur.

Odette regarda Gontran.

Elle comprit que l'aîné était le porte-voix du cadet.

L'entente se produisait préalablement entre les deux frères.

Sa sœur après une seconde d'hésitation, répondit :

— Ce que nous avons à faire, Odette et moi, nous le savons...

Le ton était de glace, le visage de marbre.

Et pourtant, dans la poitrine de Simone, le cœur battait avec une violence folle.

Sous ses paupières, elle sentait sourdre deux larmes, deux larmes qui n'en jaillirent point, brûlées au coin de ses yeux.

C'était fini.

Elle était forte.

— Ne vous montrez pas injuste, Simone, quel que soit votre chagrin, ne prenez pas en mauvaise part ce que je ne vous dis que l'âme horriblement triste, contraint et forcé par une inextricable situation.

La jeune fille l'arrêta du geste.

— Que me dites-vous ?

Elle était debout, et plantait droit ses prunelles dans les siennes.

Comme il ne répondait pas :

— Mon père est encore là... Notre malheureux père... Ne pouviez-vous attendre jusqu'à ce qu'il n'y soit plus.

— Je vous répète que, pour nous, la situation est inextricable.

— Vous pensez cependant vous en tirer ?

— Nous ne savons comment.

— Et c'est à nous que vous le demandez ?

Le ton de Mlle Guillain-Marfant contenait du mépris.

Ce mépris s'éteignait dans un reproche douloureux, et ne sombra point pourtant son énergie.

— Hélier, j'avais cru à votre amour... Mon illusion est perdue... Mon illusion ne reviendra pas.

La flamme que ne tamisaient point tout à fait la déception et la contrariété illumina le regard d'Hélier d'Harvert.

— Simone, je vous le jure ! je vous aime...

— Autant que vous pouvez aimer... Pas assez pour me dire, dans l'effroyable situation où je me trouve : Courage, nous sommes deux...

Le voyant protester du geste :

— Non, Hélier, non... je ne vous en veux point, du reste... Ruiné, entièrement ruiné, que pouvez-vous ? Que ferez-vous de moi, que ferez-vous de nous ?

Elle s'adressa à Gontran, qui évitait les yeux d'Odette :

— Que ferez-vous de ma sœur, Gontran ?

Celui-ci se détourna davantage.

— Mais regardez-moi donc ! exclama la seconde fille du banquier Guillain-Marfant, dont les yeux gris prirent la lueur d'acier de ceux du père, la nuit précédente, la terrible nuit, lorsque, revenu à quelque sang-froid, il jetait à Savaret livide, écumant devant lui, ce mot :

— Misérable !

Et Odette alla se planter en face de Gontran d'Harvert.

Celui-ci essaya de sourire.

La jeune fille avait cette nature violente que l'expérience, chez le père, sa bonté, sa crainte de l'injustice, mataient généralement vis-à-vis de ses semblables.

Mais on avait assisté — par exemple quand les événements s'élevaient contre sa volonté à lui, son audace ou ses calculs froids, systématiques et justes, — à des colères [illegible] faisaient trembler.

Odette, enfant, piétinait et se jetait par terre lorsqu'on contrecarrait maladroitement sa volonté.

En grandissant, elle apprit à se maîtriser.

Elle n'était capable à présent, quoique restée vive et franche, de ne s'emporter vraiment qu'en exceptionnelles occasions.

Gontran lui sembla lâche.

Encore tout à l'heure elle pensait qu'elle l'aimait.

Et elle ne sentait plus pour lui que du dédain.

— Vous ne me regardez pas en face, dit-elle.

Et le jeune homme haussant les épaules :

— Je vous méprise ! prononça la jeune fille.

Il eut le mouvement de celui qui a reçu un soufflet.

Ses lèvres blanchirent.

— Odette !

— Eh bien ?

— Pourquoi cette insulte ?

— Parce que vous la méritez.

Simone tendit le bras vers sa sœur.

— Ma pauvre petite, je t'en prie, l'heure est au calme. Songe que notre père est là, tout près de nous, qu'il ne faut pas même qu'un éclat de voix trouble le silence de cette chambre où il dort pour toujours... Pour lui, pour ce qu'il nous reste de lui encore, maîtrise-toi...

Odette parla d'un voix plus sourde :

— Comment veux-tu que je me maîtrise ? Ne vaut-il pas mieux que nous soyons franches, toutes deux, que nous mettions ces messieurs sur la voie... que nous les forcions à avouer ce que, dans leur lâcheté, ils n'ont pas le courage de dire... qu'ils n'ont guère, en ce moment, et qu'ils n'ont pas eu un instant le souci de notre chagrin, de notre malheur ?

Ils n'ont vu que cette chose : c'est qu'il était trop tard pour se retirer, qu'ils sont nos maris devant la loi, qu'ils nous doivent bon gré mal gré, aide et protection.

Hier soir, cette nuit pendant le bal, ce matin même vous nous disiez, Messieurs, que vous nous aimiez.

A cette heure que voulez-vous nous dire ?

Pourquoi nous avez-vous appelées ici ?

Pour défaire ce que la loi a fait ?

Ah ! si nous le pouvions, messieurs d'Harvert, si nous le pouvions !

Sa voix encore s'était élevée.

Elle pressait, dans un grand geste de désespoir, ses tempes dans ses mains.

Hélier saisit par le poignet Simone, qui s'était levée et marchait vers sa sœur.

— Je vous en prie, calmez-la... faites-la taire... C'est mal de parler ainsi.

— Ne dit-elle pas la vérité ?

— Non, elle ne dit pas la vérité.

— Pourquoi nous avez-vous demandé de venir vous trouver ici ?

— Parce que ce n'est pas dans une chambre mortuaire qu'on risque le moindre entretien.

— Ne pouviez-vous attendre que notre pauvre père n'y fût plus ?

Parler de l'avenir ?

Que voulez-vous que nous vous disions ?

Nous ne serons point malgré vous comtesses d'Harvert.

— Simone ! Simone !

Il n'avait pas lâché son poignet délicat et l'attira à lui presque violent.

Dans l'oreille il lui dit :

— Je vous aime.

Et elle, secouant la tête :

— Non.

— Ah ! Simone, je vous jure !

Les prunelles de velours de la jeune fille devinrent plus sombres.

— Autant que vous le pouvez, peut-être, répliqua-t-elle.

Elle dégagea son poignet, arriva près de sa sœur qu'elle entoura dans ses bras.

— Ma chérie, il nous faut beaucoup d'énergie et beaucoup de calme ; tant que notre père sera là, nous nous devons à lui... et c'est encore auprès de lui que nous trouverons cette énergie et ce calme...

— Ces messieurs nous excuseront. Nous ne pourrons parler d'affaires... que dans quelques [illegible].

La voix de Simone était nette, quoique basse.

Un bras toujours placé à la taille de sa sœur, elle entraîna celle-ci.

Et ils les laissèrent partir.

Hélier gardait cette expression complexe du regard qui dénotait le trouble intime, le combat entre la logique froide et implacable et le sentiment, l'attirance qu'exerçait sur lui cette grande jeune fille souple, au visage mat, éclairé de deux yeux de fièvre.

Gontran, surtout profondément vexé, lançait à cette Odette, dont le charme avait aussi opéré sur lui, un coup d'œil de colère et de rancune.

Pour qu'entre eux le fossé fût creusé, il ne fallait que les laisser franchir cette porte, vers laquelle elles marchaient.

Ils les laissèrent passer le seuil du salon mauve.

Et ils se considérèrent bien en face, sans parler.

Gontran rompit le silence.

— Il nous faut aller trouver notre vieille bête de cousin.

— A quoi cela nous avancera-t-il ? fit Hélier avec rage.

— Il ne voudra pas que son nom traîne dans la boue.

— Quoi qu'il puisse faire — et il ne fera rien — il le [illegible] son nom, accolé à celui de Guillain-Murfant.

Mais Guillain-Murfant mort, le scandale s'étouffe de soi-même.

— Il a bien fait de disparaître, alors...

— Non, s'il était resté, avec sa puissance d'autrefois, il eût tout sauvé.

— Mais il ne l'avait plus, sa puissance d'autrefois.

— Il nous eût tombé sur les bras, acheva Gontran, cynique dans sa déconvenue ; nous avons assez de ses filles.

Il s'était remis à arpenter, les mains dans ses poches, le petit salon ; Hélier, se croisant les bras comme tout à l'heure, lorsqu'il restait adossé à la cheminée, se plaça devant lui, l'arrêtant :

— Nous sommes tout de même bien peu dignes de notre race, mon cher !

Le cadet leva les épaules.

— Notre race, qu'a-t-elle bien à voir là-dedans ?

Nous trouvions justement l'occasion de la remonter, nous avions déniché la grosse affaire... car c'était une affaire...

— Au début... je t'affirme que j'ai aujourd'hui pour Simone...

Gontran l'interrompit :

— Parbleu ! ce que j'ai, ou plutôt ce que j'avais pour Odette... Car à présent c'est fini...

Elle vient de tout rompre, de tout briser.

Il éprouva un resserrement de gosier qui l'empêcha de continuer.

Son frère lui planta sa main sur l'épaule.

— Non, dis ce que tu veux, nous ne sommes pas des hommes !

Il se dégagea de l'étreinte.

— Eh bien, qu'est-ce que des hommes feraient à notre place ?

— Ils penseraient à tenir tête à l'orage. Nous, nous ne pensons qu'à fuir.

— Tenir tête à l'orage !... Je voudrais bien savoir comment ?

Que pouvons-nous dans une débâcle comme celle qui vient de contraindre notre beau-père à se tirer une balle au cœur ?

— Nous pouvons, du moins, couvrir nos femmes de notre protection.

— Elle sera jolie, [illegible] protection... Perdus de dettes, la Hêtraie saisie, là-bas en Beauce...

— Quelle guigne !

— Allons trouver, dès demain, lorsque nous serons un peu plus calmes, le marquis d'Harvert !

— Cela nous avancera bien... Tu verras ce qu'il nous dira, le marquis d'Harvert !

— Qui sait ?

— C'est connu à l'avance...

— Eh bien, mon ami, nous n'avons plus qu'une chose à faire... comme notre beau-père, une balle au cœur !

IX

Il était seul, le marquis d'Harvert, dans l'immense pièce de la villa du Roc, l'espèce de hall où il avait fait aménager ses vitrines renfermant les collections précieuses qu'il voulait léguer, à sa mort, à un musée quelconque, à la condition que la salle qui les renfermerait portât son nom.

C'était véritablement devenu une marotte chez le marquis Hubert d'Harvert, ses collections, faïences, émaux, bijoux anciens.

Il y mettait des sommes folles, la plus grosse partie de ses revenus, disposé à écorner le capital si sa fantaisie l'eût exigé.

Cela restait son unique satisfaction, le but de sa vieillesse, couronnant une existence passablement mouvementée.

Comme ses jeunes cousins, le marquis Hubert s'était considérablement amusé.

La différence entre eux existait en ce qu'il le faisait d'une façon plus intelligente, plus pondérée, sans jeter au vent une fortune d'ailleurs plus considérable que la leur, et par cela même, sans compromettre le nom qu'il plaçait au-dessus de tout.

Tout en ne s'enchaînant point, évitant même ce qu'on appelle les liaisons sérieuses, Hubert d'Harvert devait sacrifier à la femme autant qu'on peut lui sacrifier, l'aimant pour ce que physiquement elle apporte, et aussi pour elle, se plaisant dans son milieu, dans son ambiance.

Puis, au seuil de sa vieillesse, des velléités de passion, des emportements mirent en émoi sa raison toujours dominante.

M. d'Harvert eut peur de cette sénilité qui, aux dernières années de son existence, pouvait le ravaler là où il n'avait jamais voulu descendre.

Il faut au vieillard, comme à l'homme jeune, un but.

Il avait suffisamment des instincts du collectionneur pour devenir un collectionneur enragé.

Ce fut donc très rapidement une passion.

Le marquis d'Harvert acheta à Saint-Cloud cette villa du Roc, une des propriétés les mieux situées et les plus belles du pays.

Et il y demeura été et hiver, ne gardant à Paris que quelques très anciennes relations, de celles-là qui font partie de vous-même, que la force de l'habitude a ancrées à votre vie.

Tous les matins, été ou hiver — l'été à sept heures, l'hiver à neuf — le propriétaire de la villa du Roc montait à cheval.

Écuyer consommé, de la souplesse encore, toujours de la vigueur, il fournissait un long exercice qui le ramenait chez lui le sang aux pommettes, de la vie dans les yeux, les membres plus élastiques.

L'après-midi, s'il n'allait pas à Paris, pour voir les uns ou les autres ou pour courir les antiquaires, s'il ne recevait pas au Roc quelque visite, il s'enfonçait dans ses chères études, dans le classement, la contemplation des pièces précieuses rangées dans ses vitrines.

Il avait commencé un ouvrage s'y rattachant, une sorte de compilation difficile, nécessitant une érudition complète, et qui demandait avec un ordre mécanique, le secrétaire, le classeur, qu'il réclamait, après plusieurs essais, aux annonces des journaux.

Et, devenu au bout de quelques années écoulées de cette façon, sinon indifférent à sa compagnie, du moins insensible aux charmes de la femme, en ayant vu défiler chez lui un peu de tous les âges, en ayant employé plus d'une jeune et jolie qui essayait de sa puissance pour l'attirer dans ce piège où échouent si facilement ceux dont les années sont comptées, voici que le marquis Hubert subissait, cet après-midi, le choc qu'il comptait bien ne plus éprouver jamais.

Une femme, après un défilé de créatures qu'il avait plaintes, secourues même pécuniairement, lui était apparue, là-bas, par la porte d'entrée, au fond de la pièce.

Élégante dans la simplicité de son costume tailleur, le bou un peu écarté du cou, les cheveux abondants et co-

[illegible] autour du chapeau [illegible] grande, admirablement [illegible].

L'homme d'autrefois se réveilla.

[illegible] de jadis éprouva ce frisson qui avait suivi [illegible] afflux de sang qui met au cerveau et au cœur la [illegible] du désir.

Lorsque Mme Savaret fut tout près de lui, le vieillard, devenu pâle, se trouvait maître de sa volonté.

Et avec la froideur, la franchise brutale qui le caractérisaient, il exprima en une phrase irrévocable sa décision.

— Je veux une vieillesse digne, voilà pourquoi je ne [illegible] prendrai pas ici.

[illegible] pensait en ce moment, la nuit venue, la grande [illegible] bien chauffée au calorifère, éclairée par des espèces [illegible] voilés.

[illegible] lui laissait une impression plus profonde qu'il ne l'eût voulu, bizarre, presque obsédante.

Elle lui avait dit :

— Si je puis vous être utile, je suis à votre disposition.

Reviendrait-elle ?

[illegible], le marquis se demanda :

[illegible]-je, au déclin de l'existence, après m'être [illegible] des faiblesses possibles par une presque claustration, [illegible] stupide coup de foudre.

[illegible]-je conduit vers ce gâtisme qui m'a toujours fait [illegible] par une femme inconnue ?

[illegible] yeux de l'inconnue le poursuivaient, ces yeux [illegible] qui ressemblaient à des émeraudes animées.

[illegible]-il, si elle revenait, aussi maître de lui ?

[illegible]-il à la tentation, la dernière de sa vie, réalisable probablement, s'il le voulait ?

[illegible] pas très riche ?

[illegible] n'était-il pas le marquis d'Harvert ?

[illegible] argent, sa personnalité, ou plutôt son titre, lui assuraient, à un âge où il n'avait plus à en espérer, ce [illegible] appelle des conquêtes ?

Il se répétait que cette jeune femme, si elle rentrait chez [illegible] serait ce qu'il voudrait qu'elle fût.

Malgré ses dernières paroles, elle savait à quoi elle [illegible].

[illegible] besoin d'un long examen pour deviner qu'elle connaissait les défaillances humaines, qu'elle mesurait sa [illegible] et qu'elle pouvait en user.

[illegible] avait lu, au fond de ce regard, toutes les résolutions [illegible] une raison ou pour une autre, poussée par une [illegible] de fatalisme, elle se trouvait résolue à tout.

[illegible] était de celles dont les lèvres se laissent prendre [illegible] ferment les yeux.

[illegible] l'heure où le marquis d'Harvert, dans le silence et [illegible] de la pièce qu'il appelait son cabinet de [illegible], après son dîner sobre de chaque jour, en se promenant les mains derrière le dos comme à son habitude, [illegible] de se mettre à lire les journaux du soir, se trouvait poursuivi par l'image de celle qu'il pouvait très [illegible] ne plus revoir, dont il ne connaissait même pas le [illegible], Charlotte Savaret venait d'entendre, de la bouche [illegible] du fils de son mari, tomber les deux syllabes qui [illegible] changer, pour un instant ce dernier en statue.

[illegible] silence de mort s'était fait.

[illegible] l'enfant même, arrachée de l'étreinte de l'homme [illegible] elle appelait papa, collée maintenant à la muraille, [illegible] par celui qu'elle appelait son frère, qui se dressait devant elle de toute sa hauteur, la petite Suzette [illegible] poussait plus un cri.

[illegible] avait mis les deux mains sur son cœur [illegible] en sursauts terribles.

[illegible] deux hommes se regardaient.

[illegible] avaient la même lividité.

On eût pu voir à leur front perler des gouttes de sueur, [illegible] traits s'étaient creusés.

[illegible] prunelles, fulgurantes d'abord, se voilaient et, [illegible] étrange, une expression de détresse pareille marqua ces deux visages qui se ressemblaient.

[illegible] fut comme un signal de désespoir, une douleur [illegible] bouleversa leurs traits, dans l'immobilité de [illegible] attitude.

[illegible] un recul de chacun.

Et ce fut cette syllabe [illegible] de la [illegible].

— Toi !

— Moi ! fit Robert de la même voix étranglée.

Pierre Savaret regarda sa femme, regarda son fils.

Il recula encore murmurant :

— Ah ! mon Dieu !

— Tue-moi ! Si, je [illegible] coupable d'une voix sourde [illegible] puis payer qu'avec [illegible] le crime qui [illegible] autre... le suicide d'un homme qui fut notre [illegible] la ruine qui amène la ruine de deux malheureuses jeunes filles, sans compter toutes les ruines et toutes les catastrophes qui suivront cette débâcle, cette panique à la Bourse.

Tue-moi !

Le père eut un instinctif mouvement.

Sa main se leva.

Mais ce fut pour diriger l'arme du côté de sa propre poitrine.

Comme il venait de lui enlever l'enfant, Robert essaya de la lui arracher.

Le coup était parti.

Charlotte eut la sensation qu'un corps dur rasait la racine de ses cheveux.

La balle était allée briser la glace qui tenait le panneau derrière elle.

La bonne ne fit qu'un saut de la [illegible] au salon.

Charlotte portait la main à sa tête, à la place où elle éprouvait la sensation de la balle lui frôlant l'épiderme. Elle la retira maculée de sang.

— Madame !... Madame !... Qu'est-ce qu'il y a, Madame !

— Rien, ma fille... Monsieur n'avait pas cru son revolver chargé... rien...

— Madame a du sang...

— Un éclat de verre peut-être. Venez avec moi.

Elle passa dans sa chambre, suivie de la [illegible].

Par un mouvement irraisonné, Robert se jeta derrière [illegible].

Le père avait posé son revolver sur la table.

Il ne restait plus vis-à-vis de lui que Suzette, [illegible] au mur ; sa petite figure toute exsangue, sa bouche [illegible] tordue et ses grands beaux yeux [illegible], [illegible] zarres.

Ceux de Pierre Savaret, dilatés de nouveau, [illegible] soudain sur ce pauvre être tant aimé et tant haï, devinrent, sans perdre leur lueur intense de fièvre, [illegible]sément apitoyés.

Il s'avança, la souleva dans ses bras.

Le corps frêle se raidit.

Pourtant la jolie tête couverte de sa toison d'or roula sur son épaule les mains se nouèrent derrière son cou.

Il sortit de l'antichambre.

A une patère du portemanteau, pendait la pelisse que l'on mettait à la petite pour la conduire en classe.

Fébrilement il la détacha, prit son chapeau à lui, et, [illegible] la porte du palier qu'il tira sur eux.

— Allons-nous en, fit-il d'une voix [illegible], douce pourtant, presque plaintive ; allons-nous-en tous les deux, mon pauvre petit enfant.

A peine, avec son fardeau, était-il sur le trottoir, que Mme Savaret reparaissait dans le salon.

Elle tenait son mouchoir sur ses cheveux, à la place que rasait le projectile.

L'épiderme, effleuré à peine, s'était éraflé.

Le sang ne coulait déjà plus.

La bonne revenait derrière elle.

Et après la bonne, Robert, toujours livide, s'attendait à retrouver là son père.

Charlotte jeta autour d'elle un coup d'œil effrayé.

— Où est Suzette ?

Elle voulut traverser la pièce.

Ses jambes mollirent.

Elle n'eut que le temps de s'accrocher au [illegible] sur lequel elle se tenait tout à l'heure, et d'y tomber.

Sa résistance était à bout.

L'angoisse maternelle en avait raison.

Robert eut vite fait, en passant par chaque pièce, le tour de l'appartement.

— Ma fille ! répétait la jeune femme d'une voix défaillante.

[illegible] bonne se prit à son tour à courir partout.

[illegible] se leva, secouant sa faiblesse, retrouvant, avec [illegible] qui soudain la tenaillait, sa vigueur [illegible]ique.

[illegible] homme et l'enfant avaient disparu.

[illegible] Savaret se tordait les mains.

— Qu'va-t-il faire d'elle ?... la tuer !... Il devient [fou]... Oh ! c'est affreux !...

— Le châtiment ! Le châtiment !

[Et] elle se remit à aller d'une chambre dans l'autre ap[pelant] :

— Suzette !

— [Es-]tu cachée, mon amour ?

— Pierre ! Pierre ! je vous en prie, rendez-moi ma fille, [ma] pauvre petite fille !

[Il] fallait en croire l'évidence.

[Ni l'un] ni l'autre n'étaient là.

[Robert] montra le revolver sur la table du salon.

— Il n'a toujours pas emporté cela.

— Qu'importe, articulait la mère... Il va me tuer mon [enfant] !

La bonne, qui ne savait plus ni ce qu'elle entendait, [ni] où elle se trouvait, tournait maintenant dans le salon [avec] des yeux hébétés.

— Allez à votre cuisine, ma fille, ordonna le jeune [homme], et n'en bougez pas.

— Le suicide de M. Guillain-Marfant a donné à mon [père] une espèce d'accès de folie.

— Il va revenir certainement avec Suzette.

— Non, non ! s'écria Mme Savaret, descendez, dépê[ch]ez-vous, demandez à la concierge, courez dans la rue...

Mon Dieu ! mon Dieu !

La fille partit, plus affolée encore.

[Char]lotte s'était levée.

[Elle] voulut s'élancer, chancela.

Robert la saisit par les deux poignets, la soutint jus[qu]'à ce qu'elle se fût rassise, à la même place.

[Sans] la lâcher, il tomba à ses pieds, appuya son front [brûlant] sur les mains de la jeune femme qu'il rapprochait [l']une de l'autre, et murmura :

— Nous sommes maudits ! nous sommes maudits !

— Ah ! oui, maudits ! fit-elle ; ces amours sont infâ[mes] !... ces amours sont atroces !

S'il est un Dieu... il nous punit.

Le père, le fils...

Le fils, le père...

[Elle] répéta :

— Ces amours sont infâmes !

[Et] s'arrachant à son étreinte, le repoussant nerveuse[ment] :

— Si ce n'avait été qu'une heure d'égarement... si, com[me je] le lui ai juré à tant de reprises, cette heure [d'égarement] n'avait pas été suivie d'autres... Oh ! nous [so]mmes bien des misérables !

Et lui, cherchant un siège, se sentant défaillir comme [elle] :

— Ou des malheureux !

Il resta une minute, le coude sur le dossier de fauteuil, [le front] dans ses doigts moites.

Puis, revenant à elle, pantelante et brisée, pour laisser [enc]ore à ses pieds et sans qu'elle eût cette fois la [for]ce de le repousser rouler sa tête sur les genoux de la [jeune] femme :

— Cela a été un supplice, une lutte constante...

Ah ! cette vie de fausseté, ces mensonges...

[Nous] jurer un jour que tout était fini, se séparer... se [ha]ïr presque et revenir au crime, tomber dans les [bras] l'un de l'autre... s'aimer encore... trahir ! trahir !

Il se releva, arracha avec ses doigts tordus ses che[veux] blonds, épais et un peu ondés, dont les boucles lors[qu']il était enfant avaient le ton, en moins doré, de celles [de] Suzette.

— Comment ai-je pu vivre de cette vie... ici toujours... [toujours] voulant partir et n'en ayant point le courage.

[Oh !] ma lâcheté... ma lâcheté dernière ! Feindre pour Si[mon] Guillain-Marfant un amour que je n'ai point... fein[dre] avec lui... *lui, mon père*, une complicité qui était un [men]songe encore... tremblant sans cesse, ayant peur de son soupçon, croyant à chaque instant le lire dans ses yeux.

Je ne pensais point qu'il arriverait à ses fins...

Si j'avais prévu cette chose horrible, cette catastrophe, le suicide de ce malheureux et la ruine, je lui aurais dit la vérité, comme je la lui ai apprise tout à l'heure.

Comme tout à l'heure je lui aurais dit :

Tue-moi !...

Mais l'aurais-je fait !...

Quelle lâcheté !

Il revint près d'elle de nouveau.

Encore une fois, livide et délirant, des larmes lui tombant des yeux, il se mit à genoux, lui saisit les mains qu'elle lui laissa, la tête renversée en arrière, à moitié évanouie.

— Et c'est pour rester ici, près de toi, dans ton atmosphère, c'est pour ne pas séparer ma vie de la tienne que j'ai eu la force de cette duplicité, de cette comédie devant lui... qui est mon père... que je respectais, que j'aimais... que je me suis pris à haïr, presque...

Comment un homme épouse-t-il une femme de vingt ans, quand il a un fils presque de cet âge ?

N'est-il pas dix fois imprudent, dix fois coupable, de placer dans le même intérieur, dans la même intimité deux êtres jeunes, que le vertige peut saisir comme il nous a saisis, que l'amour invincible, en dépit d'eux-mêmes, peut unir... pour jamais... pour la vie... comme nous qui n'avons combattu que pour retomber dans les bras l'un de l'autre, avec toutes les souffrances qu'apporte le remords... un remords tel que celui-là ?

Et, désormais, que sera-t-elle, notre vie ?...

Robert se remit debout.

Il jeta la tête en arrière.

Il fit un geste violent.

— Maintenant, c'est la mort... le suicide, ou l'expiation.

S'il est une expiation possible.

J'ai laissé accuser, enfoncer dans un cataclysme, pousser à une résolution extrême un homme qui avait fait notre situation et qui était un honnête homme... l'avenir pour ses enfants, qui sait ? leur jeunesse, toute leur existence brisée... le déshonneur.

Le coupable, le vrai coupable, c'est moi...

Adieu... Charlotte... C'est fini, cette fois, ah ! bien fini !... ah ! pour toujours !

Elle rouvrit à demi ses paupières closes et entre ses cils, à travers un brouillard, le regarda.

Oui, leur amour deux fois coupable était de ceux qui ne lâchent pas leur proie.

Tel l'amour de son mari pour elle, cette chaîne que Pierre Savaret appelait *chaîne mortelle*.

Le fils pouvait en dire autant.

Et dans son angoisse, dans sa faiblesse, dans son affolement de mère qui vient de se sentir arracher son petit, elle éprouvait encore le choc de cette passion, qui pour elle comme pour lui avait été une torture.

Et comme lui pourtant, elle le sentait brisé, à jamais détruit.

L'instinct domina tout.

Ses forces revinrent.

Rien n'eût pu maintenant la retenir.

Elle se jeta dans l'escalier.

Robert y descendit presque derrière elle.

Il ne la vit plus, disparue déjà, partie comme une folle.

Lui, demeura quelques minutes immobile.

Il n'avait également qu'une pensée : celle de l'odyssée que pouvait suivre, à cette heure, l'homme avec l'enfant.

Allait-il, absolument fou, se porter à quelque extrémité.

La petite Suzette payait peut-être en ce moment de sa vie le crime que rien ne rachèterait, le crime des siens qui le plaçait en face de son père dans une situation doublement terrible.

Que faire ?

Se rendre chez le commissaire ?

Celui-ci empêcherait-il quelque chose.

C'était cependant une mesure qui s'imposait.

En cas d'accident, irréparable ou non que la police fût, au moins, prévenue de suite.

Robert Savaret se dirigea à pas précipités vers le commissariat du quartier.

Il y rencontra le fonctionnaire lui-même, M. Rottin, qui opérait ce matin à l'hôtel de la rue de Lisbonne.

Il l'avait vu, avec ses acolytes, descendre l'escalier somptueux, chacun emportant des serviettes gonflées de papiers.

Il le revoyait assis à son bureau, travaillant avec son secrétaire, sous la lueur d'une lampe à gaz tamisée par un abat-jour.

Le jeune homme raconta de la vérité ce qu'il pouvait en raconter.

La débâcle financière, suivie du suicide du patron, avait porté à son père un tel coup que l'on craignait pour sa raison.

Le dernier était parti, en emmenant sa fillette, sans que l'on sût pourquoi, sans qu'on l'eût vu s'en aller.

N'allait-il pas, dans un déséquilibre mental, subit, sous l'empire de quelque idée fixe, entraîner la petite vers une catastrophe ?

Malheureusement, nul n'y pouvait rien, pour le moment.

La seule chose urgente était de donner les deux signalements.

Cela permettrait, si les événements s'y prêtaient, une surveillance susceptible d'empêcher l'accident redouté, ou une constatation plus rapide de cet accident.

Le commissaire entretint le jeune homme assez longuement, de l'événement imprévu qui amenait le banquier à se tirer une balle au cœur.

M. Guillain-Mariant avait-il été réellement, comme le laissaient supposer les phrases incohérentes de ses lettres, victime d'une machination ?

Ce traître, dont sa plume n'arrivait pas à tracer le nom, existait-il ailleurs que dans son imagination ?

Le bruit de folie répandu à la Bourse était-il exact, ou la calomnie odieuse, amenant l'irrémédiable panique, causait-elle seule la folie ?

Le jeune homme se trouvait plus à même que quiconque de donner là-dessus une opinion.

Mais Robert Savaret flottait dans l'incertitude.

Il se pouvait que la fatigue cérébrale dont souffrait son patron lui eût enlevé son équilibre mental.

Il se pouvait également que l'accès de fièvre chaude, le poussant au suicide, fût venu à la suite de la foudroyante constatation.

Pour l'instant, le jeune secrétaire du malheureux financier pensait à son père et à Suzette, à la course de ces deux êtres dans Paris, au crime de l'un qui, déjà tout à l'heure voulait tuer.

Il sortit du commissariat, l'âme plus sombre que la nuit, hanté par la prescience d'un drame, et songeant encore pour lui au suicide.

Le problème se posait de nouveau :

Où aller ?

Que faire ?

Avait-il le droit de mourir ?

Trois êtres, avant tout, avaient le droit de lui demander de vivre.

Suzette.

Charlotte.

Son père même.

Si la faute était rachetable ou plutôt s'il trouvait l'occasion d'un sacrifice susceptible de l'atténuer, son devoir voulait qu'il essayât.

Et ces deux malheureuses jeunes filles : Simone et Odette Guillain-Mariant ?

Que deviendraient-elles ?

Quelle serait leur vie de ménage ?

Robert Savaret n'ignorait pas la ruine complète des Harvert.

Et Robert Savaret, plus coupable encore que celui qui ourdissait et laissait éclater la machination, oui, plus coupable d'avoir laissé faire alors surtout qu'il était le seul responsable, que s'il avait lui-même frappé, se demanda au milieu de ses tumultueuses angoisses s'il n'était pas bien net pour lui, le but : travailler sinon afin de rééditer la fortune de Guillain-Mariant, du moins pour venir en aide, sans qu'elles s'en doutassent, à celles qu'il laissait ruinées.

Cela ne fit que passer dans sa tête où battait la fièvre.

Bientôt, à son tour, il n'eut plus qu'une pensée : celle de Suzette ; qu'un objectif : savoir ce qu'elle était devenue.

Il remonta dans l'appartement paternel.

La Berrichonne seule s'y trouvait.

Rouge, essoufflée, en sueur, elle articula avec peine quelques paroles.

Elle avait couru comme une folle, à droite, à gauche, dans les rues avoisinantes.

Elle ne voyait ni le père ni l'enfant.

La soirée s'écoula.

Après minuit, Robert redescendit, se dirigea de nouveau vers le bureau du commissaire.

On n'y savait rien.

Il sauta dans un fiacre.

Et il se mit à faire dix commissaires.

Il se rendit à la préfecture de police.

Partout on lui représenta que la nouvelle d'un accident, quel qu'il fût, concernant ceux qu'il désignait, ne pouvait guère, à moins d'un hasard, être encore arrivée nulle part.

Il fallait attendre au moins le lendemain.

Deux heures du matin sonnaient lorsque le second secrétaire du financier Guillain-Mariant rentra rue de Lisbonne.

Charlotte n'y reparaissait qu'un quart d'heure plus tard.

Elle aussi avait couru partout.

Et elle revenait, avec l'intense espoir de retrouver sa fille couchée dans son lit blanc, son mari calme, et prêt comme elle à accepter irrévocablement la séparation.

Elle ne rencontra que son beau-fils.

Elle se revit en face du père, du vrai père...

L'autre.

Le regard qu'ils échangèrent, du désespoir passa presque à la haine.

Ils traversèrent, en un rapide instant, la même phase d'impression.

Ils revécurent, peut-être pour la dernière fois, le vertige de leur première faute un soir d'orage à Meudon, où l'on passait l'été, le père et le fils ne travaillant en ce moment-là que dans la journée avec le patron, et partant le matin pour rentrer à la fin de l'après-midi.

Le mari, le père, était depuis huit jours en voyage.

Le remords fut intense, de ceux qui gardent de la récidive.

Et cependant, la folie de la passion, la traîtrise des sens, les rejeta — pendant une autre absence — dans l'étreinte que noue le suprême baiser.

L'époque où Suzette vint au monde transforma le doute en conviction.

Ce fut pour eux, à la fois, un lien, un remords de plus.

Et cela dura, coupé de réveils profonds de la conscience, d'horreur telle, de la nature de leur forfait, qu'ils avaient l'un contre l'autre des rancunes, de l'aversion.

Puis la fatale attirance, le fluide magique qui rapproche malgré tout, malgré soi-même ; l'amour invincible et sans scrupule réunissait leurs lèvres de nouveau... encore et toujours.

Autour d'eux, de la part des domestiques ou des étrangers, pas le moindre doute.

La cordialité de la belle-mère et du beau-fils demeuraient des plus naturelles.

Lui, le mari, le père deux fois trompé, vivait dans la sécurité que donnent la confiance et la loyauté.

Et durant cette année de douleur et de colère, si lente et si rapide pourtant, qui commençait le jour où un coup de vent d'hiver enlevait des cendres mortes du foyer, pour venir s'abattre à ses pieds, la lettre révélatrice à peine mordue par la flamme, pendant ces interminables et fugitives journées s'accumulant les unes sur les autres, où il pleurait, où il maudissait, où il fomentait sa vengeance, ayant parfois des résolutions de pardon et d'oubli anéanties sous l'acuité de la souffrance, Pierre Savaret, s'il avait vu autour de lui des visages troublés, si celui de son fils lui apparaissait lorsqu'il parlait de ses projets mauvais absolument bouleversé, ne se doutait nullement de la nature des impressions qu'il provoquait dans l'âme de celui-ci, dans l'âme également de Charlotte.

Ce nom que cette dernière jetait au hasard pour ne pas aggraver le coup déjà reçu, et pour ne pas livrer son couplice n'était pas, et n'eût pu monter aux lèvres du père.

Il ne l'eût jamais connu.

Une scène comme celle de ce soir, ayant Suzette comme enjeu, devait seule le lui livrer.

Oui, en quelques minutes, Robert et Charlotte repassaient cette période qu'ils eussent pu appeler : l'année terrible.

Et ils se sentaient bien, cette fois, loin l'un de l'autre.

Oui, c'était bien la rupture...

La fin !

L'enfant qui, pauvre innocente ! était leur crime vivant, disparue les désunissait.

Et l'un et l'autre sentirent en ce moment qu'elle était bien partie...

La nuit que passèrent dans cet appartement qui semblait vide, Mme Savaret et le fils de son mari, fut de celles dont la torture vous revient lorsqu'on l'évoque, toute la vie.

Vers le matin, la jeune femme n'en pouvant plus, sa résistance usée, les nerfs tendus jusqu'à l'exacerbation, le cerveau vide, en allant à une fenêtre pour voir si le jour venait, le jour libérateur qui lui apporterait, croyait-elle, des nouvelles de son enfant, tournoya sur elle-même, et raide comme une barre de fer tomba sur le parquet.

Une demi-heure plus tard, comme elle n'avait point repris connaissance, Robert descendait quatre à quatre l'escalier, courant chercher un médecin.

Il se disposait à frapper à la porte des concierges, encore couchés, pour leur demander une indication quand il se souvint pour l'avoir entendu dire dernièrement au « patron » que le jeune médecin entre les mains de qui il s'était mis, habitait rue de Madrid, dans la maison voisine d'un hôtel que lui-même occupait avant de faire construire celui de la rue de Lisbonne.

C'était tout près.

Robert Savaret partit, dans le brouillard grisaille de ce matin de novembre.

Il sonna bientôt à la porte du Dr Mannier qui, en effet, sa thèse passée depuis seulement quelques semaines arrivait à peine rue de Madrid.

Celui-ci ayant quitté très tard la demeure du financier qui avait été si peu de temps, hélas ! son client et qui parvenait à s'endormir seulement vers le matin, sursauta dans son lit au coup de timbre correspondant à sa chambre et résonnant bruyamment.

Il n'avait pas encore été dérangé à une heure pareille.

Il s'habilla en un tour de main, tandis qu'il entendait la vieille bonne, à son service depuis huit jours, aller ouvrir.

A peine en présence de son visiteur, il le reconnut.

Celui-ci s'expliqua en quelques paroles.

Mme Savaret, crise nerveuse et syncope, lui semblait très malade.

Max Mannier et le second secrétaire de M. Guillain-Marfant marchèrent bientôt ensemble, dans le jour un peu moins gris de la rue qui s'éveillait.

Robert raconta ce qu'il avait raconté à M. Rottin, le commissaire de police.

L'effondrement en Bourse, surtout le suicide du banquier, provoquaient chez son père une sorte d'accès de fièvre chaude.

Après des incohérences auxquelles son entourage feignait d'acquiescer, tout en essayant de le calmer, il disparaissait en emmenant la fillette, et sans plus reparaître.

Recherches vaines, nuit d'angoisses, désespoir affreux de la mère.

Et finalement la crise qui la terrassait brutale et terrible.

En parlant, on arrivait promptement rue de Lisbonne.

Auprès du lit où demeurait toujours apeurée, la Berrichonne, le jeune médecin qui, tout frais émoulu des hôpitaux avait encore en mémoire les cas les plus simples comme les plus compliqués, éprouva cependant une hésitation.

Elle ne dura pas.

Mme Savaret ne se trouvait sous le coup ni d'une syncope ni d'une crise de nerfs.

Il y avait transport au cerveau.

La fièvre se déclarait.

Elle serait intense.

Le docteur Mannier ordonna immédiatement des révulsifs.

Il ne quitta la malade que lorsqu'il eut fait installer l'appareil qui maintenait, dans une vessie gonflée, de la glace sur la tête.

Et le cas lui paraissant excessivement grave, il annonça qu'il reviendrait au cours de la journée avec un de ses maîtres.

Le médecin des hôpitaux, qu'il ne put amener que dans la soirée, ne cacha pas que la violence du mal laissait peu d'espoir.

Et Robert resta seul, sans nouvelles de Suzette... sans nouvelles de son père, au chevet de Charlotte qui délirait.

X

Le lendemain de la venue de cette jeune femme dont l'attitude et la beauté étrange frappaient le marquis d'Harvert au point d'éveiller chez le vieillard les instincts de l'homme jeune qui avait été le grand séducteur à la fois victime et bourreau, vers les cinq heures de l'après-midi, c'est-à-dire alors qu'il faisait nuit déjà, celui-ci entendit annoncer par son valet de chambre.

— Monsieur le comte d'Harvert !... Monsieur Gontran d'Harvert !

Le marquis Hubert eut un froncement significatif des sourcils.

Il répondit pourtant, d'une voix à peine plus brusque que d'habitude :

— Introduisez.

— Ici, monsieur le marquis ?

— Parfaitement... ici.

Le collectionneur ne se tenait point à ce moment dans l'immense pièce où il entassait les curiosités parmi lesquelles il vivait.

Il se livrait, au fumoir, aux douceurs du londrès et de la méditation.

Le comte d'Harvert parut.

Gontran d'Harvert, derrière lui, s'avança.

Ils s'inclinèrent tous les deux, avec une politesse plutôt froide.

Le marquis ne leur tendit point la main.

A demi-allongé sur un siège turc, il finissait son cigare.

— Asseyez-vous, messieurs, fit-il sèchement.

Les deux frères obéirent à l'invitation.

— Votre santé est bonne ? demanda l'aîné.

— Excellente même, répondit le vieillard.

« Et la vôtre ?

— La nôtre ? mais pas mauvaise.

— Vous avez de drôles de figures tous les deux.

Et sachant, dès la veille, la catastrophe financière qui frappait jusqu'à le pousser au suicide le beau-père d'Hélier et de Gontran, mais n'en voulant rien laisser paraître :

— Est-ce que vous regretteriez votre célibat ?

L'aîné, évidemment chargé du soin de l'entretien répliqua.

— Sans regretter notre célibat, il nous est, pour ainsi dire, permis de regretter notre mariage.

— Déjà !

« Comment, Messieurs ?

— Vous ne savez rien, marquis ?

— Non, mon cher comte, qu'y a-t-il ?

— Il n'est bruit que de cela, dans tout Paris.

— Je vous ferai remarquer que j'habite Saint-Cloud.

— Vous lisez les journaux ?

— La politique française et étrangère. C'est tout.

— Hier, au moment de partir à l'église, nous avons trouvé dans son cabinet de travail M. Guillain-Marfant mort.

— Subitement !

— Un suicide.

— Par exemple !

— Un coup de revolver au cœur.

— Comment donc ?

— Une panique de Bourse causée par de malveillantes rumeurs, et amenant sa ruine complète, l'aura vraisemblablement rendu fou.

— C'est inouï !

— Mais alors ?

« Le mariage à l'église n'a pas eu lieu ?

— Ce qui n'empêche pas le mariage à la mairie d'être un fait accompli.

— Oui, dit Gontran, ne desserrant les dents que pour laisser passer ce monosyllabe.

— Je comprends vos regrets, fit M. d'Harvert de son ton le plus glacé.

Et posant sur un plateau à portée de sa main le bout de son londrès :

— Mais il fallait m'écouter...

« La mésalliance ne vous est pas profitable.

— Elle nous met tout simplement, reprit Hélier avec calme, dans une impasse sans issue.

« Nous n'avons plus, à notre tour, qu'à nous suicider.

Sans se donner la peine d'une ironie, ni plus ni moins froid, le marquis riposta :

— Vous ne vous suiciderez pas... Je suis tout à fait tranquille à ce sujet.

— Alors, fit Gontran surexcité, que ferons-nous ?

— Ce que vous faisiez avant.

— C'est-à-dire ?

— Vous retomberez aux expédients.

— Marquis ! prononça Hélier, nerveux à son tour, n'allez pas jusque-là.

« Vous ne doutez aucunement que nous ne soyons allés jusqu'aux expédients.

— Qu'est-ce alors, que contracter des dettes que l'on sait pertinemment ne pouvoir payer ?

— Pardon ! répliqua le cadet des deux frères, nous ne sommes pas les premiers qui comptions libérer notre situation avec la dot de nos femmes.

— Il eût mieux valu dépenser sagement vos revenus et contracter un mariage selon votre nom.

— Peut-être, en effet, cela eût-il mieux valu. Nous avons fait le contraire, il est trop tard pour y remédier.

— En la circonstance, et malgré le peu de sympathie familiale que vous nous avez toujours témoignée, nous avons pensé qu'il nous était permis de venir vous demander un conseil.

C'était Gontran encore — ayant pris d'autorité la parole à son frère — qui s'exprimait ainsi.

Le marquis le considéra, considéra Hélier.

— Et quel conseil, messieurs, voulez-vous que je vous donne ?

— Enfin, fit Hélier, vous avez sur nous l'autorité et l'expérience de l'âge... Vous êtes le cousin germain de notre père... Vous tenez particulièrement à ce que le nom reste intact...

« Vous pouvez bien nous dire comment vous agiriez dans un cas semblable au nôtre ?

— Ma foi ! non, je ne pourrais pas vous le dire.

« Je devrais supposer que je m'y suis mis... et je n'arrive pas à cela.

Les deux jeunes gens eurent la même crispation des traits.

Mais il leur fallait garder leur sang-froid.

Ils se trouvaient dans une situation à s'accrocher à tout.

Et pourtant la colère, une colère noire, leur mettait dans les veines ce bouillonnement latent qui semble à un certain moment, devoir s'échapper.

Aussi bien l'un que l'autre, ils se trouvaient dans cette passe où l'on arrive aux extrémités les plus violentes, les moins prévues.

L'abîme était à leurs pieds.

De quelque côté qu'ils se tournassent certainement ils y tomberaient.

Cet homme eût pu, sinon les tirer pour toujours d'embarras, du moins avec un sacrifice d'argent, les sauver provisoirement.

Ils sentaient qu'il ne ferait rien.

— Ne nous laissons pas dominer par notre impression... Dominons-nous pendant qu'il est encore temps...

Allons-nous-en plutôt aussi tranquilles en apparence [illegible] nous sommes venus.

Gontran se leva.

Hélier l'imita immédiatement.

Ce dernier reprit la parole :

— Monsieur, l'heure est si grave que nous avions [illegible] péré une conversation sérieuse, ces conseils que, je le répète, votre expérience pourrait donner.

Vous nous excuserez de nous être trompés.

Son frère ajouta :

— Laissez-nous pourtant vous dire que vous auriez pu éviter... peut-être de vilaines histoires...

Ce nom que vous nous reprochiez de mésallier, ce nom qui vous a rendu envers nous impitoyable, ne pensez-vous pas qu'il pourrait recevoir la boue qui flétrit irrémédiablement ?

Le vieillard, debout aussi, leva haut la tête.

— Messieurs d'Harvert, mon parti est pris... Du jour où vous le marquerez de honte, c'est-à-dire ce qui arrivera, je le crains ; du jour où le monde saura que vous n'êtes plus dignes de le porter, j'essaierai, moi, de le porter si haut, en instituant des œuvres philanthropiques, en consacrant la plus belle part de ma fortune au bien, en laissant à l'État des collections précieuses pour l'art, que seul le mien subsistera.

Le jeune riposta avec un rire d'un cynisme suprême :

— Croyez-vous que la honte cède le pas à la vertu, monsieur le marquis d'Harvert ?

Et le marquis, avec sa froideur impassible :

— Je commence à croire que la honte, comme la vertu, sont personnelles, monsieur le cadet.

« J'ai toujours pensé que vous en arriveriez à la honte, je le répète : mon deuil est porté.

— Ainsi, de vous, non seulement pas d'aide... pas même de conseil ? conclut Hélier.

Le vieillard les dévisagea encore, l'un après l'autre.

— Si je vous donne un conseil, vous ne le suivrez pas.

— Qui sait ?

— Je le sais parce que je vous l'ai déjà donné, et vous n'en avez cure.

— Lequel, enfin ?

— Travaillez.

— Nous ne demandons que cela...

« Mais comment ?

« Que voulez-vous que nous fassions à Paris ?

— Partez à l'étranger, débrouillez-vous !... Intéressez-vous dans quelque entreprise industrielle : vous n'êtes pas absolument des imbéciles !

« On se tire d'affaires à votre âge — même si l'on s'appelle d'Harvert — quand on le veut.

— Avons-nous des capitaux, pour entrer dans une entreprise commerciale ? interrogea Hélier.

Le marquis les considéra bien en face.

— Je vous ai déjà dit que je pourrais vous caser à Chicago, dans une immense usine d'électricité, avec des appointements de dix mille francs pour débuter.

« Vous aurez ces deux places quand vous voudrez.

« Là-bas, en Amérique où tout le monde travaille, vous ne craindrez point de déroger.

— Ni vous de nous voir déroger, interrompit Gontran avec un sarcasme dont il ne fut pas maître.

— Soit...

« Je tiens cependant à vous répéter, car je vous l'ai déjà dit, que vous voir gagner honorablement votre vie, en France ne pourrait que m'être agréable.

« Seulement j'y crains pour vous le souvenir des jours passés... Vous n'avez, ni l'un ni l'autre assez d'énergie pour résister à l'entraînement.

« Vous préférerez, à Paris, je me répète encore, tomber aux expédients que lutter pour votre pain.

« De plus je n'ai pas ici l'occasion qui s'offre pour moi, en Amérique de vous être utile, une occasion par relations, dont vous profiterez quand vous voudrez, une fois encore.

« Partez à Chicago, emmenez-y vos femmes, qui ne sont pas cause de la ruine, ni du suicide de leur père.

« Ce n'est pas énorme là-bas, dix mille francs, mais il y a de l'avenir... Il y en a toujours en Amérique, dès que l'on vous met surtout le pied à l'étrier.

« C'est mon dernier mot.

« Aussitôt les délais de rigueur expirés, c'est-à-dire une quinzaine, un mois après l'enterrement, alors que vous saurez à quoi vous en tenir sur le plus ou moins d'importance de la débâcle, venez m'avertir que vous êtes décidés.

« Je vous paie votre passage à tous quatre, votre voyage jusqu'à Chicago, quelques milliers de francs d'argent de poche et ensuite tirez-vous d'affaire !

« Vous êtes des hommes, que diable ! »

Hélier se raidit.

— C'est tout ce que nous avons à attendre de vous ?

— Que prétendez-vous donc de plus ?

— C'est vrai, fit le jeune homme les lèvres exsangues ; nous ne voulons pas du, reste, vous demander l'aumône.

— Et vous pensez, interrogea Gontran non plus sarcastique, mais très sombre, qu'il est de notre devoir de faire partager à nos femmes les hasards de l'expatriation ?

— Il n'y a point là de hasards vous allez sûrement à un but.

— Vous pensez continua le cadet, insistant sur la question que ni lui ni son frère, n'osaient dès le début mettre en avant, qu'il ne vaudrait pas mieux, très loyalement, que nous leur disions...

Il s'arrêta.

— Que vous leur disiez ? interrogea le marquis d'Harvert, avec son grand air froid.

— Que nous leur rendions la liberté, l'indépendance de leur vie.

— Ou du moins, interrompit Hélier, que nous leur laissions le choix.

L'œil peu sympathique de leur cousin s'enfonça dans le leur tour à tour.

M. d'Harvert croisa lentement les bras sur sa poitrine.

Et après quelques secondes de silence :

— Je comprends... j'eusse deviné sans ces réticences.

« Ce qui en ce moment surtout pèse sur vous, c'est le mariage... ce mariage que n'a point ratifié l'Église, et où la loi vous enserre sans autre moyen de briser le lien, que la jolie échappatoire qu'on appelle le divorce.

« Pour Dieu ! je crois que vous y pensez au divorce, messieurs d'Harvert ! »

Les deux frères sentirent le mépris, et le mordant de cette dernière phrase.

Ils firent, chacun à sa façon, bonne contenance.

— Nos mariages n'étaient-ils pas ce que vous-même appeliez des mariages d'argent ? demanda Gontran.

— Et n'est-ce pas plutôt un devoir, fit Hélier, nous qui ne savons pas si nous serons capables de lutter, comme vous le dites, pour notre pain, de prévenir celles à qui une formalité seule nous attache jusqu'à présent, de ce qui les attend sans doute à notre suite ?

Les prunelles du vieillard, en cherchant les leurs que malgré eux cette fois ils détournèrent, lancèrent une flamme.

Et la flamme de ses yeux s'éteignit sous une expression de ce mépris qu'indiqua encore le son de sa voix.

— J'avais raison... c'étaient uniquement des mariages d'argent.

« Au moment où je vous le disais, vous éprouviez le besoin de vous récrier, de jurer que votre cœur est pris.

« Je savais bien que non. »

Hélier posa la main sur sa poitrine.

— Je vous affirme que j'aime Simone.

— Comme vous pouvez aimer... seulement sans énergie, sans sacrifice... incapables même de penser que cet amour vous soutiendra dans le corps-à-corps avec l'existence, où vous ne vous jetterez qu'en désespoir de cause.

« Et encore je n'y compte pas.

« Je compte plutôt que une fois divorcés tous les deux, ou même avant, vous pourrez en effet partir pour l'Amérique, mais avec le but bien arrêté d'essayer là-bas, parmi les Yankees milliardaires, de vendre votre particule, comme vous avez essayé en y réussissant si mal, de la vendre ici. »

Hélier, déjà pâle, blêmit.

Gontran avoua avec son cynisme habituel :

— Convenez marquis, que cela vaudrait bien les dix mille francs de l'usine électrique, ce qui dans ce pays où tout est cher, ne nous donnerait — ainsi qu'à nos femmes — que la misère.

— Mais elles, vos femmes, que deviendront-elles [illegible] en France... à Paris.

— Ce qu'elles deviendraient exactement si nous n'avions pas passé par la mairie.

Le vieillard laissa éclater, cette fois, tout entier son sentiment.

— Vous avez la franchise plus brutale que votre frère, monsieur le cadet...

« Mais pour Dieu ! quels lâches vous faites tous les deux ! »

M. le cadet articula dans un rire sarcastique :

— Il est facile, lorsqu'on a des millions, de traiter de lâches ceux qui n'ont plus le sou et que l'on pousse hors de France, pour la seule raison vraie que leur [illegible] même honnête de besogneux, vous gênerait.

Son aîné, hautain maintenant, répliqua :

— Il faut, marquis, beaucoup de courage au contraire pour oser seulement dire à des femmes qui pouvaient avoir la même pensée que vous, ce que nous nous proposons de dire à celles que la formalité de la mairie a faites nos épouses.

Le marquis, qui n'avait pas même paru entendre les paroles de colère de celui à qui il donnait avec sa tendance au langage du temps jadis, la dénomination [illegible] aux frères ruinés, eut un haussement d'épaules.

— Je reviens, fit-il, s'adressant à Hélier, et pour la seconde fois sur cette opinion : que ce qui chez les autres pourrait être en effet courage est chez vous lâcheté.

« Et, si vous le voulez bien, brisons là... il est temps.

« Quand vous désirerez vous embarquer, je suis à votre disposition.

— Mais comme nous ne pouvons nous embarquer demain, nous n'avons, jusqu'à ce jour-là, qu'à faire des dupes pour vivre.

— Je pense cependant qu'il vous reste de quoi manger... Vous n'êtes pas forcés de vous amuser...

— Pas même de quoi manger.

« M. Guillain-Marfant, après le mariage à l'église, après le lunch, devait nous verser les fonds nécessaires à nos trois mois de séjour en Égypte.

« Les perquisitions ont été opérées, les scellés posés, sans que nous ayons rien reçu.

— Comment ! vous en êtes à ce point au bout de votre rouleau.

— Hélas ! les dépenses relatives à cette union, à nos besoins personnels... les cadeaux, les corbeilles...

— Que vous ne deviez payer qu'avec la dot, interrompit le terrible homme.

Gontran riposta :

— C'est possible quant aux corbeilles. Il n'en est pas moins vrai que pour beaucoup de choses il nous a fallu débourser...

— De l'argent que vous n'aviez point, acheva le marquis, lui coupant de nouveau la parole.

— Soit encore !

— Nous en sommes chacun à notre dernier louis.

« Le fait, malheureusement, est incontestable... il flotte entre les doublures de notre gousset.

« Notre beau-père ne se suicidant que la nuit prochaine au lieu de celle-ci, nous avions en portefeuille une somme relativement forte, avec laquelle nous eussions pu attendre.

Et le jeune homme se plantant bien en face de son interlocuteur :

— C'est dur à avouer, à vous surtout ! Mais nous en sommes là aux abois.

Le marquis Hubert fut un instant sans répondre.

Il scrutait plus qu'il ne l'avait fait encore, en allant de l'un à l'autre, la physionomie des deux frères.

Hélier les sourcils rapprochés, la bouche serrée, dans les yeux une expression intense d'orgueil blessé, se dominait.

Gontran, de la rage dans la voix, de la rage dans les prunelles, semblait prêt aux extrémités.

Le vieillard céda-t-il à un mouvement de crainte ou de pitié ?

A cette dernière impression plutôt.

Entre lui et ces deux hommes qui devaient horriblement souffrir — il les connaissait, — de la démarche de ce soir, de l'aveu surtout, une demande de secours déguisée, de la détresse, les liens de consanguinité étaient suffisants, pour qu'il crût de son devoir — alors qu'il l'eût fait vis-à-vis d'étrangers, — de les obliger.

Il alla au coffre-fort, formant secrétaire, entre deux des fenêtres de la vaste pièce, compta une liasse de billets de banque, et, se retournant, la tendit à Hélier, qui se trouvait le plus près de lui.

Gontran fit alors un mouvement si rapide, que le vieillard, ni peut-être même son frère, ne se rendit compte de ce qu'il faisait.

Ce fut seulement lorsque le premier se sentit frôler par derrière qu'il eut un soupçon, changé aussitôt, en une certitude foudroyante.

Gontran saisissait, tandis que son frère prenait celle que le marquis lui tendait, une autre liasse de billets bleus, beaucoup plus forte, et, bousculant le vieillard qui avançait le bras dans un mouvement de défense, il s'enfuyait suivi par son frère qui refermait la porte derrière lui.

Le marquis, brutalement poussé contre le mur, n'avait eu qu'une exclamation sourde.

Pas un appel.

Les deux frères — derniers du nom, — n'étaient plus que des voleurs.

Ce n'était pas lui qui les ferait arrêter.

XI

Le jour même, où ce drame intime se passait chez le vieux marquis, Max Mannier qui était venu voir Mlles Guillain-Mariant causait longuement avec elles, et du présent, et de l'avenir.

Le présent était navrant, l'avenir bien sombre.

Il fallait les aider à surmonter leur douleur présente et leur faire entrevoir pourtant, quelque espérance.

Son affection, son dévouement, lui dictait des paroles qui tombaient comme un baume, sur les cœurs ulcérés.

Et il considérait comme une diversion favorable tout incident, toute conversation, même pénible, qui les enlèverait à cette obsession de la chambre funèbre, de la couche avec le cadavre qu'elles ne voulaient pas quitter.

Il leur parla de l'avenir — cela sur une phrase d'Odette déclarant, pour la première fois devant lui, que MM. d'Harvert n'arriveraient certainement pas, alors qu'ils le voudraient, à les tirer d'embarras.

Jusqu'à la liquidation, elles n'avaient guère à se préoccuper en tant que vie matérielle.

Mais après ?

— Le mari doit à sa femme le soutien matériel aussi bien que le soutien moral, répéta Max Mannier, pour la troisième ou quatrième fois ; les vôtres seraient les derniers des lâches s'ils n'essayaient pas au moins de vous le donner.

Le regard de Simone, pour la troisième fois aussi, répondit qu'elle n'y comptait point.

Odette eut son exclamation habituelle.

— Nous n'avons pas à compter sur eux... ce sont des inutiles... Et des sans-cœur !

— Nous travaillerons, fit Simone ; ah ! si nous pouvions en même temps que pour nous, travailler pour notre pauvre père !... Quel courage nous nous sentirions !... Dans le malheur immérité qui l'a frappé, qui est l'œuvre de la trahison, de l'envie, comme nous le consolerions !

« Et nous l'aimerions davantage... nous l'aimerions tant, qu'il ne se sentirait pas trop à plaindre.

— Oh ! oui, interrompit Odette, nous travaillerons !

Le jeune médecin les considéra.

Il avait, lui, été atteint également jadis par la ruine paternelle, contraint à des prodiges pour arriver à des études que sa famille ne pouvait plus payer, ayant passé des nuits à pâlir sur son papier ou sur ses livres, à courir les répétitions, s'énervant, s'anémiant jusqu'au jour enfin, — et il avait eu en cela beaucoup plus de chance que tels de ses condisciples — où sa méthode prise en considération par un de ses chefs, et celui-ci lui permettant de l'expérimenter sur un malade de l'hôpital considéré comme perdu, l'expérience réussissait entièrement ; ce qui lui amenait, encore étudiant, les quelques clients riches dont le banquier devait être.

Et il se demandait, avec l'expérience que lui eût vite acquise son caractère sérieux, même sans des débuts difficiles, ce que feraient ces deux femmes, élevées dans un milieu de grand luxe, adulées, fêtées, aux prises avec la nécessité.

Il répéta :

— Les hommes dont vous portez le nom doivent, dans le malheur qui vous frappe se montrer à hauteur de leur tâche.

Simone secoua la tête.

Sa sœur dit,

— Les hommes dont nous portons le nom, nous avaient prises pour notre argent...

« Nous n'en avons plus.

« Ils donneraient à présent tout ce qu'ils pourraient donner pour que nous ne le portions pas.

— Voyons, fit le jeune homme allant contre sa propre pensée, en voulant essayer de placer une espérance dans ces âmes désabusées, vous voyez peut-être trop en noir.

« Il est nécessaire de faire la part des choses.

« Evidemment la désillusion a dû être, pour eux, terrible d'autant plus qu'ils étaient ruinés en vous épousant.

« Leur situation actuelle est de celles qui éteignent bien un peu le sentiment.

« Il faut leur laisser reprendre pied.

« Et il n'est pas douteux que le comte et son frère ne le remplissent, leur devoir.

Simone prit la parole, tandis qu'Odette avait à son tour un geste d'incrédulité.

— J'ai peur, dit-elle, grave, qu'ils ne le remplissent pas du tout... Et, vous le dirai-je, je n'en voudrais pas, pour ma part... à Hélier, de ne pas le remplir... Ce sont des êtres incapables de lutter pour eux, je viens de vous le dire. Comment leur demander de lutter pour d'autres ?

— C'est vrai.

Alors vous ne lui en voudriez pas de vous abandonner ?

— Non.

— Vous lui garderiez votre estime ?

— Je ne crois pas...

— Vous l'aimeriez... encore ?

La voix de Max s'était comme malgré lui brisée.

De même que ses paroles amies frappaient d'abord Simone au moment où elle et sa sœur s'apercevaient pour la première fois, de la défection de ceux à qui elles étaient liées depuis quelques heures, elle fut avant celle-ci et d'une autre façon, impressionnée par cette demande.

— Pour ma part, je ne me sens plus à l'égard de Gontran la moindre affection, disait Odette d'un ton ne laissant pas de doute sur sa véracité.

— Et vous... vis-à-vis du comte ? interrogea Max, raffermissant sa voix.

— Non, répondit-elle, je ne puis plus l'aimer.

Un soupir qu'elle étouffa mal indiqua au jeune médecin une désillusion plus amère chez elle que chez Odette.

Ou l'attachement avait été plus profond, ou le caractère moins emballé, aussi moins superficiel, prenait plus tragiquement les choses.

Quelque pensée douloureuse venait d'assombrir encore les yeux de la comtesse Hélier d'Harvert.

Ils devinrent doux, attendris, en se fixant sur ceux de Max.

Lui ne détourna pas les siens.

Ils étaient de vrais amis, se regardant bien en face.

Et Simone se sentit plus forte, avec plus de courage pour l'avenir.

L'heure du dîner approchait.

Les deux frères ne paraissaient pas.

On annonça à ces « demoiselles » — les domestiques, que la débâcle allait chasser de la maison où plusieurs servaient depuis des années, n'avaient même pas l'idée de les appeler madame — que les modistes apportaient chapeaux et que, comme c'était la première fois qu'elles les servaient, elles désiraient beaucoup les essayer.

— Faites entrer, répondirent-elles indifférentes.

Zizi et Zozo, ou plutôt Miles Elise et Zoé Sibot, pénétrèrent dans le salon mauve, avec la réserve et le tact de leur première visite.

Elles posèrent les coiffures de crêpe sur les jeunes têtes. Puis certaines qu'elles seyaient, elles s'en allèrent aussi discrètement.

Dans l'antichambre, toute blanche, elles s'arrêtèrent, pensant peut-être voir surgir ceux qui avaient enterré avec elles leur vie de garçons.

Ni l'un ni l'autre de leurs amants de l'avant-veille ne parut.

Une fois hors de l'hôtel, elles se consultèrent.

— Retournons-nous ce soir à la garçonnière ?

C'était Zoé qui interrogeait.

— Nous n'avons plus la clef... Pour faire comme hier, trouver visage de bois, ce n'est pas la peine.

— Eh bien, j'ai dans l'idée que nous ne trouverons pas, ce soir, visage de bois.

— Qu'est-ce qui te le fait croire ?

— Rien du tout, ça me vient comme ça...

— Puis, quand nous aurons été les relancer encore ?...

— Il faut que ça finisse, nous ne pouvons pas toujours être à leurs trousses.

— Tant qu'ils sont embêtés, il faut bien essayer de les consoler un peu.

— C'est qu'ils le seront encore longtemps embêtés ! exclama Elise, évidemment plus égoïste que Zoé.

— Ma foi ! quand nous en aurons assez, nous ferons ce qu'ils ont fait pour nous, nous les planterons-là !

— Alors, tu veux aller avenue de Messine ?

— Tout de suite.

— Nous saurons quelque chose par Jules. Il y sera au moins aujourd'hui, cet animal-là.

— A moins qu'il ne se soit cavalé comme hier.

Les deux trottins filèrent sans mot dire.

La maison qu'habitaient leurs amants se trouvait un peu plus loin, de l'autre côté de la chaussée.

Un fiacre s'arrêtait devant.

Prêtes à traverser, elles reconnurent à leur tournure les deux frères qui en descendaient.

— Nous sommes sûres, dans tous les cas, fit Zizi, de ne pas faire chou-blanc.

— Ils ont l'air bigrement pressés, déclara Zozo, quel coup de vent !

— Nous allons être reçues comme si nous étions leurs belles-mères.

Une fois atteint le portail de la maison où venaient de pénétrer les deux frères, elles s'arrêtèrent avec une dernière hésitation.

— Entrons-nous ?

— Dame, si nous sommes venues jusqu'ici, ce n'est pas la peine de nous en retourner bredouilles.

Elles marchèrent sous le vestibule, jusqu'à la porte du rez-de-chaussée, franchie maintes fois joyeusement.

Jules, le domestique, vint ouvrir au coup de la sonnerie électrique.

— Retournez-vous en, leur dit-il en barrant le chemin, mes maîtres ne sont certainement pas d'humeur à vous recevoir.

— Tu peux le croire, mon vieux, fit Elise en le poussant, que nous allons nous en retourner sans au moins leur avoir serré la pince.

— T'ont-ils dit de nous flanquer à la porte ? demanda Zoé.

— Ils ne m'ont rien dit du tout.

— Allons, oust ! de l'air.

A son tour elle l'écarta.

Zizi et Zozo étaient dans la place.

Avant d'entrer dans l'appartement des deux frères, elles entendaient la voix de Gontran, éclatante et brève, donner des ordres.

— Jules !

— Monsieur ?

— Nos valises... les grandes, avec vêtements de rechange, très chauds, nos plaids... rapidement, en une demi-heure.

— Ces messieurs partent ?

— Oui.

Stylé comme pas un, Jules se précipitait vers le cabinet qui servait de vestiaire à ses maîtres.

Zizi et Zozo arrivaient dans le fumoir de l'aîné.

Hélier enlevait d'un tiroir des papiers qu'il plaçait dans son portefeuille.

Gontran parut à l'entrée de la pièce.

L'un et l'autre aperçurent ensemble leurs maîtresses.

Leurs figures, très pâles et crispées, — crispèrent davantage.

— Qu'est-ce que c'est ? que faites-vous ici ?

— Eh bien, quoi, dit Zoé, vous n'allez pas nous avaler ?

— Tout simplement vous prier de vider la place...

— Parbleu ! c'est ce qu'on va faire.

A quoi ça sert d'être trop bonnes ! on est reçu comme des chiens dans un jeu de quilles.

Sans répondre, ils passèrent dans la pièce d'où venait Gontran.

Les petites modistes se regardaient avec une envie de rire, pas vexées le moins du monde.

Tout bas, elles échangèrent leurs impressions.

— Les voilà qui partent en voyage.

— Ce n'est pourtant pas pour l'Egypte, le voyage de noces.

— Je te parie qu'ils plantent là leurs femmes !

— Tu crois ?

— Je te parie... tout ce que tu voudras.

— S'ils nous emmenaient, au moins.

— Tiens, c'est une idée.

Zizi, maintenant la plus hardie, passa dans la chambre d'Hélier, sur laquelle celle de Gontran restait ouverte.

Le premier eut une exclamation d'impatience.

— Voyons, nous vous demandons de nous débarrasser !

— Vous nous laisserez tout de même le temps de vous dire adieu.

— Si cela ne traîne pas en longueur.

— Comment elles sont encore là, fit le cadet apparaissant sur le seuil, comme un instant plus tôt.

— Eh bien oui, répliqua sa maîtresse, nous sommes encore là... après ?

— Non, vraiment, je vous trouve collantes !

— Nous ne vous cramponnerons plus longtemps, puisque vous filez.

— En attendant, filez les premières.

— Tout de même, vous êtes gentils ?

Elise tira son mouchoir.

— C'est la peine de s'attacher aux hommes... de les plaindre s'ils tombent dans la panne...

Zoé prit, comme son aînée un ton scandé d'émotion.

— Au moins, ne nous brutalisez pas... nous ne les méritons ni l'une ni l'autre.

Ils eurent le même geste d'impatience et continuèrent à aller et venir.

Elles s'assirent sur un canapé, pour se mettre à tamponner leurs yeux et à se moucher par petits coups secs.

Gontran se planta devant elles, étendant les bras avec désespoir :

— Vous en irez vous ?

Zoé releva la tête, d'un blond vénitien un peu trop chaud.

— Quand vous nous aurez dit où vous partez !

« Je parie que c'est pour l'Amérique ?

— Là ou ailleurs !

Si courte qu'elle fût, le jeune homme avait eu une hésitation.

Sa maîtresse se dressa d'un bond.

— Je t'en prie, mon gros loup, emmène-moi...

— Tu es folle ?

— Gontran...

— Voyons, sois gentille... Va-t'en...

— Je voudrais faire une traversée...

« Zizi aussi.

« Puis, nous ne rêvons que ça, New-York ou Chicago... des places de premières, là-bas.

« On gagne les yeux de la tête... sans compter la chance de rencontrer un bon gros marchand de salaisons ou de cochons, si tu aimes mieux qui vous couvre de dollars.

« Gontran, mon petit Gontran...

« Hélier.

« Voyons, Zizi, entreprends-le !

« Il faut qu'ils nous emmènent là-bas, bon gré, mal gré ! »

Elle voulut se suspendre au cou de Gontran qui, violent cette fois, la repoussa.

Cela eut pour résultat de la faire courir derrière Hélier qu'elle trouva à la porte du cabinet d'où le domestique avait déjà tiré les effets des valises.

Elle l'entendit lui donner cet ordre :

— Soyez à neuf heures précises gare Saint-Lazare, prenez-nous deux premières pour le Havre et attendez-nous dans la salle d'attente avec les bagages.

— Oui, monsieur.

— C'est bien compris ?

« Neuf heures précises.

— Parfaitement, monsieur le comte.

— Nous avons besoin d'aller à Londres, simplement pour quarante-huit heures.

— Bien, monsieur le comte.

— Vous irez en avertir... Mmes d'Harvert, rue de Lisbonne, en revenant de la gare.

— J'irai de suite.

Zozo s'était jetée en arrière, là où elle laissait sa sœur, feignant de pleurer sur le canapé.

Elle lui jeta un coup d'œil d'intelligence.

Zizi se leva.

Sa sœur passa la première.

Et toutes deux, sans qu'un mot les retînt, entendant au contraire pousser derrière elles un ouf ! de soulagement, sortirent de la garçonnière.

Dehors, la plus jeune répéta ce qu'elle venait d'entendre.

Mais elle conclut de cette façon :

— Ma chère, je mettrais ma main au feu que ce n'est pas à Londres qu'ils vont.

« J'ai bien vu à la binette de Gontran que je touchais juste lorsque je parlais de l'Amérique.

« Londres c'est pour donner le change ; ils plaquent là leurs épouses sans l'être.

« C'est le coup de nous en aller là-bas !

— Tu perds la boule, déclara Elise.

— Qu'est-ce que nous risquions à essayer de nous faire embarquer ?

— Y es-tu arrivée ?

— Et si nous y arrivions ?

— Oui, ma pauvre petite, c'est sûr, tu déménages.

— Enfin, as-tu envie, oui ou non, d'aller en Amérique.

— Tout ce qu'il y a de plus envie, comme toi.

— Eh bien, je te promets qu'il nous emmèneront !

— Tu perds la boule, répéta Zizi.

— Admettons, puisque ça te fait plaisir... Si tu ne veux pas me suivre, tu resteras !

Et les petites modistes de la rue de la Paix, tombant chacune dans un mutisme qui ne devait plus se changer en verbiage que chez elles, de leur pas vif et adroit de Parisiennes, se mirent à trotter très vite vers leur domicile.

A cette heure, à l'hôtel de la rue de Lisbonne on s'asseyait à la table sans Hélier et Gontran d'Harvert, le Dr Mannier entre Simone et Odette, qu'il forçait absolument à manger.

L'absence des deux jeunes gens était la confirmation de ses pensées secrètes.

Elle convainquait de plus en plus les deux sœurs de leur isolement.

Le médecin, au cours du repas rapidement pris, d'ailleurs, pensa à leur parler de Mme Savaret.

Il leur raconta comment, la veille, le beau-fils de celle-ci venait le chercher à la première heure, et comment il demandait, pour la jeune femme une consultation dont le résultat ne le rassurait point.

Il leur apprit la disparition, dans une sorte d'accès de folie, de Pierre Savaret et de sa fille.

Simone et Odette eurent la même pitié, la même surprise pleine de chagrin.

Cette folie subite du secrétaire, du collaborateur de leur père, leur semblait le résultat de son dévouement pour lui.

La double catastrophe le frappait avec une telle brutalité, qu'elle lui causait, sur le moment, une [illegible] violente.

Le malheur qui tombait sur elles atteignait [illegible] Savaret.

Elles iraient voir, demain, Mme de Savaret.

Mais demain, c'était l'enterrement.

Arrachées en partie, depuis que le docteur [illegible] d'obsession de leur douleur, les deux jeunes filles y [illegible]bèrent avec toute l'amertume d'avant.

Juste à ce moment, Hélier et Gontran d'Harvert [illegible] posaient à quitter leur appartement de garçons, [illegible]

Depuis la fuite de la villa du Roc, leur course [illegible] chemin de fer, jusqu'à l'arrivée chez eux, après s'[illegible] dans le premier fiacre venu, dès leur sortie de [illegible] Saint-Lazare, ni l'un ni l'autre ne prononçait une [illegible]

Gontran restait une main glissée sous son par[illegible] serrant quelque chose qui gonflait sa poitrine.

Le mouvement de son frère semblait, en déterminant le sien, lui procurer la même sensation.

Tous deux avaient le même air heureux, les yeux [illegible]

Hélier et Gontran d'Harvert, des voleurs !

Le second s'emparant d'une liasse de billets de ban[que], le premier laissant faire...

Complices, et sinon dans la forme aussi coupables, [ils é]taient bien près de l'être autant.

Ils s'en allaient la peur aux talons.

N'allait-on pas les poursuivre, les arrêter ?

Ne viendrait-on pas ici, avant qu'ils en sortissent, [illegible] que la prudence leur conseillait de n'y pas rentrer, [illegible] mettre la main au collet.

Voilà seulement qu'ils y pensaient.

Un peu de calme, d'empire sur eux, leur revint.

Le concierge seul les avait vus partir de la villa [de] Saint-Cloud.

Un temps relativement long pouvait s'écouler avant [que] le domestique pénétrât dans le hall où le marquis [illegible] les avait fait passer.

Si ce dernier, se relevant lui-même si une [illegible] n'avait pu être grave, sonnait, jetterait-il sa valetaille [sur] la piste de ceux qui portaient comme lui, le nom [illegible] sacré pour l'honneur duquel il eût sacrifié beaucoup [illegible] qu'il ne voulait vis-à-vis d'eux en convenir ?

Les coupables se ressaisirent.

Gontran eut un mot cynique.

— Maintenant comptons.

Et il tira de sa poche de poitrine la liasse qui la [gonflait].

Hélier, toujours blême, la physionomie si bouleversée que quelqu'un qui l'eût vu la veille ne l'eût pas [reconnu] au premier abord, le regarda compter.

C'étaient des billets de mille francs.

— Cinquante ! articula son frère.

Et les replaçant dans sa poche.

— Avec cela nous pouvons, là-bas, tenter la fortune. Cela vaudra bien les dix mille francs de son usine [élec]trique...

« Tant pis ! c'est le « struggle for life ».

« Vieux misérable ! J'aurais dû lui en chiper deux [illegible]

Et il passa le premier, suivi de son aîné comme par [un] automate.

Ils allaient dîner n'importe où.

Pourquoi pas à leur cercle.

Pourquoi ne s'y feraient-ils pas voir ce soir-là ?

Sentaient-ils la nécessité, comme de vulgaires [crimi]nels, de se créer une sorte d'alibi ?

Avant de quitter le boulevard, de s'arracher à leurs [ha]bitudes, à leur monde, voulaient-ils y revivre une heure [illegible]

Et ils n'avaient, en effet, qu'une heure à passer [rue] Volney, là où ils retrouveraient leurs amis, leurs compa[gnons] de plaisir.

Une sorte de fièvre leur fit monter le sang aux joues.

Ils paraissaient peut-être un peu surexcités, mais [ceux] qui, non sans surprise du reste, — leur place leur [parais]sant ailleurs ce soir-là — les rencontrèrent, ne trouv[èrent] point cette agitation anormale.

La débâcle de la banque Guillain-Marlaut, le suicide [du] financier, le lendemain même du mariage à la [illegible] étaient des événements qui la légitimaient amplement.

Les deux frères, après un repas rapide, touchant à ce qu'on leur présentait, s'éclipsèrent.

A neuf heures juste, ils arrivaient gare Saint-Lazare.

Leur domestique les attendait.

Avec lui, vêtues chaudement, des voilettes autour de leur toque, Milles Sibot.

Leur billet de première pour le Havre — il ne leur restait que l'argent du retour s'il fallait revenir — était déjà pris.

Ni Hector ni Gontran ne pouvaient les empêcher de monter dans leur wagon.

Elles s'y installèrent carrément.

En arrivant au Havre, après minuit, ils furent bien forcés de se laisser suivre à l'hôtel.

Le lendemain matin, sous peine de scènes de désespoir qui eussent fort intempestivement attiré l'attention, les deux amants payaient à leurs maîtresses leur passage sur la *Gironde*, en partance pour New-York.

Zizi et Zozo, qui avaient su choisir le moment psychologique, arrivaient à leurs fins.

Et peut-être les deux descendants de haute race, s'expatriant avec des billets de banque dans leurs poches enlevés au coffre-fort du vieux cousin, — en abandonnant entre le lit de mort de leur père et la ruine celles à qui ils avaient juré aide et protection, — pendant que la *Gironde*, en laissant derrière elle un long sillage neigeux, quittait les côtes de France, éprouvaient-ils un soulagement à se sentir entre elles deux, quand le spasme au cœur les prit silencement, tandis qu'à leurs yeux, rivés à la terre montait une brume, bientôt s'épaississant.

Hâlées, correcis, gardant leur grand air, le comte Hector et Gontran d'Harwest, au milieu de ce brouillard, regardaient encore.

La terre de France, la terre des aïeux, la vieille terre de la gloire, de la domination, du bonheur et des plaisirs, la tombe où dormaient les preux qui devaient tressaillir dans leur sarcophage de pierre, tout cela semblait fuir.

Tout cela disparut.

Les derniers descendants de la race livrés sur le grand bâtiment — un point mobile parmi les vagues — au hasard d'une tourmente ou d'un abordage, n'étaient plus que des déclassés, des épaves humaines à la merci de l'inconnu, des aventuriers, des hors la loi !

DEUXIÈME PARTIE

LA RIVIÈRE D'OR

I

Lorsque Mme Savaret se réveilla de la longue torpeur, suivant la fièvre terrible qui la mettait si près de la mort qu'une nuit, en passant sur ses lèvres séchées et livides, une glace à main dont il ne se servait pas pour la première fois, son beau-fils n'y avait plus retrouvé la faible trace de sa respiration, un mois avait passé.

La mort qui la touchait un instant de son aile ne l'emportait point.

Elle était trop jeune et trop belle pour partir.

Il lui fallait et jouir et souffrir encore.

Charlotte revint au sentiment des choses.

La fièvre laissait intact son cerveau.

Elle se souvint.

Elle pleura.

Sa petite Suzette n'était plus là.

Voilà ce que Robert put lui apprendre, ce qu'il avait appris lui-même en se rendant au Comptoir d'Escompte, où il savait que son père avait ses fonds, mais en y ajoutant les paroles qui lui laissaient un espoir.

L'argent qu'il trouvait à la maison, dans le bureau d'acajou, s'épuisait.

La disparition du mari constatée, il pensait à assurer l'existence de la femme.

Et il se présentait pour savoir au juste la situation de ce dernier à l'établissement de la rue Bergère.

Sa stupeur n'égala que son sentiment de soulagement en apprenant qu'en l'espace de huit jours, — les dates correspondaient à celle de son départ avec l'enfant du toit familial, — il retirait intégralement les fonds.

Depuis, on ne l'avait pas revu.

Le commis à qui il avait affaire d'habitude, et auquel il s'était adressé, fournissait cette seule indication pâle, changé, très vieilli, mais d'un calme absolu.

Robert s'en alla donc, partagé par une double impression.

Son père vivait.

Il laissait sa belle-mère sans un sou.

Qu'était devenue Suzette ?

Malgré d'énergiques efforts pour repousser l'idée d'un crime commis en une heure de démence, elle reparaissait.

Comme il insistait sur cette question ?

— M. Savaret amenait-il avec lui sa fille ?

On lui affirmait absolument qu'il était seul.

Qu'avait-il fait de l'enfant.

Le jeune homme mentit à la mère.

A peine au seuil de la convalescence, la netteté de cette réponse eût pu la replonger dans la divagation, la tuer.

Il affirma que Suzette était, lors des deux ou trois visites de celui-ci, à la main de son père.

Les larmes que versa Charlotte furent presque douces.

Là où la police cherchait un drame et peut-être deux cadavres, il n'y avait eu ni drame ni cadavres ; simplement le rapt de l'enfant par le père, décidé à punir de cette façon les coupables.

Sa Suzette vivait.

Ce serait son but maintenant, son seul but : la retrouver.

Deux jours après que Robert lui eut donné le résultat de ses informations et amené les larmes douces qui ne pouvaient que lui faire du bien, Charlotte était étendue un après-midi sur sa chaise longue.

Le jeune homme venait de lui rapporter un petit bouquet de ces violettes de Nice dont les femmes, à Paris, parent l'hiver, leur corsage.

Elle n'en avait pas depuis longtemps respiré et elle les porta avec une sorte de joie à ses narines.

Puis, aussitôt, elle jeta loin le bouquet de violettes.

Ses yeux, aux paupières encore battues, encerclées de bistre, ses yeux de la couleur pâle de l'eau, avaient eu la lueur qui les fonçait en leur donnant des reflets d'émeraude.

Elle les avait tournés vers celui qui la regardait debout devant la chaise longue, les bras pendant et le front bas.

Et elle s'était souvenue...

Du passé.

Du crime.

Tous les détails lui revenaient, avec ces fleurs.

Combien de petits bouquets depuis sept ans ne lui glissait-il pas, qu'il tirait de sa poitrine, là où battait son cœur, et qu'elle cachait dans la sienne, après les avoir fouillé avec ses baisers violents, âpres et douloureux, imprégnés d'amour et mêlés de remords !

Voilà ce qu'il évoquait, le bouquet rapporté par Robert.

En suivant le geste, en recevant le choc du regard, celui-ci comprit l'impression ressentie.

Il attira une chaise près du siège bas, s'assit et dit :

— Je n'ai rien prétendu réveiller, Charlotte, tout est mort... J'ai voulu vous donner seulement la sensation d'un peu de la vie du dehors...

« Êtes-vous assez forte pour que nous en parlions un peu ?

Elle se souleva à demi.

— Forte ? certes, je le suis... je le serai bientôt plus qu'avant... Je le veux ! Je veux vivre pour retrouver ma fille.

Elle ajouta avant qu'il n'eût répondu une parole :

— Nous nous séparerons, vous la chercherez de votre côté. Si nous devons jamais nous revoir, ce sera seulement le jour où vous me la ramènerez... au cas où vous la retrouveriez avant moi...

— Nous séparer ! répéta Robert.

— Pensez-vous que nous puissions vivre l'un près de l'autre encore ?

— Non, nous ne pouvons plus vivre l'un près de l'autre, ou du moins nous ne pouvons plus y vivre que contraints et forcés par la nécessité.

— Aucune nécessité ne vous y contraindra.

— Mon père vous a laissée sans un sou.

— Que m'importe ! je travaillerai.

— Vous serez faible longtemps encore.

— Je vous répète que je suis forte !

— Soit, mais jusqu'à ce que vous vous tiriez d'affaire, je vous dois tout ce qu'il me sera possible de vous donner.

« Je me suis occupé d'une situation nouvelle, j'espère en trouver une bientôt.

Charlotte eut un geste qui n'admettait, pas plus que ses paroles, de réplique.

— Gardez-la pour vous, Robert... gardez-la... et laissez-moi. Ne nous revoyons plus.

— Cela vaut mieux, vous avez raison.

— Je n'aurai de courage que lorsque vous serez complètement aboli de ma pensée.

— Et moi aussi, je crois.

« Mais vais-je immédiatement tomber sur quelque chose qui me permette, sans l'économie d'un seul intérieur, de vous faire vivre ?

Elle eut un geste violent.

— Je ne veux rien de vous... rien !...

Le jeune homme se leva, recula de deux pas.

— Suis-je devenu un ennemi ?

Ses prunelles vertes s'adoucirent.

— Hélas ! murmura-t-elle, hélas !

Mme Savaret cacha dans ses mains son visage affiné, où les prunelles semblaient plus larges, plus troublantes. Puis douce, suppliante :

— Robert, il faut nous quitter.

— Pas sans que votre existence soit assurée.

— J'ai des bijoux, je les vendrai... Cela me fera vivre au moins un an.

— Et après ?

— Après ?... Je serai casée avant un an, je vous le jure !

— Si vous ne l'étiez pas, si vous aviez besoin, faites-moi le serment de recourir à moi.

— Je vous le jure !

Il y eut entre eux un silence.

Robert le rompit avec quelques paroles sourdes tombant lentement de sa bouche :

— Oui... il faut une séparation... la distance... les années... le temps peut-être effacera...

Charlotte l'interrompit.

— Il est des choses ineffaçables... Nous avons derrière nous la ruine et la mort... Le temps peut-il effacer cela ?

— C'est vrai.

— Nous avons derrière nous deux femmes, deux jeunes filles, abandonnées par ceux qui devraient devenir leur soutien, chassées de leur maison, réduites à la misère.

Le jeune homme eut un mouvement de désespoir.

Elle demanda :

— Comment voulez-vous que le temps efface cela ?

Il secoua négativement la tête.

— C'est cela surtout notre remords.

« Puisque vous la voulez immédiate, la séparation, je vais partir... dans l'extrême nord-ouest de l'Amérique, à la frontière du Canada, au milieu des montagnes Rocheuses.

« Au fond même du lit d'une rivière recouverte toute l'année d'une couche plus ou moins friable de glace, des gisements d'or viennent d'être découverts.

« Le gouvernement des Etats-Unis délivrera les concessions gratuites de terrains — en s'assurant pourtant à l'avance que les concessionnaires disposent d'une certaine somme devant les empêcher, en cas d'insuccès, de mourir immédiatement de faim — qui permettront d'en détourner le cours, d'arracher aux profondeurs des sillons le vil et précieux métal, ou de tomber à la peine.

« J'en trouverai, de l'or pour leur restituer, à *elles*, nos victimes la fortune détruite... ou je succomberai de fatigue, de besoin, de froid...

« Oui j'en aurai de l'or...

« Oui je leur rendrai, à Simone, à Odette Guillain-Murfant, sinon les millions qu'elles ont perdus, du moins l'aisance, le confort, la sécurité de l'avenir... ou je crèverai comme un chien !

« Puisque vous voulez la séparation immédiate, Charlotte, demain je vous dirai adieu.

« Promettez-moi seulement que vous me permettrez de vous écrire... que vous me répondrez... que vous me laisserez vous envoyer, si je ne suis pas vaincu dans la lutte, un peu de cet or.

Elle eut son même geste de défense.

— Vous m'écrirez ; peut-être vous répondrai-je... pas d'argent !

Elle se reprit :

— Si... il peut m'en falloir pour retrouver ma fille. Nous sommes liés... liés quand même.

— Quand même ! répéta-t-il.

Huit jours après cet entretien, Robert Savaret prenait au Havre ce même paquebot sur lequel s'embarquaient, sept semaines plus tôt, les maris de Simone et d'Odette Guillain-Murfant, accompagnés des deux petites modistes de la rue de la Paix, Elise et Zoé Sibot.

Il avait réalisé quelques milliers de francs ses économies absolument nécessaires à la réussite de son plan.

Laissant derrière lui, sans qu'elle lui permît de s'occuper de ses affaires d'argent, la femme qui dévorait les plus belles années de sa jeunesse, qui avait été son premier, son fatal amour, — aussi coupable et aussi malheureuse que lui, — il s'en allait ainsi qu'il le disait, vers les confins du monde, essayer sinon d'oublier, de réparer.

....

Son beau-fils était parti un mercredi soir.

Le lendemain jeudi, vers trois heures de l'après-midi, Mme Savaret se présenta à Saint-Cloud, villa du Roc.

On lui répondit d'abord que M. le marquis n'était pas visible.

Comme elle insistait, on ajouta qu'il avait été très malade, que depuis des semaines, il ne voyait absolument personne.

Une prescience lui faisait préparer chez elle, sous enveloppe, sa carte avec un mot.

Elle affirma que M. d'Harvet l'attendait, donnant pour qu'on la lui remît, l'enveloppe fermée.

Quelques minutes plus tard, elle était introduite dans la grande salle aux collections.

Le marquis occupait la même place qu'à sa première visite.

Elle le trouva plus pâle et plus maigre, l'œil toujours très vivant et scrutateur.

Lui, ne put retenir un geste d'étonnement.

Une pitié réelle se répandit sur son visage, une surprise également.

— Qu'avez-vous donc eu madame ?...

« Que s'est-il passé, mon enfant ?

Ces deux interrogations, formulées sur des tons différents, vinrent coup sur coup.

Elle y répondit, en interrogeant à son tour.

— Vous me semblez aussi avoir été souffrant, monsieur ?

Le front du vieillard devint sombre.

— Ne parlons pas de moi.

« De quelle maladie sortez-vous

— Une fièvre cérébrale.

— Malheureuse femme !

Il lui montra le fauteuil où elle s'était déjà assise.

Elle y tomba épuisée.

Pour la première fois depuis sa convalescence, elle se hasardait à une course qui était un petit voyage.

— Vous avez besoin de réconfortants, fit le marquis des gâteaux, un doigt de champagne, cela vous rendra des forces.

Elle eut beau protester, prier...

Deux minutes plus tard, un plateau était devant elle sur un guéridon.

Elle prit quelques gâteaux secs, elle but la moitié d'une coupe de champagne.

Charlotte se trouva absolument réconfortée.

En voyant le sang lui remonter aux joues, la vie revenir dans son regard, le marquis interrogea.

Elle lui promettait, si elle avait besoin de lui, de revenir. Ce jour était-il arrivé ?

Mme Savaret demanda à M. d'Harvert de lui jurer, sur l'honneur, qu'il ne révélerait jamais à qui que ce soit ce qu'elle allait lui confier.

Sur son honneur, M. d'Harvert jura.

Et elle raconta à cet homme, qu'elle voyait pour la seconde fois, en qui elle se sentait la confiance qu'on a en un médecin ou en un confesseur, l'histoire de sa vie depuis huit ans.

Elle lui raconta *tout*.

Il sut comment avait été amenée la ruine de M. Guillain-Marfant.

Il sut comment son enfant, sa petite Suzette, lui avait été enlevée.

Le marquis d'Harvert demeura atterré.

Jamais son imagination n'eût combiné pareil assemblage d'événements, découlant d'un seul :

L'adultère de la femme...

Et quel adultère !...

La belle-mère, le beau-fils, entraînés par la folie de leurs vingt ans, repris toujours par cette folie, malgré eux-mêmes.

L'enfant ?

Le suicide de M. Guillain-Marfant, la ruine de ses filles, et bien d'autres ruines, l'effondrement de sa maison de banque englobant plus ou moins les unes et les autres.

Puis, la défection des deux frères, des maris, leur disparition, sans qu'on sût autre chose que ce que leur domestique avait appris, qu'ils étaient pour deux jours à Londres.

Le front du marquis, à une allusion à ses petits-cousins, se chargea d'un nouveau nuage.

Ses yeux malgré eux, allèrent s'attacher une seconde sur le meuble en acajou dissimulé entre deux vitrines et blindé de fer à l'intérieur, au pied duquel il était tombé avec le coup de poing en pleine poitrine de Gontrain d'Harvert.

Mme Savaret, morne et fatale, énumérait de sa voix brève, coupée nerveusement et comme si elle se parlait à elle-même, la série noire.

Maintenant elle était seule, après avoir failli mourir.

Ah ! pourquoi n'était-elle pas morte ?

Pourquoi, puisque le fil fragile qui la retenait à la vie ne s'était pas rompu, n'avait elle pas aujourd'hui le courage de se jeter dans le néant ?

C'est qu'elle espérait revoir sa fille, sa Suzette, son amour aux cheveux d'or fluide, aux belles boucles de soie, où elle ne passait plus les doigts.

— Oh ! monsieur, fit-elle, les mains crispées l'une dans l'autre sur ses genoux, son beau visage amaigri aux yeux secs ayant l'impénétrable rigidité des douleurs surhumaines, je vous en prie, aidez-moi...

Si je ne me sens pas un soutien... moral, avant tout, je n'aurai jamais l'énergie de la lutte...

Le marquis d'Harvert, devant cette créature, cette mère qui, comme Rachel pleurant ses enfants, ne pouvait pas être consolée, sentit se fondre les divers sentiments qui se partageaient son âme.

Un seul y surnagea.

La pitié.

Les hommes ont fait des lois en contradiction avec l'humanité elle-même.

La société a posé sur des bases fragiles, d'inflexibles règles.

Elle a opposé la nature à la raison, avec des châtiments pour les défaillances qu'apportent, lorsqu'elle ne peut les appliquer et la conscience et cette insaisissable force souvent plus terrible que la sienne, appelée justice immanente.

Tout ce qui enveloppe l'être civilisé se trouve en désaccord avec son organisation.

Il pensait cela, le marquis d'Harvert.

Et il pensait surtout que les hommes entre eux sont leurs pires ennemis.

Pas d'indulgence, pas de pardon pour leurs propres fautes, dans la personne des autres.

S'ils se tendaient la main, aux moments de défaillance, si celui qui se sent fort — en attendant son heure de faiblesse — employait cette force à arracher au mal celui qui s'y trouve entraîné, que de vilenies et de malheurs évités.

Le vol de Gontran d'Harvert lui revint précis dans son exécution comme il lui revenait vingt fois en une journée, depuis cette fatale fin d'après-midi où il se relevait brisé de sa chute, après quelques minutes d'étourdissement, et sentant qu'il allait s'évanouir, refermait avant de sonner le coffre-fort révélateur.

Cet acte misérable, cette agression brutale, en lui causant une révolution si profonde qu'il avait dû garder le lit terrassé par une fièvre intense, amenaient dans son esprit une réaction totale.

Il se disait qu'il avait failli à son devoir de parent envers ces deux jeunes gens toujours repoussés, qu'une sympathie vraie eût peut-être garés de quelques folies.

Il les méprisait profondément.

La honte lui empourprait le front lorsqu'il pensait que ces deux d'Harvert étaient les derniers du nom.

Et il se sentait coupable, trop dur pour eux, trop insouciant à leur égard.

Il lui semblait que s'il avait agi autrement, Gontran et Hélier ne seraient pas aujourd'hui des voleurs.

Du meuble d'acajou où le marquis enfermait ses valeurs, son regard revint à la jeune femme, pâle et très belle dans ses vêtements tout noirs, — comme si elle eût été en deuil — qui fixait devant elle son regard brûlant et désolé.

— Voulez-vous, interrogea-t-il, que je sois ce soutien sans lequel vous vous sentiriez impuissante à vivre ?

— Je le veux bien, monsieur.

Il tendit la main :

— De francs et loyaux amis ?

Elle répéta, lui donnant la sienne :

— De francs et loyaux amis.

II

La *Gironde*, énorme et frêle, au milieu de l'immensité n'était qu'un point noir sur l'eau.

Malgré le froid, bon nombre de passagers allaient et venaient sur le pont.

Il ne restait dans leurs cabines que les malades les plus éprouvés.

Dans le vaste salon des premières, où l'on se réunissait le soir, deux très charmantes Américaines faisaient de la musique, l'une chantant, l'autre accompagnant, entourées, applaudies par un clan composé surtout de l'élément masculin.

Dans le salon de lecture, passagers et passagères lisaient ou écrivaient.

Les différentes tables recouvertes du tapis vert du salon de jeu se trouvaient occupées.

Il y avait à bord de la *Gironde* toute une société de joueurs passant là le plus clair de leur temps, et que la colère brutale de l'Océan, qui en secouant tout vous soulève de vos places, pouvait seule troubler.

Parmi eux, deux Français, deux jeunes gens se ressemblant, de grande allure, d'indéniable aristocratie, qui gagnaient et perdaient avec la même tranquillité apparente, tout comme gagnaient et perdaient leurs adversaires habituels, James Harnoldson, un des plus gros marchands de salaisons du Royaume-Uni, et Sandy Burthey, exerçant avec le même succès la même profession.

Le comte d'Harvert et son frère, n'abandonnant pas la particule, mais jugeant que se mettre en vedette était inutile, voyageaient sous la dénomination de Hugues et de Gaston de Rochetaille.

Rochetaille avait été un fief de leur grand-père maternel.

Ils pouvaient donc, à la rigueur, justifier de leur bon [illegible] état civil.

Puis il importait peu, dans le nouveau monde où ils allaient, qu'ils justifiassent de quelque chose.

Là, tout est ouvert à tous.

On ne demande pas à chacun ce qu'il a été mais ce qu'il est.

Depuis quatre jours on naviguait.

Les deux frères commençaient à éprouver la détente nerveuse qu'apporte un changement complet d'existence.

Avec les espaces parcourus, les grands espaces entre le ciel et l'eau, la sensation d'immense vide que cela met d'abord à l'âme, le déchirement lent qui commence quand le navire s'éloigne de la terre de la patrie pour subsister et ne s'éteindre souvent qu'à l'instant où le pied foule une autre terre, moins aimée, plus hospitalière, toutes les impressions emportées au départ, cachées au plus profond d'eux-mêmes, s'atténuaient chez eux parmi les incidents de la vie de bord, en dehors de la diversion que leur apportaient les interminables parties avec les deux Américains que le hasard plaçait sur le même bateau qu'eux.

La chance, jusqu'alors, s'était montrée égale dans ses faveurs, se tournant tantôt vers les uns, tantôt vers les autres.

Gontran et Hélier — maintenant Hugues et Gaston de Rochetaille — contraints à quelques gros enjeux pour suivre leurs adversaires, n'obtenaient ni pertes ni gains.

Ils eussent bien voulu, cependant, rafler la forte somme — une vétille pour eux — à ceux qu'ils appelaient « Les marchands de cochons. »

Les marchands de cochons, jusqu'alors, s'ils ne gagnaient point, ne se laissaient rien rafler.

Ils jouaient consciencieusement, sérieusement, pour s'occuper, parce qu'il faut faire quelque chose, même sur un transatlantique.

Par le contraste même qu'ils formaient avec leurs propres personnes — grands et forts, de carrure large, des biceps et des mains d'athlète — ces jeunes gens, parlant l'anglais beaucoup mieux qu'ils ne parlaient, eux, le français, d'une correction, d'une désinvolture parfaites, s'ils ne leur causaient pas d'étonnement — rien ni personne n'étonnait master Burthey et master Harnoldson — leur semblaient des êtres de sélection avec lesquels leur rudesse prenait plaisir à frayer.

Puis, quand ils ne jouaient pas avec MM. de Rochetaille, ils tournaient auprès des petites Parisiennes que ceux-ci trouvaient bon d'emmener avec eux à New-York. Les deux frères ne témoignaient d'aucun ombrage.

Zizi et Zozo, ainsi que les appelaient déjà les marchands de cochons, avaient usé vis-à-vis d'eux des agaceries aimables, trop peu ostensibles d'ailleurs pour exciter la jalousie [illegible].

Au fond elles savaient l'une et l'autre que Gontran et Hélier n'étaient pas dans une situation d'esprit à se soucier de leurs [illegible].

Il était [illegible] que l'attitude, sur le bateau, devait rester des plus discrètes.

Les richissimes éleveurs de porcs étaient les seuls qu'elles visassent — sans remords — en gardant pour leurs amants de cœur cette tendresse spéciale qu'on ne donne point aux autres, l'âme assez généreuse pour contenir à la fois plusieurs amours.

Si elles se faisaient enlever en Amérique, c'était pour en tirer profit, soit dans les modes, soit autrement.

Et ces deux grands gaillards dans la force de l'âge, possédant tant de dollars qu'ils ne fussent pas parvenus à les compter, leur semblaient tout indiqués pour les conduire à la fortune.

Élise et Zoé, enchantées du début de la traversée, se [illegible] d'autant plus de leur escapade qu'elles ne laissaient rien à Paris qu'elles regrettassent.

En ce moment, sur le pont, le visage cinglé par l'air vif, le grand air salin, le soleil splendide, [illegible] la ligne grise de l'horizon où moutonnaient les vagues, elles [illegible] étaient aussi heureuses de vivre qu'il est possible de l'être.

Appuyées au bastingage tour à tour, quand cela ne leur arrivait pas ensemble, elles regardaient du côté des salons, au delà de la dunette d'où le capitaine et son second braquaient en ce moment [illegible] lunettes [illegible] tion que suivait dans sa course [illegible]. En auraient-ils bientôt fini avec leur baccara, les [illegible] daires ?

Seulement encore cinq jours de la vie commune [illegible] cette coquille de noix énorme pour ceux qui [illegible] sus. Il fallait au débarquement un résultat, [illegible] chose de sûr.

Opéreraient-elles pour les deux Yankees ?

Suivraient-elles l'odyssée d'Hélier et de Gontran [illegible]

Ces derniers, tantôt désiraient se débarrasser [illegible] tantôt étaient contents de leur fugue à leur suite [illegible]

Suffisamment fines et intelligentes, elles sentaient qu'elles formaient à la fois pour eux le dérivatif [illegible] trait d'union les rattachant à un passé trop [illegible] qu'ils eussent voulu oublier.

— Oui, ma chère, déclara encore Élise, car la conversation entre elles, sur ce sujet, revenait fréquemment [illegible] sont heureux de nous avoir et ils nous voudraient [illegible] diable !

— Concilier les deux est assez difficile, répondit [illegible]

— Pourtant, nous le concilions, fit l'aînée.

— Il faut avouer que nous ne sommes pas bêtes [illegible]

— Je le crois, ma sœur ?

Courbées sur la rampe massive protégeant le pont [illegible] suivirent pendant quelques instants, sans mot dire, [illegible] mouvement de l'eau, puis le vol à ras des vagues [illegible] ques mouettes très blanches qui, depuis la terre, [illegible] blaient ne pas avoir abandonné le navire.

— Tout de même, c'est beau, la mer !

— Oui, nous qui ne l'avions pas encore vue, nous [illegible] en payons !

Sans plus se soucier de ce qui se passait autour [illegible] les, elles contemplaient toujours et tour à tour l'o[illegible] suivaient les oiseaux aux ailes de neige, levaient [illegible] prunelles vers le ciel radieux sur leur tête, ce ciel [illegible] les voyaient si peu à Paris et qui, ici, ne finissait point [illegible]

Zozo eut une exclamation :

— Pourvu que je trouve ma couleur à New-York !

— Ta couleur ?

— Pardi ! mon blond vénitien.

Élise éclata de rire.

— En Amérique, ma chère ! mais on trouve tout [illegible] l'ont veut... tout !

Quelques minutes de mutisme encore.

— C'est égal, qu'est-ce qu'on doit penser chez la [illegible] bonne ?

— C'est moi qui m'en fiche ! s'exclame Zoé.

— Et moi donc !

— Quant à Mme Pépin, notre honorable pipelette, [illegible] nous ne revenons pas elle le verra bien.

— Nous lui avons dit que nous partions pour un [illegible] voyage, elle se dira que nous sommes en train de [illegible] le tour du monde, voilà tout.

Ça ne l'étonnera pas de nous.

— On lui enverra l'argent des termes, déclara [illegible]

— Si on en a de trop, reclama Zoé.

— Ou bien on lui écrira de mettre notre mobilier [illegible] garde-meuble.

Et Zoé, avec son rire de Gavroche :

— Mince ! ce qu'il fera son beurre avec ce que [illegible] rapportera, le garde-meuble !

Une grosse voix derrière les deux sœurs, parlant [illegible] français avec un fort accent, les fit se retourner.

— Eh bien, mesdemoiselles, la tempête de [illegible] vous a laissé le pied marin ?

— Ah ! monsieur Harnoldson ! mais oui, [illegible] voyez, nous sommes, s'il est possible, mieux [illegible] qu'avant.

C'était Zizi qui répondait.

Zozo demanda :

— Où donc est M. Burthez ; il joue toujours ? [illegible]

— La partie est terminée pour aujourd'hui, vos [illegible] patriotes ont perdu.

— Vraiment ?

— La forte somme ? interrogea Zizi.

— Non... une quarantaine de mille francs à [illegible]

— Et vous trouverez que ce n'est pas la forte somme [illegible] exclama la jeune fille.

[illegible] avant la fin de la traversée [illegible] Burthey [illegible]

[illegible] prendront leur revanche.

[illegible] tournées maintenant l'une et l'autre [illegible] virent apparaître, suivis de master [illegible] qui restaient pour elles Hélier et Gontran [illegible] le comte Hugues et Gontran de Rochetaille [illegible] devinèrent sur-le-champ à leur mine [illegible], n'était pas difficile — ce qui causait le [illegible] maris ayant leurs femmes, au lendemain [illegible] sanctionnée par la loi, et ayant en poche [illegible] se trouvaient complètement décavés de quoi [illegible] le tapis vert quarante mille francs.

[illegible] veille, pour les deux négociants, constituait à [illegible] un krach équivalent à celui qui conduirait [illegible] au suicide.

[illegible] et Gontran n'avaient peut-être plus un « rond » [illegible]

[illegible] approchèrent, cependant, en même temps que [illegible] le sourire aux lèvres.

[illegible] ce soir, la revanche ? leur dit Harnoldson.

[illegible] parole ? demanda Hélier. Vous savez que [illegible] avons pas emporté grand'chose pour la tra[illegible]

[illegible] parole, répondirent les deux hommes avec [illegible]

[illegible] mit à aller et venir le long du pont, comme [illegible] grande partie de ceux qui s'y trouvaient, plus [illegible]

[illegible] les frères rentrèrent les premiers.

[illegible] flanqués de son milliardaire, plutôt ne [illegible] groupe, Zizi et Zozo continuèrent à se [illegible] le quatuor s'arrêtant quelquefois, aux mo[illegible] plus sérieux, les plus animés de la conversation, [illegible] ce devait être, au milieu de la vivacité qu'elles y [illegible], les bons mots dont elles pimentaient et qui [illegible] les délices des Américains, retournant le bon[illegible] quittaient, un entretien fort grave.

[illegible] quarts d'heure, l'avenir des petites modistes [illegible] de la Paix se dessina.

[illegible] parler d'autre chose que celui qu'on faisait [illegible] plus particulièrement aimable avec Burthey, et [illegible] avec Harnoldson, elles leur laissaient voir, ne leur [illegible] pas à la tête, qu'elles seraient ce qu'ils vou[illegible] autres conditions que celles qui leur agré[illegible]

[illegible] leur but en quittant la France pour le [illegible] monde.

[illegible]

[illegible] ne venaient pas pour autre chose : payer [illegible] personne, gagner de l'argent, en gagner beau[illegible] retourner chez elles, fortune faite, encore [illegible] pour en profiter.

[illegible] voulaient-elles faire ?

[illegible] chapeaux !

[illegible] d'une des premières maisons de Paris [illegible] certainement passées premières.

[illegible] feraient peut-être les robes, affirmait [illegible] deux jeunes filles, deux amies très bonnes [illegible] tout à fait dans le mouvement, et qui les [illegible] former, dans une des principales villes des [illegible], un établissement qui empêcherait les femmes [illegible] s'habiller en France.

[illegible] qu'elles développaient leur plan, leurs com[illegible] se lançaient des regards prouvant qu'ils avaient [illegible]

[illegible], qui s'exprimait plus facilement ou moins [illegible] en français qu'Harnoldson, prit la parole. [illegible]-elles de quoi, si peu que ce fût, commencer [illegible] ?

[illegible] restait à chacune à peu près quarante sous [illegible] déclarèrent-elles en riant.

[illegible] messieurs de Rochetaille les installeraient ? [illegible] Rochetaille, dont elles suivraient la bonne ou [illegible] fortune, si elles ne se tiraient pas d'affaire [illegible] devaient se débrouiller, eux, avant de les [illegible] elles.

[illegible] cachaient pas qu'ils ne traversaient l'Atlantique que pour tenter, au delà des opérations que leurs moyens leur interdisaient en France.

Les marchands de salaisons leur donnaient déjà, à ce sujet, un ou deux conseils, qui d'ailleurs ne paraissaient pas leur sourire.

— Ces MM. de Rochetaille, déclara Harnoldson, ne me paraissent destinés qu'à épouser de riches héritières.

Et Burthey, avec un clignement égal à celui de son [illegible].

— Vous leur feriez du tort, si vous les suiviez à la piste... Je vous engage à les lâcher au débarquement, pour peu que vous ayez quelque amitié pour eux.

— Nous en avons beaucoup, affirma Elise qui, à son tour, eut un coup d'œil d'entente.

— Auriez-vous des héritières à leur proposer en mariage ? interrogea Zoé.

— Pas exactement, mais nous connaissons deux misses charmantes, dont le père est un éleveur comme nous, qui se marieraient les yeux fermés avec des nobles ayant leur château en France.

Zizi et Zozo eurent encore l'une vers l'autre, l'œillade que ni Harnoldson ni Burthey ne saisirent.

Mais elles revinrent à leurs moutons.

— Oui, dit Elise, une maison tout à fait française, avec des modèles, des créations et une réclame... une façon d'attirer les dames... Par exemple une salle de lunch où elles pourront se donner rendez-vous, parler toilette, chic, etc... tout en buvant du thé, du champagne, en mangeant de la pâtisserie française, confectionnée par une cuisinière française.

« Enfin, tout à l'instar de Paris.

« L'enseigne sera : « A la Parisienne ».

« Et vous croyez, messieurs, que nous sommes des sottes pour avoir imaginé une pareille organisation !

— Vous en êtes loin, miss Zizi.

— Je ne connais pas une Française qui vous vaille comme intelligence, miss Zozo.

Elles s'inclinèrent.

— Malheureusement, recommença l'aînée, c'est l'exécution !

— Oui, fit la seconde, l'argent ne va pas tomber dans la main en sortant du bateau... les dollars, comme on dit chez vous.

— Alors que ferez-vous ?

— Il ne nous restera qu'à entrer comme premières dans une maison de modes... et à faire des économies.

— Les économies ne vous conduiront pas au but.

« Pour arriver à ce que vous voudriez il est nécessaire d'avoir des fonds tout de suite, beaucoup de fonds, se lancer sur un grand pied... très grand pied...

« De cette façon c'est le succès... Autrement...

— Autrement, nous gagnons tout bêtement notre vie.

— Pas plus désappointées pour ça.

— Enfin, interrogea James Harnoldson, que donneriez-vous à celui qui vous établirait... royalement... largement ?

— Notre cœur ! répondit Zozo.

— Royalement... largement ! affirma Zizi.

— Ce serait tout ? demanda à son tour Sandy Burthey.

— Tout et le reste, répondirent en même temps les deux frimponnes de Parisiennes.

— Le reste par dessus le marché, paraphrasa avec un gros rire Burthey.

— Oui firent-elles, imitant son hilarité mais avec une double fusée aiguë, par dessus le marché !

L'entretien qui prenait une tendance [illegible] en était là, quand brusquement, se fit un mouvement de côté du navire, une oscillation à bâbord, si violente que les trois quarts des gens, voire les matelots, perdirent l'équilibre.

La mer était calme.

La *Gironde* semblait toute seule au milieu de l'Océan.

Aucun récif dans ces parages.

Là-haut, sur la dunette, le capitaine et son second, lancés d'un parapet à l'autre reprenaient pied, malgré la violence du choc, peut-être les premiers.

En moins d'une seconde, ils descendirent de leur observatoire.

Le transatlantique penchait fortement à gauche.

Déjà la panique jetait son cri d'alarme.

— Nous coulons !

On sortait des cabines, on grimpait en hâte les escaliers étroits.

Des deuxièmes, des troisièmes, de l'entrepont on affluait. Le pont était noir.

Et, comme il arrive dans ces moments de désarroi, la masse affolée, la masse stupide, se portait là où, par sa seule présence, elle pouvait déterminer l'accident.

Malgré le poids portant d'un seul côté, la *Gironde* s'était redressée.

Les objurgations des officiers dominèrent le tumulte.

— Du calme...

— A tribord, voyons...

— Il n'y a aucun danger...

Et leurs voix reprenaient, accompagnées de celles des matelots, des exclamations répétées des rares passagers qui n'avaient pas perdu leur sang-froid, puis par ceux plus nombreux qui se ressaisissaient :

— A tribord !

— A tribord !

De la soute profonde, de l'antre infernal qui, dans un navire, s'appelle la « chambre de chauffe », des hommes surgirent, des êtres ressemblant à des démons, demi-nus, couverts de charbon, de sueur, la voix rauque et le souffle court.

Le second, qui s'apprêtait à descendre dans la cale, recueillit leurs paroles.

— Une avarie à la machine...

— Le navire n'est pas en danger.

La rumeur courut parmi la foule compacte, à temps, heureusement, pour la dissoudre.

L'énergie du capitaine, jointe à celle des passagers vigoureux qui ne craignaient point, dans leur propre instinct de conservation — et de ce nombre étaient James Harnoldson et Sandy Burthey, — d'employer la force brutale pour empêcher les gens d'amener leur propre perte, eut enfin raison de leur peur aveugle.

Pour quelques fous, qui couraient encore en hurlant ou en implorant, pour quelques femmes qui se débattaient dans des crises de nerfs, des enfants éperdus qui poussaient des appels aigus, la majorité devint en état d'envisager les choses.

Il n'y avait bien réellement qu'une avarie à la machine.

La *Gironde* qui s'était de nouveau, mais plus légèrement inclinée, sur la gauche, ne conservait que le mouvement d'oscillation des vagues, réellement immobilisée.

Le capitaine, descendu aux profondeurs du bateau pendant que le second continuait ses affirmations rassurantes, reparut avec un visage si calme, si rasséréné que la pleine confiance se fit.

Au centre même du fonctionnement de ce monstre d'acier qui s'appelle la machine d'un transatlantique, un arrêt dû à un défaut quelconque, simplement peut-être à quelque « paille » produite au cours de la fusion du métal, amenait un détraquement subit.

— Si nous avions dû couler, cela serait accompli déjà, fit la voix de stentor de celui sur qui pesait la responsabilité de tant d'existences, s'il s'agissait d'une crevasse, vous eussiez vu, de suite, les chaloupes à la mer.

« La *Gironde* ne fait eau de nulle part.

« La coque est de celles qu'un abordage seul pourrait entamer.

« Nous resterions quinze jours ici, que vous y seriez aussi en sûreté qu'à New-York ou à Paris.

« Que les gens pressés, du reste, se rassurent, nous en avons, au plus, pour quarante-huit heures.

Ce furent des applaudissements, des hourras frénétiques.

Les plus pessimistes devaient se convaincre qu'il n'avait leurré personne.

La *Gironde*, qui retrouvait son centre de gravité, ne bougeait plus ou à peu près.

Il n'y avait rien de changé que ceci :

On n'avançait point.

Parmi ceux qui devaient se montrer particulièrement ennuyés de ce contre temps, on pouvait placer au premier rang les richissimes Américains qui, au moment précis de l'accident, se présentaient comme commanditaires à Mlles Sibot.

Tous deux devaient arriver à Washington à [illegible] déterminée, après s'être arrêtés à New-York pour [illegible] affaires, sous peine de risquer de perdre une des [illegible] mandes les plus importantes de l'année.

Et, si fortunés qu'ils fussent, master Harnoldson [illegible] master Burthey eussent fait une maladie, rien que [illegible] eussent eu la conviction qu'ils n'arriveraient pas [illegible] dans le délai voulu.

Quatre jours s'écoulèrent.

Le transatlantique, bercé par une mer calme, n'était pas encore en état de reprendre sa course à travers le désert mouvant.

Les mécaniciens, rencontrant une avarie beaucoup plus considérable que celle qu'ils supposaient après un premier examen, travaillaient avec la lenteur que nécessitent [illegible] accidents dans ces rouages compliqués, où toute erreur peut amener une aggravation sérieuse.

En somme, à la fin du quatrième jour, ils étaient incapables de dire quand on se remettrait en route.

Il fallait bien en prendre son parti.

Le capitaine prétendait à tout prix distraire ses passagers, et payant de sa personne, avec un incroyable dévouement, organisait de véritables fêtes dans les salons de la *Gironde*, des bals, des concerts, des conférences [illegible]

On continuait à prendre son mal en patience.

Master Harnoldson et master Burthey, maîtres [illegible] placides en apparence, alors qu'ils ne décoléraient pas [illegible] fond, sentaient monter cette rage intérieure qui [illegible] des velléités de révolte extérieure formidable.

Au moment où elle se déchaînerait sans que leur volonté arrivât à la mater, elle aurait des effets formidables.

La présence autour d'eux des deux jolies filles qui, étant donné que l'on ne courait point de danger, trouvant [illegible] plutôt drôle, avaient pris gaiement leur parti de l'aventure, ne les déridait pour ainsi dire point.

Le quatrième jour ils ne jouèrent plus, tout en promettant à MM. de Rochetaille toutes les revanches qu'ils demanderaient, une fois débarqués aux États-Unis.

Car ceux-ci, qui pendant les trois premiers jours [illegible] stoppage forcé, faisaient avec les deux Yankees d'interminables parties, ne gagnant que pour reperdre, finissaient par avoir totalement le dessous.

En grands seigneurs qu'ils étaient, ni l'un ni l'autre [illegible] manifestait son impression de déception et de colère. Mais la situation pour eux devenait critique.

En quittant la *Gironde*, ils se trouveraient à peine avec quelques louis en poche.

Le soir où ils risquaient leur dernier billet de [illegible] francs, c'est-à-dire à la fin de ce troisième jour, où la patience d'Harnoldson et de Burthey, qui reprochaient au capitaine d'avoir trompé ses passagers, arrivait au bout de son rouleau, se retrouvant dans leur cabine commune, confortable, avec ses lits pareils, pris dans [illegible] parois de pitchpin, ses lavabos de marbre, ses armoires à glace, ses sièges confortables, les deux frères se regardèrent dans les yeux.

Et Gontran, le plus sceptique, le plus emporté, le plus rageur, gronda

— Bien volé ne profite jamais !

Hélier tressaillit sans répondre.

C'était, entre eux, la première allusion à la triste action commise par l'un, avec la complicité de l'autre.

— Et nous ne pouvions pas, reprit le plus jeune en arpentant, les bras croisés sur sa poitrine, la pièce étroite, presque élégante, où arrivait le bruit berceur du grand clapotis de la mer, la caresse de la vague frappant [illegible] hublot, nous ne pouvions pas rester tranquilles, garder cet argent !

« Non, vrai, c'est de l'idiotie... de l'idiotie complète [illegible]

— Nous sommes des dégénérés, fit Hélier d'une voix qui grinçait.

— Parbleu ! bien entendu que nous sommes des dégénérés, des épuisés, des fin de race !

« Le jeu et les filles, les filles et le jeu... la noce [illegible] plus rien.

« Qu'est-ce que nous allons ficher là-bas, aux États-Unis ?

— Rencontrerons-nous des héritières que nous ne pourrons pas les prendre.

— Tais-toi !

— Me taire ?... C'est assez de se taire... Il faut, au contraire, parler à présent... N'as-tu pas, comme moi, pensé au divorce ?

— Je n'ai pensé à rien...

« La fatalité nous pousse, je me laisse pousser.

« Si la fortune me souriait, si j'arrivais à réaliser de quoi tenir en France le rang — relatif — qu'il nous y faut tenir, je reviendrais dire à Simone Guillain-Marfant : Me voilà, vous êtes ma femme...

— Devant la loi ! ricana Gontran.

— Vous êtes ma femme et je vous aime, acheva l'aîné des d'Harvert.

Son frère s'arrêta devant lui.

— Je le crois en effet... tu l'aimes.

— Autant que peut aimer l'homme veule que je suis, autant que nous pouvons aimer, nous... elles nous l'ont fait...

— Peut-être ont-elles raison pour toi. Moi, je t'avouerai qu'Odette ne m'inspire plus qu'une rancune...

« Cette petite fille, qui monte sur ses hauts chevaux pour nous jeter nos vérités...

— Certes, nos vérités, interrompit Hélier, on ne se formalise, du reste, jamais que de cela.

— Ne m'intéresse même pas, poursuivit le cadet ; elle m'épousait pour mon nom, je l'épousais pour son argent.

« Quel est le plus volé des deux.

Comme son frère faisait un geste d'incrédulité :

— Tu ne vas pas dire que c'est elle ?

— Il est possible que ce soit nous... Quoique nous voici comme devant, ni plus, ni moins.

— Avec cela !...

« Si nous avions couru d'autres dots, il est probable qu'elles ne nous eussent pas échappé.

— C'était à nous de les courir.

— Et nous ne serions pas aujourd'hui, poursuivit Gontran, contraints de naviguer.

« Car nous y sommes contraints.

— Et forcés, appuya Hélier, qui tressaillit encore.

Son frère eut la sensation du frissonnement qui le secouait. Il lui plaqua les mains sur les épaules.

Puis l'aîné détournant les yeux :

— Voyons, un peu de nerf... le courage au moins de notre lâcheté...

« Ce qui est fait est fait... Le marquis Hubert n'est pas mort, sois-en sûr... A l'heure actuelle, si le vieux grigou a une parcelle de conscience, il doit se dire que ce qui est arrivé, il ne l'avait ma foi ! pas volé...

« Le pire, c'est que les cinquante mille francs ont passé dans le portefeuille de nos deux marchands de cochons.

Hélier murmura, en l'atténuant, ce que son frère venait de dire.

— Bien mal acquis ne profite jamais.

— Tu n'es pas, je suppose, hanté par le remords ? demanda celui-ci avec son sarcasme acerbe.

« Il est un moment dans la vie où ce mot là est rayé du vocabulaire... Il est arrivé pour nous.

« C'est le « struggle for life » dans toute sa férocité.

« Ou nous suicider, ou nous tirer d'affaire, fût-ce en dupant !

« Moi, je suis prêt à tout.

— A tout !... à quoi ?

— A quoi ? répéta Gontran, approchant son visage jusqu'à toucher celui de son frère, même aux infamies !

Hélier frémit de nouveau.

— Qu'appelles-tu infamies ?

— Ce que j'ai déjà fait... jusqu'au vol.

L'aîné se débarrassa, d'un double coup d'épaules, des deux mains du cadet.

— Malheureux !...

— Tu en profiteras ou tu n'en profiteras pas, c'est comme tu voudras... Moi, je suis sûr que tu en profiteras.

Ils se regardaient toujours, les yeux bien plantés dans les yeux.

Et les prunelles d'Hélier devinrent aussi sombres, aussi résolues que celles de Gontran.

— Tu as raison, murmura-t-il, nous ne sommes plus que deux aventuriers... Car, ni l'un ni l'autre, nous ne ferons ce qu'a fait M. Guillain-Marfant...

Le lendemain de cette courte, mais significative conversation entre les deux derniers descendants d'une des plus anciennes familles de France, comme la *Gironde*, toujours stationnaire, attendait pour se remettre en marche que ses avaries fussent réparées, un transatlantique suivant exactement le sillon qu'elle suivait avant son accident, un bâtiment venant de France fut signalé à l'horizon.

On lança immédiatement les signaux, ce que l'on avait vainement exécuté pour les vaisseaux passant hors de portée.

Ce fut bientôt sur le pont, où tout le monde s'était rassemblé, une joie générale.

La manœuvre du navire indiquait que l'on avait été aperçu et compris.

Et bientôt des chaloupes transportaient à bord de la *Gironde*, le capitaine et le second de la *Normandie* ; puis le chef mécanicien et deux de ses meilleurs ouvriers, pour constater la situation exacte de la machine.

Ceux-ci devaient tomber absolument d'accord avec leurs collègues de la *Gironde*.

Les réparations étaient en bonne voie.

Mais il fallait compter au moins encore trois jours, pour se remettre en marche.

Le capitaine de la *Normandie* ne pouvait prendre qu'une quinzaine de personnes.

Et le nombre sur le navire en panne n'était guère plus considérable, de ceux qui consentaient à perdre leur passage pour arriver plus vite, échapper à l'angoisse de cet arrêt au milieu de l'Océan par un transbordement.

III

Parmi les quinze passagers abandonnant la *Gironde*, James Harnoldson et Sandy Burthey devaient être les premiers — ou plutôt Zizi et Zozo, à qui leurs futurs protecteurs faisaient galamment les honneurs de l'escalier par lequel on accédait au bâtiment — les premières à poser le pied sur leur nouvelle maison mouvante.

Derrière les deux gros éleveurs de l'Etat de Washington, MM. Hugues et Gaston de Rochetaille.

Ne fallait-il pas qu'ils prissent leur revanche ?

En ces quatre jours, que mettrait le transatlantique, en filant son maximum à l'heure, à atteindre la libre Amérique, n'avaient-ils pas quatre fois le temps, non seulement de récupérer leurs pertes, mais de rafler à leurs adversaires une jolie quantité de dollars ?

Et les parties de baccara recommencèrent sur la *Normandie* comme sur la *Gironde*.

Le temps se mettait au froid sec, la traversée promettait d'être belle jusqu'au bout.

Miles Sibot, bien encapuchonnées, restaient la moitié de la journée sur le pont, c'est-à-dire les heures où leurs futurs commanditaires, assis devant le tapis vert, se passaient de leurs agaceries ou des charmes de leur conversation.

En filles intelligentes, elles évitaient l'obsession, préférant n'arriver qu'à point, ou même se faire désirer.

Dès la seconde après-midi du transbordement, les deux sœurs remarquaient parmi les nouvelles figures excitant plus ou moins leur curiosité, un homme dont les traits n'annonçaient pas plus d'une cinquantaine d'années, mais dont les cheveux étaient tout blancs.

Maigre, assez grand, un œil triste et fiévreux sous l'arcade sourcilière très creusée, il ne paraissait nulle part sans avoir avec lui une fillette de six ou sept ans, qu'il tenait par la main, ou dont il suivait, avec l'anxiété de quelqu'un qui craint un accident, les rares ébats.

L'enfant était grave comme une petite femme.

Son visage mignon, aux larges prunelles gris bleuté, pâlot, lorsqu'elle apparaissait sur le pont, prenait vite, au grand air piquant, une teinte rose.

Et c'était touchant de voir l'homme qu'elle appelait : « papa », l'entourer des précautions que n'eût pas prises

[...] mère, [...] à la garantie de tout changement de température, à ramener sur ses beaux cheveux, des cheveux bouclés d'un or pâle et brillant, le capuchon qu'elle portait lorsqu'il la gênait ou le béret noir qu'elle jetait volontiers en arrière, comme tous les enfants, qui ne sont vraiment à leur aise que nu-tête.

Car elle était tout en noir, la petite fille.

Et Mlles Sibot savaient vite, par des messagers de la même classe qu'eux — les secondes — qu'elle perdait récemment sa mère, que son père, désespéré peut-être aussi ruiné, s'en allait comme tant d'autres essayer de se tirer d'affaire aux États-Unis.

Les deux Parisiennes se prenaient d'intérêt, de sympathie pour l'enfant, de pitié pour l'homme, devinant, par prescience, que ces deux êtres, de par une volonté bien arrêtée du dernier — isolés au milieu de ceux qu'un contact de tous les instants rendait vite familiers — étaient chacun à plaindre.

Elise et Zoé, excellentes comme cœur, et adorant les petits, ne demandaient qu'à attirer à elles la fillette, à la distraire, à jouer ensemble, ainsi que de grands enfants qu'elles étaient.

Nul autre, du reste, sur la *Normandie* comme sur la *Gironde*, que M. de Rochetaille, James Harnoldson et Samy Hurlhey, ne se douta que ces demoiselles n'étaient pas des personnes de mœurs absolument sérieuses et recommandables.

Deux sœurs allant fonder en Amérique une importante maison de modes.

Voilà ce que l'on savait d'elles.

Et leur attitude ne portait pas aux compromis.

A plusieurs reprises déjà, elles disaient au passage, ou en s'arrêtant au même endroit, quelques paroles à celle qu'elles prétendaient apprivoiser.

La petite se serrait contre son père, levait sur elles ses grands yeux, mais ne répondait pas.

L'après-midi du second jour de leur changement de bâtiment, Elise et Zoé se trouvaient, après avoir tourné le tambour de la machine, près du gigantesque tuyau de la « manche à air ».

Non pas absolument du côté opposé, assis sur un des sièges qui garnissaient le pont, de façon à ne pas apercevoir les deux sœurs venant de s'asseoir également, et auxquelles il tournait le dos, mais à être parfaitement entendu par elles, le père, sa fille sur ses genoux, en l'enveloppant d'un grand plaid écossais, parlait à l'enfant.

— Si tu veux rester assise, laisse-moi t'arranger convenablement... Là, comme ça... Tu as bien chaud, hein ? Nous allons regarder passer le monde.

— Je t'assure que j'ai trop chaud, papa.

— Eh bien, attends, desserrons un peu le châle... Ça va, maintenant ?

— Oui, ça va.

Un court silence.

— Nous arriverons bientôt, dis, papa ?

— Oui, bientôt.

— Demain.

— Dans trois jours.

— C'est encore long, trois jours.

— Non... Mais tu t'ennuies donc, sur le grand bateau ?

— Non, j'ai peur.

— De quoi ?

— Je ne sais pas.

— Des grosses vagues ?

— Non.

— Eh bien alors, de quoi as-tu peur ma petite chérie ?

— De toi... quand tu étais si méchant.

— Suzette, ma Suzette !

Il sembla aux deux sœurs entendre des bruits de baisers.

La voix de la fillette, un peu étouffée, se mit à répéter :

— Ne pleure pas... ne pleure pas... Je t'en prie, mon papa ne pleure pas !

Puis, embrassant certainement à son tour, les mots plus coupés :

— Tu es gentil, à présent... bien gentil. Oh ! je t'aime... de tout... tout mon cœur. Ne pleure pas, mon papa... Ne pleure pas !

Des sanglots d'enfant que le père apaisa vite...

— Ah, tais-toi... je ne pleure pas... Regarde, [...] bien que je ne pleure pas.

— Je ne dirai plus jamais que tu étais méchant... mais !

Nouveau silence.

Elise et Zoé se regardèrent.

— Alors, elle est morte, maman ?

— Oui, mon trésor, elle est morte.

— Je ne la verrai plus ?

— Au ciel seulement, plus tard.

— C'est au ciel, quand je serai morte, que j'irai [aussi] ?

— Oui.

— Eh bien, je voudrais mourir tout de suite.

Les deux sœurs eurent un geste pareil, à la [bouche] des syllabes semblables.

— Pauvre petite !

Elise se leva pour regarder, tournant un peu le [...] de la « manche à air ».

Elle vit le père, serrant avec une sorte de détresse [sa] fille dans ses bras, mettre des baisers dans ses cheveux d'or.

Bien vite elle se rassit, tendant de nouveau l'oreille.

— Alors, fit Suzette de cette voix claire que les enfants assourdissent rarement, j'ai été bien malade ?

— Très malade, ma petite fille.

— Oui, j'ai eu très mal à la tête, très mal. Et maman n'était pas là.

— Non.

— Sans doute qu'elle était déjà morte ?

— Elle était déjà morte.

— Ah ! comme c'est malheureux... comme c'est malheu[reux] que le ciel ne soit pas dans le pays où nous allons.

Et cette fois des sanglots, de gros sanglots qui firent se dresser Mlles Sibot.

Elles étaient devant le père et la fille, l'air si vraiment inquiet et compatissant, que lui, si fermé, si sombre, [eut], avant qu'elles parlassent, un élan.

— Ah ! mesdames, comme les hommes ne s'entendent pas à distraire les enfants. Et comme les enfants [sans] mère sont à plaindre !

— Monsieur il ne faut pas vous isoler ainsi, dit Elise, laissez-nous-la de temps en temps, votre petite fille, [et] vous verrez qu'elle ne s'ennuiera plus.

— Elle est si jolie, fit Zoé, en se baissant sur Suzette pour lui caresser les cheveux, et elle a l'air si raisonnable !

— Vous ne vous trompez pas, trop de raison...

« Elle a été malade, une fièvre de plusieurs jours, [j'ai] cru que ce serait une méningite.

« Depuis sa mémoire est embrouillée, elle mêle tout.

— Elle paraît cependant bien intelligente.

— Oh ! oui, toujours trop...

« Veux-tu aller un peu avec ces dames, ma Suzette ?

— Non.

C'était catégorique.

La petite fille, nouant ses bras autour du cou de l'homme, ajouta :

— Je veux rester avec papa.

Et lui, la couvrant de baisers :

— Mon pauvre chérubin ! Ma pauvre petite innocente !

Il restait deux places sur le banc autour d'eux.

Elise et Zoé s'y assirent. On causa.

Ou plutôt elles causèrent, d'abord.

Le père, très sobre de paroles, dit seulement qu'il avait perdu sa femme et qu'il venait en Amérique pour y gagner de l'argent.

Il voulait que sa fille fût riche plus tard.

Ses interlocutrices arrivèrent à lui délier la langue.

La découverte des mines d'or du Klondike le faisait réfléchir.

Bien qu'il ne fût plus jeune, il se sentait assez de force physique, assez d'énergie morale pour la lutte, [pour] l'âpre corps-à-corps avec le hasard, avec la chance, [la] force si elle ne vient pas, qu'on accroche si elle fuit.

L'exploitation régulière allait commencer.

Il arriverait au bon moment.

Les modistes interrogèrent.

Il n'emmenait pas sa petite fille aux mines d'or ?

— Non.

[illegible] pays [illegible] froid, sur le chemin du pôle Nord, [illegible] hommes seuls pouvaient supporter le climat, et des [illegible] bien trempés.

[illegible] ai des muscles d'acier, une volonté de fer...

[illegible] n'ai jamais été malade.

[illegible] suis capable de travailler plus que bien des [illegible]... J'arriverai, ou je mourrai.

— Mais si vous mourriez, monsieur... votre petite [illegible]...

— Ma petite fille?... J'ai laissé pour elle, en France, [illegible] des instructions à un ami d'enfance qui serait son [illegible], une somme suffisante pour l'élever et la doter... [illegible]stement, pas comme je le voudrais, mais enfin elle [illegible]rrait vivre.

— Et vous avez tenu tout de même à l'emmener en [illegible]rique?

— Oh! oui, je veux la voir... Si loin qu'elle soit de moi, [illegible] [illegible] tout de même plus près qu'à Paris.

— Et comment vous arrangerez-vous avec elle?

— Je la placerai dans un bon pensionnat.

— Pauvre petite cocotte, ça lui sera dur, si elle a tou[illegible] vie avec sa mère.

— Comment faire?

— C'est vrai... il n'y a guère d'autre moyen.

— Une idée! exclama Zoé, si vous la mettez à San-[illegible], là où nous nous établirons... nous pourrions [illegible] la faire sortir... veiller sur sa santé.

— C'est à San-Francisco... que vous allez mesdames ou [illegible]demoiselles?

— Mesdemoiselles... Oui, c'est à San-Francisco... Nous [illegible] trouvé des commanditaires, excessivement sérieux, [illegible] en prudions.

[illegible] voulons, nous aussi, faire fortune aux États-[illegible]. Nous travaillerons comme des esclaves s'il le faut, [illegible] n'y venons que pour cela... sans penser à rien [illegible] choses sérieuses.

— Quel établissement allez-vous fonder demanda le [illegible] qui paraissait s'intéresser.

— Les modes.

[illegible] les jeunes filles développèrent leur plan avec leur [illegible] habituelle, très clairement du reste.

[illegible] elles abordaient cette question, elles devenaient [illegible] personnes absolument sérieuses.

[illegible] parurent telles, en tout cas, à celui qui les écou[illegible] moins sombre, moins nerveux, comme attiré par ce [illegible] devinait, ce qu'il sentait, la pitié, la sympathie pour [illegible] et peut-être un peu pour lui.

— C'est que cela tombe bien, fit-il; on passe par San-[illegible] pour aller au Klondike... c'est la grande ville la [illegible] proche... C'est là que je mettrai ma Suzette.

— Alors vous nous permettrez à ma sœur et à moi, de [illegible] sur elle.

— Oui, ce sera pour moi une consolation... une tran[illegible] surtout.

— Et de la faire sortir, de la gâter un peu?

— Oui... et vous m'écrirez, vous me direz comment elle [illegible]. Je ne vous connais pas, Mesdemoiselles, pas plus [illegible] vous ne me connaissez... mais je suis sûr que vous [illegible] de bonnes personnes... excellentes... et que vous [illegible] ainsi, n'est-ce pas, à ce que ma pauvre chérie [illegible] entende pas, ne voie pas, des choses qui ne seraient pas [illegible]?

— Oh! monsieur, le respect des enfants, pensez [illegible]! C'est si beau l'innocence... Jamais, jamais elle [illegible] rien qu'un bébé ne puisse entendre.

— Nous vous le jurons... tenez... nous avons eu une [illegible] sœur morte à cinq ans que nous adorions... sur la [illegible] de notre petite sœur.

— Je vous crois... Et vous m'écrirez alors longuement [illegible] souvent?

— [illegible] et souvent.

[illegible] cette conversation, Suzette s'était dégagée du [illegible] dont son père l'avait enveloppée.

[illegible] maintenant debout lui tenant une main, re[illegible] tour à tour avec une certaine confiance, les deux [illegible], aux agréables figures, au sourire enga[illegible], qui, tout en conversant avec son père, la regar[illegible] aussi fréquemment.

Et l'une ayant fait un geste vers elle, elle tira enfin sa menotte de la main de son père et la lui donna.

— La confiance règne, dit Élise en l'attirant pour l'embrasser, imitée aussitôt par Zoé.

— Ça commence, fit l'homme avec un pâle sourire.

— Alors, mignonne, tu t'appelles Suzette?

— Suzette comment?

Le père eut une crispation rapide des traits.

Sa bouche s'entr'ouvrit, comme pour arrêter la réponse sur les lèvres de sa fille.

— Suzette Savaret, répliquait celle-ci.

Le nom, évidemment, ne frappait point Mlles Sibat.

C'était la première fois qu'elles l'entendaient.

— Ah! Suzette Savaret, fit l'aînée, c'est très bien...

— Et moi, je m'appelle Élise.

— Et moi Zoé.

— Élise... Zoé... Mlle Élise, Mlle Zoé... Je me rappellerai...

— Sûrement que tu te rappelleras, d'autant que nous allons être toujours ensemble... Nous jouerons... Nous savons encore jouer, tu sais...

— As-tu une poupée?

Un gros soupir gonfla la poitrine de l'enfant.

— Oui, une belle, rose... C'est grand frère qui me l'a donnée.

— Tu vas me la montrer.

— Elle est chez nous, à Paris... On n'y va plus, chez nous.

— Tu y retourneras plus tard.

— Oh! non, papa dit qu'on n'y retournera jamais. Parce que maman est morte et que ça lui ferait trop de chagrin.

— Aussitôt arrivés à New-York, je t'en achèterai une si belle, fit M. Savaret, que tu n'en auras jamais eu une pareille.

— Eh bien, tu es contente, dit Zoé.

— Seulement, fit le père, tandis que l'enfant répondait par un geste affirmatif, il faut être gaie, comme toutes les petites filles de ton âge.

— Mais les autres petites filles n'ont pas leur maman qui est morte.

C'était [illegible], toujours.

Malgré elle, elle revenait à sa maman morte.

— C'est si récent, fit le père.

— Combien de temps? demanda Élise.

Il ne répondit point se détournant avec un mouvement nerveux.

Les deux sœurs se jetèrent un regard qui signifiait :

— Le pauvre homme! ne lui parlons plus de cela.

M. Savaret se leva. Elles l'imitèrent.

Et l'on se promena sur le pont. Suzette se laissait prendre une main par chacune des deux sœurs.

Le soir même, Zoé, avec quelques bouts d'étoffe enlevés à des effets plutôt inutiles, empilés pêle-mêle dans la malle qu'elles emplissaient chez elles en une demi-heure, leur résolution prise de se faire emmener en Amérique, lui confectionnait une poupée, n'ayant de ressemblance avec ses « anciennes filles » que parce qu'elle était habillée et, qui, le lendemain pourtant, la combla de joie.

Ce jouet ne ressemblant à rien de ce qu'elle avait eu, au corps fait avec la toile d'un mouchoir bourré de farine — au visage où Zoé marquait des joues rouges et des lèvres roses avec le carmin qu'elle mettait à sa propre bouche, des yeux tracés à l'aide du crayon dont elle soulignait les siens, cette fille, vêtue d'une robe et d'un chapeau cousus sur elle, lui sembla peut-être dans le désarroi de sa petite âme, et en dépit du souvenir de la poupée rose que « grand frère » lui apportait le soir de son anniversaire, une des plus belles qu'elle eût reçues de sa vie.

Elle ne devait plus s'en séparer.

Et la glace tout à fait rompue, ce fut elle qui se mit à courir après les deux sœurs, dès qu'elle les apercevait sur le pont.

Les quatre jours qui restaient à la *Normandie*, au moment où elle aborda la *Gironde*, pour accomplir son trajet régulier du Havre à New-York, s'écoulèrent rapidement dans l'animation du bord.

Quelques heures avant le débarquement, Mlle de [illegible]

taille, master Harnoldson et master Burthey quittaient le tapis vert dans le salon de jeu de la *Normandie*.

C'était la dernière fois — du moins pour cette traversée — qu'ils jouaient sur cette table de baccara.

MM. de Rochetaille, après s'être rattrapés dix fois, reperdaient non seulement leur argent, mais devaient sur parole, aux deux Américains, une soixantaine de mille francs.

Il est vrai que ces derniers ne se montraient nullement pressés.

Ils emmenaient à Washington, leur offrant l'hospitalité aussi longue qu'ils voudraient, les deux nobles émigrants, comme ils emmenaient pour les établir les maîtresses... qu'ils leur cédaient.

Et le remboursement de cette dette de jeu était-il bien utile ? Echange de bons procédés.

Ces jolies filles, dont il est vrai ils paraissaient rassasiés, valaient bien l'enjeu.

Ils déclarèrent cela avec leur façon carrée de déclarer les choses.

MM. de Rochetaille le prirent de si haut que les marchands de salaisons se crurent obligés à des excuses aussi nettes, sans bassesse du reste.

Le comte et son frère acceptaient l'hospitalité offerte à Washington, pour quelques jours du moins.

Ils accueillaient d'avance les conseils et l'aide au besoin de leurs amis de fraîche date.

Une dette était pour eux sacrée.

A deux heures de l'après-midi, les passagers de la *Normandie* débarquaient en rade de New-York, où devaient arriver, cinq jours plus tard, avec tout son monde, sain et sauf, la *Gironde*.

IV

Comme tous les débarquements, celui de la *Normandie* s'était effectué dans une confusion, un brouhaha qui, joint à peine sur la terre ferme, aux complications de la douane, séparait les parents et les amis.

Parmi ceux qui n'emportaient que des bagages succincts, MM. de Rochetaille, n'ayant chacun que leur valise et Pierre Savaret qui, pour lui et sa fille, n'emportait qu'une petite malle de cuir,

A un moment donné, les deux jeunes gens, l'homme et l'enfant se trouvèrent au milieu d'une foule assez compacte serrés l'un contre l'autre.

L'homme tenait par la main l'enfant emmitouflée dans une pelisse à capuchon.

Vêtu, lui, d'un pardessus chaud, il portait sur un bras le plaid écossais lui servant surtout, sur le transatlantique, à préserver sa fille de la bise et des embruns.

Le hasard voulut que les valises des deux frères et la petite malle de cuir de l'ancien secrétaire de M. Guillain-Marfant fissent partie du même lot de colis.

Après s'être trouvés séparés pendant quelques instants, ils se réunirent devant leurs bagages.

La malle de cuir fut fouillée la première.

Pierre Savaret n'avait dedans, ou à peu près, que des effets neufs achetés la veille du départ : un complet de rechange pour lui, deux robes et manteaux, avec divers bibelots, pour Suzette.

Ce peu de chose allait payer une grosse entrée.

Pendant qu'on lui en disait le montant, le père, lâchant la main de sa fille, cherchait son porte-monnaie.

Il n'y trouva que trop peu d'argent pour solder le bordereau de douane, et fouillant aux profondeurs intérieures de sa jaquette, en tira un portefeuille très gros qu'il garda dans la main que cachait le plaid écossais, afin de chercher dans une seconde poche où un autre se trouvait, plus petit et moins bourré.

Pour l'ouvrir, il fallait se débarrasser du premier.

Derrière lui, autour de lui, la bousculade.

On le pressait.

Il l'enfonça dans sa poitrine, en lui croyant un aplomb plus que suffisant pour y rester pendant qu'il ouvrait l'autre. Sa plus grosse préoccupation était que Suzette ne s'éloignât pas.

Il la ramena tout contre lui, sortit de son carnet un billet de banque et le tendit à l'employé.

On ne lui avait pas rendu la monnaie qu'une poussée subite, de laquelle encore il ne songea qu'à protéger l'enfant, le porta à quelques pas.

Son pardessus qu'il ne reboutonnait point, pris d'un côté, s'écarta violemment.

Il eut la sensation que le portefeuille placé entre sa jaquette et sa chemise glissait. Il se baissait.

Un cri de la fillette qui perdait l'équilibre le fit de nouveau dévier de sa préoccupation.

Une bousculade plus forte, et en sens contraire, le ramena là où il était, à point pour recevoir sa monnaie qu'il attrapa, protégeant la fillette d'un bras, tout en traitant de brutes les gens qui l'entouraient — ceux-là mêmes qui n'en pouvaient mais.

En replaçant précipitamment le second portefeuille dans sa poche de poitrine, Pierre Savaret constata avec affolement que l'impression ressentie une seconde plus tôt n'était pas illusoire.

L'autre portefeuille, plus grand et plus volumineux, avait-il réellement disparu ?

Il se baissa, chercha.

Il cria : « Au voleur ! »

Il se réclama des douaniers, des policemen, se faisant injurier par les gens pressés qu'il entravait, plaindre par d'autres à qui il disait :

— On vient de me voler deux cent mille francs.

La petite Suzette, suspendue à lui, pleurait et criait.

Finalement, sa déclaration faite, il se retrouva entre Elise et Zoé Sibot, qui en avaient fini de leur côté avec la douane.

Bonnes filles, elles étaient sinon aussi bouleversées que lui, suffisamment émues pour ne penser momentanément à rien qu'à son malheur.

Elise prit la main de l'enfant, tandis que le père allait et venait encore comme un fou.

Pierre Savaret n'exagérait point.

Le portefeuille contenait, en billets de banque les deux tiers de sa fortune déposée au Comptoir d'escompte, et qu'il mettait huit jours à réaliser, avant de quitter Paris.

Le dernier tiers, cent mille francs, avait été placé par cet ami, le tuteur en cas de mort, qui ne trahirait en rien, en première hypothèque sur un immeuble des grands boulevards, constituant et la rente qui servirait à élever Suzette, et la dot pour plus tard.

Cette perte — nul ne savait cela que lui — ne changeait rien à sa situation personnelle.

Le désespoir ne l'en mordait peut-être que plus profondément.

Aussitôt arrivé à New-York, il voulait, avec un simple mot anonyme, expédier cette somme comme un commencement de restitution aux demoiselles Guillain-Marfant.

Que ne l'avait-il fait à Paris !

A quoi bon ne mettre ce projet à exécution qu'une fois de l'autre côté de l'Atlantique ?

Il croyait que l'incognito serait ainsi plus sauvegardé.

Simone et Odette ne soupçonneraient jamais ainsi la source d'où elle émanait.

Et, si elles s'en doutaient, les malheureuses enfants, elles ne lui enverraient peut-être pas aussi complètement leur malédiction.

Le revenu de cette somme les mettait à l'abri du besoin jusqu'à ce qu'il arrivât, sinon à leur rendre ce qu'il leur avait fait perdre, du moins à leur reconstituer une fortune qui serait une compensation à celles qu'elles venaient de perdre.

Car la seule pensée fortifiante — sinon consolante — que Pierre Savaret eût emportée de France, était celle-là : « Je les ferai riches ! »

Les refaire riches, assurer l'avenir de la pauvre innocente qu'un crime d'amour faisait si... ne ; arriver à ce but : Suzette heureuse plus tard — c'était sa volonté tenace, sa raison d'être désormais.

Et il sentait, à cinquante-deux ans, la force physique, l'énergie morale d'un homme de trente.

La route était nette, lui semblait sans obstacles.

Trois êtres tenaient sa vie, deux jeunes filles et un enfant ! Simone, Odette, Suzette.

Ses compagnes de voyage, devenues ses amies et celles de sa fille, le tirèrent de sa stupeur.

— Votre déclaration est faite, monsieur Savaret, dit Elise ; je crois qu'il faut vous calmer... Est-ce que c'était toute votre fortune ?

— Heureusement, répondit-il d'une voix creuse, j'avais mis à l'abri l'argent de ma fille.

— Eh bien, c'est déjà quelque chose... Puis, rien ne dit que vous ne retrouverez pas celui-là.

— Non... j'en ai le pressentiment... Les billets de banque français s'écoulent aux Etats-Unis comme partout...

« Si celui qui a ramassé mon portefeuille ne l'a pas rendu déjà, c'est qu'il ne le rendra point.

— J'en ai peur, dit auprès du malheureux une voix plutôt compatissante : l'objet a dû être pris aussitôt tombé, et le voleur s'est enfui

M. Gaston de Rochetaille adressait pour la première fois la parole à ce passager de la *Normandie*, qu'il ne remarquait même pas sur le pont.

Et s'intéressant davantage :

— Nous étions dans le même groupe, mon frère, moi et vous, il me semble... C'est la fillette, un peu étouffée dans la foule qui m'a fait vous regarder.

« Une bousculade nous a séparés... A ce moment, vous aurez perdu votre portefeuille.

— Oui, j'en ai eu l'impression, mais très vague. Le temps de rattrapper par le bras ma petite fille qui allait tomber, de tendre ma main pour prendre ma monnaie, c'est-à-dire à peine celui de ramasser l'objet, s'il s'est échappé de ma jaquette juste à cet instant.

« Il a fallu que quelqu'un me guettât...

— C'est fort possible... Nous sommes dans un endroit qui doit attirer les pickpockets de toutes nationalités.

Hugues de Rochetaille parla à son tour.

Ensemble les deux frères essayèrent de réconforter cet homme aux cheveux blancs, au visage maigre et énergique, aux yeux étranges avec leur fièvre accrue par une flamme de désespoir et de colère.

— Cet argent vous le destiniez à conquérir ce qu'on appelle une grosse fortune ? interrogea l'aîné.

— Cet argent ne m'appartenait point, répondit Savaret d'un ton plus sombre.

« C'est là surtout le malheur.

— Un dépôt ?

— Non... un prêt... pour tenter le sort.

— Cela vous met sans un sou ?

— Pas absolument...

« J'ai de quoi gagner le Klondyke... Je travaillerai comme un mineur... voilà tout !

Et avec un geste farouche :

— Pour moi, cela ne change rien.

« C'est pour d'autres !

Il saisit la main de Suzette, l'arrachant presque à Mlle Sibot.

— Allons, ma pauvre innocente... Il y a une malédiction sur nous.

La jeune fille l'arrêta.

— Où descendrez-vous ?

« Il faut que nous nous retrouvions.

— Je ne sais... là où l'on ne me demandera pas d'argent... Je connais l'anglais, je me débrouillerai...

« Nous partirons bien vite d'ailleurs pour San-Francisco.

— Pas avant d'être sûr qu'on n'arrêtera pas votre voleur, voyons.

— Si on ne le pince pas tout de suite, on ne le pincera pas du tout... Au reste je ferai en sorte que la police me retrouve si par hasard elle a une communication à m'adresser.

« Mais elle n'en aura pas. Mon argent est bien perdu !

« Deux cent mille francs ! répéta M. Savaret ; ni nuit, ni jour, depuis mon départ de Paris le portefeuille qui les renfermait ne m'avait quitté... J'arrive ici pour le perdre bêtement, dans un mouvement trop prompt... à cause de ces misérables douaniers qui s'acharnent à vous affoler...

« Oui, mesdemoiselles, moi et ma petite fille nous sommes maudits !

— Non... pourquoi seriez-vous maudits ?

Les yeux fiévreux redevinrent égarés.

Le père entraîna son enfant.

Zoé le suivit durant quelques pas.

— Vous ne voulez donc pas que nous nous retrouvions ? Vous ne voulez pas que nous nous occupions de votre fille ?

Il se retourna.

— Je partirai le plus tôt possible pour San-Francisco... Si vous y allez, cherchez dans les pensionnats de la ville... un des meilleurs, j'y aurai laissé ma pauvre chérie et les instructions nécessaires.

« C'est là que j'écrirai, vous saurez où je suis, et vous me donnerez des nouvelles... Vous me l'avez promis.

— Je vous le promets encore, en mon nom et en celui de ma sœur...

« Désirez-vous également que nous occupions, puisque nous resterons à New-York après vous, de savoir si le voleur est arrêté ?

— Si vous voulez, mais il ne le sera pas, mon argent est bien perdu, bien perdu !

Et, entraînant de nouveau l'enfant, le père disparut parmi la foule qui sillonnait le quai.

Deux femmes et deux hommes le suivirent des yeux aussi longtemps qu'ils purent : Elise et Zoé Sibot, Hélier et Gontran d'Harvert.

Les modistes, les premières songèrent aux Américains, leurs protecteurs de demain.

Depuis le débarquement, ils ne s'étaient pas quittés, ou du moins ils demeuraient dans les mêmes parages, s'assurant de la proximité de leur présence par un regard réciproque.

Zizi et Zozo eurent beau se tourner et se retourner...

— Ni devant elles, ni derrière elles, ni à droite ni à gauche, dans aucun groupe, elles ne virent plus leur milliardaires.

Hélier s'inquiéta avec les deux sœurs.

Gontran, à quelque distance d'eux, paraissait ignorer leur surprise, bien vite changée en inquiétude.

Comme s'il les eût toujours vus, alors qu'ils avaient disparu depuis plusieurs minutes, il tenait ses prunelles fixées sur la direction que prenaient en s'en allant Pierre Savaret et sa fille.

Gontran d'Harvert portait, comme son frère, sur un complet de voyage, un ample mac-farlane venant de chez un tailleur de Londres.

Les bras, dans l'emmanchure large avaient la facilité de sortir du manteau ou de rentrer dans la manche flottante.

Le bras droit de Gontran d'Harvert, plié sous le manteau, serrait contre sa poitrine, entre la peau et la chemise où la main venait de le glisser, un objet volumineux.

Un portefeuille.

Celui qui, tout à l'heure, s'échappant de la jaquette de Pierre Savaret, tombait à ses pieds.

V

Quinze jours avaient passé depuis le suicide du banquier Guillain-Marfant.

Ses filles venaient, n'emportant que quelques bibelots, — objets personnels que la justice leur laissait — de ce qui leur appartenait deux semaines plus tôt, de quitter la luxueuse demeure où elles avaient vécu en reines, en enfants heureuses.

Lina et Germain, le mari et la femme, les deux domestiques fidèles — Lina la bonne qui les élevait, passée plus tard femme de charge ; Germain, le valet de chambre de leur père — les emmenaient dans le petit logement qu'ils louaient loin du quartier où l'on avait jusqu'alors vécu, là où personne, dans ces deux jeunes filles en grand deuil, ne reconnaîtrait les « demoiselles Guillain-Marfant ».

[illegible] logement se trouvait rue Amélie, au Gros-Caillou. Germain trouvait, rue de Grenelle, une autre place de valet de chambre ; sa femme, dans la même maison, un emploi de lingère.

Tous deux rentreraient chaque soir chez eux.

Simone et Odette sans être seules, auraient leur liberté d'action.

L'argent qu'elles retireraient de la vente de leurs bijoux de jeune fille les empêcherait, jusqu'à ce qu'elles arrivassent à gagner leur vie, d'être à la charge des braves gens qui, ayant placé toutes leurs économies dans la maison de banque, se trouvaient forcés, à un âge où ils arrivaient à sentir le besoin de repos, à recommencer la vie de service.

Il est encore, s'ils deviennent de plus en plus rares, parmi ceux qui ont pour obligation d'exécuter nos ordres, quand ce n'est pas de souscrire à nos caprices, des dévouements pouvant atteindre à la complète abnégation.

Le mari et la femme comptaient parmi ceux-là.

Ce dévoument croissait de la pitié que leur inspiraient ces jeunes filles, portant des noms de femmes, s'appelant comtesse d'Harvert, sans père, sans maris, sans amis.

Car on s'était écarté, après quelques premières visites, de la maison où se passait le drame ayant pour épilogue après la descente de la justice, l'apposition des scellés.

Rendues majeures par leur mariage, Mlles Guillain-Mariant n'auraient même pas autour d'elles l'appui moral fort naturel que leur eût peut-être offert quelque vieil ami de leur père, à défaut d'un tuteur légal.

Elles étaient les premières à ne pas vouloir ébruiter cette disparition d'Helier et de Gontran, qui ressemblait à une fuite ; qui, elles l'eussent certifié, était une fuite.

Ce qu'elles demandaient, c'était de disparaître à leur tour.

Elles acceptaient l'abri que leur offraient, avec des larmes et des prières Lina et son mari.

Sorties de ce milieu où elles ne pouvaient plus espérer qu'humiliation et souffrances, elles trouveraient, pour penser à l'avenir, une énergie suffisante.

La seule personne qui connût leur nouvelle adresse fut le docteur Max Mannier.

Il devait aller les voir, rue Amélie, presque chaque jour, pendant la semaine de leur installation.

Et tous trois parlaient de cet avenir qui semblait si noir pour elles deux.

Simone et Odette gardaient cette tristesse profonde que leur jeunesse seule avait la force de porter.

Tout ne fondait-il pas en même temps sur ces natures frêles d'apparence, n'ayant vécu que dans une atmosphère de bonheur.

Max Mannier s'apitoyait peut-être plus encore sur leur sort qu'elles-mêmes.

Il cherchait en vain jusqu'à présent les moyens de leur trouver une situation suffisante, où leur dignité surtout n'eût pas à souffrir.

Mais toujours cette dignité, cette habitude d'indépendance plutôt que leur avait donnée la fortune, serait forcée de plier.

Les rigueurs de l'existence au jour le jour allaient commencer pour elles.

Il en ressentait un découragement avec une colère de son impuissance.

En lui s'était implantée, pour les deux sœurs, une affection profonde.

Si à cette affection se joignait envers l'une un sentiment violent, s'il aimait d'amour, depuis qu'il la connaissait, c'est-à-dire du jour où elle ne faisait que l'effleurer en passant, dans l'hôtel de la rue de Lisbonne, cette Simone sérieuse et belle — confondait, elle et Odette dans le même dévoument de frère, de protecteur.

Un après-midi, vers cinq heures, Max trouva l'aînée des jeunes filles seule dans l'humble logis du Gros-Caillou.

Simone, fatiguée, se reposait cette journée-là, tandis qu'Odette s'était rendue à une adresse indiquée par le *New-York Herald*, dont elles suivaient les annonces.

Il s'agissait de deux emplois de professeur [illegible] piano, l'autre de français, dans un pensionnat [illegible] Francisco, et pour lesquels on demandait deux [illegible]çaises.

— Comment ! exclama le jeune médecin, lorsque [illegible] Guillain-Mariant lui eut exposé le but de l'absence [illegible] sa sœur, vous partiriez en Amérique ?

— Nous préférerions beaucoup conquérir là-bas [illegible] indépendance matérielle, que végéter en France [illegible] nous aurions probablement plus de difficultés et [illegible] serions en butte à des humiliations qui ne nous [illegible]dront pas à l'étranger.

Elle ajouta, avec l'ébauche d'un sourire douloureux [illegible]

— Nous avons beaucoup d'orgueil.

— Ou beaucoup de dignité, rectifia son interlocuteur.

— Nous aurons plus de courage à San-Francisco qu'[illegible] Paris ; les émoluments y sont aussi bien supérieurs. Nous avons cette chance, dans notre malheur, que [illegible] fatalité, en s'appesantissant sur nous plus encore [illegible] nous ait pas séparées.

« Ensemble, nous seront toujours fortes.

Max la regardait bien en face, avec tristesse et douceur.

Peut-être, au fond de ses yeux, Simone vit-elle pa[illegible] la flamme qu'il eût voulu éteindre.

Un très faible nuage rose teinta les joues de la jeune fille.

Max ne devina point si l'émotion était simplement consolante, s'il s'y mêlait quelque autre trouble.

Simone avait-elle aimé sérieusement Helier d'Harvert ?

L'amour, ce semblant d'amour éprouvé par tant [illegible] jeunes filles, n'était-il venu que par cet entraînement des sens, agissant même à leur insu, dans le contact plus ou moins quotidien du fiancé, empressé, amoureux lui-même, surexcité par l'attente.

La lâcheté du comte — pareille à celle de son [illegible] — était bien faite pour détruire même une tendresse sérieuse.

Simone sentirait-elle qu'elle était aussi ardemment que respectueusement aimée ?

Serait-elle gagnée par cette passion qui grandissait en raison des malheurs qui la frappaient ?

Le jeune médecin détourna son regard.

Il lui semblait que dans celui de Mlle Guillain-Mariant, une lueur fugitive avait passé, quelque chose qui en atténuait la sombre tristesse.

Simone ajouta, après avoir répété sa dernière phrase :

— Ensemble, nous serons toujours fortes, surtout avec votre amitié.

— Merci, répliqua-t-il ; malheureusement, elle est [illegible] stérile, elle ne peut pas grand'chose... rien même.

— Elle peut nous soutenir plus tard comme déjà elle nous a soutenues... Nous ne sommes fortes, nous deux, que parce que nous vous avons.

— J'aurai beaucoup de chagrin, murmura-t-il, de vous savoir si loin.

— Et nous de vous sentir si loin de nous.

« Que faire ?

Max, assis près de la jeune fille, se leva.

La petite pièce qui, avec deux étroites chambres à coucher, composait le logement de la rue Amélie, [illegible] vite arpentée.

Il y tourna sur lui-même pendant quelques instants.

Et s'arrêtant devant Simone :

— Moi aussi, j'aurais la facilité d'aller en Amérique.

— Vous !

— Et bientôt.

— C'est vrai ?

— Mais oui... A moins qu'il ne soit trop tard pour accepter l'offre qui me fut faite sans que je l'acceptasse, pour la dernière fois il y a une quinzaine [illegible]

— Vous ne pouvez pas aller là-bas... Votre a[illegible] est à Paris.

— Certes, et pourtant j'y contribuerais peut-être [illegible] mon avenir, si j'adhérais à cet engagement qui me [illegible] proposé par un riche Canadien ayant commencé [illegible] traitement avec moi, il y a six semaines, et qui s'[illegible] trouve tellement enchanté qu'il voudrait me [illegible] à sa suite pendant un an ou deux.

— Au Canada?

— Dans un pays qui est la limite extrême, vers le Nord, du Canada et de l'Amérique... sous un climat suffisamment terrible pour me proposer des émoluments qui me feraient à mon retour sinon une fortune, du moins de quoi parer aux éventualités d'une clientèle de début.

— Et vous le redoutez, le climat?

— Non, je crains moins le froid que la chaleur...

« Cependant, rien jusqu'à présent ne m'y entraînait.

— Et à présent?

— Je pense que peut-être je ne ferais pas mal d'accepter les offres de mon Canadien... offres très belles, je le répète et qui pourraient devenir superbes... Je serais probablement le médecin de toute la colonie des chercheurs d'or.

— C'est dans un pays de mines d'or! exclama avec méfiance Mlle Guillain-Marfant.

— Oui... un pays merveilleux et funeste, où, en ce moment, on se jette en foule... Mon Canadien, fort riche, comme je vous l'ai dit, mais père d'une nombreuse famille et voulant toujours plus d'argent, se propose de fonder là-bas, en y emmenant des ingénieurs et des pionniers, une véritable exploitation.

« Il ne me sera pas interdit, si je tombe sur un filon, de l'exploiter ou de le faire exploiter.

Max Mannier conclut en riant :

— Vous le voyez, la perspective est plutôt séduisante.

— Plutôt... Cependant si le climat vous tue?

— Pourquoi?...

« Un médecin plus que tout autre doit savoir se préserver contre les rigueurs d'une température anormale...

« Oui, je préfère le froid à la chaleur.

« Ma complexion résistera plus au pôle Nord qu'à l'Équateur.

« Puis je serai, moi, à l'abri de tout souci, de privations sérieuses... nourri, logé, etc...

« Pareille occasion ne se représentera probablement jamais, et si elle représentait, une fois ma clientèle bien formée, je ne pourrais pas l'accepter.

— Alors, vous voilà décidé?

— Mais oui... si mon client n'a pas déjà traité avec un confrère.

— Et s'il avait traité?

— J'en serais presque... désespéré.

— Comment donc?

— Vous et votre sœur loin, Paris me semblerait bien vide.

— Oh! docteur, que vous êtes bon!

C'étaient ses deux mains que la jeune fille lui tendait.

Il les réunit dans les siennes.

Et, en la regardant encore, sans qu'elle détournât les yeux, doucement, loyalement :

— Là-bas, je serais moins loin de vous.

— Si vous allez à San-Francisco, le Klondyke, ce pays de l'or, qui, à peine découvert fait parler de lui jusque chez nous, n'en étant pas relativement trop éloigné, car tout est relatif, dans cette immense étendue qu'on appelle le Nouveau Monde, je vous sentirai, il me semble moins seules... et moi aussi... puisque, dans tout ce que nous faisons il entre une part d'héroïsme.

— Il y a des égoïsmes qui sont des dévouements, [illegible] Simone en dégageant ses mains.

« Nous aussi, nous nous sentirions moins seules.

— Vous penseriez quelquefois à moi?

— Oh! oui.

— Ah! mademoiselle, si...

Il s'arrêta.

Mlle Guillain-Marfant l'interrogea des yeux.

Max Mannier ne formula pas sa pensée.

Ou, du moins, il y donna un autre sens.

— Si vous me promettez de m'écrire souvent, et si vous continuez à me considérer comme l'ami à qui l'on peut ouvrir son cœur...

— Certes, je puis vous le jurer... Rien ne vous sera caché de notre vie... Et vous?... vous cacherez-vous quelque chose de la vôtre?

— Mes lettres seront le compte rendu fidèle de mon existence au pays de l'or.

— Qu'est-ce enfin, ce pays de l'or?

— Vous voulez des renseignements techniques?

— Pourquoi pas?

— Eh bien, les régions arctiques où l'or fut d'abord découvert par quelques Indiens, dit-on, dans la rivière du Klondyke, un des affluents du Yukon, sont la Colombie britannique et le territoire du Nord-Ouest, qui font tous deux partie du Dominion canadien, et le territoire de l'Alaska qui appartient aux Etats-Unis.

« Les nouveaux champs de l'or s'étendent, prétend-on, sur une surface d'environ cinquante milles carrés.

« C'est dans les tributaires du Klondyke, le Bonanza, l'Eldorado, le Bear, le Gold Bulton, le Hunker, le [illegible] Much Gold, etc., qu'ont été trouvés les plus riches placers. L'hiver dure là neuf mois, et la température descend à 50 degrés centigrades au-dessous de zéro.

« Tout y gèle.

« A peine deux heures de jour, à moins que des aurores boréales n'éclairent la nuit profonde.

Mlle Guillain-Marfant interrompit avec un véritable effroi :

— Et c'est là que vous voulez aller?

— Comme tant d'autres qui, en ce moment, s'y ruent.

— Docteur, ne soyez pas aussi fou qu'eux!

— Je ne continue pas ma description, si elle vous effraie tant.

— Au contraire, je veux savoir... J'y tiens absolument.

— Alors, continuons! toujours d'après la relation que je vous ai citée.

« La neige qui tombe à gros flocons fait un manteau blanc à perte de vue.

« Il y a, dans les forêts de pins, des ours grizzlys, des renards, des lynx.

« Ces forêts s'étagent aux flancs des montagnes, couvertes de vastes glaciers.

« Les ouragans, les tourmentes de neige, les glaces séparent sept mois entiers ce pays du reste du monde.

— Quelle horreur! exclama Mlle Guillain-Marfant.

Puis, avec un geste suppliant :

— Restez à Paris, je préférerai encore vous savoir là.

Le jeune médecin secoua la tête.

— Cela m'attire, et dès la proposition de master [illegible] throp, cela m'a attiré.

« Savez-vous ce qui m'a fait tout d'abord hésiter, puis enfin refuser?

— La pensée qu'il vous faudrait abandonner votre noyau déjà sérieux de clientèle?

— Cela venait en dernier lieu... Même après deux ans d'absence, avec le fond de relations que je laisserai ici, je suis sûr de le refaire : ce sont des malades [illegible].

— Alors quoi?

— Le souci de vous laisser seules, vous et votre sœur.

— Comme vous êtes bon!... Devons-nous nous décourager quand il nous reste un ami tel que vous... [illegible] comme ceux de ces pauvres gens, [illegible] Germain.

— Malheureusement, ni moi ni eux ne pouvons [illegible] chose.

— Oh! si, beaucoup... beaucoup, je vous assure... [illegible] tout d'un coup, nous nous fussions senties [illegible] monde, absolument seules, nous n'eussions [illegible] joindre notre père.

La jeune fille reprit encore, après un [illegible] que son interlocuteur ne troubla point :

— Je me creuse en vain l'esprit pour deviner le nom du traître... Car notre pauvre père eut près de lui un traître, un ennemi acharné qui a causé sa perte.

— C'est mon avis.

— Cet homme qu'il n'a pu nommer, nous, [illegible] nous trouverons-nous un jour vis-à-vis de lui?... Verrons-nous son châtiment?

— Tout arrive... Pourquoi l'heure de l'expiation pour le misérable ne sonnerait-elle pas?

— Ah! je l'espère... l'heure de rendre ses comptes!

Elle eut un mouvement de découragement.

— Si nous retournions au Klondyke, fit Max Mannier, essayant comme toujours de détourner les trop sombres idées de l'esprit de ses amies.

Simone comprit. Elle eut son pâle sourire.

— Vous n'avez pas, je pense, de choses pires à me dire sur votre pays du Nord ?

— Non... peut-être vous en écrirai-je quand j'y serai.

— Vous êtes bien décidé, alors, comme cela... brusquement ?

— Mais oui, comme cela... brusquement.

— Et si nous restions en France, si ma sœur rentrait avec une réponse négative pour ces deux emplois à San-Francisco.

— J'y resterais, moi aussi, simplement.

— C'est donc vraiment à cause de nous, pour nous, que vous vous expatrieriez ?

— Et pour moi, aussi, croyez-le, fit-il en riant, afin de demeurer maître de lui.

« A la réflexion, il vaudrait mieux que je m'installasse à Paris dans deux ans, avec au bas mot, peut-être beaucoup plus... même beaucoup plus du double, une soixantaine de mille francs, qu'aujourd'hui pour ainsi dire sans argent, et à la merci, en somme, de quelques clients aussi capricieux que riches.

— Puissiez-vous dire vrai, mon pauvre docteur !

— Certes, je dis vrai !

« Et dans deux ans... Simon...

Il s'interrompit.

— Pardon... mademoiselle... Ce n'est que par la pensée que je dois avoir le droit de vous appeler ainsi...

— Comme moi, répondit-elle d'une voix qui tremblait un peu, celui de vous appeler Max.

Elle lui tendit les mains, dans le mouvement spontané de tout à l'heure, ses jolies mains si fines, aux ongles roses, avec cet épiderme doux de la jeunesse qu'aucun travail n'a froissé.

Comme tout à l'heure aussi, il les serra.

Mais il fit ce qu'il n'avait pas osé faire.

Il les porta à la bouche, il y mit un baiser, un long baiser.

Et sentant se retirer les doigts frémissants :

— Vous m'en voulez ?

— Non, dit-elle, je ne vous en veux pas...

— Simone ?...

Elle se détourna.

— Ma chère Simone !

— Pauvre ami, ce n'est pas le moment.

« Un mois me sépare à peine des événements cruels, dont le plus terrible, l'irréparable, est la triste fin de notre père.

« La fuite, le lâche abandon de l'homme dont je porte le nom ne compte point, je...

— Vous l'aimiez ? interrompit le jeune médecin.

— J'ai cru l'aimer...

— Soyez franche, très franche...

« Je suis l'ami, surtout, à qui l'on peut confier... et à qui ce doit être un soulagement de confier ses moindres impressions.

« Votre amour pour Hélier d'Harvert fut sincère ?

Simone ramena sur le sien son regard.

Et leurs yeux avaient cette loyauté du début de l'entretien, qui détruisait chez l'un comme chez l'autre la crainte de toute arrière-pensée.

— Oui, répondit Mlle Guillain-Marfant, je l'aimais sincèrement.

« Hélier fut le premier dont j'écoutai le langage entraînant.

« Oui, il fut en vérité — puisque mes flirts de jeune fille ne dépassèrent jamais les banalités de salons — le seul qui me parla d'amour.

« Beau, distingué, charmeur, comment n'eût-il pas pris mon cœur ?

— C'était fatal, répondit Max, les femmes distinguent mal le vrai du superficiel...

— L'épreuve est faite, dit la jeune fille.

« C'est pourquoi je vous répète et je vous jure qu'il ne reste plus en moi l'ombre de sentiment d'affection pour M. Hélier d'Harvert.

— Qui sait, si vous le revoyiez...

— Non.

— S'il venait vous dire :

« Je ne suis parti que pour revenir... Je n'ai échappé quelque temps à mon devoir que pour essayer de le mieux remplir.

— Je pardonnerais, mais je n'oublierais point... car pardonner et oublier sont deux.

— Certes.

« L'on peut pardonner entièrement à celui ou à celle, responsable ou irresponsable, qui vous a fait du mal...

« On n'oublie pas le mal que celui-ci ou celle-là vous a causé.

« Je pardonne à M. d'Harvert, je n'oublie pas sa défection.

— Vous vous placez dans sa situation qui était plus que difficile sous le rapport pécuniaire, et vous mesurez en même temps, une faiblesse de caractère, pour ne pas dire un autre mot...

— Oui... pour ne pas dire une lâcheté devant laquelle, chez cet homme, s'éteint tout sentiment.

« Car il n'avait qu'à avoir confiance, à me confier seulement où il allait, ce qu'il voulait faire.

Simone eut un geste brusque.

— Ne parlons plus, reprit-elle, de messieurs d'Harvert : c'est ce que ma sœur et moi nous nous sommes promis.

Nous nous appelons, ainsi qu'il y a six semaines, mesdemoiselles Guillain-Marfant.

— Malheureusement la loi vous a faites comtesses d'Harvert.

— Qu'importe !

— Elle vous lie à ces êtres qui ne sont rien pour vous.

— Elle disjoindra le lien comme elle l'a formé.

— Vous divorcerez ?

— Le jour où nous pourrons.

— Vous êtes bien résolues ?... Ce nom, ce titre... vous n'en avez cure ?

— Ce nom, ce titre ! exclama-t-elle, nous n'en voulons même pas pour nous en servir une heure...

« Nous garderons notre nom, celui de notre père. Nous n'avons pas à en rougir, il est digne d'être porté très haut... toujours.

— Vous avez raison : M. Guillain-Marfant fut une victime, il ne vous a légué qu'un passé d'honneur.

— Nous nous sommes informées déjà dit Simone ; un certain laps de temps de séparation, l'abandon de l'épouse par l'époux, donne droit au divorce.

« Dès que nous le pourrons, je vous le certifie, nous ne nous appellerons plus comtesses d'Harvert.

Max Mannier considéra sans répondre cette jeune fille énergique et calme, dans sa tristesse, que traversait, ainsi qu'une espérance, la volonté de se débarrasser du fardeau qui lui pesait :

Il pensait qu'elle ne mentait point, lorsqu'elle lui jurait qu'elle n'aimait plus Hélier d'Harvert.

Et dans son âme, à lui, quelque chose descendait d'infiniment doux.

L'assurance qu'il serait aimé.

Les deux jeunes gens entendirent frapper à la porte donnant directement sur la petite pièce où ils se trouvaient.

Odette revenait de sa course dans Paris.

Elle avait pleinement réussi.

D'ici huit jours, les deux sœurs s'embarqueraient pour San-Francisco.

Le docteur les quitta au bout d'une demi-heure.

Le lendemain, il voyait son Canadien.

Avant midi il viendrait leur dire si un autre médecin ne l'avait pas déjà supplanté pour l'affaire des mines d'or.

Le jour suivant, en effet, à onze heures et demie, Max Mannier frappait à la porte de l'étroit logement de la rue Amélie. Il rayonnait.

Son client qui, au fond, espérait le décider au dernier moment, n'interviewait aucun autre docteur.

Le contrat serait signé le lendemain, par-devant un homme d'affaires, avec toutes les garanties suffisantes et un dédommagement important en cas d'incident imprévu.

Max se réservait le droit de partir sans dédit, si son tempérament ne pouvait supporter le climat, et même de rompre au bout d'un an tout engagement pour peu qu'il en eût simplement le désir.

Tout était donc parfait.

Simone et Odette, bien rémunérées dans le pensionnat de San-Francisco, y attendraient ces jours meilleurs sur lesquels la jeunesse est presque en droit de compter.

Max, au milieu des glaces du Klondyke, trouverait sinon la fortune, qu'il eût été si heureux de déposer aux pieds de celle qu'il aimait, du moins la somme suffisante pour s'installer à son retour en France, de façon à se trouver en mesure de lui dire :

— Je vous adore, voulez-vous être ma femme ? Je puis vous assurer l'avenir, chez vous, heureuse, sans cette obligation du travail, ce souci du lendemain, qui ne devraient incomber qu'à l'homme, plus vigoureux que la femme, taillé, lui, pour la lutte.

Car il devinait que l'absence ne diminuerait point son amour.

Il sentait qu'il grandirait plutôt, là-bas, sur la route du pôle, où, avec quelques milliers d'hommes, une infime contrée séparée du reste de la terre, il braverait, en vue de cet avenir, auquel il pourrait associer une femme, les rigueurs du climat et les découragements du morne exil.

Tandis que les trois jeunes gens parlaient de leur arrangement réciproque d'existence, le concierge apporta une lettre adressée à Mlles Guillain-Mariant.

Elle était allée rue de Lisbonne.

Le concierge, que la liquidation judiciaire y laissait comme gardien, un vieux serviteur, dévoué aussi, et qui savait seul où ses jeunes maîtresses s'étaient réfugiées, faisait suivre la correspondance, devenue très rare, d'ailleurs depuis leur départ.

— C'est adressé à nous deux, fit Odette qui prenait la lettre des mains de la concierge, faut-il l'ouvrir ?

— Bien entendu, répondit sa sœur.

En retournant l'enveloppe, la jeune fille poussa une exclamation et pâlit.

— Quoi donc ? demanda sa sœur.

Elle la lui tendit :

— Regarde... le... le cachet... des d'Harvert...

Simone l'avait prise.

En effet, le large cachet de cire aux armoiries qu'elle connaissait. Elle fronça ses sourcils.

Comme Odette, Max venait de changer de couleur.

Mais l'aînée des deux sœurs, avec calme, la crispation de la fine ligne noire tracée en coup de pinceau se détendant au-dessus de ses yeux, déchira l'enveloppe en prononçant :

— Eh bien, quand cela serait d'eux ? Pourtant je ne reconnais pas leur écriture.

La suscription montrait d'assez gros caractères fermes, qui n'avaient rien de commun avec ceux dont la plume efféminée comme leur personne, de Gontran et d'Héller était tracée.

Le papier déplié était sous ses yeux.

Simone alla de suite à la signature :

Marquis HUBERT D'HARVERT.

— Tiens, leur cousin ! exclama Odette.

Sa sœur lut :

« *Mesdemoiselles,*

Je voulais vous écrire, il y a une quinzaine de jours au moins, la maladie m'en a empêché.

A ce moment je savais que les tristes messieurs dont vous deviez être désolées, aujourd'hui, de porter le nom, vous avaient abandonnées.

C'est pour réparer en partie leur mauvaise action que je vous demande de bien vouloir passer, dès le reçu de cette lettre, si cela vous est possible, chez moi, à Saint-Cloud.

Soyez assurées, mesdemoiselles, de ma haute considération. »

La signature. Puis l'adresse.

Les trois jeunes gens se regardèrent.

Il y eut entre eux une minute de silence perplexe.

Max Mannier, qui n'avait point entendu parler de lui, se demandait qui était ce marquis d'Harvert.

Les deux sœurs, qui ne le connaissaient que d'après la réputation que lui faisaient ses petits-cousins, éprouvaient une surprise bien légitime.

Odette parla la première.

— Nous n'irons pas !

— Pourquoi ? demanda Simone.

— Qui est le marquis d'Harvert ? interrogea le Dr Mannier.

Odette répondit :

— Un cousin germain du père de nos maris, avec lequel ils ont toujours été en des rapports plus que froids.

— Il est jeune ?

— Oh ! non, une soixantaine d'années.

— Riche ?

— Très riche.

Max fit un geste presque brusque :

— Il faut se rendre à son invitation.

— Parce qu'il est riche ? fit la jeune fille.

— Quand ce serait parce qu'il est riche !...

— Nous ne voulons rien des d'Harvert.

— Nous en serons quittes pour le lui dire, prononça Simone ; mais, en somme, nous lui devons...

— Quoi ? interrompit impatiemment la jeune fille ; que lui devons-nous, à cet homme, dont la malveillance envers Héller et Gontran s'accrut encore de leur mariage, de leur mésalliance ?... A cet homme qui nous dédaignait parce que nous n'avions pas de particule... et qui, aujourd'hui, nous méprise certainement tout à fait.

— Le ton de sa lettre indique le contraire, reprit Simone, ne le trouvez-vous pas, monsieur Mannier ?

— Je suis de votre avis, répondit le jeune médecin ; absolument le contraire.

Odette, dont le front venait de s'empourprer se calma instantanément. Elle se contenta de murmurer :

— Si vous vous mettez deux contre moi, je me tais... Mais je ne vois pas la nécessité d'acquiescer à une pareille invitation.

— Qui sait, fit sa sœur, si le marquis d'Harvert ne nous renseignera pas au sujet de ceux dont nous voudrions tant ne pas porter le nom ?

— C'est vrai, c'est une raison... et alors de suite le divorce... Quelle chance !

— Quel que soit le but de ce vieillard, dit le jeune médecin, et quelles que soient vos intentions par rapport aux offres qu'il pourrait vous faire, vous devez à sa lettre une réponse, et la seule réponse convenable, c'est la visite qu'il vous demande.

— Alors, allons-y ! débarrassons-nous de la corvée dès aujourd'hui, répliqua Odette.

— C'est ce qu'il y a de mieux, je crois.

— Parfaitement, appuya Simone ; aussitôt après déjeuner nous partirons.

Revenez donc dans la soirée, docteur, ou avant le dîner, nous vous dirons le résultat de cette démarche, ou au moins dans quelle intention le marquis d'Harvert nous a demandé de l'accomplir.

— Je reviendrai, mesdemoiselles, probablement avant le dîner. Au revoir.

VI

Mme Savaret venait chaque jour à Saint-Cloud, villa du Roc.

Elle arrivait dans la matinée, entre dix et onze heures, faisait au marquis la lecture jusqu'à midi, déjeunait avec lui, puis, avec lui, l'après-midi, travaillait, écrivant sous sa dictée, compulsant tel ou tel volume traitant du sujet sur lequel il voulait donner une sorte de compilation savante destinée à éclairer la postérité sur l'origine et la rareté des collections qu'il lui léguerait.

Ou bien encore, on procédait à l'arrangement des vi-

[illegible]rines, chaque objet tiré de sa place, scrupuleusement essuyé, frotté, remis là où on l'avait pris.

Aucun domestique, excepté le valet de chambre et en présence du maître, alors que celui-ci cherchait vainement quelqu'un qui lui convînt pour cette minutieuse besogne, n'avait le droit, trouvât-il la clé sur la serrure, de soulever le couvercle d'aucune d'elles.

Le soir arrivait.

M. d'Harvert gardait toujours la jeune femme à dîner.

A neuf heures, le coupé attendait devant le perron.

Mme Savaret y montait et le cocher la conduisait à la gare.

Ce fut ainsi pendant quinze jours.

Charlotte avait donné congé de l'appartement de la rue de Lisbonne.

Elle en prendrait un plus petit, tout près de la gare Saint-Lazare, ou peut-être même à Saint-Cloud.

La jeune femme se voyait un certain temps pour réfléchir.

Les trois cents francs par mois que lui rapportait sa place de lectrice et de secrétaire — elle n'avait pas accepté davantage — lui semblaient plus que suffisants, étant donné qu'elle n'avait à peu près aucun frais de nourriture, pour se loger et s'entretenir.

Elle ferait certainement la moitié d'économies.

Elle ne devait, dans son abandon, demander que cela : gagner sa vie.

Et, grâce à la générosité d'un homme, vers le logis de qui le hasard la poussait, elle y arrivait amplement.

Pourvu que cette chance durât ?

Un matin, en arrivant villa du Roc, elle trouva M. d'Harvert très pâle, dans son fauteuil.

Il venait de passer une nuit de fièvre.

Il se sentait malade.

Depuis l'émotion — qu'il n'avait dite à personne — de la visite de ses cousins, depuis le choc de sa chute provoquée par la brutale poussée du plus jeune des deux frères, le marquis, moralement et physiquement, avait changé.

Il est un âge où la moindre secousse peut rompre l'équilibre qui paraît le plus stable.

La double action mauvaise de Gontran d'Harvert, encouragé par le silence et l'inertie d'Hélier, la disparition des jeunes gens, probablement comme de vulgaires voleurs passés à l'étranger, apportaient à la fois le trouble dans son esprit et dans sa santé.

Cette fièvre le prenant violente, la nuit même qui suivait l'attentat, lui revenait en un accès presque aussi prompt.

Cet état devait, avec des recrudescences et des améliorations, durer toute une semaine.

Le rôle de Mme Savaret se borna, durant ce laps de temps, à un peu de lecture dans les moments de calme, quand le vieillard le lui demandait.

Un soir, comme il l'avait retenue tard, il dit à brûle-pourpoint :

— Il fait mauvais, très froid, pourquoi ne coucheriez-vous pas ici ?

— Monsieur, je suis si vite rentrée...

— Qu'importe ! vous vous êtes enrhumée, vous toussez... je ne vous trouve pas bien remise de la terrible maladie qui faillit vous emporter.

« Il vaudrait mieux pour votre santé, tant que durera cette rigueur de température, que vous restiez à demeure à la villa.

La jeune femme hésita :

— Cela me semble bon, de retourner chez moi le soir, de retrouver la chambre blanche et bleue de ma fille, son petit lit... ses robes... ses jouets...

Un sanglot arrêta la parole dans la gorge de Charlotte Savaret.

— Cela vous semble bon, déclara le vieillard d'un ton ferme, et c'est tout ce qu'il y a de plus mauvais pour vous...

« Il est deux façons de dominer la douleur, de la vaincre : rester là où elle vous a frappé, ou rompre d'un seul coup avec la vie ancienne.

« Il eût mieux valu pour vous, je le constate depuis que vous venez régulièrement ici, rompre absolument.

« Prenez les portraits de votre enfant, les objets ven[illegible] d'elle auxquels vous tenez le plus, mais ne retournez [illegible] là où elle a vécu, où vous la retrouverez, dans chaq[illegible] place vide... là où vous assaille aussi, plus poignant, [illegible] remords.

— Oh ! oui, plus poignant ! fit-elle en cachant [illegible]sement son visage dans ses mains.

— Je le sais.

« On ne trompe pas un homme de mon âge, [illegible] jusqu'au moment où le prit cette sorte de dégoût [illegible] monde qui le plongea dans la manie des collections, [illegible] sa vie à étudier l'humanité.

« Il est d'une nécessité absolue que vous vous [illegible]chiez à une obsession dont votre santé souffrirait.

« Et il vous la faut, votre santé.

« Vos forces ne doivent pas vous trahir...

« Votre fille, peut-être, aura besoin de vous.

— C'est vrai.

Et Mme Savaret, montrant son pâle visage où av[illegible] passé une contraction, presque tranquille et résolue [illegible]

— Je le sens aussi ; sous un double rapport, je [illegible] quitter cette maison... C'est pourquoi je vais m'occuper [illegible] déménager de suite.

— Mais vous emporterez vos meubles ?

— La plupart...

— C'est-à-dire vous revivrez ailleurs tout le passé ! [illegible]

Elle ne répondit point.

Le marquis lui-même garda quelques instants le silence.

Il la considérait.

Dans ce fauteuil, en face de lui, de l'autre côté du bureau près duquel il aimait à se tenir, elle lui apparaissait pâlie encore par la lumière blanchâtre de la lamp[illegible] que le large abat-jour, dans la position où elle se trouvait, lui envoyait sur le visage.

Ses traits restaient affinés, avec l'expression persistante de détresse qui, même lorsqu'il arrivait à la faire sourire, ne disparaissait point.

Ses yeux, d'un vert se fonçant souvent, étaient [illegible] clairs, agrandis dans la figure amincie.

Sa bouche, moins rouge, semblait plus étroite, pris[illegible] dans son pli de souffrance.

Mme Savaret avait perdu cet éclat qui donnait, [illegible] qu'on la voyait, l'illusion du fruit superbe, dont [illegible] lèvres sont de suite tentées.

Sa beauté demeurait douloureuse et touchante, annihilant la convoitise, commandant le respect.

Et à l'intérêt, à l'affection même que portait le marquis d'Harvert à la jeune femme, ne se mêlait [illegible] plus de désir.

La poussée d'ardeur, la folie qui lui traversait le cœur et le cerveau, qui faisait bouillonner son sang lorsque, pour la première fois, elle s'avançait vers lui lentement, distinguée, belle, s'éteignait sous la commotion subie de cette première fois où elle entrait chez lui.

Le marquis d'Harvert devait garder pour cette jeune femme une sympathie qui irait grandissant, si sa pitié, son respect pour sa douleur y ajoutaient la volonté de l'aider aussi bien quand l'occasion s'en présenterait matériellement ou moralement, il ne devait plus même éprouver le besoin de repousser une autre impression, de refouler un élan contre lequel à l'avance, il était résolu à se défendre.

Le marquis Hubert aurait cette vieillesse digne que par sa rupture avec le monde il voulait assurer.

Rien autre donc que son intérêt à elle, ne le guidait, lorsqu'il l'engageait à faire de la villa du Roc sa demeure.

Il rompit ce silence durant lequel, sentant peser sur elle son regard, elle baissait à demi les paupières, sa physionomie toujours rigide, son teint marmoréen ne s'animant point.

Il reprit :

— Mon enfant, croyez-moi, commencez ce soir, [illegible] ici. Vous vous trouverez mieux sous tous les rapports.

« A l'autre extrémité de la maison se trouve une [illegible] belle chambre d'ami, un cabinet de toilette et une [illegible] formant salon.

« C'est un petit appartement qui sera le vôtre.

« Croyez-moi, restez ce soir.

La voix était à la fois affectueuse et suggestionnante, une prière et un ordre.

Cet homme, de qui dépendait aujourd'hui son pain quotidien, acquérait sur son esprit une force de persuasion d'autant plus puissante qu'elle la raisonnait.

Son sentiment pour elle, qu'elle sentait se transformer, sa logique et son expérience avaient, chaque jour, plus de prise sur sa volonté.

— Je resterai, répondit-elle, relevant les paupières et fixant sur les yeux sérieux et bons de M. d'Harvert, ses yeux émus.

Par-dessus le guéridon, celui-ci lui tendit la main.

Elle lui donna la sienne, qu'il pressa doucement et garda une minute, pendant que sa bouche, lentement, articulait :

— Pauvre femme !... pauvre créature de chair, faillible et irresponsable...

« Vous rachèterez, vous avez déjà racheté cette faute qui ne fût pas la vôtre, fut celle de votre jeunesse.

« Il n'est plus pour vous au monde qu'un but :

« Votre enfant.

« Nous la retrouverons...

Charlotte arrêta, des deux mains, sa main qui se retirait.

— C'est vrai ?

— Dès que je vais être mieux, je m'aboucherai avec quelque policier, un de ces limiers qui travaillent pour le compte des particuliers, ou avec une agence de renseignements — ou peut-être avec les deux — pour que l'on nous mette sur les traces de Pierre Savaret.

« Je serai bien étonné si l'on n'arrive pas à un résultat.

« A moins...

— A moins ? interrogea-t-elle avec angoisse.

— Qu'il n'ait passé à l'étranger.

— Ah ! mon Dieu ! mon Dieu ! je n'avais pas songé à cela.

De nouveau, elle cacha son visage dans ses mains.

— Allons, allons... du calme... Vous me feriez regretter d'avoir laissé échapper l'expression d'une appréhension... Vous m'empêcheriez pour l'avenir d'être franc avec vous, comme avec une femme de caractère... telle que je vous croyais.

Mme Savaret releva la tête, laissa retomber ses mains.

— Vous aviez raison, fit-elle, vous ne vous trompez pas... La mère peut quelquefois faiblir, la femme restera forte.

« Il faut tout envisager, tout prévoir... C'est seulement ainsi que j'arriverai, que nous arriverons à un résultat.

« Mon mari fût-il passé à l'étranger avec ma fille, je saurai un jour où ils sont.

— A la bonne heure... c'est ainsi que je veux vous voir... c'est ainsi qu'il faut envisager la situation.

« La volonté attire la réussite...

— J'en aurai, Monsieur.

— Vous me le montrez dès ce soir... Votre logis, maintenant, est villa du Roc.

« Et je pensais si bien vous amener à y demeurer que vous trouverez la chambre dont je viens de vous parler pourvue des objets indispensables à une femme qui se trouve, à l'improviste, transplantée par la nuit dans une maison qui n'est pas la sienne.

Ce fut au tour de Mme Savaret à considérer le marquis d'Harvert.

— Ma prévoyance vous étonne ?

— Vous êtes un homme extraordinaire.

— Non pas... bien ordinaire, comme tous les autres... L'âge, quand il ne fait pas acariâtre et injuste, vous rend plus juste et meilleur, tout en vous donnant une expérience suraiguë, si je puis m'exprimer ainsi.

« Mais vous êtes fatiguée, je sonne la femme de charge pour qu'elle vous conduise chez vous.

— Je ne suis pas fatiguée... Je voudrais au contraire, causer encore.

— Causons donc...

« Vous savez que je me couche toujours tard, je dors si peu.

Il se tut, l'interrogeant du regard.

Charlotte hésita.

Puis, joignant dans un geste machinal ses mains sur le bord de la table :

— Ne m'avez-vous pas dit que vous vous occuperiez de ces malheureuses jeunes filles ?

— Mlles Guillain-Mariant ?

— Oui.

Un nuage couvrit le front de M. d'Harvert.

Cette évocation appelait celle de Gontran et d'Hélène, suscitait la vision, la sensation de la scène tragique et ignoble.

L'agression.

Le vol.

Involontairement, ses prunelles se tournaient du côté du meuble d'acajou massif, blindé de fer.

Il surmonta d'un seul coup la pénible impression.

— En effet, répondit-il, je vous l'ai dit.

« Ces derniers jours encore de maladie, de fièvre m'ont détourné de cette préoccupation.

« Il est temps cependant de penser à ces pauvres enfants. Demain je leur écrirai.

Et le lendemain, en effet, le marquis envoyait la lettre qui, après avoir passé par la rue de Lisbonne, trouvait les deux sœurs dans l'étroit logement du Gros-Caillou.

A trois heures de l'après-midi Simone et Odette s'arrêtaient devant la grille de la villa du Roc, à Saint-Cloud.

Le marquis, complètement remis de son accès de fièvre, se trouvait dans le hall, penché, ainsi que Mme Savaret, sur une de ces précieuses vitrines, lorsque le valet annonça :

— Mlles Guillain-Mariant.

Charlotte fit un mouvement en arrière.

M. d'Harvert se tourna vers elle avant de répondre au domestique, qui attendait grave, l'ordre d'introduire ou d'évincer.

— Je me retire, balbutia la jeune femme.

Le marquis articula à voix basse :

— Je croyais que vous vouliez les voir.

— Je ne m'en sens pas la force.

— Alors laissez-moi seul avec elles.

Charlotte eut un geste nerveux.

— Et cependant il me semble que si j'avais leur pardon... je me sentirais moins coupable.

— Leur pardon, dès à présent, dit le marquis, cela me semble bien près de la catastrophe.

— Oui, trop près, si toutefois elles doivent me l'accorder jamais...

« Pourtant je voudrais les voir.

— Je leur dirai que vous êtes ici... Je vous ferai demander, et vous viendrez si vous le désirez toujours.

— C'est cela, Monsieur, merci.

Mme Savaret, sortit par une des portes à deux battants, celle de gauche qui ouvrait sur le fumoir.

— Faites entrer, dit M. d'Harvert au domestique.

Le vieillard, demeuré debout, vit apparaître deux femmes en deuil, l'une un peu plus grande que l'autre, jeunes, distinguées, jolies sous le long crêpe à demi relevé de leur chapeau.

Elles écartèrent tout à fait leur voile.

Leurs visages différents, se ressemblant pourtant, avaient la même expression sérieuse et triste.

Après que le marquis leur eût avancé des fauteuils, la plus grande, la plus élancée des deux parla :

— Nous avons reçu votre lettre ce matin seulement, monsieur...

— Seulement ce matin ? interrompit celui à qui elle s'adressait.

— Oui, nous n'habitons plus rue de Lisbonne.

— Ah !

— Comme, prochainement, nous devons quitter Paris et même la France, nous avons préféré, non sans hésitations je l'avoue, venir vous trouver dès aujourd'hui.

— Pourquoi donc des hésitations ?

— Nous avons su... que nous n'avions pas vos sympathies.

— Ni mes antipathies... Madame... Je ne vous connaissais point, et croyez que je vous plaignais, surtout, d'une union qui, même si elle eût commencé sous d'heureux auspices, n'eût dû vous apporter que déceptions.

Simone Guillain Mariant ne répondit point de suite.

— J'ai appris, dit le marquis, on m'a dit que messieurs d'Harvert avaient disparu sans laisser de traces.

« Cela est-il vrai ?

— Cela est vrai.

— Vous ignorez où ils sont ?

— Absolument.

— Et quand vous ont-ils quittées ?

— Le surlendemain de la catastrophe qui poussa au suicide notre père infortuné.

— Vous portez leur nom, c'est tout.

— C'est trop ! exclama Odette, trouvant sans doute qu'elle avait suffisamment gardé son serment, le nôtre est moins lourd, je vous assure.

Le marquis perça, de ses yeux qui se firent durs, le regard gris, devenu d'acier, de la plus jeune fille du banquier.

Simone, qui s'était tournée vers celle-ci, retrouva bien, encore une fois, les prunelles de leur père, aux heures d'indignation, de colère. Son coup d'œil suffit pour rappeler à Odette sa promesse.

Cette dernière, avant que le marquis eût parlé, reprit, croyant certainement qu'un ton calme suffisait à atténuer des paroles cruelles.

— Nous ne considérons pas le nôtre comme déshonoré, nous le portons fièrement.

« Je ne crois pas que MM. Hélier et Gontrant d'Harvert puissent en dire autant.

— Je ne le crois pas, hélas ! plus que vous, répondit le marquis Hubert ; c'est pourquoi je répète, vous êtes plus à plaindre qu'eux.

— Dès que la loi nous le permettra, dit encore la jeune fille, nous nous débarrasserons et du titre et du nom.

— Je comprends que vous le fassiez et même que vous ayez hâte de le faire.

Cette résolution ne m'empêche point de penser à l'obligation qui m'incombe comme chef de la maison d'Harvert... comme défenseur de ce nom, qui est vôtre malgré vous... et aussi, et plutôt, comme homme, qu'un malheur tel que celui qui vous frappe touche profondément...

« Je désire enfin que vous me permettiez de remplir ce devoir, de faire ce que vos maris ont eu la lâcheté de ne pas au moins essayer : vous assurer l'existence matérielle.

Odette ouvrit la bouche, mais la referma sans parler.

Le regard de sa sœur lui rappelait cette fois si péremptoirement son serment qu'elle lui laissa le soin de la réponse.

Simone la donna, avec la mesure qu'elle savait apporter dans ses paroles, quel que fût son sentiment.

— Monsieur, je vous remercie, nous vous remercions de votre bonté, de votre générosité...

« Mais ma sœur et moi sommes absolument résolues à ne devoir notre pain quotidien qu'à nous-mêmes...

« Je vous ai dit que nous allions partir ; nous nous embarquerons dans quelques jours pour l'Amérique : dans un pensionnat de San-Francisco, deux places de professeur de piano et de français bien rémunérées nous attendent.

« Nous parlons l'anglais, grâce aux gouvernantes que notre pauvre mère nous donna dès l'enfance, comme le français... Nous nous habituerons vite là-bas.

« Puis, cela dût-il nous être très dur, que nous le trouverions moins pénible encore qu'en France.

— Je le comprends, répondit M. d'Harvert, qui considérait avec une surprise où entrait un double respect, cette jeune femme, cette jeune fille de vingt ans, si tranquille et si résolue, dans un refus la conduisant, elle et sa sœur, à une existence à laquelle ni l'une ni l'autre n'étaient préparées.

Il sentait derrière cette tranquillité, comme dans l'attitude hostile de la plus jeune des demoiselles Guillain-Mariant, une résolution arrêtée qu'il tenta cependant d'ébranler.

— Réfléchissez... réfléchissez bien, je vous en prie. C'est l'indépendance que vous refusez.

Et Odette fière, sans colère à présent :

— C'est l'indépendance, voulez-vous dire, monsieur, que nous acquérons.

— Je suis de l'avis de ma sœur, ajouta Simone, nous souffririons de devoir quelque chose à d'autres qu'à nous-mêmes.

M. d'Harvert eut un fin mouvement de tête.

— Je m'incline ; seulement permettez-moi de vous adresser une prière : si jamais vous aviez besoin...

— Oh ! monsieur le marquis, à vous moins qu'à tout autre ! exclama la cadette.

La physionomie du marquis ne changea point d'expression.

Il n'eut même pas le froncement de sourcils qui lui était familier.

Le calme de l'une le surprenait plus que l'hostilité de l'autre.

— Odette ! prononçait l'aînée des jeunes filles.

— Je t'en prie, Simone... Il faut que M. d'Harvert sache que, tout en mesurant ses offres à leur valeur, à lui moins qu'à tout autre, je le répète, puisqu'il ne nous jugeait pas digne d'entrer dans sa famille, nous ne voulons rien devoir.

M. d'Harvert refit son mouvement de tête, affirmatif et respectueux.

— Je comprends cela parfaitement, mademoiselle, et ne vous tiens nullement rancune de votre acrimonie, elle est justifiée.

« Je mérite vos paroles, quelques dures qu'elles soient ; la conduite de mes cousins m'a enlevé cette morgue inconcevable, ce ridicule orgueil de race que l'atavisme avait ancré chez moi.

« Il n'y a pas devant vous, mesdemoiselles, de marquis d'Harvert.

« Il y a un homme qui eût voulu parer en tant que cela était en son pouvoir à la défection dont vous êtes victimes... et il y a un homme qui vous supplie de devenir votre ami... un ami auquel vous direz franchement votre situation, là-bas dans ce pensionnat d'Amérique où vous rencontrerez peut-être bien des déboires.

« Je ne le souhaite pas, je désire vivement que vous y trouviez la paix et les égards que vous méritez.

« Mais, voyons, me le promettez-vous ?

« M'écrire-vous de là-bas ?

« Ai-je votre confiance ?

« Ne viens-je pas de vous avouer, très franchement, mes torts ?

« Mesdemoiselles, voulez-vous que nous soyons amis ?

Cet homme aux cheveux blancs, au visage fin, aristocratique, sans ressemblance du reste, comme traits, avec ceux dont elles prétendaient ne pas continuer à porter le nom, qui leur tendait à chacune une main nerveuse, toujours soignée, leur parut soudain, à l'une comme à l'autre, sympathique.

Il y avait dans son attitude, dans sa voix, cette franchise qui attire, qui séduit.

Après avoir voulu les mettre à l'abri de tout souci matériel, alors qu'il n'avait plus à leur offrir que sa sympathie et qu'il leur demandait de l'accepter, la refuseraient-elles ?

Le marquis d'Harvert ne serait-il pas un jour pour elles un guide sûr, un conseiller précieux ?...

Ne les aiderait-il pas, plus renseigné qu'elles sur ceux qu'ils englobaient dans la même mésestime, à se débarrasser du fardeau « du nom ».

Cela passa en même temps dans leur cerveau tandis qu'elles se sentaient aussi touchées l'une que l'autre par la sympathie vraie qui se manifestait.

Après quelques secondes de silence, elles répondaient en même temps à cette demande : « Mesdemoiselles voulez-vous que je sois votre ami ?

— Oui, nous le voulons bien.

— Vous m'écrirez dès votre installation à San-Francisco ?

— Certes, nous vous écrirons.

— Et vous vous souviendrez que toujours je serai prêt à vous être utile ?

— Nous nous en souviendrons, monsieur, merci.

— C'est à moi de vous remercier d'une confiance que je n'osais espérer.

« Et maintenant, voulez-vous que nous parlions d'une personne qui remplit chez moi les fonctions de secrétaire et de lectrice... une femme que vous connaissez, et qui s'est retirée lorsque le valet de chambre vous a annoncées ?

— Une femme que nous connaissons ? répéta Odette.

— Mme Savaret, prononça le vieillard.

Elles s'exclamèrent sur le même ton de surprise :

— Mme Savaret.

— Oui... Je me demande si elle ne serait pas désireuse de vous voir.

— Nous, dit Simone, nous la verrions avec plaisir.

— Alors je la fais demander ?

— Si vous voulez.

Le marquis sonna.

Cinq minutes plus tard, Mme Savaret pénétrait dans la vaste pièce.

Les deux sœurs firent un pas vers elle lui tendant la main.

Elle ne leur donna la sienne qu'avec un effort visible.

Et elles restèrent péniblement impressionnées devant le changement survenu en cette jeune femme, qu'elles voyaient encore si pleine de santé, de vie, la nuit de fête qui était la nuit de mort de leur père.

Elles n'échangèrent que quelques paroles.

Charlotte s'était cru la force d'un aveu.

A peine put-elle leur dire que son mari n'était pas revenu, qu'elle n'avait pas retrouvé sa fille.

Et elles comprirent sa douleur.

Le changement survenu chez Mme Savaret, et qui les étonnait, bien qu'elles eussent été tenues au courant de sa maladie par le docteur Mannier, ne les surprit plus.

Pauvre femme !

N'était-elle pas encore plus à plaindre qu'elles ?

VII

Lorsque le Pacific-Railway l'eut jeté sur le pavé de San-Francisco, Pierre Savaret fut un instant abasourdi par la vie active, le grouillement de cette population si variée, et l'effervescence de cette ville plus animée encore que New-York.

La petite Suzette ouvrait ses grands yeux bleus étonnés.

Elle s'amusait de ce spectacle, comme elle s'était amusée du long voyage, en chemin de fer, qu'elle venait d'achever, en enfant que tout, enfin, égaie, que tout distrait.

Pendant les cinq premiers jours du trajet de New-York à San-Francisco, Savaret, qui n'aimait ni le jeu ni le bar, et qui avait préféré rester sur les plates-formes, regardant défiler les immenses horizons, causait avec un vieillard habitant San-Francisco

Il avait obtenu de lui de bons et d'utiles renseignements sur la vie et les hôtels de cette ville.

Cet aimable voyageur lui avait particulièrement recommandé une sorte de maison de famille, où descendaient beaucoup de Français, d'Italiens et d'Espagnols. On y parlait ces trois langues ; du reste, la propriétaire était Française.

Savaret se fit donc conduire directement, avec son mince bagage, chez cette compatriote.

Il fut accueilli à bras ouverts par l'affable propriétaire, Mme Bardégasse, qui était de Marseille, té !

Il installa bien confortablement sa petite Suzette dans la chambre modeste, mais propre, où on le conduisit, et quand l'enfant se fut endormie, ce qui ne tarda pas, car la pauvre petite était harassée, il rejoignit Mme Bardégasse.

— Ce pauvre bébé doit être bien fatigué après un long voyage, dit l'aimable hôtesse.

— La chère petite a été très vaillante, elle repose en ce moment, et je voudrais me mettre en quête d'un pensionnat où je pourrais la conduire dès ce soir.

— Comment ! déjà vous en séparer ?

— Oui, il le faut, hélas !

« Je vous ai expliqué tout à l'heure que je n'ai que quelques jours avant mon départ, et que je devrai, pendant ce peu de temps, m'occuper de tous mes préparatifs.

« Je préfère, puisqu'il le faut, la quitter tout de suite.

« Pourriez-vous m'indiquer de quel côté je pourrais diriger mes recherches pour trouver ce pensionnat sérieux, où je puisse laisser ma chérie en toute sûreté ?

— Volontiers ; vous n'aurez pas bien loin à chercher, car dans notre quartier tranquille il y a plusieurs institutions de ce genre.

— J'en suis très heureux, et tout de suite je vais m'occuper de cette grave question.

Savaret ne tarda pas à trouver ce qu'il cherchait.

C'était un très joli pensionnat pour fillettes et jeunes filles. Les études y étaient poussées jusqu'aux examens les plus élevés.

La directrice lui inspira tout de suite confiance par son air distingué, calme et sérieux.

— Nous voulons surtout, expliqua-t-elle, façonner les intelligences des jeunes filles qui arrivent à avoir une solidité d'instruction égale à celle des hommes, de façon qu'elles puissent plus tard, s'il le faut, tracer seules leur route dans la vie.

« Tout l'enseignement chez moi est donné par des femmes.

Savaret n'ignorait pas que ces éducatrices sont avant tout, des personnes morales.

Elles exercent, grâce à ce sentiment de leur responsabilité, comme une influence d'atmosphère sur leurs élèves, garçons et filles, car beaucoup de femmes en Amérique ont la direction d'écoles mixtes.

Peut-être est-ce là l'origine de ce respect particulier dont l'Américain enveloppe la femme !

Vraiment cette pension avait bon air.

On eût dit une villa à deux corps de bâtiment, toute peinte en rose et très gaie dans le cadre délicieux de son joli parc.

De grands arbres se profilent dans le ciel bleu, des massifs d'arbustes grimpants forment des berceaux de fleurs ; un joli lac met sa gaîté claire au milieu d'une pelouse ; des grenadiers piquent de leurs fleurs rouges le vert profond des bosquets touffus.

En entrant dans le bâtiment principal, le père de Suzette se trouva dans un hall tout garni de fleurs, décoré de gravures, de statues, avec des meubles laqués de très bon goût et très confortables.

— C'est là où mes jeunes filles se réunissent à leurs heures de loisirs, quand elles ne veulent plus rester dans le parc, dit la directrice.

— C'est le salon de famille, ajouta Savaret en souriant.

— Vous pouvez être sûr que votre chère petite y trouvera vite des mamans qui la gâteront.

Un grand escalier en bois le conduisit aux appartements des élèves.

Chaque fillette a une chambre très claire, très gaie ; des photographies, des fleurs, les meubles nécessaires en bois clair, donnent une note élégante et personnelle à chacune de ces petites cellules qui, d'ailleurs, n'ont rien de monacal.

— Voulez-vous maintenant visiter les classes ?

— Non, répondit Savaret, je voulais surtout connaître le milieu intime où ma chérie doit vivre.

« Il me plaît et je vous l'amènerai d'ici quelques heures.

« J'ai bien peur que la pauvre petite ne soit triste au milieu d'étrangères dont elle ne connaît pas la langue.

— Ne vous inquiétez pas de cela, j'ai une fillette française qui sera tout de suite son amie et j'ai demandé à Paris des professeurs de français bien élevés, qui arriveront, je l'espère, d'ici un mois. Votre fillette sera l'enfant gâtée de la maison, car elle en sera la plus jeune.

Après avoir convenu du prix et payé une [illegible] d'avance, en prévenant qu'une banque de Paris, dépo-

[illegible] de la dot de sa fille, enverrait le prix de la pension chaque année, Pierre Savaret retourna à l'hôtel un peu rassuré, maintenant qu'il avait réglé cette question si importante pour lui.

Il trouva Suzette au salon avec Mme Bardégasse ; fraîche et reposée, elle riait à gorge déployée, car elle faisait danser sur ses genoux une poupée, cadeau de l'aimable hôtesse, son père ayant oublié de lui en acheter une à New-York.

— Viens, papa ! cria-t-elle, viens voir ma fille.

— Elle est superbe, ta fille, dit le père en admirant la poupée, tu vas l'emmener avec toi.

— Il faut donc encore partir ? Dans un train ou dans un bateau ?

— Non, ma chérie, c'est moi qui vais partir bien loin, et comme je ne peux pas t'emmener, je vais te conduire dans une jolie maison, avec un grand jardin où tu attendras mon retour.

— Alors tu vas me quitter ?

— Pas pour longtemps, viens vite connaître une gentille amie.

— Crois-tu qu'elle aimera ma fille ?

— J'en suis certain.

Une heure après, dans le hall du pensionnat, Pierre Savaret donnait ses derniers baisers à sa fille qui, tout attristée, ne retenait plus ses larmes.

L'enfant avait été reprise d'un redoublement d'affection pour son petit père qui la soignait, veillait sur elle en l'entourant de tendresse. Bien vite, elle avait oublié le papa brusque et méchant qui faisait peur à Paris.

Et son pauvre petit cœur était bien gros de le voir partir.

— Essuie tes yeux, ma Suzette, je te promets que je reviendrai vite.

— Alors tu me ramèneras grand frère Robert ?

Le père eut un frisson, ses yeux devinrent durs, puis il se maîtrisa.

— Non, répondit-il, tu ne le verras plus jamais, il est très loin.

— Il m'aimait bien pourtant, il me donnait de si belles poupées !

— Je t'en rapporterai de plus belles encore.

— Je serai bien contente, mais... quand ?

— Bientôt, ma chérie.

« Allons, souris une dernière fois à ton père et va jouer.

« Voilà justement la dame qui t'amène une jolie petite amie. »

Et violemment, dans une dernière étreinte, il pressa son enfant sur son cœur, couvrant ses cheveux dorés, son front, ses yeux de baisers ardents, puis brusquement il la porta dans les bras de la directrice qui entrait.

— Je vous la confie, dit-il.

Et il s'enfuit, étouffant ses sanglots.

Il se reprit peu à peu pendant le trajet qu'il fit pour regagner son hôtel.

Il se mit à réfléchir, cherchant à analyser ce qui se passait en lui.

Certes, il s'était bien attendu à ressentir une vive émotion en quittant sa Suzette, pour se jeter dans l'inconnu pour s'embarquer vers ce pays dont beaucoup ne reviennent pas ; mais cette angoisse de la séparation l'étonnait encore.

Il sentait maintenant que cet être, si frêle, si doux, avait pris une place immense dans son cœur.

A mesure que le temps et l'éloignement effaçaient un peu le souvenir de l'épouse coupable, l'enfant se substituait à elle dans son affection.

Lorsqu'il pénétra dans le vestibule de l'hôtel, Mme Bardégasse vint à lui et, avec sa volubilité méridionale :

— Eh bien ! mon cher monsieur, la séparation a dû être cruelle ?

« Qu'a-t-elle dit, la pauvre petite ? Ah ! que vous devez avoir du chagrin ? Que c'est malheureux de se quitter comme ça !

« Et pourquoi ne l'emmenez-vous pas dans [illegible] voyage ?

— Mon Dieu, madame, dit-il en hochant la tête, l'endroit où je vais est terriblement dur à atteindre, [illegible] y est âpre et pénible, si pénible qu'un enfant ne pourrait la supporter.

— Seigneur ! où allez-vous donc ?

— Au Klondyke.

— Oh ! pour sûr que ce serait folie d'emmener votre jolie petite fille dans un tel endroit. Pécaïre ! La pauvrette ne passerait seulement pas le col de White-Pass !

— Connaîtriez-vous par hasard les moyens pour se rendre à Dawson-City ? interrogea Savaret.

— Si je les connais, mon doux Jésus ! si je connais la route du Klondyke ? Mais mon cher fils, mon pauvre Marius, un cerveau brûlé, monsieur, une tête chaude, allez ! Il est là-bas depuis deux ans !

« Rien n'a pu le retenir, il a voulu partir à toute force.

— Vous avez de ses nouvelles ? demanda Savaret vivement intéressé ?

— De ses nouvelles, mais certes. Et tenez, cette broche, c'est une pépite ramassée par lui, et qu'il m'a envoyée par un de ses compagnons.

— Mais alors, chère madame, vous allez pouvoir me renseigner sur les approvisionnements nécessaires, sur ce que je dois emporter, car je sais qu'on ne trouve rien là-bas. Je sais aussi que, d'autre part, les transports sont presque impossibles.

— Oui, je connais tout cela, mon cher monsieur, l'expérience faite par mon fils vous servira.

« J'ai du reste les listes de ce qu'il a emporté.

— Cela me sera très utile de les consulter.

— Je vais vous les donner, et suis à votre disposition pour tous les renseignements dont vous aurez besoin.

— Je suis vraiment très heureux de vous avoir trouvée ; si vous le voulez bien nous allons examiner ensemble ces indications.

— Très volontiers, je vais chercher mes paperasses.

« D'abord, dit-elle en revenant s'asseoir à la table près de Savaret, il faut tout de suite que je vous prévienne que vos bagages ne doivent pas excéder le poids de 1.500 kilos, et cependant vous allez voir que vous avez besoin de beaucoup de choses.

— Le froid est terrible, paraît-il, il faut de gros vêtements.

— Des vêtements non seulement chauds, mais encore imperméables, des lainages, de grosses fourrures [illegible] de peaux de phoque, de vêtements de toile cirée.

— J'aurai tout cela, dit Savaret en prenant des notes.

— Oh ! vous n'avez pas fini ; souvenez-vous que vous n'aurez rien de rien, là-bas.

Il vous faut aussi quelques ustensiles de cuisine.

Et surtout n'oubliez pas les engins de pêche et de chasse.

— Mais une fois à Dawson-City je trouverai à renouveler mes conserves.

— Ce serait folie de compter là-dessus. Pensez que là-bas les œufs coûtent quinze francs la douzaine, la viande huit francs la livre et la farine cinq francs le kilo.

— Alors, je dois penser à me munir de conserves de toutes sortes ?

— Voici ce qu'a emporté mon Marius ?

Pour un an au moins de vivres : biscuits, salaisons, de la farine, des conserves de lard, des légumes secs, du thé, du café, du sel, du lait concentré, etc. Tout cela bien enfermé dans des caisses étanches ou dans des sacs imperméables.

— Et je vivrai sur ces provisions le long du trajet ?

— Le moins possible, il faut compter sur vos lignes et sur votre fusil pour vous alimenter en route.

— Est-ce tout ?

— Et vos outils, pelles, pioches, seaux, etc., etc.

Puis, par-dessus tout, il faut beaucoup d'énergie, de courage et d'endurance, ajouta l'hôtesse en repliant soigneusement sa liste.

— J'en aurai, dit Savaret en se levant. Je vous remercie [illegible]

[illegible]vais réfléchir à tout [illegible], je commencerai mes achats.

[Pi]erre Savaret fit ses comptes : il lui restait de quoi [s'a]pprovisionner, payer son voyage ; de plus il vendrait [un]e très belle bague de famille qu'il avait sur lui, il [aur]ait ainsi plusieurs milliers de francs encore en arri[vant] à Dawson-City.

[Pe]ndant les quatre jours qui suivirent, il s'occupa de [fai]re ses approvisionnements, de commander ses vê[teme]nts.

[Il au]rait bien trouvé le temps d'aller embrasser encore sa [peti]te Suzette, mais il résista à ce désir violent. Il avait [peu]r de faiblir et de perdre courage devant les larmes [de s]a chérie.

[Ca]r il avait besoin de toute sa volonté pour atteindre le [bu]t qu'il s'était fixé, comme une réparation sacrée.

[E]nfin, tous ses achats furent emballés et remis aux [bat]eaux de la compagnie qui fait le service de San-[Fra]ncisco à Vancouver.

[L]e grand jour du départ fut vite arrivé ; Pierre Sava[ret] ne put se défendre d'une certaine émotion lorsque [Mada]me Bardégasse lui posant les deux mains sur les épau[les] d'un mouvement spontané, lui appliqua sur les joues [de]ux sonores baisers.

— Tenez, portez-les à mon Marius, lui dit l'excellente [fe]mme.

[V]oilà une commission qui peut vous porter bonheur à [ac]complir, car vous allez être forcé de chercher mon fils [po]ur la lui faire, et je suis sûre qu'il vous sera très utile [là-]bas.

— Je vous assure, madame Bardégasse, répondit Sa[va]ret, que la bonne commission dont vous me chargez n'[é]tait pas nécessaire pour me donner envie de chercher [vo]tre fils à Dawson-City.

VIII

A Vancouver, Pierre Savaret commença à entrevoir [to]ute l'horreur d'un tel déplacement.

Il tombait au milieu d'une horrible et grossière cohue.

Sous la pluie glacée, les quais s'allongeaient sinistres, [re]mplis d'une effroyable confusion.

Du paquebot qui l'avait amené, jaillissaient, littérale[me]nt projetés à terre, les ballots des passagers arrivant [de] San-Francisco, tandis qu'à quelques mètres de là, un [t]rain du Canadian-Pacific-Railway déversait voyageurs [et] bagages venus directement de Montréal.

Enfin, plus loin, tout le long des quais, une foule cos[mo]polite, parlant toutes les langues du globe, se bous[cu]lant, s'injuriant ou s'appelant, autour des grands pa[que]bots en chargement, à destination de Dyca ou de [Sk]agway, les deux ports d'accès du Klondyke.

Savaret surveillait avec le plus grand soin le déchar[ge]ment de ses bagages, formant vingt-quatre caisses de [poi]ds variable.

Des individus à mine patibulaire, revêtus de haillons sordides, aidaient au déchargement et à l'entassement des colis sur le quai.

Bientôt, l'un d'eux s'attacha particulièrement aux cais[ses] de Savaret qui portaient imprudemment des inscrip[tio]ns indiquant le contenu de chacune.

Cette mesure, utile pour retrouver les objets dont on [pe]ut avoir besoin, avait un inconvénient : celui de dési[gn]er les colis les plus précieux aux convoitises des [vo]leurs.

En effet, l'individu qui s'intéressait si vivement à ses [ba]gages, avait avisé un ballot portant ces mots en an[gl]ais : thé, café, chocolat, sucre, rhum.

Profitant d'un moment d'inattention, il enleva la caisse [s]ur son épaule et s'éloigna rapidement vers le train du Canadian-Pacific-Railway avec l'intention visible de con[to]urner vivement les wagons pour se perdre dans les [ru]es de Vancouver.

Heureusement que Savaret, qui s'était très américanisé [de]puis quelques jours, portait, comme disent les cou-reurs des bois, « la barbe sur l'épaule », c'est-à-dire qu'il regardait fréquemment ce qui se passait derrière lui.

La scène ne lui avait pas échappé ; d'un bond il fut sur le voleur, et sous le choc de sa main, le gaillard s'arrêta.

Sentant la fuite impossible, si lourdement chargé, il posa le ballot à terre.

— Canaille ! lui dit Savaret, tu me volais ma caisse !

— Tâchez d'être poli avec un gentleman qui ne vous doit rien, répliqua d'un ton insolent, l'individu, un colosse dont la veste, jadis en peau de phoque, pendait en lambeaux sur une culotte de daim, en aussi mauvais état.

— Ah ! tu ne me dois rien !

Et cette caisse?

Rapporte-la de suite à mon emplacement.

Le coquin avait observé la taille moyenne et le peu de force apparente de Savaret, qui n'avait rien d'un athlète et il résolut de brusquer les choses.

— Allons, fichez le camp, ou je vous casse la figure, fit-il en portant vivement le poing sous le nez de l'ancien secrétaire de la banque Gelliard-Marfant.

Pierre Savaret était sur ses gardes : d'un saut il mit la caisse entre lui et son agresseur. Puis sortant un gros revolver qu'il avait atteint depuis un moment sous son manteau, il en braqua le canon sur le bandit.

— Pas un geste, dit-il simplement.

L'homme fit un mouvement non pour s'élancer, mais pour fuir.

Le chien du revolver se souleva à demi :

— Halte encore une fois, je vous défends de bouger. Il faut que je vous parle.

Asseyez-vous sur cette caisse.

L'homme poussa un grondement, mais dompté par cette froide énergie, il obéit.

— Là, maintenant causons un peu, reprit Savaret avec calme ; vous admettrez bien qu'il suffirait que j'appelle un des gendarmes qui se promènent là-bas pour vous faire arrêter.

— Je le sais, grommela le bandit.

— Eh bien, je ne le ferai pas.

— Pourquoi ?

— Parce que cela ne m'avancerait à rien, que dans quelques heures je ne serai plus ici, et que je trouve inutile de vous envoyer pourrir dans les prisons du pays, qui ne doivent pas être très confortables.

— Oh ! sûrement non ! s'écria le coquin avec une conviction qui prouvait une grande expérience.

Savaret sourit et reprit :

— Vous auriez donc été bien avancé, si vous aviez pu vous enfuir avec ma caisse ?

— Dame ! j'aurais eu de quoi manger au moins pendant quinze jours avec le prix de sa vente ?

— Manger seulement ?

— Eh bien oui, puisque vous devinez tout, je voulais rire, boire et boire pendant quinze jours ; il y a longtemps que ça ne m'est arrivé.

— Vous êtes très misérable, reprit Pierre Savaret en l'examinant.

— Hélas ! j'ai bien souvent faim, moi qui ai toujours soif.

— Comment se fait-il que vous n'alliez pas tenter la fortune au Klondyke, vous êtes sur la route ; vous auriez bien pu vous faire emmener ?

Le bandit éclata de rire :

— Le Klondyke ! mais j'en reviens ! j'y ai passé un an et demi, je suis un des fondateurs de Dawson-City !

— Comment ! et vous êtes dans ce dénûment ? Vous revenez du pays de l'or dans la misère.

A la vue de l'émotion qui saisit le chercheur d'or, l'homme eut un sourire de triste ironie.

— Tenez, dit-il, vous êtes un brave homme, vous avez eu pitié de moi, rentrez votre revolver et asseyez-vous à mes côtés, je vais vous donner quelques conseils.

Il y avait dans les paroles du déclassé de la franchise et l'orgueil d'être plus instruit et aussi plus malin que celui que venait de triompher de lui.

Savaret comprit qu'il pouvait avoir confiance ; il s'assit à côté de son voleur.

Celui-ci se présenta d'abord ; il s'appelait Georges Stradford, surnommé Georges Sluice, surnom que lui avait valu son habileté à construire ces petites rigoles de bois nommées « sluices » et qui servent à canaliser l'eau pour le lavage des sables aurifères.

Il était charpentier dans l'État de Washington lorsque les gisements aurifères du Klondyke furent découverts.

Il partit comme tant d'autres, à la légère, sans précautions ni approvisionnements, et arriva mourant de faim et de misère au Klondyke, où aucune ressource n'existait.

Il dut, pour vivre, exercer son métier de charpentier auprès des chercheurs d'or, construisant des maisons, des abris, préparant des « sluices » et dépensant pour manger les poignées d'or qu'on lui donnait, tout heureux d'échanger parfois cent francs de sable contre une tranche de sanglier, d'ours ou de daim. Il allait cependant arriver à ramasser un petit pécule, lorsque, après dix-huit mois de séjour sous ce climat meurtrier, avec une alimentation insuffisante et salée, une attaque de scorbut le mit à deux doigts de la mort.

Une sorte d'instinct sauvage de la conservation le poussa à revenir à la côte où il put s'embarquer, et maintenant à Vancouver il vivait de son métier de déchargeur, et parfois aussi de vol.

Il y avait, chez cet homme à demi sauvage, une grande sincérité et Savaret se sentait ému du récit de toutes ses souffrances.

— Tenez, conclut Georges Sluice, vous voyez ces bâtiments qui vont partir surchargés de monde, eh bien, ils reviendront presque vides.

« Voyez-vous, c'est que pour le Klondyke il y a peu de fret de retour, c'est même ce qui hausse le prix des voyages.

Savaret sentit l'amertume sinistre de l'horrible plaisanterie.

— Qu'allez-vous devenir ici ? demanda-t-il brusquement à son interlocuteur.

— Hélas ! je suis tombé trop bas pour me relever, je finirai dans les prisons de la ville ; on y est mal nourri, mais on mange tous les jours.

— Vous ne voulez rien tenter pour vous sortir de là ?

— Que faire ?

— Personne n'a donc l'idée de vous embaucher pour profiter de votre habitude du pays...

« Voyons, avez-vous peur de retourner à Dawson-City ?

— Peur ! mais pas le moins du monde ! crever de faim ici ou là-bas, qu'importe !

— Alors ?

— Mais personne ne m'a offert d'y retourner, tous sont trop pauvres et trop bêtes pour engager un compagnon qui coûterait à nourrir.

Pierre Savaret s'était levé.

— Georges Stradfort, dit-il d'une voix grave, nous avons fait connaissance d'une étrange manière ; eh bien, malgré cela, j'ai confiance en vous.

« Voulez-vous entrer à mon service et m'accompagner au Klondyke ?

« Je vous nourrirai, partageant toutes mes provisions avec vous, et comme salaire je vous donnerai au retour 20 0/0 de l'or recueilli par notre association.

« Acceptez-vous ce marché ? »

Le colosse s'était relevé d'un bond ; sa lourde main s'appuya sur l'épaule de Savaret, qu'il pétrit sous l'empire de la grande émotion qui s'emparait de lui.

— Répétez ce que vous dites là, murmura-t-il d'une voix rauque, non, vrai, vous ne vous jouez pas de moi ?

— Mais non, mon ami, dit Savaret, je le répète : la vie assurée, les frais payés et 20 0/0 de la recette.

— Oh ! tonnerre ! je redeviens un homme ! s'écria Georges Sluice en jetant son bonnet de peau de renard à une hauteur prodigieuse.

« Eh bien, patron, vous venez de faire là tout simplement une chose extraordinaire ; vous venez de ressusciter un mort.

— Alors, ça vous va ?

— Si ça me va ! A partir de cette heure vous pouvez compter sur moi, et dites-vous bien que vous allez avoir avec vous l'homme le plus au courant de la vie de

« Je suis à vos ordres, seulement...

— Seulement ?

— Seulement, voilà... puisque vous avez dit que vous vous chargiez de me nourrir, je puis bien vous avouer que je n'ai rien mangé depuis ma soupe d'hier au soir, et il est quatre heures de l'après-midi.

Pierre Savaret, après avoir fait couvrir ses colis d'une bâche et les avoir confiés au service des docks, conduisit son nouveau compagnon dans une sorte d'établissement, moitié auberge, moitié épicerie.

Pendant qu'on servait à manger au pauvre hère, il compléta ses approvisionnements de vivres, chose nécessaire, puisque maintenant il allait avoir deux bouches à nourrir.

Le malheureux Sluice dévorait littéralement, et sa vaste mâchoire anglo-saxonne mastiquait avec une prodigieuse vigueur.

Suivant ses conseils, Savaret le laissa achever son repas et se rendit à bord du *Behring*, où il avait déjà retenu son passage afin d'y prendre une seconde place.

Ceci fait, il arpentait le quai, réfléchissant à tout ce que présentait déjà d'étrange cette vie nouvelle qui commençait pour lui, lorsque ses oreilles furent frappées par des éclats de voix.

On se disputait, non dans une des langues rudes et incompréhensibles pour lui, mais en bon français, et même avec un fort accent parisien.

Ce qui dominait, c'étaient des voix perçantes de jeunes femmes.

— Mais si ! je les emporterai, ce sont mes cartons à chapeaux ! Et comment veux-tu que je monte un magasin de modes sans chapeaux !

— Tu es folle, en vérité ! des modes au Klondyke ! Il n'y a pas de femmes.

— Mais si, il y en a, le capitaine du bateau l'a dit.

— Si tu crois qu'elles sont coquettes, les trois ou quatre viragos qui lavent les sables aurifères !

— Moi, je veux emporter ces chapeaux là... On danse à Dawson-City, donc il y a des femmes.

— Voyons, Zozo, intervint une autre voix d'homme, songe que c'est nous qui, pendant mille kilomètres, allons traîner les « modes parisiennes » !

A ce nom de Zozo, Savaret avait tressailli et, dans le jour tombant, il chercha de l'œil le groupe qui se disputait ainsi.

A côté d'un monceau de caisses débarquées du Canadian Pacific Railway, se trouvaient quatre personnes, deux hommes et deux femmes.

Il reconnut de suite ses compagnons de voyage à bord de la *Gironde* et les deux joyeuses filles qui les accompagnaient.

Il se souvint alors de leur vague projet de partir au Klondyke et ne fut pas étonné de les retrouver à Vancouver.

Il se dirigea vers le groupe et se fit reconnaître.

L'accueil de ces quatre personnes fut très différent.

Zizi et Zozo, toujours en train, se montrèrent expansives.

Hugues de Rochetaillée fut aimable.

Quant à Gaston, il resta pétrifié en revoyant Savaret.

Celui-ci ne s'aperçut pas de cela, tout heureux de retrouver des Français.

— Vous voyez qu'on se rencontre partout, fit remarquer Hugues.

— Cela n'a rien de bien étonnant, puisque nous marchons vers le même but, répondit Savaret.

— Êtes-vous équipé ? demanda Zizi à celui-ci.

— Oui, j'ai fait mes approvisionnements à San-Francisco.

— Nous, nous avons tout acheté à New-York, reprit Zozo, et quels achats, grand Dieu ! des choses à mourir de rire !

« Croyez-vous que ma sœur et moi nous avons des bottes d'une hauteur !

— Et pas en cuir de Russie, ajouta Zizi, ce n'est pas moi qui me fourrerai dans ce gros cuir dur.

— On ne doit pas pouvoir marcher, fit Zozo, et moi qui ait si souvent envie de danser !

— Ça vous passera, mon enfant, interrompit Hugues.

— Vous mettrez des bottes de gros cuir quand vous serez [illegible] de piétiner dans la neige.

[illegible] eut un geste vague.

— Bah ! on n'y est pas encore.

— Eh bien ! et Suzette ? s'écria tout à coup Zozo, qu'avez-vous fait de votre amour de petite fille ?

Savaret eut un moment d'hésitation, son front s'assombrit.

— Je l'ai laissée à San-Francisco, dans un bon pensionnat comme j'en avais l'intention.

— Pauvre petite chatte ! si nous avions passé par cette ville, nous nous serions informées.

« Mais voilà ! ces messieurs ont voulu nous éviter encore l'ennui du bateau jusqu'à Vancouver, et nous sommes venus directement par le Canadian Pacific Railway.

— Je commence à en avoir assez de leur railway, fit [illegible] et toi, Gaston, tu ne dis rien ?

En effet, Gaston, se reculant de quelques pas, évitait de se mêler à la conversation, l'air ennuyé, gêné, maintenant.

— Moi, je dis que vous aurez bientôt assez du *Behring*, et bientôt assez de tout.

— Oh ! mais nous avons plus de courage que toi ! Vous verrez, monsieur Savaret, dit-elle en se tournant du côté de celui-ci, puisque nous voyageons ensemble.

— Je n'en doute pas un instant.

— Seulement, il ne faut pas commencer par nous contrarier.

— Qui veut donc vous contrarier ?

— On se refuse à ce que nous emportions nos cartons à chapeaux et puisque nous ne pouvons pas rester à New-York, nous voulons monter un magasin de modes à Dawson-City.

— Mais il n'y a pas de femmes, et on ne pense pas à la mode, à Dawson ; les seuls marchands que vous y trouverez ne vendent que des conserves, des outils, ou de l'alcool.

— Alors autre chose, s'écria Zozo ; un bar ! nous monterons un bar !

— C'est cela, comme à Paris.

— Avec cette différence, dit Hugues, que les charretiers de Paris auraient l'air de gentlemen à côté des clients de Dawson-City.

— Ça ne fait rien, pourvu que l'on vende !

— Allons, patron, intervint Georges Sluice, il est temps d'aller voir nos places à bord.

Savaret expliqua seulement aux jeunes filles qu'il [illegible] un vieux routier, qui lui serait très utile.

Il présenta Georges Sluice.

Zozo le trouva superbe et tout de suite lui fit part de son idée d'emporter du whisky pour approvisionner un bar là-bas.

— Du whisky, ma petite dame, il n'y en aura jamais de trop !

Toute la bande parut enchantée de ce nouveau compagnon de route, et Hugues et Gaston n'hésitèrent pas à prendre leur passage sur le *Behring*.

L'embarquement ne fut pas chose facile.

Une effroyable cohue se pressait.

En outre des bagages qui s'entassaient tant bien que mal dans la cale, on poussait sur le pont toutes sortes d'animaux : des chevaux, des bœufs, des ânes et même des rennes et des chiens de trait.

Ces bêtes étaient destinées à porter ou à traîner les provisions et les colis sur la longue et pénible route de près de neuf cents kilomètres qui sépare Skagway de Dawson-City.

Enfin, le *Behring* se mit en mouvement.

Il faisait nuit.

Les feux des phares guidaient seuls le navire dans sa marche à travers les îles et les îlots de cette côte bizarrement découpée.

Cette première nuit fut rude pour les voyageurs, entassés dans l'angle d'une sorte de vaste carré garni d'ignobles couchettes.

Zizi et Zozo n'en menaient pas large, suivant leur expression.

Les larmes leur montèrent même aux yeux.

Ce n'étaient plus les cabines luxueuses de la *Gascogne* et de la *Normandie*.

Georges Sluice, prodigieusement gai depuis qu'il [illegible] à sa faim, et en ayant vu d'autres, les consolait par des plaisanteries plutôt inquiétantes.

— Ce n'est rien tout ça, disait-il, une fois en route vous vous en rendrez compte.

— Comment, gémissait Zozo, ce n'est pas le plus dur du voyage ?

— Le paradis, par rapport à ce qu'il vous reste à faire.

— Oh ! mon Dieu !

— Mais certainement, vous allez voir à la montée de White-Pass.

— Qu'y aura-t-il ?

— Il y aura que dans deux ou trois pieds de neige vous devrez tirer les traîneaux à la bricole.

— Dans la neige ?

— Oh ! dit Zozo, il faudra mettre les grosses bottes !

— Et vous ne pourrez plus les enlever une fois mises, dit Sluice en riant de la mine inquiète des deux modistes.

Les petites Parisiennes se mirent à gémir.

Savaret avait vraiment pitié de ces deux enfants qui se lançaient sans aucune réflexion dans ce voyage plein de périls.

Le lendemain, le vent avait fraîchi.

Bon nombre des animaux du pont, mal soignés, déjà malades au départ, commençaient à se coucher, quelques-uns pour mourir.

Et chaque jour on jeta par-dessus bord des cadavres de ces pauvres bêtes.

Georges Sluice en paraissait enchanté.

A chaque nouveau décès, il donnait sur l'épaule de son patron une tape à écraser un bœuf.

— Hein ! monsieur, disait-il, j'ai eu bien raison de vous déconseiller d'emmener des chevaux et des rennes, nous en achèterons à Skagway deux ou trois fois plus cher, c'est vrai, mais au moins ils n'iront pas engraisser les poissons et les mouettes.

« Puis, vous verrez, patron, les chiens, c'est encore ce qu'il y a de mieux pour arriver au but.

— Mais pourquoi alors devrais-je acheter des bœufs ?

— Parce qu'une fois rendus aux lacs, nous mangerons nos bœufs, et nous finirons avec les chiens.

Tout devait bien se réaliser comme l'avait prévu Georges Sluice.

IX

Après avoir longé des montagnes de plus en plus hautes, le *Behring* entra dans le fiord au fond duquel se trouve Skagway.

Le coup d'œil était féerique.

Partout des neiges et des glaces étincelantes sous un clair et pâle soleil.

Les Rochetaille et leurs compagnes, très abattus par la fatigue d'une pénible traversée, revenaient à la vie sous l'air pur et vif qui leur fouettait la peau, ranimant leur sang engourdi.

Ils se rapprochèrent de Savaret qui, toujours plongé dans ses pensées, se tenait souvent à l'écart.

Les jeunes filles, redevenues loquaces, expliquèrent à celui-ci qu'en débarquant à New-York ils avaient été bel et bien lâchés par les deux marchands de cochons qui avaient empoché les parties perdues à bord par les deux frères et disparu en mettant pied à terre.

— C'étaient deux flibustiers de la plus belle eau, dit Hugues, ils nous ont mis à sec complètement.

— Comment vous êtes-vous tirés d'affaire ? demanda Savaret, intéressé.

— Nous essayâmes de trouver du travail, mais que faire dans une ville pareille, sans aucune relation ?

— Oh ! s'il avait fallu compter sur son travail, dit Zizi, moqueuse.

— Moi j'aime mieux ce qu'a fait Gaston, c'était plus sûr, reprit Zozo.

— Que vous êtes bavardes, fit Gaston de son air contraint.

— Ne le plains pas, puisque c'est lui qui a sauvé la situation.

Il était visible que cette conversation déplaisait au jeune de Rochetaille.

— Je ne sais si c'était plus sûr, reprit Hugues, en tout cas, le hasard nous a tirés d'un mauvais pas.

— Comment cela ? interrogea Savaret.

— Mon frère réussit à se faire admettre dans un cercle ; il joua si bien qu'en deux jours il avait regagné ce que nous avions perdu sur le bateau.

— Vous avez pu vous équiper convenablement ? interrogea Pierre Savaret.

— Certes, dit Hugues, nous ne pensions au Klondyke que comme pis aller ; nous nous sommes lancés dans une spéculation qui, d'abord, nous encouragèrent à continuer, car nous atteignîmes cent cinquante mille francs.

— Oui, mais vous avez été beaucoup trop vite... après, mes pauvres amis, remarqua Zizi.

— La chance tourna, en effet, et nous perdîmes les deux tiers de notre gain.

Que pouvions-nous faire à New-York ?

La rivière d'or, dont on parlait tant autour de nous, nous sembla le seul endroit où nous arriverions à refaire une fortune, et nous reprîmes cette première idée.

Nous sommes allés au Canada, puis immédiatement nous avons pris le railway pour Vancouver.

— Maintenant, en route pour le pays des millions ! [illegible] joyeusement Zizi.

L'arrivée à Skagway devait être un véritable soulagement pour les voyageurs entassés sur le *Behring*, dans une promiscuité plus que désagréable.

Sur le quai, la bousculade des colis et des bagages recommença.

Georges Strafford ou plutôt Sluice — car on ne le désignait que par son original surnom — fut là d'un grand secours.

Le colosse, de plus en plus joyeux — il n'avait plus faim — revêtu d'un superbe costume de cuir acheté par Savaret, n'était plus le même homme.

Ses yeux [illegible], souriaient continuellement [illegible] large bouche.

Ses dents blanches luisaient sous sa forte barbe rousse, [illegible] son rude visage.

Zizi et Zeze l'avaient tout de suite surnommé Bas-de-Cuir, trouvant qu'il était le portrait vivant du célèbre trappeur dont elles avaient lu les aventures.

Il fallut d'abord se débattre dans les formalités compliquées de la douane, puis choisir une auberge, bien primitive, hélas ! afin d'y passer la première nuit.

Malgré le froid, la vermine grouillait dans les taudis [illegible] chambre de luxe où échouèrent les voyageurs.

La première nuit passée sur la route des « Champs d'or » ne fut pas des plus agréables.

Au matin, un tapage infernal réveilla les dormeurs.

Du reste ils ne se gênaient pas sur le jour pour se lever, car il n'y avait guère que quatre heures de ténèbres en cette saison printanière.

On était en mai.

Et si l'hiver les nuits sont longues en Alaska, en revanche elles sont courtes à la belle saison.

— Il est sept heures du matin, dit Zizi en s'étirant.

— Diable, nous avons dormi tard, répliqua Hugues.

— Tu trouves, toi ?

— Dame ! il nous faut partir demain au plus tard, et il nous reste bien des préparatifs à achever.

— Quoi encore ?

— Notre bétail, nos chariots à acheter... Que sais-je !

— Quel est ce tintamarre ? cria Zezo de la chambre voisine.

Le fracas du dehors redoublait en effet.

Zizi ouvrit la fenêtre et poussa les lourds volets.

Dans la cour, un spectacle des plus curieux s'offrait à ses yeux.

Quatre bœufs et deux vaches, attachés à des piquets, mugissaient tristement, tandis qu'une quarantaine de chiens de plusieurs races se battaient furieux.

Il y avait là des terre-neuve pur-sang qui en Europe se seraient vendus des prix fous.

A côté, de puissants dogues montraient leurs [illegible] mâchoires.

Enfin maigres, efflanqués, leurs longs poils [illegible] une vingtaine de chiens groenlandais, qui servent de chiens de trait à tous les Esquimaux du nord de l'Amérique, se tenaient serrés, sur la défensive, prêts à [illegible] voir leurs adversaires.

Au milieu de tout cela, Georges Sluice, [illegible] superbe, lançait impartialement de formidables coups de fouet.

La blonde Zeze, elle aussi à la fenêtre, le trouva [illegible] beau.

Avec la franchise qui la caractérisait, elle [illegible] ter son admiration.

— Oh ! monsieur Sluice, vous avez l'air d'un [illegible] que dompteur.

Le pionnier releva la tête.

Sa bouche se fendit dans un grand sourire heureux, tandis qu'il saluait gauchement en soulevant sa casquette de peau de renard.

— Je calme un peu ces sacrées bêtes, qui ne [illegible] pas s'entendre.

— Vous avez donc la prétention de les mettre d'accord ?

— Il le faudra bien, quand elles auront à tirer [illegible] bagages.

— Vous allez donc les atteler ? s'écria Hugues surpris.

— Mais oui, monsieur de Rochetaille.

Cette réponse était donnée par Pierre Savaret qui, sortant de l'auberge, se trouvait sous la fenêtre même.

Il reprit avec son sourire pâle.

— Notre brave Sluice s'est montré tout à fait [illegible] ce matin.

« Il s'est levé à trois heures et a été au-devant d'un convoi qui revenait de Dawson-City.

« Ce sont des mineurs qui rentrent avec un magot plus ou moins gros.

« Comme il connaissait plusieurs de ces hommes, il leur a proposé de leur acheter les chiens et les traîneaux avec lesquels ils sont revenus à la côte, et il a obtenu ce matériel à très bon compte.

« D'autre part j'ai fait marché avec un loueur de chevaux pour la première partie du trajet, de sorte que nous voilà tranquilles.

— Mais ces bœufs ? dit Gaston de Rochetaille qui descendait dans la cour.

— Ils marcheront lorsqu'il n'y aura pas de neige, tout au moins jusqu'à la White-Pass.

— Après ? interrogea Zizi qui arrivait dans la cour.

— Nous les mangerons.

— Oh ! les pauvres bêtes, fit Zeze.

— Vous n'aurez pas tant de pitié, quand vous aurez le ventre creux.

« Et tenez il y a aussi deux vaches... Elles n'iront pas loin, mais elles nous donneront toujours du lait pendant quelques jours... Après... couic !

Georges Sluice exécuta froidement, sur son cou, le geste d'égorger.

— Il est très fort votre trappeur, murmura Hugues à l'oreille de Savaret, qui venait de rejoindre.

— Oui, je suis heureux d'avoir fait sa connaissance, quoique ce soit dans de drôles de circonstances, ajouta Savaret à voix basse.

— Alors on part demain ? demanda Zeze.

— Non, mademoiselle, répondit Savaret, Sluice a décidé autrement.

Il ne veut pas quitter Skagway avec la gros des chercheurs d'or venus par notre convoi, afin d'éviter l'encombrement des cols et des sentiers.

— Mais certainement, s'écria Sluice qui s'était approché ; voyez tous ces gens qui doivent [illegible] vont s'accumuler dans des sentiers [illegible] chemins grimpants où ils feront deux ou trois [illegible] par marche, et ils seront obligés de s'arrêter à chaque instant.

« En ne partant d'ici que dans deux jours nous serons moins longtemps en route, nous n'userons pas nos [illegible] et nous ne fatiguerons pas nos bêtes.

« Je vous garantis que nous passerons le White-Pass [illegible] le temps qu'eux et qu'au bout de dix ou douze jours nous serons en tête de la colonne, vers les lacs, nous pourrons les dépasser facilement.

— D'ailleurs, ajouta Savaret, il va neiger ferme aujourd'hui.

— Quelle chance ! cria Sluice, nos traîneaux glisseront jusqu'aux passages de montagnes, et c'est là que vous verrez de la neige.

Tout se passa comme l'avait indiqué Sluice, qui prenait décidément une importance et une autorité extraordinaires.

Douze traîneaux : six petits attelés avec des chiens et six grands avec des bœufs, formèrent le convoi.

On s'engagea dans le chemin de la White-Pass.

Pour commencer, c'était presque une route, mais qui ne tardait pas à devenir un sentier.

En effet, la vallée appelée le défilé du Porc-Epic va se resserrant entre deux hauts contreforts.

Les pins dressent à l'infini, devant le voyageur, leurs longs troncs sombres et dénudés.

Au milieu de ces pins, sur un sol tourmenté par des [...]les et des roches, un étroit sentier, tout en zigzags, [...] souvent à plusieurs mètres de profondeur pour couper un boursouflement de terrain, en contournant une roche énorme, franchissant des petits ravins glacés, conduit presque machinalement le chercheur d'or au fond de l'entonnoir qui se termine par le White-Pass.

Le premier jour, cette marche égaya fort les deux jeunes femmes.

Lorsqu'à la nuit il fallut, sous l'âpre bise, dresser la tente et faire cuire, tant bien que mal, quelques aliments, Zizi et Zozo trouvèrent cela moins drôle.

— Alors tu crois, Zozo, qu'on va pouvoir dormir avec ce froid ? demanda Zizi inquiète.

— Dame, répondit celle-ci, faudra bien essayer.

— Mais j'ai les pieds gelés ; je marche sans pouvoir me réchauffer.

— Veux-tu une boule ?

— Oh ! ne ris pas ; jamais je n'irai jusqu'au bout, puisqu'il fait encore plus froid, paraît-il.

— Mais si, mais si, dit Zizi, s'efforçant de montrer un courage qu'elle n'avait pas ; c'est la première nuit qui est la plus dure, on va s'habituer, tu vas voir.

La nuit fut en effet terriblement âpre.

Le matin, les pauvres petites modistes n'avaient guère de courage.

Sluice les ranima en venant leur offrir un verre de whisky.

— Allons, mes jolies dames, du nerf. C'est l'entraînement qui vous manque.

Et il leur raconta des histoires pour changer le cours de leurs pensées, qu'il devinait plutôt sombres.

On se remit en marche, rencontrant déjà des cadavres de chiens et de chevaux morts à la peine et abandonnés sur la neige.

— Oh ! soupirait Zizi, j'aime encore mieux la neige à Paris !

— Comme il ferait bon de s'approcher d'un poêle.

— Nous allons avoir de jolies mains ! les miennes sont toutes bleues, malgré mes gros gants, dit Zizi.

— Montrez-moi ces pattes-là, fit Sluice.

La jeune fille enleva ses gants et cacha ses menottes glacées par le froid dans les grosses mains de Sluice.

— Attendez, je vais vous réchauffer, moi !

Il les frictionna fortement avec de la neige.

Ce fut si violent, que des larmes vinrent aux yeux de Zozo.

— Oh ! laissez, monsieur Georges, vous me faites mal.

— Moi ! vous faire mal, je me tuerais plutôt. C'est pour vous empêcher d'avoir froid ; là, maintenant, essuyez bien les mignonnes pattes.

Et avec son grand mouchoir, il essuyait les mains glacées.

— Maintenant vos gants...

— Et vous allez voir ça tout à l'heure.

— C'est vrai que cela va mieux, monsieur Sluice, vous êtes tout de même bien gentil.

Il eut mille attentions, mille prévenances du pauvre garçon pour ces petites femmes, vraiment à plaindre sur cette route glacée et terrible.

Elles le trouvèrent toujours là pour les aider à traverser des ruisseaux glacés et dangereux ; pour les enlever dans ses bras vigoureux comme des enfants, par-dessus les obstacles : troncs d'arbres brisés ou roches escarpées.

Zozo ne le quittait plus ; elle se sentait à l'abri auprès de ce grand garçon si fort et si courageux.

Lui en semblait tout heureux ; il adoucissait pour elle ses taquineries trop vives et la comblait de toutes sortes de prévenances.

La marche devenait de plus en plus pénible, la route ou plutôt le sentier, prenait une pente plus accentuée.

Et toujours devant les voyageurs un rideau de mélèzes et de sapins dressait une barrière impénétrable à la vue.

Le froid s'accentuait à mesure qu'on atteignait des altitudes plus élevées.

La route en était meilleure, les traîneaux glissaient plus facilement.

Elise et Zoé se lamentaient pourtant. Leurs amis n'étaient pas loin d'en faire autant, retenus seulement par leur orgueil de mâles.

Ces deux efféminés d'Harvert n'avaient guère plus d'énergie à leur service que les petites modistes de la rue de la Paix.

Savaret, impassible, insensible en apparence, subissait tout.

Il restait, au fond, triste, sombre, silencieux.

Une double pensée torturait son cerveau.

D'abord réparer le mal qu'il avait fait, ce mal que la perte de son portefeuille rendait pour le moment irréparable.

Puis, dans son âme un sentiment qui le révoltait, le terrifiait.

Il croyait qu'entre Charlotte et lui tout était fini.

L'honneur et le mépris de la faute auraient dû tuer tout amour.

Hélas !

Il se trompait.

Dans ce désert de glace la silhouette de Charlotte lui apparaissait avec sa séduction, sa puissance.

Il la voyait dans l'ombre verdâtre des sapins, sur les roches neigeuses, à travers les fantômes du rêve.

Sa colère s'évanouissait.

L'amour, ô honte ! survivait.

Lorsqu'il s'avouait cela, une rage le prenait contre lui-même.

Il s'efforçait alors de penser à son fils, au misérable traître coupable doublement.

Le visage de Charlotte reparaissait toujours.

Georges Sluice se prenait d'une profonde et sérieuse affection de chien fidèle et reconnaissant, pour cet homme grand, maigre et taciturne, qui avait déjà l'aspect et l'attitude d'un silencieux pionnier.

Le pauvre diable — plus malheureux que mauvais — vouait une infinie gratitude à celui qui le sortait de l'ornière en lui mettant en main le moyen de se relever de l'ignominie de sa chute.

Un matin, après une heure de marche, Sluice qui tenait la tête du convoi, dit en se retournant joyeusement :

— Attention ! vous allez jouir d'un joli coup d'œil.

— Je ne m'en soucie guère, fit Hugues de Rochelaulée, j'aimerais mieux quinze degrés au-dessus de zéro.

— Et la terrasse du café de la Paix, les allées et venues du boulevard, acheva Gaston.

Zoé approuva la remarque, puis ajouta :

— Aussi, en voilà une idée de faire ce voyage maintenant au lieu d'attendre l'été !

— L'été ! fit Sluice en riant ; savez-vous ce que c'est que l'été ici ?

— Si on avait trop chaud, dit Zizi, on marcherait la nuit.

— L'été, continua Sluice, c'est le dégel, la boue, les inondations, les avalanches de neige.

« Ce serait deux mois et demi de voyage autrement rude que celui-ci.

Savaret intervint :

— Certes, il faut se trouver heureux qu'il gèle encore ; notre marche est dix fois moins difficile.

— En outre, reprit son compagnon, nous arriverons là-bas en plein été, nous pourrons nous installer tranquillement pour passer l'hiver, et laver le sable aurifère pendant trois mois avant les grands froids.

— Sans compter, ajouta Savaret, que grâce à un système dont nous avons déjà parlé, on pourra travailler même dans la mauvaise saison.

— Vous me construirez mon bar, monsieur Sluice, demanda la blonde Zozo avec un sourire plein de promesses.

— Mais certainement, déclara le grand diable, lui lançant une œillade amoureuse et timide, qui, du reste, échappa à Parisienne, abrutie par la fatigue.

Le coup de théâtre annoncé se produisit bientôt.

Au détour de la butte, plus de rideau de sapins.

Un splendide panorama se dressa devant les chercheurs d'or.

Ils se trouvaient sur un petit plateau entouré partout d'une série de montagnes abruptes et dénudées, enveloppées dans un étincelant manteau de neige et de glaces.

Le coup d'œil était vraiment grandiose.

Gaston eut une exclamation admirative :

— Que c'est beau ! plus beau encore que le Mont-Blanc !

— Par où allons-nous passer ? demanda Hugues.

— Par le col, là-haut.

Et le doigt de l'aventurier désignait un point noir qui se détachait dans le ciel gris lourd de neige.

C'était entre deux pointes aiguës, une sorte d'encoche volcanée.

Il y eut des exclamations presque épouvantées.

— C'est là qu'il faut passer ?

— Pas possible ?

Zozo lança un zut ! retentissant.

— Oui, c'est le White-Pass !

— Nous pourrons grimper là-haut ?

— C'est bien moins dur que le Chilkoote-Pass.

Et, au moins, les bêtes peuvent monter, répondit Sluice avec le plus grand flegme.

On avançait toujours.

On découvrit un vaste emplacement, une sorte de camp, où sur la neige battue s'entassaient des piles de ballots et des colis de toute nature, charriots et traîneaux chargés de caisses, sacs, outils, etc.

Deux ou trois constructions primitives se dressaient au centre de ce monceau de bagages.

L'une de ces huttes figurait un hôpital.

Une autre servait d'auberge et de débit de boissons.

Il y avait aussi quelques hangars construits avec des troncs d'arbre.

Savaret se rendit de suite compte que la prudence de Sluice leur évitait deux jours de fatigue inutile, puisqu'ils rejoignaient ceux-là mêmes qui quittaient Skagway l'avant-veille de leur départ.

Ce dernier, parti en reconnaissance, revint non seulement avec des renseignements, mais ramenant des amis à lui.

Sluice avait de prodigieuses relations au pays de l'or.

Il déclara que, vu l'encombrement de la montée, et surtout la fatigue des voyageurs, il valait mieux se reposer toute la journée et celle du lendemain.

Les deux camarades requis avaient plutôt des mines patibulaires.

Mais Sluice se porta garant de leur honnêteté auprès de Savaret.

Il ajouta naïvement :

— Ce sont de bons garçons, ils ne nous joueront pas de leurs... tours, d'ailleurs, ils savent qu'à la première tentative... [illegible]

Le chercheur d'or appuya sa phrase par un geste significatif, en portant la main sur l'énorme revolver passé dans sa ceinture.

Les deux individus embauchés furent de suite utiles.

Sluice loua pour quarante-huit heures un hangar clos de trois côtés par des cloisons de terre battue avec de la mousse.

On ferma le dernier côté à l'aide des tentes, et les voyageurs purent prendre un peu de repos, lorsqu'ils eurent renfermés avec eux tous les ballots.

Se servant des traîneaux, les trois compagnons formèrent un enclos où les bœufs et les chiens trouvèrent asile à leur tour.

Bientôt, les ustensiles déballés, un feu de bois flamba.

Et Sluice se plongea dans la confection d'un déjeuner auquel il apporta tous ses soins, lequel fut, à l'unanimité, déclaré succulent.

Savaret se félicitait toujours plus de l'idée heureuse qu'avait eue le pionnier d'amener deux vaches, car elles leur rendaient, nutritivement parlant, de grands services.

Malheureusement, la fatigue des deux pauvres bêtes diminuait peu à peu leur rendement.

— Eh bien, elles passeront à l'état de bêtes de trait, faisait l'Américain, d'autant plus que nous avons un bœuf qui n'en peut déjà plus.

— Et que ferez-vous de ce bœuf ? demanda Zozo.

— Nous le mangerons, dit Sluice en ouvrant une bouche effrayante qui découvrait une formidable dentition.

Zozo eut un cri.

— Oh ! je suis sûr que vous ne ferez pas la dégoûtée devant un beau roastbeef cuit à point !

« Et je m'en charge, vous verrez ça.

Après le déjeuner, Sluice et ses amis entraînèrent le bœuf à une courte distance du campement.

Là, avec le sang-froid d'un boucher de profession, Sluice égorgea la bête entravée.

En un instant elle fut dépecée.

Et les morceaux les plus fins furent mis de côté pour les jours qui suivraient.

Sluice s'en remettait au froid pour les conserver.

D'autres légèrement boucanés au-dessus d'un feu de sapin vert se conserveraient plus longtemps.

Enfin les débris seraient réservés à l'alimentation des chiens pendant les rudes journées de montée.

On leur abandonna immédiatement les entrailles, ce qui donna lieu à une bataille entre les animaux affamés et féroces.

Zizi et Zozo s'enfuirent devant le carnage.

De toute la soirée, elles ne voulurent pas laisser Sluice s'approcher d'elles.

Le colosse les impressionnait réellement avec ses vêtements dégouttants de sang.

X

Les quarante-huit heures de repos eurent un excellent résultat.

Ce fut pleins de courage et d'entrain que nos voyageurs abordèrent la grande montée.

Ici, plus d'arbres, plus de rochers, aucune des difficultés matérielles rencontrées jusqu'alors.

Le sentier recouvert d'une épaisse couche de neige et de glace, battue par les pieds des chercheurs d'or les précédant, creusé d'ornières par les chariots et les traîneaux, s'élevait en zigzagant le long du flanc de plus en plus escarpé de la montagne.

D'un côté, la paroi à pic.

De l'autre côté, des gouffres insondables.

Partout la glace, la neige fuyant sous les pieds, [illegible] dant sous les crocs.

Parfois des tournants brusques où le sol paraissait manquer.

A certains endroits, il fallait tailler à la pioche et à la hache son passage à travers des éboulements.

On avançait très lentement, en hésitant, la poitrine serrée par l'angoisse du danger, la tête lourde, les membres engourdis par le froid toujours croissant. Il gelait déjà à dix degrés.

La journée fut des plus rudes.

Vers le soir, lorsqu'on débaucha sur un plateau, les deux frères de Rochetaille eurent un cri de satisfaction.

— Le col est passé ? demanda Hugues.

[illegible] que seul un gros rire.

— Nous ne sommes encore qu'à mi-côte, nous n'atteindrons que demain soir le sommet de la White-Pass.

Ce fut une déception générale.

À ce moment, d'ailleurs, comme pour donner raison à ce que disait Sluice, le brouillard assez épais, gênant la marche pendant les dernières heures, se dissipa et laissa apparaître, toujours gigantesque, la montagne [illegible].

La nuit terrible devait sembler interminable, sur cet [illegible]lement du mont glacé, et plus d'une fois les deux [illegible]ettes, désespérées, maudissant leur folie, pleurèrent l'existence de l'atelier, sur les heures de folie, de ce qu'elles savaient trouver entre celles du travail qu'elles aimaient.

Une fâcheuse nouvelle les accueillit au réveil, à peine après trois heures de sommeil.

Une des vaches était morte ainsi que trois chiens.

La vache qui restait semblait tellement épuisée et malade, qu'elle serait incapable de traîner quoi que ce soit.

Il fallut se décider à sacrifier un des traîneaux dont la charge fut répartie sur les deux autres.

Les pionniers recrutés par Sluice furent d'un grand secours, s'attelant eux-mêmes pour soulager les animaux fatigués.

Ce dernier perdait sa gaîté du départ. Il devenait sombre, réfléchi.

Savaret le prit à part pour l'interroger.

— Qu'avez-vous, mon garçon?

— Quelque chose qui ne va pas.

— Voyez-vous un danger?

— Qu'est-ce qui vous préoccupe?

— Je suis inquiet, regardez le ciel qui se charge... toujours plus!

« Nous aurons une tourmente de neige dans la journée ou même ce soir, et je voudrais bien être rendu là-haut avant.

— Pressons la marche, tâchez que vos deux compagnons redoublent leurs efforts.

— Ils le font... ils connaissent le péril, ils ne lambinent pas ceux-là.

— Ne parlez de rien... inutile de les effrayer à l'avance.

Sur le conseil de Savaret, on ne s'arrêta que juste le temps nécessaire pour déjeuner, et la marche zigzagante reprit, dans le grand silence de la neige attristante.

Vers trois heures, les premiers flocons apparurent.

Georges Sluice fronça terriblement les sourcils.

Bientôt ils tombèrent abondamment, chassés par le vent, cinglant violemment la figure, s'entassant aux tournants des sentiers qui finissaient par se confondre avec l'uniformité de la montagne.

Sluice, qui conduisait les bœufs de tête, arrêta net la colonne par un coup de trompe.

Le joyeux compère, l'insouciant aventurier, avait perdu tout son entrain et toute sa verve.

Son visage prit une expression sérieuse, presque sévère qu'on ne lui connaissait pas.

[illegible] d'une voix brève [illegible]

— La situation est grave, nous sommes sur le point le plus dangereux du parcours et voilà une mauvaise tourmente.

— Qu'allons-nous faire? demanda Savaret.

— Il y a deux solutions :

— Ou nous arrêter ici et attendre la fin de la tempête...

— Mais combien peut-elle durer?

— Je ne sais, cinq, six, dix heures.

— L'autre solution?

— Essayer de gagner, si nous le pouvons, un endroit [illegible] où nous attendrons toujours qu'elle se calme.

— Sais-tu, demanda Sluice à l'un des deux compagnons, si nous sommes loin du grand tournant?

— Nous sommes à peine à un kilomètre.

— Est-ce que l'endroit est bon?

— Oui, car depuis quelque temps on y a fait des travaux.

« Il y a une large place pour permettre à plusieurs caravanes de s'abriter.

« On a même creusé le rocher à la dynamite, si bien que ça fait comme une vraie grotte.

— Allons vite nous y abriter, s'écria [illegible].

— Cela vaudrait assurément mieux que de rester ici, reprit Sluice, mais pourrons-nous y arriver?

— Écoute, mon vieux, répondit le compagnon, il faut à tout prix partir d'ici.

« Regarde!

D'un geste, le coureur des bois montra la pente au-dessous d'eux.

Un coup d'œil, Sluice avait compris.

— Nous sommes sur le passage d'avalanches, murmura-t-il, fronçant ses sourcils broussailleux.

Les deux de Rochetaille restaient atterrés, hâves, déjà amaigris, tandis que leurs compagnes se pressaient contre eux frissonnantes d'épouvante et de froid.

Savaret, avec sa froide résolution, prononça :

— En avant!

— Allons-y! ajouta Sluice.

Et la petite colonne reprit sa marche de plus en plus pénible.

Par moment les bêtes refusaient d'avancer.

Affolées par la neige cinglante et le vent de plus en plus violent, elles glissaient des quatre pieds.

Savaret, qui conduisait l'attelage derrière celui de Sluice, s'approcha de ce dernier.

— La situation empire, n'est-ce pas?

— Oui...

« Tom, mon compagnon, me disait tout à l'heure que l'année dernière plus de cinquante voyageurs, enlevés avec leurs bagages, à cet endroit même, étaient précipités à cinq cents mètres plus bas.

« Voyez-vous, là... dans les sapins qui sont au fond du ravin...

Savaret jeta un coup d'œil et recula.

Le gouffre effrayant semblait l'attirer.

Un quart d'heure, long comme un siècle, se passa dans une marche si lente, qu'on n'avait pas fait deux cents mètres.

Tout à coup, au milieu du cinglement de la neige chassée par le vent, un sifflement bizarre.

On eût cru le passage d'une nuée d'obus sur un champ de bataille.

Ce bruit ne dura que quelques secondes.

L'impression qu'il produisit sur les voyageurs fut bien différente.

Tandis que les cinq Parisiens relevaient la tête, étonnés, cherchant d'où cela provenait, les trois chercheurs d'or lancèrent un cri d'effroi.

— Arrêtez! arrêtez! poussez les traîneaux contre l'escarpement et couchez-vous dans la neige.

Joignant l'action à la parole, ils s'élançaient vers l'arrière du convoi.

On se tassait contre le rocher.

Sluice saisit les deux jeunes filles, les renversa à terre.

De son bras vigoureux il poussa contre elles le traîneau chargé des outils, le plus lourd et le moins volumineux, qui les sépara d'un précipice.

Il était temps.

Le sifflement retentit de nouveau, plus effrayant, décuplé.

Il remplissait l'air d'un fracas terrible.

C'était le cyclone de neige.

Le vent, déchaîné, se rua avec une force invincible, sur les malheureux, comme pour les arracher du sol où ils se cramponnaient.

Il leur sembla qu'une main de géant, invisible, les prenait, les secouait, et allait les lancer dans le vide.

En queue du convoi se trouvait le dernier traîneau attelé d'un bœuf.

L'animal, au lieu de se coller au flanc de la montagne, comme le faisaient instinctivement les autres, d'un pas se plaça en travers de la route.

Ce ne fut pas long.

Une rafale le saisit, le lança littéralement dans le précipice, lui et son traîneau chargé de caisses.

Cela n'avait pas duré trois minutes.

Sluice se releva, résistant à la bourrasque encore vio-

[illegible] n'apparaissait pas comparable au cyclone qui venait de passer.

D'un coup d'œil, il inspecta la ligne.

Il eut un soupir de soulagement.

Aucun des voyageurs ne manquait.

Il se fit un brusque arrêt du vent.

La tempête comme quelqu'un qui reprend haleine, cessa de souffler.

Quelques flocons seulement voltigeaient encore.

Savaret, les Rochetaille, les deux modistes secouant la neige qui les couvrait, se levaient encore tout étourdis.

Sluice veillait.

Son regard fixé sur les sommets noués sous le vent, guettait.

— Vite, couchez-vous ! cria-t-il, ce n'est pas fini, voilà la seconde rafale.

Le même sifflement sinistre, l'effroyable clameur retentit de nouveau.

Les voyageurs s'étaient rejetés à terre sauf les deux jeunes filles, qui n'avaient pas compris l'ordre.

Debout, elles reçurent le choc.

Zizi, violemment lancée sur le traîneau resta, fort heureusement, coincée entre lui et la montagne.

Zozo, mal garantie par l'extrémité du véhicule s'abattit sur les genoux, vers le bord du précipice où le vent infailliblement la poussait, comme il faisait tout à l'heure de l'attelage et du traîneau.

Georges Sluice avait tout vu.

D'un bond, il fut près d'elle.

La saisissant contre sa poitrine, il l'écrasa à terre, la couvrit de son corps, tandis que ses pieds et ses mains cherchaient à travers la neige les aspérités du sol pour s'y cramponner.

Une minute s'écoula qui fut un siècle.

Spectacle angoissant.

Leurs compagnons, impuissants, regardaient les deux corps étendus sur la limite du sentier, une jambe de Sluice surplombant le gouffre.

Puis, encore une fois, le souffle manqua au cyclone.

Sluice s'était relevé le premier.

Enlaçant de son bras puissant la pauvre Zozo, à demi morte de frayeur, il la remit sur ses pieds.

— Oh ! monsieur Georges ! n'y a-t-il plus de danger ! murmura-t-elle d'une voix étouffée, pas encore remise de son épouvante.

— Regardez ! dit simplement le chercheur d'or.

Le rideau de neige s'était déchiré et un ciel bleu, de ce bleu pâle presque blanc du Nord, paraissait à la place des nuages jaunes.

Un rayon de soleil oblique vint iriser la neige des mille couleurs de son prisme.

Tout le monde se leva.

Les bêtes accroupies se secouèrent, les unes poussant des mugissements, les autres des jappements d'allégresse.

Après l'horrible angoisse qui suspendait les battements de leurs cœurs, les voyageurs revenaient à la vie.

Savaret, s'avançant au devant de Sluice, lui dit d'une voix grave :

— Georges Stradford, vous venez de sauver la vie à cette jeune fille, permettez-moi de vous serrer la main comme à un brave.

Et il tendit la sienne dans un grand geste cordial, à l'ex-voleur de Vancouver.

C'était la première fois que Pierre Savaret, très bon à son égard, parlait ainsi au chercheur d'or.

S'il le traitait avec beaucoup de douceur et de bonté, Sluice sentait bien qu'il ne se plaçait pas encore au rang d'un honnête homme.

Leur entrée en relations le suivait.

Ce souvenir gênait l'aventurier, se rendant compte qu'il pouvait avoir droit à la pitié, pas encore à l'estime.

Le mouvement de Savaret, cette main large ouverte, lui apportait la réhabilitation.

Il comprit que ce qu'il venait de faire effaçait les hontes du passé.

Une larme perla à sa paupière, et lentement coula dans sa barbe pleine de neige.

Prenant dans ses deux larges mains celle de celui qu'il appelait son maître, il murmura, la gorge serrée :

— Ce n'est pas la peine, parlez [illegible] si peu.

— Pas la peine ! s'écria Zozo, alors que [illegible] vous faisiez, monsieur Stradford ?

« Vous me sauvez la vie et vous trouvez que ce n'est pas la peine qu'on vous félicite !

« Eh bien, moi, je ne suis pas de votre avis, [illegible] à vous remercier.

Avant que Sluice eût pu se rendre compte de ce qu'elle allait faire, elle se dressa sur la pointe des pieds, et [illegible] ses deux bras autour du cou de son sauveur, elle [illegible] à l'embrasser avec force.

Dame ! c'en était trop !

Georges Stradford traduisit son émotion en [illegible] vigoureusement les baisers.

Gaston de Rochetaille ne paraissait nullement [illegible] de ces effusions peut-être un peu trop démonstratives.

C'est que les deux malheureux maris des demoiselles Guillain-Marlent, déjà épuisés de fatigue, dégoûtés de leur entreprise, n'étaient guère en état de ressentir [illegible] jalousie quelconque.

Gaston particulièrement, avait exprimé son regret [illegible] d'une fois, de s'être embarrassé de Zozo.

Au contraire, Hugues s'attachait à Zizi qui, un [illegible] moins écervelée que sa sœur, semblait éprouver pour son amant une plus sérieuse affection.

Sluice se remettait déjà des émotions variées qu'il venait de subir.

Reprenant la direction de la colonne, il passa une rapide inspection.

— Nous avons perdu un chariot et un bœuf, dit-il.

« Nous devons nous trouver heureux d'en être quittes à si bon compte.

— Que contenait les caisses ? interrogea Savaret.

— C'était un chargement appartenant à MM. de Rochetaille, expliqua Sluice.

Hugues examinait rapidement les colis des autres [illegible] meaux.

Tout à coup il s'exclama :

— Non, c'étaient les chapeaux et les articles de mode que ces demoiselles avaient voulu conserver... leurs [illegible] lettes et quelques ustensiles de ménage.

Il y eut un éclat de rire général, tout au moins du côté masculin.

Mais ces demoiselles poussèrent des cris de pintades.

— Nos modes perdues ! Comment organiser notre magasin de chapeaux attenant à notre bar ?

« Nous qui rêvions une si jolie installation !

« Je vous l'avais dit, fit Gaston, il fallait abandonner tout cela à Vancouver.

— Nous vous en avons cédé la moitié [illegible] tions absolument le nécessaire.

— Eh bien, vous en voilà débarrassées.

— Vous croyez qu'on ne peut pas les retrouver [illegible] caisses ? demanda Zizi.

— Les retrouver ! fit Sluice en riant, il n'y a [illegible] grizzly qui puissent aller les chercher [illegible] probable qu'ils préféreront le bœuf aux chapeaux.

— Ils n'ont jamais vu les modes parisiennes, fit Gaston amusé et reprenant des forces.

— Vous riez, mais, c'est bien ennuyeux [illegible] si encore n'y avait que les chapeaux.

— Oh ! Dieu Dieu ! c'est vrai ! et nos toilettes [illegible] Zizi absolument exaspérée.

— Ce n'est pas grave, dit Sluice.

— Vraiment ? pas grave ! reprit Zozo, comment habillerons-nous [illegible]

— Vous habiller ? oh ! oh ! il n'y a que ça, je m'en charge, Mademoiselle Zoé, répliqua Sluice.

— Vous vous en chargez ?

— Oui, je serai votre couturière.

— Ah bah ! et vous me confectionnerez un [illegible] bien ajusté ?

— Parfaitement, vous verrez ça, sans me [illegible] compliments.

— L'étoffe, où la trouverez-vous ?

— Oh ! ça ne m'inquiète pas, pourvu que ce soit solide c'est le principal.

— Et vous aurez ce qu'il faut ?

[illegible] je vous ferai des [illegible] en peau de [illegible] que vous serez très bien.

— Quelle horreur !

[illegible] rasées, croyez-moi.

On se remit en marche.

[illegible] le crépuscule plutôt, car en cette sai[illegible] n'y a pas de nuit au Klondyke.

[illegible] était plus lente, plus pénible encore.

Il fallait se frayer un chemin à la pelle, dans le [illegible] par des avalanches de neige.

Le soleil effleurait l'horizon lorsque les voyageurs dé[illegible] sur un vaste plateau.

Pour la première fois après deux jours, ils retrouvaient [illegible].

Devant eux, entassés et recouverts à demi par la neige, [illegible] de ballots, de caisses, de paquets formaient [illegible] d'un immense campement.

[illegible] de chercheurs d'or et parmi eux [illegible] femmes, allaient et venaient, ranimant les feux, [illegible] les animaux morts de fatigue pour en manger [illegible].

[illegible] un bruit de cris, d'appels, d'exclamations, de [illegible] et même de gémissements, car un convoi de ma[illegible] se formait qui retournerait en arrière, vers [illegible] improvisé au bas de la montagne.

L'arrivée du nouveau groupe provoqua une grosse émo[illegible].

On les avait aperçus dans la matinée, zigzagant sur [illegible] de la montagne et les sachant surpris par l'ora[illegible] on les croyait perdus.

[illegible], dit philosophiquement un vieux conducteur [illegible] qui servait de guide à une des caravanes, [illegible] avec soi ce diable de Sluice, on se tire tou[illegible] d'un mauvais pas.

Décidément, Savarel avait fait une bonne affaire le [illegible] il engageait Georges Stradiert.

XII

Les opérations de la douane canadienne arrêtaient tous [illegible] émigrants.

[illegible] piquait, excessivement vif, et la situation sur [illegible] se faisait intenable.

[illegible], il était trop tard pour commencer la [illegible].

[illegible] donc camper.

Sluice, aidé de ses deux camarades, eut vite fait de [illegible] un abri avec les caisses empilées.

Cette nuit-là des bœufs périrent encore.

[illegible] que les deux bêtes qui restaient pou[illegible] suffire pour la descente car on réduisait le nom[illegible] des traîneaux en [illegible] les charges de ceux [illegible] perdait.

[illegible] le matin, après avoir bien rémunéré les deux ai[illegible] qui retournaient de l'autre côté de la montagne, les [illegible] se remirent en route, commençant la descente [illegible] les plaines de l'or.

Quoique pénible, la marche jusqu'au Bennett se passa [illegible] incident.

[illegible] pauvres jeunes filles faisaient peine à voir.

[illegible] la brune Zizi se maintenait encore, Zozo, moins [illegible], sans grande force de résistance, ne tenait plus [illegible].

Heureusement pour elle, rendu plus attentif par son [illegible] spontané, naïf et profond, Sluice veillait.

[illegible] dernier jour, avant d'arriver au lac, le chercheur [illegible] constata l'état d'épuisement de la malheureuse en[illegible].

[illegible] essayait toujours de marcher, ses jambes s'y re[illegible].

[illegible] à chaque pas.

[illegible] gaie, si drôle avec ses réflexions amusantes ne [illegible] plus.

[illegible] avançait en se traînant, les dents serrées, la face [illegible], les yeux mi-clos.

Sluice, très inquiet la soutenait.

— Mademoiselle Zoé ? dit-il doucement.

Elle ne répondit pas, semblant ne pas l'entendre.

— Mademoiselle, ça ne va pas, hein ?

La pauvre petite sursauta.

Levant ses yeux tristes, agrandis par la fatigue, elle répondit :

— Je ne peux plus... je vais tomber.

Sluice poussa un gros soupir.

— Pauvre mignonne !...

Il s'approcha d'un traîneau, et tout en marchant, dis[illegible] d'une certaine façon les caisses qu'il contenait.

Prenant sur un autre traîneau le grand ballot de [illegible] il le déplia dans le vide qu'il avait formé [illegible].

Puis sans un mot soulevant Zoé dans ses bras vigou[illegible], il la coucha dans ce nid improvisé, assez dur, en rabattant sur elle une partie de l'étoffe.

La pauvrette se laissait faire.

Seulement, lorsqu'elle se sentit [illegible], elle ouvrit les paupières.

Puis, avec un doux sourire :

— Merci... Georges, murmura-t-elle.

Et, refermant les yeux elle parut dormir.

Le colosse, tout ému de s'entendre appeler ainsi par son prénom [illegible] une larme coulant sur son visage tanné par les intempéries.

La marche se poursuivait monotone.

Il veillait avec soin de plus en plus [illegible] sur le [illegible] véhicule, n'hésitant pas à [illegible] de temps en temps en bricole pour soutenir l'attelage des chiens.

A Bennett, ramassis de huttes et de hangars, il fut décidé qu'on prendrait un peu de repos. Sluice ayant besoin de deux ou trois jours pour acquérir et installer des bateaux-traîneaux.

La plupart des mineurs voyagent sans beaucoup de [illegible] matériel.

Savarel et ses compagnons avaient sur eux l'énorme avantage de pouvoir acheter ce que les autres étaient obligés de fabriquer eux-mêmes.

Précisément des chercheurs d'or, plus ou moins enri[illegible], revenaient de Dawson à cette époque de l'année qui est le printemps sous d'autres latitudes, mais qui est encore l'hiver, là-bas près du pôle Nord.

Quoique les gros froids fussent passés, il gelait régu[illegible]lièrement et la débâcle ne s'était pas encore produite sur les lacs.

C'est pourquoi les arrivants de Dawson-City avaient leurs canots montés sur patins transformés ainsi en ce qu'on appelle des bateaux à glace.

Le lendemain de l'arrivée chacun étendu dans une des cabanes louées par Sluice se chauffait devant un bon feu sur lequel bouillait un énorme quartier de viande.

L'avant-dernière victime, un bœuf, avait été sacrifiée.

La brune Zizi activait vigoureusement ce pot-au-feu improvisé, d'où montait une excellente odeur, grâce à Savarel, qui tirait de ses caisses une tablette d'aromates comprimés pour en parfumer le bouillon.

Si on avait consulté les deux femmes, et même [illegible] de Rochetaille, il est probable que l'arrêt se fût prolongé.

Sluice et Savarel déclarèrent que le départ était fixé pour le surlendemain, à quatre heures du matin.

— Déjà ! fit Zozo.

— Ne pourrait-on pas se reposer plus longtemps ? demanda Gaston.

— C'est impossible, il faut profiter de la glace, répondit Sluice.

« Vous allez voyager comme des paresseux, et sans fatigue, étendus dans un canot qui, grâce à sa voile et à ses patins filera sur la glace avec une vitesse de dix à douze kilomètres à l'heure, et même plus.

— Comment cela ? interrogèrent ses compagnons.

— C'est bien simple ; j'ai acheté avec M. Savarel [illegible] canots que je suis en train de réparer. J'aurai terminé demain matin.

« Le soir, nous les chargerons de nos bagages et d'une provision de viande que j'ai obtenue en tuant ce dernier bœuf, devenu inutile maintenant.

« Puis, nous mettrons à la voile, et nous filerons à toute vitesse si le temps est favorable.

— Et s'il ne l'est pas, demanda Hugues.

— Alors, on attellera les chiens et les hommes et on traînera les canots.

— C'est pour cela, dit Savaret, qu'on vous prirera de mettre des souliers de peau de daim qui ne glissent pas sur la glace comme nos bottes clouées.

— Pourvu qu'il y ait du vent ! murmura Zozo ragaillardie par un repos suffisant.

— Ça ne vous regarde pas, répondit Sluice qui, comme par hasard, se trouvait près d'elle ; de toute façon, vous resterez étendue dans le canot.

Zozo ne répondit pas.

Sa petite main serra furtivement les doigts du colosse.

Le départ eut lieu comme il avait été décidé.

Par bonheur, le vent soufflait du sud-est, ce qui permit de filer sur le lac Tagish à une belle allure.

Les chiens suivaient en courant et en aboyant, tout heureux de n'avoir rien à traîner.

Le premier traîneau était conduit par Sluice, qui de sa propre autorité, avait pris Zozo avec lui.

Il se passait dans l'âme des deux frères un phénomène étrange.

Gaston, ou plutôt Gontran d'Harvert, poursuivi par le souvenir de ces deux actions mauvaises, éprouvait comme l'atteinte d'un remords.

Il tombait peu à peu dans un mutisme d'où il ne sortait presque jamais que pour les besoins de la marche.

Son double crime : le vol chez son oncle, puis celui du portefeuille que cherchait Savaret, tandis qu'il le cachait dans sa poitrine, lui apparaissait à mesure qu'il s'enfonçait dans la solitude glacée, plus honteux, plus misérable.

Seul avec sa conscience au milieu de cette vie nouvelle, à côté de ce Sluice, un aventurier qui, lui aussi, avait été un voleur, et dont il ne pouvait qu'admirer le courage et l'énergie, il se sentait petit et vil.

Il se jurait qu'il n'aurait maintenant qu'un but : restituer à Savaret, dont jamais il n'osait affronter le regard, ce qu'il lui avait pris, et obtenir le pardon de son oncle.

Puis un autre souvenir, poignant et amer, celui de cette Odette si fière, si digne et si lâchement abandonnée.

Par cela même, Zozo lui devenait complètement indifférente : aussi tout ce qui l'éloignait de lui le soulageait.

Hélier d'Harvert, lui, prenait goût à cette vie rude, mouvementée.

Au fond de son âme aussi, pourtant, du regret, du remords, celui de l'abandon de Simone.

Sa femme ?

L'était-elle ?

Leur mariage, consommé devant la loi, au fond n'en était pas un.

Simone demanderait et obtiendrait facilement le divorce si elle y tenait.

Il l'avait aimée.

Mais ne perdait-il pas le droit d'y penser encore ?

Elle était jeune, belle, intelligente.

Elle pouvait être heureuse avec un autre.

Lui serait-il permis, même s'il revenait riche du Klondyke, de l'en empêcher ?

Sur l'*or* qu'il amasserait, il prélèverait la plus forte somme qu'il lui enverrait anonymement.

Tout serait dit.

Il lui faudrait l'oublier.

Enfin, Elise prenait à son insu une place presque importante dans son existence.

Les dangers courus ensemble les liaient.

La jeune fille était, sinon plus intelligente que sa sœur, plus énergique, plus résolue.

Il y avait, dans cette fine enveloppe d'ouvrière parisienne, une forme d'âme qu'il n'eût pas soupçonnée.

Elle aussi s'attachait davantage à ce grand garçon malheureux et dévoyé.

Elle faisait un rêve pour l'avenir, quand ils seraient riches.

Le mirage de l'or les prenait tous.

Les canots filaient à toute vitesse.

Tout alla bien d'abord.

Mais à la fin de la journée, la navigation devint [illegible] difficile.

Il fallut à plusieurs reprises, remonter dans le v[illegible] en tirant les traîneaux.

Plusieurs jours devaient se passer avec des altern[illegible]tives.

Les lacs succédaient aux lacs, reliés entre eux par [illegible] trajets de quelques kilomètres sur des rivières gelées.

Le dernier lac, avant les rapides, allait être trave[illegible]

Le vent fraîchit soudain.

A la grande joie des voyageurs amusés, les canots-traîneaux filaient avec une vitesse excessive.

Sluice voulait prévenir chacun de diminuer les voiles.

Il était trop tard déjà.

Une rafale culbuta le traîneau de Gaston et celui [illegible] Hugues.

S[illegible]t, qui, prudemmment pensait à sa voiture, [illegible] tro[illegible] à quelque cent mètres en arrière.

Sluice stoppa, tandis que le mari de Charlotte le rejoignait.

Tous se portèrent au secours des naufragés.

Gaston, qui, en vrai yachtman se trouvait assis [illegible] moment de l'accident, sur le bordage du canot opposé à la pente, par conséquent à la chute, avait roulé sur la glace et s'était relevé sans une égratignure.

Il n'en était pas de même de Hugues.

Celui-ci confiait l'écoute de la voile à Zizi.

Lui, de son côté, s'occupait à amarrer des [illegible] qu'un cahot avait déplacés, et qu'il remettait au [illegible] du canot pour l'équilibrer.

Il fut donc pris sous la charge du bateau sans pouvoir se relever.

Zizi, qui ne se sentait aucun mal, se lamentait bruyamment.

Aussitôt, une installation fut faite sur la glace.

On examina le blessé.

On constata qu'il n'y avait pas de fracture, mais de nombreuses et douloureuses luxations.

Les pharmacies furent ouvertes.

Après un massage exécuté par Sluice, et qui fit hurler le patient, Savaret appliqua des pansements.

La fin de la journée arriva.

Il fallait partir.

Comment allait-on conduire le canot de Hugues, désormais sans pilote ?

Résolument, Zizi déclara qu'elle y arriverait.

En effet, la courageuse jeune fille devait s'en tirer, guidée par Sluice suffisamment.

Tandis que les lèvres serrées, l'œil fixe, attentive à sa manœuvre, Zizi se donnait tout entière à sa tâche, Hélier d'Harvert la contemplait, du fond du bateau où on l'avait étendu.

Il se sentait envahi à la fois par la reconnaissance et par une vraie admiration.

Où était-il, l'élégant, le joyeux trottin de la rue de la Paix ?

Une femme énergique, commandant le respect.

— Ma Zizi, dit-il d'une voix faible, quelle brave fille tu fais ! je te revaudrai cela un jour.

— Je l'espère bien, mais en attendant ne te préoccupe de rien, fit l'ex-petite modiste avec un sourire.

On approchait des rapides.

La glace était fêlée par endroits.

Bientôt on retrouverait l'eau libre.

XII

La température du matin s'adoucit.

Il avait gelé durant les quatre ou cinq heures de nuit ; dans le jour, le dégel se produirait.

Le lac Loberge, le plus important et le dernier de ces bassins allongés, rivières géantes ou nappes d'eau étroites, se trouvait complètement libre de glace vers le milieu.

Les canots-traîneaux devinrent réellement des bateaux, une fois débarrassés de leurs patins.

— Il n'y a plus qu'à se laisser descendre avec le courant, dit Sluice, d'un air narquois.

Savaret, qui était mieux renseigné que ses compagnons, l'arrêta :

— Vous vous moquez de nous, Sluice, les rapides ?

— Oh ! dame ! sûrement qu'il y aura des endroits où l'on ira plus vite que nous le voudrons.

En effet, dans la rivière du Big-Salmon, très difficile pour la navigation, les compagnons furent plus d'une fois obligés de se mettre à l'eau, soit pour renflouer les bateaux, soit pour démolir des barrages improvisés par des troncs d'arbre.

Cette navigation était très pénible.

L'attention la plus soutenue devenait nécessaire.

Il fallait éviter les rochers cachés sous la nappe mouvante et indiqués seulement par un simple remous.

On apercevait sur les rives des débris informes de chaloupes fracassées, des radeaux abandonnés.

Tout cela n'était guère rassurant.

Brusquement, un bruit effrayant de chute d'eau, puis une secousse.

Les canots sautaient, comme des bouchons au milieu d'un remous écumant.

— N'ayez pas peur, cria Sluice, tenez bien les barres, appuyez au milieu.

— Oh ! mon Dieu ! nous allons couler, cria Zizi ; je vais à la dérive !

— Non, non, tenez ferme au large, ne vous laissez pas gagner.

« Là, ça y est !

— Ouf ! fit la pauvre Zizi, qui se sentait les bras brisés.

— Qu'est-il donc arrivé ? demanda Zoé, quand le calme fut revenu.

— C'est un morceau de la falaise qui a dégringolé dans l'eau et qui nous a donné cette petite secousse, expliqua Sluice.

« Maintenant, laissons-nous aller, nous serons naturellement entraînés par le courant.

En effet, les barques filaient avec une vitesse effrayante, presque dix-huit kilomètres à l'heure.

Après les rapides du Rink, on pouvait se croire sauvé.

Mais Sluice veillait à l'arrière.

Il ordonna d'appuyer sur la rive.

On obéit sans comprendre.

Il était temps.

Les barques entraient à peine dans une sorte de petite baie, qu'un énorme amas de glaces monstrueuses passa au milieu de la rivière, là où les canots, tout à l'heure, se croyaient en sûreté.

Ils eussent été infailliblement brisés, si Sluice n'avait pas vu venir de très loin cette énorme banquise prête à les engloutir.

On regagna le large.

Bientôt l'on descendit le Stewart.

Les bateaux s'échouèrent sur un banc de gravier. On eut toutes les peines du monde à les remettre à flot.

Zizi aidait vaillamment, tandis que Hélier se désolait de son immobilité forcée.

— Du courage, nous arriverons bientôt, criait Sluice.

« Nous allons entrer dans le Yukon.

A force d'efforts et surtout de volonté et d'énergie, les barques furent poussées vers le milieu de la rivière.

Sans nouvel accident, on entra dans le Yukon.

Il était près de trois heures et Sluice était tout gai.

A la faveur d'une manœuvre, caché par la voile du canot, il s'était penché vers Zozo.

Un bruit de baisers est venu jusqu'à Savaret.

Les bateaux maintenant naviguent côte à côte sur un fleuve plus large que le Rhône, et au courant tout aussi rapide.

Il faut toujours se tenir sur ses gardes.

Des débordements de petites rivières, ou des éboulements de glaces descendues des hautes montagnes qui bordent le Yukon d'un côté et de l'autre, provoquent des remous brusques.

Le choc des gros glaçons serait fatal.

Sur une roche qui s'avance dans l'eau nos voyageurs aperçoivent un objet qui, partout ailleurs, n'eût même pas attiré une seconde leur attention.

C'est un grand écriteau de bois supporté par deux piquets, semblable aux réclames que l'on aperçoit par la porte des trains, sur les lignes de la banlieue de Paris.

On ne peut encore distinguer ce qu'il y a d'écrit, mais Sluice, triomphant, le montre d'un geste.

Le courant porte rapidement les canots.

Zizi, qui a pu lire, grâce à ses yeux perçants, s'écrie :

— Dawson City... Un mille !

— Dawson City ! Dawson ! Nous sommes arrivés ! est le cri qui s'échappe de chaque poitrine.

Une sorte d'émotion mystique s'empare de chacun.

On reste silencieux, recueilli, absorbé dans des réflexions graves.

Que va-t-on trouver, en ce lieu au nom magique ? dans ce pays de l'or, atteint au prix de quels efforts et de quelles souffrances ?

Chacun pourra-t-il arriver au but convoité ?

Après avoir résisté à ce terrible voyage, supportera-t-on le labeur quotidien et le rude hiver qui va venir... dans quatre mois à peine ?

Toutes ces réflexions sont interrompues par ce cri de Zoé :

— Voilà Dawson !

En effet, après avoir contourné une colline, on voyait, s'étendant au loin, une large plaine séparée de la montagne par le Yukon.

Toute une ville, ou plutôt un immense village formé de maisons de bois, analogue aux isbas russes, se dressait le long du fleuve.

On devinait aux fumées s'échappant des toits un grouillement de vie puissante.

C'était bien là le quartier général des chercheurs d'or.

Vingt minutes plus tard, les canots s'échouaient sur la berge sablonneuse d'une sorte de port, non loin de l'estacade des vapeurs faisant le service de descente du Yukon vers la mer de Behring.

Des hommes vêtus comme des sauvages, de peaux de bête naturelles, s'avançaient vers les arrivants.

Il y eut des exclamations.

— Dieu me pardonne ! c'est Stradfort !

— *Upon my word !* voilà Sluice lui-même.

— Comment vas-tu, mon vieux compagnon ?

— Les ours grizzly ne t'ont donc pas mangé ?

— Tu n'as pas trouvé un sac de sable bien riche ?

Et des mains gercées, crevassées, tannées par le rude travail, par le froid, se tendaient.

Lorsqu'on sut que Sluice accompagnait des chercheurs d'or bien outillés, on se mit de toutes parts à sa disposition.

On leur trouverait des concessions avantageuses.

Sluice n'avait guère confiance.

Il savait bien qu'on ne lui offrait que des *claims* ou épuisés, ou n'ayant jamais contenu la moindre parcelle du métal fascinateur.

On ne trompait point un vieux routier tel que lui.

Cependant, il usa de ses camarades pour trouver à louer une chaumière durant quelques jours, et des chariots pour y transporter les bagages.

Une heure après l'arrivée le petit convoi s'acheminait vers une grande cahute rendue disponible par la mort de l'occupant, un marchand de denrées alimentaires.

Il y avait une boutique qui servait de magasins et plusieurs pièces d'habitation.

Tandis que les Français se dirigeaient vers l'abri, de nombreux habitants de Dawson City se pressaient pour les voir.

Au premier rang des curieux se trouvait un jeune homme à la figure fine et distinguée, qu'encadrait une barbe brune.

Pâle, triste, avec des vêtements qu'il n'était pas certainement plus habitué qu'eux à porter, il semblait aussi un nouvel arrivé.

Tout à coup ses yeux se fixèrent sur Savaret.

Une rauque exclamation s'échappa de sa gorge.

— Mon père !

Il rabattit vivement son feutre sur ses yeux en se jetant précipitamment en arrière.

et il s'enfuit à travers les maisons de planches.

Le Destin jetait sur la même terre, Robert Savaret et son père.

XIII

Les premiers jours d'internat devaient être pénibles pour la petite Suzette.

Quoique de suite entourée d'amitiés, au milieu de visages inconnus, elle se sentait toute seule et pleura plus d'une fois.

L'enfance s'apprivoise vite.

On la choya tellement qu'elle prit confiance.

Le sourire vint à sa bouche rose.

Comme parmi les enfants de son âge peu pouvaient s'entretenir avec elle, on la confia à une élève des classes supérieures, une « grande » de seize ans qui se montra [illegible] pour cette petite sœur.

Ellen Mac Olry était une belle jeune fille, dont la famille d'origine écossaise avait eu des commencements très difficiles.

Son grand-père édifiait leur fortune, comme chercheur d'or, emporté lui aussi dans la fièvre de tous ceux qui passèrent en Californie.

Son père l'augmentait en se livrant au commerce en grand des conserves.

Ellen parlait admirablement le français.

Elle passait même ses dernières vacances à Paris, voyage désiré depuis longtemps, et que son père lui avait enfin offert.

Aussi son bavardage attira celui de l'enfant.

Grande et petite furent vite de bonnes amies.

Suzette avait une autre compagne, plus jeune celle-là, enfant d'un français, fille d'un agent général d'une compagnie de navigation.

Le père, ancien employé de la Compagnie transatlantique, était passé de New-York à San-Francisco, attiré par les offres d'une puissante société américaine, et amenait avec lui sa fille, une gamine de douze ans élevée d'abord en France, puis en Amérique.

Suzette préférait encore Ellen Mac Olry, avec laquelle elle faisait de longues promenades dans le parc et qui lui apprenait patiemment l'anglais.

On savait dans le pensionnat que la directrice se décidait à adjoindre aux dames professeurs américaines, deux nouveaux professeurs français.

L'une enseignerait sa langue certainement mieux que les maîtresses américaines.

L'autre prendrait le cours de perfectionnement du piano parmi les classes supérieures.

La curiosité des petites comme des grandes fut vive lorsqu'on annonça que les deux demoiselles attendues étaient arrivées.

En sortant de la classe, ce jour-là, Ellen prit Suzette à part.

Ainsi que d'habitude, elle lui parla comme si elle eût eu le double de son âge.

— Vous savez, ma mignonne, vos deux compatriotes sont là.

— Ah ! que je voudrais les voir !

— On nous les a présentées à la classe, elles sont charmantes et jolies au possible.

— Elles vous ont plu, Ellen ?

— Oh oui ! tout de suite, quoi qu'elles aient l'air bien tristes.

— Elles doivent regretter la France ! puis, peut-être aussi leur maman est morte.

— Je ne sais, ma chérie, mais on prétend qu'elles ont occupé une belle position dans leur pays, et je pense que c'est la ruine qui a dû les obliger à venir enseigner ici.

— Voici une surveillante qui a l'air de nous chercher, allons vite, ma petite Suzette.

Quelques instants après, Suzette, emmenée par la surveillante, pénétrait dans le hall.

Elle y trouva deux jeunes filles en grand deuil à qui la directrice montrait par la porte-fenêtre le parc et les bâtiments.

L'enfant s'avançait [illegible] de sa robe très [illegible]

Il lui semblait que ces deux visages, qu'elle voyait encore difficilement, car les jeunes filles étaient demi-tournées vers le parc, évoquaient un cher souvenir.

Où avait-elle vu ces gracieux profils ?

Tout à coup une lumière se fit dans sa petite tête.

Ces deux jeunes filles ?

Mais c'étaient les jeunes filles du [illegible]

— Les demoiselles Guilhain-Mariant, [illegible] Mademoiselle Simone, Mademoiselle Odette, [illegible]

Elle se souvint de la mort du père, de la [illegible] se précisait dans son esprit posé. Suzette avait [illegible] et c'était une petite fille réfléchie et fort intelligente.

Les grandes émotions de sa petite existence à elle toute changée, cela n'était-il pas arrivé depuis la mort de M. Guilhain-Mariant ?

Comme l'avait pensé son amie Ellen, c'était la ruine qui les amenait ici.

Et si elles ne la reconnaissaient pas, si elles ne se rappelaient pas ou ne voulaient pas se souvenir de l'enfant entrevue et parfois choyée par elles, dans la belle maison de Paris, qu'elles avaient dû quitter ?

Devait-elle se faire connaître ?

Sa résolution fut vite prise, celle d'une grande personne.

— Je ne dirai rien, j'attendrai.

Et gravement, elle se dirigea vers la directrice.

Celle-ci la présenta :

— Voici notre petite Française.

« Elle s'appelle Suzette, elle est très douce et un peu trop triste, pour une enfant de son âge.

— Suzette ! murmura Simone en regardant la fillette.

— Suzette ! répéta Odette.

— Mais c'est la petite Savaret, dit à mi-voix Simone à sa sœur.

L'enfant avait entendu.

— Oui, c'est moi, c'est bien moi, Mademoiselle Simone, je vous reconnais... Vous ne savez pas, mon petit père est très loin, et ma maman est morte... je ne la reverrai plus qu'au ciel.

Les deux sœurs se regardèrent.

Quel prodigieux hasard amenait devant elles l'enfant que Mme Savaret pleurait.

Devaient-elles lui crier tout de suite :

— Elle n'est pas morte, ta mère !

Pourquoi se turent-elles.

Pourquoi eurent-elles la même pensée :

Attendre.

Il est des intuitions dans la vie qu'on ne raisonne pas.

Elles se contentèrent chacune d'embrasser bien fort la fille de l'ancien secrétaire, de l'ami dévoué de leur père.

— Comment, ma chère petite, vous êtes ici ? dit Simone en lui ouvrant les bras.

Et Suzette se laissait embrasser, tout heureuse de se voir reconnue, d'avoir reconnu elle-même Mlle Guilhain-Mariant.

— Mais, dit-elle, père ne m'aurait pas abandonnée en France toute seule.

— C'est donc lui qui vous a amenée ici ? demanda Odette.

— Mais oui, et j'ai bien pleuré quand il m'y a laissée, je m'y plais bien à présent.

— Où est-il parti ?

— Très loin, mon amie Ellen m'a dit que c'était au pays de l'or.

— Au Klondyke ! s'exclama Simone.

L'enfant devint triste, des larmes remplirent ses yeux.

— Puis murmura-t-elle, c'est maman qui nous a quittés pour toujours... Elle est morte ma maman chérie.

— Morte ! s'écria Odette malgré elle, qui vous a dit une pareille chose ?

Simone poussa du coude sa sœur.

— Pauvre petite, je comprends votre chagrin... plus de maman ! et votre papa si loin !

— Oh ! petit père reviendra, il m'aime trop pour me laisser... Pourtant ma maman aussi m'aimait bien...

— Quand reviendra-t-il de ce pays si loin ?

[illegible]

[illegible] pour [illegible] de [illegible], il m'a dit [illegible], mais depuis qu'on m'a expliqué [illegible] est, ce pays-là, j'ai grand peur d'être longtemps, longtemps sans le revoir.

La pauvre Suzette, la petite fille aux cheveux d'or eut [illegible].

— [illegible] dit Simone, vous qui me semblez maintenant une [illegible] fille, il faut être très raisonnable... Nous vous ai[illegible] beaucoup toutes les deux, vous verrez, ma ché[rie], que le temps passera vite... Vous serez tout étonnée de le voir revenir... Ne pleurez plus... Vous nous recon[naissez] donc bien ?

— Oui, j'ai été quelquefois vous voir avec maman.

— Vous nous aimerez ?

— Oh oui !

[illegible] essuya ses yeux.

— Oui, je veux devenir très raisonnable, maintenant [que] vous êtes là, je ne m'ennuierai plus du tout.

« Vous direz à mon petit père, à son retour, que j'ai [été] bien sage.

— Je lui ferai travailler le piano, n'est-ce pas, Madame ? demanda Odette à la directrice qui demeurait [illegible] devant cette petite scène.

— Mais certainement, si cela peut la distraire, je vous la donnerai comme élève, par exception, puisque vous [n'avez] que des jeunes filles déjà [d'un]e certaine force.

— Je serai très heureuse, dit Odette, de lui inculquer [les] premiers principes.

— Cela vous plaît-il, Suzette ?

— Oh oui !

[illegible] sauta successivement au cou des deux sœurs.

— Pauvre petite Suzette ! Nous vous aimerons, allez !

— Maintenant, mignonne, dit la directrice, allez [j]ouer au jardin.

Obéissante, quoique à regret, la petite s'éloigna.

[illegible] avait que les deux Françaises demandaient un [é]claircissement, la directrice expliqua.

[illegible] Savaret lui écrivait, avant de quitter San-Francisco, [une] lettre où [illegible] recommandait instamment, en invoquant [un] drame conjugal, de ne donner à personne, si on le [lui] demandait de France, des nouvelles de sa fille.

[En] lui avouant que la mère vivait, il faisait allusion à [des] raisons majeures et à son autorité paternelle pour [laisser] croire à l'enfant qu'elle était morte.

Simone et Odette, fort perplexes après cet entretien, [illegible] prendre le parti non seulement de ne rien ré[véler] à Suzette, mais de laisser, provisoirement du moins, [Mme] Savaret, malgré son chagrin, dans l'ignorance du [illegible] de celle-ci.

Longuement elles parlèrent de cela, dans la grande [pi]èce claire aux deux lits de cuivre, ouvrant sur le parc, [et] qui était leur chambre.

Les meubles, en bois laqué, donnaient à cette pièce un [air] de gaîté et de bien-être, qui impressionna agréable[ment] les deux sœurs.

[La] seule chose qu'elles pussent faire était celle-ci : écri[re au] marquis d'Harvert pour le prévenir qu'un hasard [illegible] croire que la petite Savaret était en Amé[rique], [illegible] pour le moment, mais que [la] mère ne devait pas s'inquiéter, que sûrement elle [reti]rait sa fille.

[illegible] accordant leur [illegible] avec leur pitié.

— En attendant, conclut Simone, nous entourerons [cette] pauvre enfant de tendresse et d'affection.

— Elle est si douce et si jolie que cela nous sera bien [illegible].

Le lendemain, la lettre fut écrite au marquis d'Harvert, [et] Suzette tout heureuse et toute fière, prenait sa première [leçon] de piano.

[Les] deux courageuses jeunes filles s'habituèrent plus [vite], au contact de cette innocente affection, à une situa[tion] qui du reste, leur sembla, dès les premiers jours [de] leur entrée en fonctions, moins pénible encore qu'elles [ne le] croyaient.

Et une grande et sincère amitié l'attacha profondément [à] ces deux charmantes sœurs qui s'efforçaient de sou[rire] pour la voir, elle gaie et heureuse.

XIV

Le marquis Hubert d'Harvert, assis dans son [illegible] fauteuil, compulsait un volume technique orné de [nomb]reuses planches en couleur.

C'était un de ces traités, auxquels de riches amateurs ou de laborieux savants consacrent souvent une partie de leur existence.

L'ouvrage que lisait le marquis comptait parmi ceux que tout bon collectionneur doit posséder.

— Voyez-vous, mon enfant, dit-il à Mme Savaret, as[s]ise à quelque distance de lui, j'en étais presque certain, mais ma conviction est faite maintenant.

« Ce n'est pas du Delft qu'on m'a vendu là.

« Je me trouve tout à fait d'accord sur les caractères avec nos bons auteurs.

— Mais, Monsieur le marquis, répondit Charlotte Savaret, qui tenait dans ses mains la plaque de porcelaine incriminée, ce n'est pas cependant du moderne, du [illegible] faux.

— Oh ! vous me voyez loin d'affirmer cela, se récria le marquis, offusqué qu'elle eût pu le soupçonner d'avoir acheté du faux.

« Je prétends que le marchand a eu tort d'attribuer cette plaque à une provenance hollandaise.

— C'était facile de s'y méprendre.

— Vous voyez que moi je ne m'y suis pas trompé.

« Je puis être fixé maintenant.

— De quelle façon ? Monsieur le marquis ?

— Pour moi, cette pièce est une fantaisie d'un artiste français qui, à l'époque, au seizième siècle, a dû faire pour s'amuser, du faux Delft.

— Où dois-je alors classer cette plaque ?

— Mettez-la dans les pièces douteuses.

Et l'examinant une dernière fois :

— Elle est, du reste, très belle.

Il la remit à la jeune femme et se leva.

— Maintenant, si nous allions faire notre tour de parc ; nous nous en trouverons mieux, que de rester enfermés dans cette galerie par ce beau temps, vous surtout qui êtes pleine de jeunesse.

— Oh ! ma jeunesse est loin, fit tristement Mme Savaret.

— Allons, allons, chassons les idées noires, ne vous désespérez pas ! fit le marquis en se dirigeant vers une porte vitrée ouvrant sur le parc.

« Vous la retrouverez, votre fille, et qui sait si de [illegible] jours ne luiront pas pour vous.

— Puissiez-vous dire vrai ! mais je n'espère rien.

Au moment où les deux promeneurs quittaient le perron, un valet de pied s'avança vers le marquis, tendant une lettre sur un plateau.

Les yeux de Charlotte passant sur l'enveloppe remarquèrent un timbre américain.

En prenant la lettre, le marquis murmura :

— Voilà sans doute des nouvelles de ces demoiselles Gaillais-Marieul.

Il brisa le cachet.

La lettre était longue.

M. d'Harvert la lut attentivement.

Et il prononça :

— Décidément, ces deux enfants valaient mieux que leurs tristes maris.

— Vous parlez de Simone et d'Odette ! demanda Charlotte.

— Oui, elles se sont mises très bravement au travail et m'affirment qu'elles sont satisfaites de leur nouvelle situation.

— Elles ont fait preuve, répondit Charlotte, de beaucoup d'énergie : partir ainsi, s'expatrier !

— Je les admire d'autant plus, dit le marquis, que mes offres leur permettaient de vivre autrement.

Il continua sa lecture.

Tout à coup, s'arrêtant net, il regarda Charlotte.

Puis il se remit encore à lire.

Émue sans savoir pourquoi, Charlotte Savaret en attendait la fin avec une vraie anxiété.

Lorsqu'il eut achevé, le marquis la considéra lentement, une émotion dans les yeux.

— Ma chère enfant, je vous disais tout à l'heure : « Espérez... »

« Eh bien, je vous le répète encore...

— Qu'y a-t-il ? oh ! parlez !

— Quelque chose qui vous concerne.

— Comment ? que voulez-vous dire ?

— Votre mari est en Amérique.

— Oh ! mon Dieu !

— Ne vous troublez pas ; les demoiselles Guilain-Marjant m'affirment que votre fille y est aussi.

« Lisez !

Et il lui tendit la missive.

Mme Savaret la saisit.

Au moment de parcourir le feuillet que le marquis lui indiquait, elle eut un éblouissement, ses yeux se fermèrent.

Ce fut d'une voix étouffée qu'elle articula :

— Lisez, monsieur le marquis, je vous en prie, je ne peux pas.

— Remettez-vous, mon enfant, asseyons-nous d'abord.

Il avança deux fauteuils d'osier, les disposa à l'ombre d'un grand tilleul qui bordait la pelouse.

Charlotte se laissa tomber sur une chaise de fer.

Le marquis, calme toujours, prit place près d'elle.

Il commença à mi-voix le passage qui intéressait la jeune femme.

Voici ce que disait Simone :

« Un hasard nous a permis d'apprendre que M. Savaret est passé à San-Francisco.

« Il avait avec lui sa petite qu'il a laissée dans cette ville, la confiant à quelqu'un de sûr, avant de partir au Klondyke.

« Nous serions très heureuses de rassurer Mme Savaret sur le sort de sa Suzette.

« Elle ne doit plus désespérer de la retrouver un jour.

« Elle vit et elle est en parfaite santé.

« A ce sujet donc, plus d'inquiétude.

« Nous aurions voulu lui donner des renseignements plus précis, mais il faut se contenter de ce que le hasard nous a appris.

« Qu'elle reprenne donc courage, elle reverra sa petite Suzette. »

— Elle vit toujours ma chérie !

« Oui je veux la revoir.

« Elle est à San-Francisco, j'irai à San-Francisco...

« Je vous en prie, monsieur le marquis, aidez-moi... un conseil... n'est-ce pas qu'il faut que je parte ?

Charlotte semblait dans un tel état de surexcitation nerveuse, que le marquis en fut un instant effrayé.

— Voyons, ma chère enfant, je comprends votre émotion, mais calmez-vous ; d'abord réfléchissons.

— N'est-ce pas que je dois partir ?

— Peut-être.

— Mlle Simone doit savoir où est Suzette.

« Pourquoi ne le dit-elle pas ?

— Je ne sais si elle connaît exactement l'endroit où se trouve votre enfant, mais il me semble que cette jeune fille en sait plus long qu'elle n'en écrit.

— Pourquoi ne dit-elle pas tout ?

— Si Simone que j'ai devinée très sérieuse, ne dit pas tout ce qu'elle sait c'est qu'elle ne le peut pas, pour une raison ou pour une autre.

— Laquelle ?

— Je l'ignore... Elle a voulu vous rassurer, c'est quelque chose.

— Elle me rend folle, il me faut mon enfant à tout prix, il me la faut !

— Vous l'aurez.

— Oh ! Monsieur le marquis, je sais que vous ne m'abandonnerez pas, que vous m'aiderez.

« Que faut-il faire ?

Le vieillard réfléchissait.

— Oui, dit-il se parlant à lui-même, elles savent où est la petite, puisqu'elles disent qu'elle est en bonne santé.

— Sûrement ! mais pourquoi se taire, je ne comprends pas.

— Laissez-moi tout conduire.

— Que ferez-vous ? Parlez, je vous en prie ?

— Le meilleur moyen, c'est de charger, à San-Francisco, un agent de la recherche.

« J'écrirai ce soir.

— L'attente sera longue !

— Vous ne pouvez aller là-bas qu'avec des [illegible] certaines.

« Il y a des agences là-bas comme à Paris, [illegible] res peut-être ; nous aurons bientôt des nouvelles.

— Oh ! bientôt !

— De la patience, madame !

— Monsieur le marquis, je veux partir.

— C'est de la folie !

— Non, fit Charlotte regardant le vieillard bien [illegible] dans les yeux.

« J'irai trouver les demoiselles Guilain-Marjant, [illegible] tinua la pauvre mère poursuivant son idée, elles [illegible] pourront pas me cacher ce qu'elles savent,

« Je leur arracherai la vérité.

« Et je presserai ma chérie sur mon cœur, je l'[illegible] mon amour, ma Suzette !

Elle courba le front, sanglota.

Puis les mains jointes, les yeux pleins de larmes, [illegible] laissant glisser à genoux, près du vieillard qui mai[illegible] sait mal son émotion, elle répéta :

— Je veux partir.

— C'est bien, dit M. d'Harvert, vous partirez, mon enfant.

« C'est peut-être, en effet, la meilleure chose. En de[illegible] hors de ma crainte de vous sentir seule là-bas, j'ai eu une pensée égoïste.

« Eh bien, j'aime mieux vous savoir heureuse et [illegible] priver de la joie de vous avoir ici.

— Oh ! monsieur ! monsieur ! que vous êtes bon [illegible]

— Je reviendrai... Je vous amènerai ma fille ; et [illegible] ma vie, entendez-vous, je vous serai reconnaissante pour le bonheur que vous m'avez rendu.

— Ne parlons pas de reconnaissance, allez dans votre appartement, préparez vos bagages et quittez-moi, vous êtes libre !

— Oh ! dès demain. Je ne pourrais plus attendre.

— C'est entendu.

« Après le dîner vous viendrez un instant causer avec moi.

« Je vous donnerai l'argent nécessaire à votre voyage et quelques indications pour votre itinéraire.

— Comme vous êtes bon ! comme vous êtes bon !

Elle ne savait dire que cela en s'éloignant.

Le lendemain, Mme Savaret prenait le rapide du Havre.

Le soir de son arrivée, elle s'embarquait pour l'Amérique.

XV

Dans le grand et joli parc du pensionnat, Suzette Savaret s'avançait en donnant le bras à sa grande [illegible] Ellen Mac-Olry.

Elles couraient en contournant les vertes pelouses ombragées.

De plus en plus, Suzette se prenait d'affection pour celle qu'elle appelait « petite mère ».

La grande et sérieuse jeune fille, touchée de ce besoin d'amitié, de protection qu'éprouvait cette pauvre petite Française, sans parents, si loin de son pays, appelait sa « fille ».

Suzette était si raisonnable, si intelligente, qu'il eût été bien difficile du reste de ne pas l'aimer.

— Alors, c'est très joli chez ton papa ? demandait [illegible] ce moment l'enfant qui s'arrêtait de jouer.

— Oh ! oui, mignonne ! si tu voyais toutes ces vallées remplies de beaux arbres fruitiers !

« Au printemps, cela n'est qu'une nappe de fleurs [illegible] ses, blanches et rouges.

— Comme des pommiers de France, alors ?

— Oui, mais figure-toi toutes les teintes de rose.

« Ce sont les fruits qui mettent leur jolie note dans le feuillage sombre.

« Il y a des pêches toutes rouges, des abricots tout jaunes, d'énormes poires, des raisins dorés et très gros, enfin les espèces les plus variées qui existent.

« Sans compter celles, spéciales à ce pays-ci, et que tu ne connais pas, puisqu'il n'y en a pas en France.

— Alors, qu'est-ce qu'il en fait de tous ces fruits, ton papa ?

« Il les envoie vendre au marché ?

Ellen sourit.

— Mais non.

« Tout cela vient à l'usine.

— Pourquoi ?

— Des centaines de femmes sont là, qui les épluchent aussitôt arrivés.

« Et puis on les cuit dans d'immenses bassines alignées le long de grands ateliers.

« Cela se fait à la vapeur.

« Et l'on y sent bon la confiture, quand on entre pendant la cuisson... Cela te plairait, petite gourmande !

— Oh ! oui... Après ?

— Après, on met les fruits cuits en boîtes, et on les expédie dans le monde entier... Cela devient des conserves.

— Dans des boîtes avec des images dessus ?

— Oui, ma petite Suzette.

« Notre marque sur l'image représente d'un côté le fruit qu'elle contient et de l'autre un champ de pêchers...

— Avec des bonshommes qui ont de grands chapeaux de paille ? interrompit Suzette.

— Oui, c'est ça... les cueilleurs...

« Tu connais donc ?

— Oh ! j'en ai mangé... j'en ai mangé de tes pêches ! maman, ma maman qui est au ciel en achetait à Paris !

L'enfant demeura un instant songeuse, puis se mit à sauter sans lâcher la main de son amie.

Et redevenant sérieuse tout à coup :

— Que je voudrais aller chez ton papa voir faire ces bonnes pêches-là.

— Eh bien ! voici les vacances, mon père demandera à la directrice si elle veut te confier pendant quelque temps à lui.

« Ce serait certainement plus gai pour toi, que de rester ici.

En courant, les promeneuses avaient atteint une sorte de terrasse surplombant la rue où se trouvait l'entrée principale du pensionnat.

Ellen s'était accoudée sur le parapet et regardait les passants.

Ce jour-là, il existait un certain mouvement dans la rue, plutôt déserte d'habitude.

Suzette, pour pouvoir en faire autant, se hissa sur la pointe des pieds.

Accrochée au soubassement, elle regardait aussi le mouvement de la rue qui lui paraissait énorme à côté du calme du pensionnat.

Tout à coup, la pauvre petite poussa un cri rauque.

— Là ! là ! C'est maman, ma maman à moi... Elle n'est pas... elle n'est donc pas morte...

Et, foudroyée par l'émotion, elle se laissa glisser à terre.

Ellen, stupéfiée la releva.

— Voyons, ma chérie, qu'est-ce que tu as ?

— J'ai vu maman, là dans la rue... !

L'œil était hagard, le doigt tendu.

— Tu rêves, ma pauvre mignonne.

— Je ne rêves pas... Non !

« Je l'aie vue...

— Ce ne peut être qu'une ressemblance qui a réveillé ton souvenir.

L'enfant obstinément répéta :

— Je l'ai vue...

— Comment était-elle ? interrogea la jeune fille.

— C'est une dame en noir, tout en noir, avec une voilette... je l'ai reconnue.

Ellen, avait vu, elle aussi, une dame en noir, le visage caché malgré la chaleur sous une voilette plutôt épaisse.

Mais cela ne voulait rien dire.

Pour détourner l'enfant de son idée fixe, elle l'entraîna dans le parc, prétextant que l'heure de la classe allait sonner ; en lui répétant qu'elle se trompait, que cette dame, tout simplement, ressemblait à sa mère.

Suzette finit, sinon par la croire, du moins par être ébranlée.

— Non, j'ai bien vu maman. Pourtant vous avez raison, cette dame peut lui ressembler.

— Mais certainement, ça ne peut pas être autre chose qu'une ressemblance.

« N'y pensons plus.

« Tu me le promets, n'est-ce pas ?

— Oui, je vous le promets ; du reste, en rentrant je vais prendre ma leçon de piano.

« Si nous allions surprendre mesdemoiselles Odette et Simone dans leur chambre ?

— Allons donc, embrasse-moi et ne parlons plus de cela !

Elle ne rêvait pas, la petite Suzette.

Si elle avait pu suivre des yeux la « dame en noir » elle l'eût vue sonner à la porte du pensionnat.

C'était bien Mme Savaret, arrivée le matin même de New-York et qui demanda à voir les demoiselles Guillam-Mariant.

Elle fut conduite dans la chambre des jeunes filles.

— Comment ! madame ! vous êtes ici ! s'écria Simone, surprise et inquiète en voyant entrer la mère de la fillette.

— C'est moi, mademoiselle, vous voyez que je n'ai pas tardé à venir vous remercier d'avoir bien voulu penser à calmer mon inquiétude en me donnant des nouvelles de ma fille.

— Mais pourquoi ce voyage ? demanda Odette, remarquant l'énervement de la jeune femme.

— Pourquoi ?

« Parce que sachant où est mon enfant, il m'est impossible de vivre sans elle.

« Je veux la voir !

« Je suis venue, mademoiselle, — elle s'adressait surtout à Simone, — vous demander de me raconter tout ce que vous savez.

— Chère madame, je ne puis rien vous dire de plus que ce que j'ai écrit au marquis d'Harvert.

— Je me figure qu'il y a des choses que vous n'avez pu écrire, mais à moi, vous direz tout.

« Où est ma fille ?

— Madame, je ne puis vraiment pas vous donner une assurance.

« Votre mari l'a amenée avec lui à San-Francisco... c'est tout ce que nous savons.

— Il faut attendre, avoir quelque patience, reprit Odette, voyant la pauvre femme de plus en plus nerveuse.

— Non, mademoiselle Odette, je veux savoir où est ma fille.

« Vous l'avez vue, n'est-ce pas ?

Les deux sœurs se regardaient, malheureuses de la souffrance de cette mère, qui ne contenait qu'avec un effort violent son émotion.

— Eh bien, oui, nous l'avons vue...

« Elle se porte bien, elle est charmante.

— Mais, ajouta Simone, elle vous croit morte.

— Oh ! mon Dieu la pauvre petite... Quelle vengeance ! et elle m'a oubliée, les morts vont si vite dans le souvenir des enfants.

Elle pleurait.

— Je vous en prie, dites-moi où elle est. Je veux la voir.

« N'est-ce pas un crime de laisser cette enfant croire qu'elle n'a plus de mère ! Quand je suis là qui l'appelle, qui la cherche ?

« Je mourrai, si je ne puis la retrouver bientôt.

« Mon courage est à bout.

Simone réfléchissait, Odette attendait sa décision.

Qu'allait-on faire ?

Elles pensaient bien l'une comme l'autre, qu'il fallait avoir pitié ; que leur devoir avant tout, était de rendre le calme à cette mère exaspérée.

L'[illegible] [illegible] [illegible] [illegible] [illegible], lorsqu'on frappa à la porte de la chambre.

La porte s'ouvrit.

[illegible] Mac'[illegible] s'avança, tenant [illegible] par la main.

— Je vous l'amène, dit-elle, elle [illegible] venir vous trouver dans votre chambre.

Des cris.

Deux cris stridents.

— Maman ! maman !

— Ma fille.

La mère ouvrit les bras.

[illegible] y était déjà.

Mais elle devint toute blanche, toute froide.

La double émotion avait été trop violente, la pauvre petite avait cette fois une [illegible] [illegible].

On s'empressa avec la mère.

On l'allongea sur un des lits.

Charlotte [illegible] son chapeau, son [illegible] [illegible], penchée sur sa fille, elle la [illegible] de baisers, laissant couler ses larmes de joie et d'inquiétude.

— Ma chérie ! ouvre les yeux...

« Je suis là... c'est ta maman, ma Suzette, ta maman qui ne te quittera plus.

Les jeunes filles durent l'éloigner doucement du lit, pour donner à la petite malade des soins que son émotion l'empêchait de lui porter.

Le calme revint un peu chez la mère.

Elle baigna elle-même d'eau fraîche le front brûlant de l'enfant.

Suzette rouvrit les yeux.

— Maman ! dit-elle, est-ce que je rêve.

— Non, mon ange ! tu ne rêves pas. Regarde-moi, je suis là.

— Mais, tu n'es pas morte, tu reviens-tu du ciel ?

— Ma chérie ! je ne reviens pas du ciel... J'ai été très malade et on a cru que j'allais mourir.

— Comme moi, alors !

« J'ai été aussi très malade, mais maintenant que je [illegible], je ne serai jamais plus. Je [illegible] [illegible] pour [illegible] comme [illegible], n'est-ce pas, maman chérie, ma petite [illegible].

— Oui, je vais très bien maintenant.

L'enfant, tout à fait remise, avec seulement un peu de mal de tête, se glissa à terre pour se réfugier aussitôt dans les bras de sa mère.

— Oh ! ma petite maman ! ma maman ! je ne veux plus te quitter ! Tu ne partiras pas, dis ? Tu ne me laisseras pas !

— Non, mon ange, je ne partirai pas sans toi.

« Je ne te quitte plus maintenant.

— Et papa !

— Ton papa !... Il est très loin, il viendra nous rejoindre.

Embrasse-moi encore.

Et ce furent des baisers fous qui n'en finissaient pas.

Ni Simone ni Odette n'avaient de regret de la lettre écrite au marquis d'Hervent.

Elles avaient tout simplement accompli un devoir.

[illegible] Hélène, absolument bouleversée, venait de sortir sans bruit.

Les deux sœurs, retirées au fond de la chambre, regardaient la mère et l'enfant.

Cependant, il était nécessaire de parler raison.

— Il faut que vous sachiez, madame, dit l'aînée, qu'en laissant sa fillette ici, votre mari l'a recommandée d'une façon toute particulière à la directrice.

« Personne ne doit la voir, personne ne doit la faire sortir.

— Même moi ?

— Sans aucun doute.

Charlotte demeura pensive.

Qu'avait donc pu dire son mari ?

Il ne racontait point certainement le drame de leur vie.

Mais, s'il avouait qu'il enlevait l'enfant à sa mère pour des raisons [illegible] ?

Voilà un [illegible] [illegible] que [illegible].

Elle verrait la directrice.

Elle [illegible] de suite ce qu'elle avait [illegible] ignorait.

Elle, à son tour, exposerait la situation [illegible] jugerait nécessaire.

« Cette femme, qui était mère peut-être, lui rendrait son enfant.

— Mesdemoiselles, dit-elle, en embrassant une [illegible] les [illegible] la fillette, je vous laisse Suzette [illegible] parler à qui de droit.

Elle remit son chapeau, ses gants, puis [illegible] la chambre.

Ce fut très maîtresse d'elle-même qu'elle se [illegible] devant la directrice du pensionnat.

— Madame, je m'appelle Mme Savarel.

« Je suis venue voir les demoiselles [illegible] que je savais professeurs dans votre maison.

« Arrivée en Amérique il y a quelques jours, pour [illegible] la police à la recherche de ma fille enlevée par [illegible] mari, je n'espérais pas avoir le bonheur de la [illegible] chez vous.

« Il y a un Dieu pour les mères.

« Je viens vous dire que j'emmène Suzette [illegible] me... c'est mon droit.

— Pas du tout, madame, la petite me fut confiée [illegible] son père, et je n'ai affaire qu'à son père. [illegible] je remettrai l'enfant [illegible] [illegible] donné la [illegible] [illegible]sibilité.

— Vous auriez raison, madame, si vous [illegible] mère de cette enfant est morte.

— Je savais parfaitement que vous étiez vivante. Suzette pensait le contraire.

— Son père était libre de le lui faire croire.

— Enfin, que vous a dit M. Savarel ?

— Votre mari m'a recommandé tout particulièrement sa fille, qu'il amenait de France, à la suite d'un [illegible] conjugal.

« Il m'a avoué qu'il avait des raisons [illegible] pour laisser croire à l'enfant que sa mère n'était plus. Il me demanda instamment de ne pas donner de nouvelles à personne de la petite, de ne la laisser [illegible] qui que ce soit, sans avoir obtenu, par lettre, son autorisation.

« Vous le voyez, la consigne est sévère.

« Grâce au hasard, vous avez vu votre enfant aujourd'hui.

« Si vous m'aviez demandé l'autorisation de la [illegible] je vous l'aurais refusée.

Le ton était aussi froid qu'avait été impératif [illegible] Mme Savarel.

Il fallait surtout que celle-ci pût voir sa fille.

Elle reprit doucement :

— Je comprends, madame, que je n'ai qu'à [illegible] devant votre volonté.

« Mais laissez-moi d'abord vous expliquer ce qui s'est passé entre mon mari et moi... Aucun drame, comme [illegible] vous l'a laissé entrevoir, pour légitimer sa conduite [illegible] compatibilité d'humeur, sévices de sa part... J'ai [illegible] conjugal où ma vie n'était plus possible.

« Mon mari, avant que je n'aie eu le temps de [illegible] empêcher, s'est enfui avec ma fille... J'ai cru [illegible] Voilà que je la retrouve... refuserez-vous de [illegible] laisser ?

— Madame, je ne peux pas... Il faut attendre [illegible] [illegible] à M. Savarel... obtenez son autorisation [illegible] alors.

— Lui écrire ! Il est au [illegible] !

« Son autorisation ?

« Je n'en ai pas besoin... La justice me [illegible] enfant. Si j'étais en France, je ferais trancher [illegible] diatement la question par les tribunaux.

« Nous ne sommes pas séparés devant la loi.

« Il n'a pas plus le droit de garder ma fille que moi [illegible]

— C'est possible... mais justement la justice n'a pas prononcé encore.

— Elle prononcera et elle me rendra ma Suzette.

« Une preuve que le père se trouve dans son tort [illegible] qu'il la cache... Vous voyez bien que vous ne pouvez [illegible] garder. J'ai les mêmes droits que lui, je suis sa [illegible].

Ma fille est seule dans un pays étranger...

[illegible], Madame, [illegible] moi.
— Cela m'est [illegible] impossible !
— [illegible], je vais m'adresser à votre justice [illegible]... [illegible], vous me la laisserez visiter ?
— Je ne devrais pas...
— Je vous en prie...
— Si vous voyiez la joie de ma chérie, vous ne pourriez lui refuser sa maman.
— Je serai très calme, je vous le promets. Il n'est pas [illegible], Madame, que vous me refusiez cela ?
La directrice cachait mal à présent son émotion à elle. Elle balbutia :
— Pauvre femme !
— Pauvre mère !
Puis très grave :
— [illegible] de promettez d'être très calme, comme vous [illegible] le plus possible vos visites, je vous laisserai voir votre petite Suzette à jours et à heures [illegible] embrasser seulement, des entrevues très courtes. Me le promettez-vous ?
— Je vous le promets, répondit Mme Savard.
Il lui suffirait pour le moment de voir l'enfant.
Elle saurait bien la reprendre.
[illegible] jours passèrent.
Avec quelle impatience Suzette attendait les visites [illegible]
— Oh ! ma petite maman chérie, que je voudrais être [illegible] toi, toujours !
[illegible] de te quitter quand sonne l'heure de la [illegible]. Le temps est tout de suite passé.
[illegible], tu es longtemps avant de revenir.
— Ma chérie, si je le pouvais, je viendrais tous les [illegible], mais j'ai promis à la directrice de ne pas te voir [illegible] souvent.
— [illegible] que [illegible] puisque [illegible] sa maman.
[illegible] soupira.
— Alors emmène-moi d'ici.
— Je ne peux pas.
— [illegible] ?
— [illegible] père a défendu de te faire sortir du [illegible].
— Oh ! papa est bien loin. Tu lui écriras après, quand [illegible] seras revenue à Paris.
[illegible] sais, il m'aimait papa, et il viendra nous retrouver.
— Emmène-moi, dis ?
— Je ne le peux pas, ma chère petite.
— [illegible] réfléchir, attendre.
[illegible] essuyait les yeux, restait triste.
— Voyons, mon pauvre amour, ne pleure pas au moment [illegible] je vais te quitter.
[illegible] me fais trop de peine.
— Ne t'en va pas !
— Tu sais bien que je reviendrai.
— Quand maintenant vas-tu revenir ?
— Dimanche et je resterai très longtemps.
— [illegible] t'amènerai Ellen, tu verras comme elle est bonne.
— C'est entendu, encore un gros baiser... Je me sauve, [illegible] un peu, la cloche annonçant la classe n'a [illegible].
— Non, ma chérie, je dois partir, si tu veux que je reste [illegible] longtemps dimanche.
[illegible] avec un grand effort, elle s'éloignait de sa Suzette [illegible] ne retenait plus ses larmes.
[illegible] qu'Ellen la surprit ce jour-là.
— [illegible], mignonne, tu es toute seule.
— Pourquoi ne viens-tu pas dans le parc ?
— Oh ! c'est si triste de voir maman toujours me [illegible].
— [illegible] voudrais t'en aller avec elle ?
— [illegible] oui, Ellen... n'est-ce pas qu'elle est jolie ma [illegible] ?
— [illegible] jolie et très douce. Elle t'aime bien !
— Je voudrais qu'elle m'aime plus encore.
— Comment cela ?
— En m'emmenant avec elle.
— [illegible] ton papa l'a défendu.
— Oh ! ce n'est pas papa qui fait peur à maman...
D'abord, il est loin, très loin.
— Qui donc alors ?
— C'est le [illegible] qui ne me laissera [illegible].
— Pourquoi alors, ne la [illegible] pas [illegible] maman ?
— Me sauver ! oh ! Ellen ! quelle bonne idée.
Et l'enfant, dans sa joie, battait des mains.
— Me sauver... quel bonheur ! ne plus quitter maman jamais... jamais !
« Ellen, je vais lui dire cela dimanche.
« Crois-tu qu'elle voudra bien ?
— Je le crois.
« Elle souffre aussi de ne pas t'avoir auprès d'elle ; Elle fera tout ce qu'elle pourra pour te reprendre.
— Alors dimanche, tu viendras la voir ?
— Nous causerons de cela ensemble.
— Mais surtout pas un mot, n'est-ce pas ? Suzette, pas même à ces demoiselles Guillain-Marland.
— Non, non, c'est un grand secret.
« Ma chère Ellen, que je voudrais être à dimanche.
Et de plus en plus transportée d'espoir, elle [illegible] sa grande amie.
Ce dimanche [illegible] arriva enfin.
Charlotte se présenta à l'heure fixe.
Sur son fin visage pâli, une expression heureuse.
L'idée de l'enfant germait chez la mère.
Elle voyait sa fille, elle la savait [illegible], elle trouverait bien le moyen de l'enlever.
La petite se précipita, joyeuse, dans ses bras tendus.
Et, de suite :
— Écoute, maman chérie !
« J'ai trouvé un moyen de ne plus te quitter jamais.
— Comment cela, mon ange ?
Baissant la voix, la fillette approcha sa petite bouche de l'oreille de sa mère attentive.
Elle murmura :
— Il faut que je me sauve d'ici !
« Tu m'emporteras, et personne ne pourra plus [illegible] voir.
« Tu ne dis rien, maman.
« Tu ne m'aimes donc pas beaucoup ?
« Tu ne veux pas !
Les larmes encore allaient jaillir.
Charlotte ne répondait pas en effet ; trop émue, elle avait pâli.
Avec peine, elle contenait les battements de son cœur.
L'enlever ?
Sa Suzette venait au-devant de son désir.
Elle serra bien fort l'enfant dans ses bras.
— Alors, mon amour, tu veux fuir cette maison ?
« Tu veux bien partir avec moi ?
— Oh ! oui, je le veux et [illegible] très gentil pour moi, mais je t'aime mieux que tout le monde.
— Il faut réfléchir, ne pas trop se hâter, Suzette, et surtout garder notre résolution secrète.
« Tu comprends ? Il ne faut pas qu'on se doute.
— Oh ! sois tranquille, Ellen et moi, nous ne le [illegible] pas.
— Comment Ellen ? Elle sait donc ?
— C'est elle qui, me voyant pleurer après ton départ, a dit :
— Pourquoi ne te sauves-tu pas ?
« Tu penses si j'étais heureuse.
« Je [illegible] de joie, je la mangeais de baisers.
« Elle est très raisonnable, tu sais.
— Je ne l'ai aperçue qu'un instant.
— Elle m'a promis de venir nous rejoindre.
« Tu vas la voir.
« Elle est très impatiente de savoir ce que tu auras pensé de notre idée.
Charlotte Savard réfléchissait.
Fuir, enlever sa fille, [illegible] parfait [illegible].
Comment s'y prendre ?
Qui l'aiderait ?
Cette jeune fille pourrait peut-être lui [illegible].
— Est-ce que les parents de ton amie habitent cette ville ?
— Pas loin, son papa vient la voir souvent.
« Il fait tout ce qu'elle veut.
« Il l'a emmenée en France, à Paris.
« Elle te racontera cela... Tiens, la voilà qui arrive.

Ellen s'avançait, gracieuse, souriant à cette Mme Savaret qui, tout de suite, lui plaisait, d'abord parce qu'elle était belle, puis pour cette affection extrême que la mère témoignait à sa fille.

Elle qui n'avait plus de mère, en sentait pour Suzette tout le prix.

L'enfant courait au-devant d'elle et lui sautant au cou.

— Tu sais, maman veut bien, c'est décidé... Oh ! que je suis contente !

Mme Savaret faisant asseoir la jeune fille près d'elle, demandait.

— C'est sérieusement que vous avez pensé que je pourrais enlever Suzette ?

— Mais oui, Madame, ce n'est pas impossible, puisqu'elle ne demande qu'à partir avec vous.

— C'est très grave, Mademoiselle, il me faut beaucoup réfléchir.

« D'un autre côté, il m'est extrêmement pénible d'attendre indéfiniment le retour de mon mari pour la revoir, car, ce n'est qu'à ce moment que les tribunaux jugeront les différents qui nous séparent.

— Si M. Savaret est au Klondyke, vous pouvez attendre longtemps.

— La situation est très pénible pour moi ; je crains sans cesse que la directrice ne m'interdise l'entrée de ce pensionnat, ce serait son droit, et je n'aurais qu'à me soumettre.

— Maman chérie ! il faut m'enlever... C'est moi qui mourrais, mais pour de bon, si tu ne revenais plus !

— Et moi ! je ne t'aurais retrouvée que pour te perdre ! non, ma fille.

— Il faut prendre Suzette, Madame, et partir tout de suite en France.

— Ma chère enfant, voilà où ça deviendra très difficile.

— Pourquoi ?

— Immédiatement, je serais soupçonnée de cet enlèvement, signalée, surveillée...

« Comment m'embarquer avec elle ?

— En s'embarquant immédiatement, dit Ellen avec sa logique de jeune fille, on n'aurait pas le temps de prévenir la police.

— En admettant que je puisse m'embarquer ici, je serais signalée à New-York et arrêtée dès mon arrivée.

— Alors qu'est-ce qu'on ferait, petite mère ? questionna Suzette.

— On te ramènerait ici où tu serais gardée très sévèrement, et je ne pourrais plus te voir du tout !

— Oh ! mon Dieu ! non alors.

— Vous avez raison, Madame, fit Ellen, rêveuse.

— La directrice qui est responsable, promettra même une forte prime à qui me retrouvera... On fait cela chez vous.

— Oui... Et avant deux jours vous seriez arrêtée.

— C'est vrai, maman !

— Hélas ! Il faudrait que je puisse me cacher avec toi pendant un certain temps... dérouter les soupçons...

— En effet, dit Ellen en réfléchissant profondément à présent.

— Mais je ne connais pas du tout le pays, reprit Mme Savaret, et je serais vite dépistée.

— Si vous le permettez, fit la raisonnable Ellen, nous prendrons conseil de mon père.

— De votre père ? fit Charlotte un peu inquiète.

— Mon père a vu une fois ma petite amie Suzette, il sait que je l'aime beaucoup : il connaît son isolement et sera très heureux de savoir qu'elle a retrouvé sa maman.

— Oui, mais partagera-t-il l'idée de l'enlèvement ?

— Il est très bon et très indépendant, il déteste tout ce qui est oppression et injustice...

— Vous croyez véritablement qu'il m'aiderait ?

— Je le crois ; dans trois jours il doit venir me voir avant de m'emmener pour les vacances. Je lui expliquerai toute la situation... Après, vous lui parlerez.

— Je ne dois pas le faire ici, ce serait dangereux, cela éveillerait les soupçons.

— Quand il saura tout, il ira vous trouver à votre hôtel où vous causerez en toute sûreté.

— Alors, Ellen, dit anxieusement Suzette, tu lui diras ce que tu veux, toi, c'est qu'il nous aide ?

— Je lui dirai que c'est mon plus grand désir...

Charlotte Savaret prit Ellen dans ses bras, l'embrassa longuement.

On se quitta avec promesse de se retrouver bientôt.

Le jeudi suivant, Charlotte reçut la visite de M. Mac Olry.

Il expliqua que sa fille Ellen lui avait exprimé son désir, et qu'il était à sa disposition pour l'aider dans son entreprise.

— Oh ! Monsieur, fit-elle, profondément émue de cette bonté simple, vraiment touchante chez cet homme à l'aspect plutôt rude, et qu'elle n'avais jamais vu, vous serez vraiment mon sauveur !

— J'en suis bien heureux, Madame, il faudra agir très rapidement, car si vous manquez votre coup, vous ne pourrez plus le recommencer.

— Que pensez-vous que je doive faire ?

— J'ai songé hier à tout cela, reprit M. Mac-Olry, qui ne détachait pas ses yeux du joli visage de Charlotte.

Celle-ci devina son sentiment.

Avec l'esprit instinctif de la femme, elle comprit qu'elle obtiendrait tout de cet homme.

Un courant qui les rapprochait s'était tout de suite établi entre eux.

Charlotte serait forte maintenant.

— Votre situation m'intéresse, reprit le visiteur.

« Votre fillette est charmante, vous ne pouvez pas subir plus longtemps la cruauté de la séparation.

« Voici comment nous procéderons :

« Ce soir même j'emmène ma fille en vacances... Presque toutes les autres élèves partiront aujourd'hui ou demain matin. Les surveillantes s'en iront toutes demain matin. Il ne restera que quelques pensionnaires à peu près libres.

« Vous me comprenez déjà ?

— Oui, dit Charlotte attentive... il faut attendre encore.

— Un peu..., car il est à craindre que la directrice ne vous interdise l'entrée du pensionnat, maintenant qu'il est moins surveillé.

— Je suis d'avis d'agir dès après-demain soir.

— Je suis prête.

— Vous enlevez votre fille par le terrain du parc.

« Je verrai Suzette longuement ce soir avec ma fille.

— Je lui tracerai ce qu'elle doit faire pour vous rejoindre à dix heures, après-demain soir, au bout de la terrasse... Le reste ne sera pas difficile, je vous prendrai par-dessus le mur, la rue est tout à fait déserte.

« Ce qui m'inquiète, c'est votre départ.

— Il m'est impossible que je m'embarque de suite pour la France...

— Ce serait folie.

— Où me réfugier ?

— Chez moi, dans ma plantation, personne ne viendra vous y rejoindre, vous aurez là un refuge assuré.

— Oh ! Monsieur...

— Il n'y a pas à hésiter ; si vous voulez ravoir votre fille, il faut disparaître de la ville, dépister la police. Ma maison vous est ouverte...

Il ajouta, la regardant franchement dans les yeux :

— Et vous me ferez très grand plaisir, si vous acceptez mon hospitalité.

— Comment vous remercier ? s'écria Charlotte, lui tendant les deux mains.

— En acceptant.

— C'est ce que je fais.

— Après-demain, tenez-vous prête. Je réglerai, moi, tous les petits détails... Je m'occupe de Suzette ce soir avec Ellen, qui lui expliquera comme moi exactement la conduite à tenir...

« Ne retournez pas surtout au pensionnat...

« Nous nous reverrons avant l'heure fixée.

— Bien, Monsieur.

Pendant longtemps, ils causèrent, arrêtant leur ligne de conduite.

M. Mac-Olry prit congé de Mme Savaret en lui don-

[illegible] rendez-vous avec Suzette pour le surlendemain dans la nuit chez lui.

Il la quitta, emportant une impression troublante de cette délicieuse Française aux yeux admirables, au profil pur, au charme pénétrant, qui faisait que Charlotte ne pouvait pas être oubliée quand une fois on l'avait connue.

Le riche planteur se sentait aussi sincèrement ému de la situation de cette mère seule dans ce pays inconnu, réclamant son enfant qu'on ne voulait pas lui rendre.

Il serait son soutien, son conseil, sa sauvegarde.

XVI

La nuit était venue.

Suzette et deux autres pensionnaires, qui ne partaient pas en vacances, venaient de monter dans le vaste dortoir où couchaient les plus jeunes élèves.

Une cloison formait autour de chaque lit une petite chambre.

Deux jours auparavant, la surveillante partait également en vacances.

Sa tâche revenait à une lourde bonne d'origine irlandaise qui, dès qu'elle s'allongeait dans son lit placé au fond du dortoir, s'endormait d'un pesant sommeil.

Suzette Savaret était couchée.

Très énervée, elle ne dormait pas.

Elle comptait les coups que sonnait, les uns après les autres, la grande horloge du pensionnat.

Les lumières s'éteignaient, les bruits de dehors cessaient.

Comme le temps lui semblait long !

Quand serait-elle dans les bras si chers ?

Enfin dix heures.

Suzette s'assit sur son lit.

Immobile pendant quelques minutes, elle tendit l'oreille.

La bonne ronflait comme un tuyau d'orgue.

Elle se souvenait que, les premières nuits qu'elle couchait dans ce dortoir, des ronflements tout aussi forts chez la grosse surveillante lui faisaient peur.

Aujourd'hui, c'était le contraire.

Légèrement, elle sauta du lit.

Elle s'habilla rapidement et sans bruit.

Malgré la recommandation de sa mère qui lui disait de fuir sans se charger de rien, la fillette ayant logé dans sa petite tête d'emporter de menus objets auxquels elle tenait se mit en devoir de les trouver.

Elle se rendit pieds nus dans le vestibule attenant au dortoir et sans bruit, y prit un petit paquet tout prêt dans sa serviette de toilette.

Aurait-elle abandonné ses filles, ses poupées ?

Suzette revint près de son lit, mit ses chaussures, et sur la pointe des pieds, marcha vers la porte du dortoir, dont elle était du reste tout près.

Une ombre, toute svelte, glissant sur le plancher !

Elle était sur le palier.

Au lieu de descendre par le grand escalier, elle s'approcha d'une fenêtre donnant sur un balcon de fer.

Par une sage mesure, chaque étage du bâtiment central était entouré de balcons munis d'escalier en colimaçon qui permettaient de descendre jusque dans le parc sans avoir recours aux escaliers intérieurs : ce qui, en cas d'incendie, pouvait assurer le sauvetage de tout le pensionnat.

Les portes vitrées s'ouvrant du dedans en dehors, et aboutissant à l'entrée des dortoirs et des chambres, complétaient la mesure.

Mme Savaret ayant un jour demandé à visiter l'établissement, on lui expliquait le but de ces escaliers.

Le plan de la fuite avait été basé sur ce fait que les portes accédant aux balcons n'étaient jamais fermées à clé.

Suzette s'engagea donc sur ce balcon et ensuite le long de la rampe.

La nuit était très sombre.

Pas de lune.

En descendant les marches étroites, il lui semblait qu'elle s'enfonçait dans quelque chose de noir, comme le serait l'enfer.

Mais Suzette avait fait provision de courage.

Ses deux mains se crispaient sur la rampe de fer ; son paquet, passé sous son bras, la gênait bien un peu. Pourtant elle n'osait le jeter à terre de si haut.

La peur de briser ses poupées demeurait plus vive que celle des ténèbres.

Enfin elle arriva à la dernière marche.

L'enfant éprouva une grande joie à sentir grincer sous ses pieds le sable du jardin.

Elle s'orienta une seconde, ses yeux s'habituant à l'obscurité.

A sa droite, assez loin, les arbres en allée bordant le parc vers la rue se dressaient.

Suivant l'allée circulaire, elle se dirigea vers la terrasse d'où, pour la première fois, elle avait reconnu sa mère.

La susdite terrasse surplombait la rue de plus de quatre mètres.

La petite arriva rapidement, à cette partie du mur.

Se hissant sur la pointe des pieds, elle jeta un coup d'œil dans la rue.

A la lueur des lampes électriques elle distingua en face d'elle, le long d'une maison, une masse sombre.

Elle était aperçue, car la personne qui attendait dans l'embrasure de la porte fit un mouvement.

Suzette n'eut pas une hésitation.

— Maman ! me voilà

La pauvre femme s'élança d'un bond, venant se placer au pied du mur, au-dessous de sa fille.

— C'est toi ma Suzette ?

— Oui, petite mère.

— Personne ne t'a entendue sortir de la maison ?

— Personne, tout le monde dort.

— Alors, écoute-moi.

Ici le mur est trop haut, mais suis-le jusqu'au bout, la rue monte et il devient moins élevé.

— Bien maman.

— Tu es agile, ma chérie, et tu n'as pas peur ?

— Oh ! non, j'ai eu peur tout à l'heure, dans le noir. Maintenant que tu es là, je ne crains rien.

— Fais ce que je te dis.. doucement, sans te presser.

— Oui, maman.

— Grimpe sur le mur, qui n'est pas haut de ton côté.

— Justement, voilà une chaise qui va m'aider.

— Maintenant, assieds-toi et laisse pendre les jambes de mon côté.

Tandis que la fillette exécutait le mouvement, Mme Savaret se baissait, posant à terre un tabouret pliant qu'elle cala solidement le long du mur.

Elle inspecta encore attentivement la rue, complètement déserte.

Pas un bruit de pas, le calme le plus assurant.

Charlotte monta sur le tabouret, gagnant ainsi plus de quarante centimètres.

Elle leva les bras.

Suzette sentit les mains de sa mère frôler ses jambes.

— Fais bien attention, arc-boute-toi solidement des deux mains sur la pierre et laisse-toi glisser dans mes bras.. Là... c'est cela, ma chérie, ne crains rien... lâche le parapet.

La fillette avait parfaitement exécuté le mouvement et son petit corps glissa le long du mur.

Elle sentit les mains de sa mère arriver à sa taille.

— Lâche le parapet ! répéta Mme Savaret.

Suzette était dans ses bras.

Elle descendit de son siège, l'embrassa avec passion, et l'entraîna précipitamment.

Suzette résista.

— Et mon paquet ?

— Quel paquet ?

— Mes filles, dit-elle gravement.

— Comment, tu as emporté tes poupées ?

— Oui, j'ai laissé le paquet glisser le long du mur.

— Il est bien où il est, tu n'en as pas besoin.

— Je t'en prie maman... mes pauvres poupées !

Ellen refirent quelques pas en arrière.

Suzette, lâchant la main qui tenait fébrilement la sienne, chercha à terre.

— Vite, vite, ma pauvre enfant, on est peut-être à notre poursuite !

— Voilà !

La petite main recherchait la sienne.

Mère et fille gagnèrent, en courant, le coin de la rue.

Une voiture attendait.

Mme Savaret jeta le nom d'une gare, et l'équipage fila.

Trois quarts d'heure après l'enlèvement, confortablement installées dans un wagon de première classe, toutes deux roulaient vers Rock-Waller, la station où devait les attendre M. Mac-Olry avec une de ses voitures.

La plantation de M. Mac-Olry se trouvait située à deux heures de chemin de fer de San-Francisco, et à six kilomètres de la station de Rock-Waller, la plus proche de la propriété.

A peine si l'on apercevait, en arrivant presque dessus, l'usine immense pourtant, mais disparaissant dans un coin d'une forêt de térébinthes.

En avant de la lisière de cette forêt, se trouvait la villa du maître.

Elle était large et basse, construite toute en bois, d'un bois vernissé laqué de rose, avec un grand toit peint en rouge foncé.

Un balcon, également laqué groseille, faisait tout le tour de l'unique étage de la maison, si coquette et si fraîche, avec sa façade recouverte de rosiers grimpants et de chèvrefeuille parfumé.

Les larges baies du rez-de-chaussée s'ouvraient sur une terrasse fleurie, dominant une vallée délicieuse où glissait un ruisseau rafraîchissant encore l'ombre profonde du feuillage touffu.

L'intérieur de la villa, meublée d'une façon sobre, mais excessivement confortable, répondait bien au caractère des habitants.

Tout y était gai et clair.

Pas de meubles encombrants ; des fauteuils en bois verni, à bascule, destinés au passe-temps du rocking.

Derrière le bâtiment, allant rejoindre la lisière de la forêt, l'usine s'étendait sur une vaste largeur, puis une luxuriante plantation, d'une végétation puissante, magnifique.

Des champs sans fin d'arbres fruitiers de toutes espèces.

Des arbres de toutes les essences étalant, dans un merveilleux épanouissement, leurs fleurs et leurs fruits.

Auteur de l'usine, à l'ombre des puissants térébinthes, des ouvriers entassaient en de larges corbeilles, en les triant, des fruits dorés et parfumés.

Des tomates rutilantes, des pêches veloutées, roses, rouges et couleur d'or, des abricots au parfum exquis, tous les produits de ce pays de soleil ; des cocos, des goyaves, etc.

Charlotte Savaret est assise, un peu nonchalante dans le salon clair, près de la large baie ouverte, qui laisse entrer le parfum des roses surchauffées par le soleil de toute la journée.

L'ombre est sur la terrasse maintenant.

Une légère brise se lève.

Quel pays pour y vivre heureux, y vivre à la façon d'une plante qui s'étale absorbant l'oxygène pur, sans besoin de se trouver ailleurs !

Vivre sans souffrir de la vie !

Sa petite Suzette joue à ses pieds, avec ses éternelles poupées, enlevées comme elle du pensionnat, et les cocos qu'elle leur distribue.

Charlotte a laissé glisser le livre qu'elle tenait.

Elle reste inactive, à regarder sa fille, sa Suzette qu'elle a maintenant toute à elle, sa petite fille aux cheveux d'or.

L'enfant lève ses yeux gris de lin qui rencontrent les yeux d'émeraude de la mère.

— Petite maman ! tu ne dis rien... Tu ne lis plus!

— Non, ma chérie.

« On devient paresseux devant cette magnifique nature.

— Oh ! oui, c'est bien beau !

Et puis, Ellen est si gentille... Son papa aussi, il aime... toi encore plus que moi.

Charlotte détourna la tête.

— Ellen doit venir me chercher tout à l'heure, pour me faire assister à une cueillette de pêches, reprit la petite, qui retrouvait ainsi son entrain d'autrefois.

— Cela t'amusera, ma chérie ?

— Oh ! je te crois !

Pense que je vais voir, vivants cette fois, les bonshommes aux grands chapeaux qui sont sur les images.

— Quelles images ?

— Tu sais bien, les images qui entourent les boîtes.

— Parfaitement, j'y suis... les boîtes de fruits que nous achetions à Paris.

— C'étaient peut-être les fruits du papa d'Ellen... Oh ! que ce serait drôle !

— Très drôle...

— Ah ! la voilà...

— Elle te cherche.

— Je m'en vais.

— Embrasse-moi vite.

L'enfant jeta ses bras autour du cou de sa mère, et, malgré sa hâte de partir, se laissait dévorer de baisers.

— Comme je t'aime ! petite mère... Si nous restions ici toujours ?

— Sauve-toi, voilà Ellen.

Suzette s'échappa et courut vers sa grande amie.

Heureuse !

Charlotte l'était aussi complètement qu'elle pouvait l'être... avec le remords de sa vie, le souci de l'avenir.

Depuis huit jours, dans ce coin délicieux, elle jouissait de son bonheur de mère.

Elle se reposait.

M. Mac-Olry lui offrait cette chaleureuse hospitalité, toute spontanée, qui demeure le trait le plus charmant du caractère national.

Charlotte lui en était profondément reconnaissante.

Nul souci autre que les soucis intimes qu'elle cachait, ne troublait le calme de son existence.

Elle devenait pourtant mal à l'aise sous le regard de Mac-Olry.

La muette adoration dont elle se sentait enveloppée la gênait.

Un quart d'heure après le départ de l'enfant, il s'avança dans le salon.

En l'apercevant, elle abandonna sa pose un peu lâchée, rapprocha au col son corsage un peu trop ouvert, puis se tint droite sur son fauteuil.

— Eh bien, chère Madame, vous habituez-vous à cette température quelque peu brûlante ? demanda avec intérêt le propriétaire du domaine, en attirant un fauteuil auprès de celui de Charlotte.

— Je n'en souffre nullement, grâce à votre si confortable installation.

— Alors, vous vous plaisez ici ?

— S'y je m'y plais, monsieur ! c'est le paradis, ni plus, ni moins.

— Oui, je comprends, après l'enfer que vous avez traversé.

— Et pourtant, il va bien falloir que je prenne une décision... Je voulais justement vous consulter.

— Comment une décision, à propos de quoi, chère madame ?... Vous êtes ici tranquille, restez-y donc ?

— Cependant, dit en souriant Charlotte, je ne puis demeurer indéfiniment.

« Il me faudra partir tôt ou tard.

— Très tard.

M. Mac-Olry pâlissait un peu.

— Je dois retourner en Europe... ramener Suzette en France. Tout danger doit avoir disparu... Ma piste est perdue sûrement. Franchement, quand pensez-vous que je puisse m'embarquer sans danger ?

— Pas encore... il est trop tôt... pas avant un mois au moins.

— Sincèrement ?

— Très sincèrement ! Il faudra auparavant, du reste, que je me rende à San-Francisco m'informer où en sont les recherches.

« Puis, pourquoi voulez-vous partir ?

— Savez-vous que vous me ferez beaucoup de chagrin, le jour où vous me quitterez ?

— J'en aurai également beaucoup.

— Avez-vous l'intention de... vous remettre avec votre mari ?

— Je ne crois pas une réconciliation possible, jamais... lui, du reste, ne voudra pas me revoir.

« J'ai tout à craindre de son retour... je l'ai gravement offensé ; j'ai eu des torts irréparables. Vous voyez que je vous parle en amie.

« J'en ai été du reste cruellement punie.

M. Mac-Olry la regardait, son expression triste se mêlant à la surprise.

— Vous l'avez offensé gravement, dites-vous ?

— Oui... il a pardonné d'abord, puis... lorsqu'il a su tout... la vérité entière, il a fui, en enlevant ma fille.

— Quelles qu'aient été ses fautes, on ne ravit pas son enfant à une mère... Demeurez ici... je vous en supplie... Elle vous aime, elle adore Suzette, la vie vous sera douce à toutes deux.

« Pour moi... je serai... bien heureux !

— Je ne puis... Non, je ne puis.

— Puisque vous ne devez pas vous réconcilier avec le père, pourquoi partir ?

— Il le faut, dit Charlotte se troublant sous le regard devenu trop ardent de cet homme qui priait.

— Voyons..., madame chère amie... vous permettez, n'est-ce pas, que je vous appelle ainsi ?

— Vous en avez le droit... Vous avez été l'ami dévoué que l'on oublie pas.... J'ai en vous confiance.

« Et vous avez raison.

« Je serai ce que vous voudrez que je sois. Mais si vous le voulez, pour vous je soulèverais le monde.

« Je vous referais une vie qu'aucune femme n'aurait.

Elle éluda la réponse qu'il attendait :

— Vous m'avez donné tout le bonheur que je puis souhaiter, puisque vous m'avez rendu mon enfant.

— Et que ferez-vous, seule dans l'existence ?

— Je ne suis plus seule, j'ai ma Suzette.

— Et vous ? qui s'occupera de vous ! Comprenez donc... comprenez, je vous en conjure...

Il s'empara de la main de Charlotte, la porta brusquement à ses lèvres :

— Je vous aime ! je vous aime ! Ne le voyez-vous donc pas ?

De plus en plus troublée, elle se leva ; puis aussi pâle que lui, doucement retira sa main.

— Voyons, remettez-vous, ce n'est pas sérieux, n'est-ce pas ?

Il répéta :

— Je vous aime.

Et il ajouta :

— Ardemment... saintement, si vous le voulez, je ne veux pas vous offenser... mais je vous adore.

Puis, lui reprenant la main :

— Je voudrais refaire votre vie... Vous avez besoin d'un appui sûr, d'un cœur dévoué... réfléchissez... Il y a le divorce... Mais je vous en prie, ne partez pas, ne me quittez pas... au moins de sitôt.

Charlotte était attirée.

Elle sentait la sincérité de l'aveu.

Cela la touchait.

Elle ne pouvait du reste rien brusquer.

Et elle ne trouvait plus un mot à répondre.

Heureusement Mac-Olry dénoua lui-même cet entretien.

— Voyons, dit-il, ne me répondez pas de suite. Réfléchissez tout le temps que vous voudrez. Je ne vous parlerai plus de mes sentiments. Vous savez que vous êtes la maîtresse.

« Vous êtes ici chez vous... et libre à vous d'y rester toujours... Je serai, si vous voulez, le mari, si vous le préférez, l'ami tout simplement... sans plus rien dire...

« A ce soir... à l'heure du dîner.

Il sortit précipitamment.

Charlotte se laissa tomber sur un fauteuil.

Elle pleurait, les nerfs secoués, murmurant :

— J'étais trop heureuse !

« Voilà maintenant ma tranquillité perdue !

XVII

Simone et Odette causaient ensemble de Suzette, à qui elles s'étaient bien vite attachées, et dont la disparition les éloignait, leur semblait-il, davantage de leur patrie.

Elles se laissaient aller à une profonde tristesse, quand on vint les avertir qu'un monsieur désirait les voir.

— Un monsieur ? dit Odette.

— Voici sa carte.

— Max Mannier ! fit Simone, devenant toute rouge, et portant une main à son cœur.

— Ce cher docteur ! exclama Odette, il ne nous oublie pas décidément.

Tout ému et tout heureux, Max Mannier se trouva en présence des deux jeunes filles.

— Comme cela nous fait plaisir de vous retrouver ! dit Odette.

— J'avais hâte d'arriver à San-Francisco, fit-il. J'ai tant de choses à vous dire que je ne pouvais guère vous écrire.

« D'abord, comment vous trouvez-vous ici ?

— Mais aussi bien que possible, affirmèrent les deux sœurs.

— On y est très bon pour nous, ajouta Simone.

— Seulement, dit Odette, c'est tout de même l'isolement.

« Et vous vous voyez troublées à des titres différents.

« Nous avions une petite Française que nous venons de perdre...

— Mais, fit vivement Simone, le docteur la connaît ; c'est la petite Savaret.

— La petite Savaret était ici ?

— Parfaitement.

— Elle n'est pas morte, je pense ?

— Disparue... enlevée par sa mère.

— Par sa mère.

— Oui.

« Pierre Savaret, à la suite de dissentiments d'ordre intime, et à la suite de la triste fin de notre pauvre père, était arrivé ici avec sa fille qu'il confiait à la directrice du pensionnat.

« La mère s'est mise à la recherche de son enfant... l'a retrouvée, nous vous expliquerons comment.

« Ayant obtenu la permission de la voir, elle aura combiné, d'accord avec la petite, son enlèvement.

— Nous en restons bouleversées, acheva Odette.

— Pauvre père ! fit le docteur.

« Il ne lui restait que cette petite.

« Lui qui est si heureux à la pensée de la revoir.

— Mais vous l'avez donc vu, lui, Savaret ?

— Je l'ai vu au Klondyke.

« Très changé, tout blanc maintenant, mais d'une énergie, d'un courage vraiment admirables.

— La vie est pourtant bien pénible, paraît-il, là-bas ?

« Au moins réussit-il ?

— Il est tout simplement en train de devenir millionnaire.

— Eh bien, le retour sera triste pour lui.

« Mais si vous aviez vu l'adoration de cette petite pour sa mère.

« Si vous aviez vu celle de la mère pour l'enfant !

« Il était effrayant de penser qu'on pourrait encore séparer ces deux êtres.

« Quel crime !

— Le père aussi l'adore.

« Ce qu'il faudrait tenter, ce serait un rapprochement.

« L'enfant formera peut-être un lien qui effacera tous les torts.

— Vous avez raison.

« C'est encore ce qui sera le mieux si on le peut...

« Parlons de vous, cher ami ! Que pensez-vous de cette vie errante, qui est la vôtre à présent ?

Max Mannier sourit.

— Je la trouverais très agréable, si elle ne me séparait

de vous... Au fond, je serais bien difficile de m'en plaindre.

« Sir William Steadman est le plus charmant homme du monde.

Nous voyageons dans des conditions exceptionnelles de confort.

« Le mouvement qui m'entoure est des plus intéressants; ce que je demanderais c'est de vous voir sorties de votre pénible situation.

— Oh ! dit Odette, notre vie est finie ; nous végéterons, le temps passera... Nous vieillirons comme tout le monde.

— Oui, ajouta Simone, le temps n'est-il pas le grand dissolvant ?... Notre chagrin peu à peu devient moins aigu... Nous nous résignons.

— Il faut, en effet, attendre le calme du temps, fit Max très grave ; mais ayez aussi confiance au hasard qui ménage parfois d'heureuses surprises.

— Je ne comprends pas, docteur, fit Odette. Quelle surprise peut-il nous ménager.

— J'ai rencontré vos maris... Ces messieurs d'Harvert.

— Eux ! exclama Odette.

Simone avait pâli.

— Qu'importe ! ils ne nous intéressent point, dit-elle après un silence...

— C'est vrai, fit amèrement Odette.

— Où les avez-vous vus ? interrogea Simone, d'une voix sans intonation.

— Au Klondyke avec Saverat, où ils exécutent des prodiges de courage et de travail.

— Eux ?

— Mais oui !

— Ils travaillent ?

— Ce n'est pas possible.

— Je vous le jure.

— Ils ont bien changé.

— Ce ne sont plus les mêmes hommes ; vraiment, je les ai admirés.

« Il faut une volonté, une énergie peu communes pour se maintenir dans cet effroyable pays.

Max Mannier parlait avec un sérieux qui ne donnait prise à aucun doute.

— Je vous le répète, ils sont tout autres.

— J'ai longuement causé avec eux.

— Vous ont-ils parlé de nous ? demanda Odette.

— Oui.

« Ils se rendent compte de la lâcheté de leur conduite.

« Ils sont en train de se réhabiliter.

— Tant mieux pour eux... si ce n'est pour nous !

— Et ils se refont une fortune.

— Cela nous est égal !

— Ils m'ont exposé leurs projets... Ils tiennent à se retrouver vis-à-vis de vous .

— Jamais nous ne les reverrons

— Jamais ! appuya Simone.

— Ne serait-ce que pour régulariser vos situations ?

Les deux sœurs devinrent pensives.

— C'est juste, dit Odette, il vaudrait mieux en finir.

— Et, s'il vous offraient de commencer la vie commune.

— Oh ! cela non ! s'écrièrent les deux jeunes filles.

— Vous seriez résolues à le refuser, Simone.

— Absolument résolue.

Max Mannier soupira comme excessivement soulagé.

— Hélier d'Harvert m'a dit, reprit-il, que sa fierté se refuserait à vous implorer.

— La mienne à le lui permettre.

— Il vous rendra, si vous l'exigez, votre liberté.

— Je l'exige dès à présent.

— Il a ajouté que son vif désir serait de vous voir heureuse, fût-ce en sachant un autre homme que lui heureux par vous .

Simone eut un geste navré.

— Ma vie est perdue !

— Qui sait ? murmura Max, en la regardant bien loyalement dans ses beaux yeux, qu'elle détourna lentement.

— Gontran est dans les mêmes dispositions ? interrogea Odette, la voix moins sûre qu'un instant plus tôt.

— Oh ! pas du tout...

— Gontran vous aime plus qu'il ne vous a jamais aimée.

« Gontran ne pense qu'à vous.

« Il veut, lui, votre pardon.

— Il ne l'aura point.

— Ne jurez de rien.

— Non ! vous dis-je.

— Pensez à cela ; il se repent, il vous adore.... Il n'est plus le même ! Il a souffert, il a vécu de travail, de privations... C'est un homme.

— Vous le défendez bien chaudement.

— Je n'ai pas à le défendre. Sa conduite fut celle d'un lâche... elle est aujourd'hui celle d'un cœur honnête et bon... Vous pardonnerez.

La jeune fille ne répondit plus.

— Il fait tout pour se réhabiliter, et, maintenant, je crois, qu'il a expié

Même silence.

— Vous savez combien je vous suis dévoué... à vous comme à Simone ?

« Laissez-moi donc vous donner franchement mon avis.

— Donnez, fit Odette.

Il répéta :

— Vous pardonnerez.

Elle, le front bas :

— Je ne sais pas .

« D'ailleurs, je suivrai votre conseil.

« Je n'ai pas le droit de lui refuser une entrevue s'il la demande.

Max expliqua qu'il devait accompagner son client dans la région de San-Francisco.

Longtemps, les trois amis causèrent.

Au printemps, il retournerait avec lui au Klondyke.

— Nous nous reverrons souvent ? demanda Simone.

— Certes... Le plus souvent possible, puisque notre point d'attache est San-Francisco .

— Vous savez combien cela nous fera plaisir.

Elle lui tendit sa jolie main.

Max ne répondit plus.

Il baisa dévotement le bout des doigts de la jeune fille.

— Alors, c'est au revoir et à bientôt ! dit Odette.

— Oui, à bientôt.

Et il s'éloigna, laissant les deux sœurs différemment émues de cette visite.

Max Mannier devait à plusieurs reprises revenir.

Il ne se dissimulait pas la force du sentiment qui l'attirait vers le pensionnat .

Il se laissa aller complètement à l'amour qu'il sentait grandir.

Hélier ayant renoncé à Simone, et Simone n'aimant pas Hélier, pourquoi n'espérerait-il pas ?

Il serait riche presque, bientôt.

« C'était une situation sérieuse, qu'il pourrait offrir à une femme adorée.

Simone avait assez souffert ; il se chargerait de la rendre heureuse.

Aucun aveu, du reste, n'était sorti de ses lèvres.

Très maître de lui devant la jeune fille, il se demandait quelques fois si elle devinait son état d'âme.

S'il n'était pas au fond très ému en sa présence, il aurait vu qu'elle avait fort bien lu dans son cœur, qu'elle devinait son trouble, qu'elle se sentait aimée.

C'était un jour de février, par un temps épouvantable.

La neige tombait à gros flocons serrés .

En entrant dans le petit salon qui précédait la chambre des deux sœurs, le docteur Mannier fut tout de suite enveloppé de l'intimité douce qui le saisissait chaque fois qu'il y pénétrait.

La pièce, petite, était coquettement disposée.

L'art des deux Parisiennes y jetait sa note élégante.

L'eau bouillait pour le thé.

Les deux sœurs lisaient.

Un gracieux sourire de bienvenue aux lèvres, un nuage rose au front de Simone, elles l'accueillirent les mains tendues.

— Mon cher docteur, comme c'est gentil d'arriver juste ainsi, au bon moment.

— C'est délicieux ici, fit le jeune homme répondant [illegible] serrements de mains, un vrai petit coin de France !

— Je suis sûre qu'il ne neige pas ainsi à Paris, dit [illegible]ne, soulevant le rideau de la fenêtre donnant sur [illegible] parc.

— C'est très probable.

« Là-bas, on ne voit pas la neige longtemps.

— Ça doit être gai au Klondyke, dit Max.

— Oui, nous n'avons pas à nous plaindre à San-Fran[illegible]

— Vous ne vous imaginez pas ce qu'est l'hiver en [illegible]aska.

« Quarante degrés de froid !

« Les pauvres mineurs restent calfeutrés dans leurs maisons de troncs d'arbres.

— Mais ils peuvent se chauffer très fort si la maison [illegible] petite.

— Oh ! il n'atteignent guère au-dessus de douze de[illegible].

« Bien heureux encore quand leur eau pour boire ne [illegible] pas.

« Avec cela mal nourris, exposés à toutes espèces de [illegible], sans oublier le scorbut.

— C'est effrayant !

— Est-ce que... les messieurs d'Harvert sont bien ins[illegible] pour l'hiver ?

— Je l'espère, aussi bien que l'on peut y être là-bas.

« Savaret est très intelligent ; ils ont avec eux un [illegible] habile, qui leur est excessivement utile.

— Cela doit les changer un peu tout de même, dit ma[illegible]cieusement Simone.

— Ils peuvent sortir ? questionna Odette.

— A peine s'ils osent quitter leurs vêtements de fourrure ; mais ils sont obligés, en effet, de sortir pour chasser.

— Comment pour chasser ?

— Oui, il leur faut de la viande fraîche et Gontran d'Harvert est le plus enragé des chasseurs.

« Ce doit être terrible dans la neige, dans la glace [illegible] surtout par ce froid intense.

« Pour tenir leur fusil, ils doivent mettre des gants, [illegible] la peau des mains resterait attachée au canon [illegible] l'arme, tout comme s'ils touchaient un fer rouge.

« Ils sont vraiment admirables de courage.

— Vous voulez m'attendrir sur le sort de Gontran, fit [illegible] en souriant.

— Je vous assure qu'il est un tout autre homme, qu'il [illegible] preuve d'une volonté et d'une énergie peu com[illegible].

— Simone l'eau bout, s'écria Odette, pour couper la conversation.

« Prépare-nous le thé à l'américaine.

Gracieuse avec de jolis gestes, Simone obéissant à sa cadette, se mit en devoir de préparer la boisson parfu[illegible].

Comme elle était belle !

Ses jolies mains fines touchaient à peine chaque objet.

Max admirait la courbe gracieuse de son cou, la fer[illegible] de sa gorge, la flexibilité de sa taille.

Jamais il ne l'avait vue ainsi.

Est-ce parce qu'il la retrouvait libre ?

Est-ce parce qu'il ouvrait plus grande la porte aux [illegible] enchantés ?

Le thé fut déclaré exquis, les petits gâteaux parfaits.

Les trois Parisiens retrouvaient ensemble un coin de [illegible] patrie.

Max causait moins, tout engourdi par le bien-être l'enveloppant, l'atmosphère ambiante.

Simone ne parlait guère plus.

Odette jacassait, amusante et vive.

On frappa à la porte du salon.

La femme de chambre priait Mlle Odette de descen[illegible] rejoindre la directrice, qui devait la présenter à la [illegible] d'une grande élève désirant faire prendre des le[illegible] particulières à sa fille.

— Je vous suis, dit Odette.

« C'est le devoir !

« Adieu docteur, si je ne vous revois pas.

Elle sortit.

Un silence régna quelques minutes.

Simone sentait l'émotion de Max la gagner.

Elle n'osait lever les yeux de peur de rencontrer les siens.

Enfin le docteur demanda :

— Croyez-vous qu'Odette pense vraiment à Gontran ?

— Je ne sais.

« Parfois, il me semble qu'elle cherche à s'irriter davantage contre lui, comme si elle craignait que l'oubli ne vienne endormir sa rancune.

— Sous cette colère et cette rancune, ne croyez-vous pas qu'un peu d'amour puisse se réveiller ?

— C'est possible, Odette ne m'a rien dit.

— Gontran l'aime vraiment et ne pense qu'à elle.

Simone ne répondit pas.

Espérait-elle d'autres paroles de part du jeune homme, de ces paroles qui ne s'effacent plus, une fois prononcées.

— Et vous ? Simone, pensez-vous quelquefois à celui qui est encore votre mari ?

— Je le plains, puisque vous dites qu'il souffre.

— C'est tout ce que vous inspire sa situation ?

— Il ne m'est rien, ne sera rien pour moi.

Max respira longuement.

Il se rapprocha d'elle.

— Votre cœur serait-il mort... à tout ?

Troublée elle ne répondit pas.

— Vous êtes jeune ! Vous êtes belle !

— Je n'existe pour personne au monde.

— C'est cruel ce que vous dites-là.

— Je sais que vous êtes mon ami.

— Et un ami sûr, allez !

Il s'empara de sa main.

— Alors... Simone.

Puis, n'y tenant plus :

— Je vous aime... non seulement en ami... mais d'amour.

— Max ! Max !... je vous en prie, calmez-vous ?

— Dites-moi que vous le sentiez, cet amour, que vous le deviniez !

— Oui, balbutia Simone.

« Ah je craignais cet aveu !

— Pourquoi ?

« Doutez-vous de moi ?

« Je puis vous offrir aujourd'hui une situation qui...

— Mon ami, je vous en prie, la situation m'est égale.

— Je repars au Klondyke d'ici très peu de temps. Donnez-moi une bonne parole, Simone... Soyez franche... Et vous... m'aimez-vous ?

Ce fut un murmure :

— Oui.

— Merci, merci, dit-il, dévorant ses mains de baisers.

Ce fut le cœur gonflé de joie, que le docteur Max Mannier quitta le pensionnat, où il ne devait plus revenir avant son départ pour Dawson-City.

XVIII

Deux ans se sont écoulés.

Hivers terribles, atteints par la maladie, attaqués par les fauves ; étés torrides où, victimes d'innombrables et énormes moustiques, ils ont failli être emportés par la fièvre de leurs morsures, nos courageux pionniers admirablement secondés par Zizi et Zozo, lavant depuis le lever, jusqu'au coucher du soleil les sables aurifères ne demandent qu'à regagner la patrie lointaine :

La France !

Personne encore n'a rien dit, lorsque Savaret prend l'initiative de la proposition :

Il avait devant lui quatre cent mille francs liquides.

Héller et Gontran en possédaient presque autant.

Sluice, qui recevait sa part, se trouvait à la tête de deux cent mille francs.

Restaient les *claims* eux-mêmes qui représentaient une

faire somme et l'on trouvait une Compagnie pour les acheter.

Il dit un soir :

— Ceux d'entre nous qui veulent renoncer à la dure existence que nous menons ici, vont pouvoir vendre leurs claims.

— A qui? demanda Gontran.

— A la compagnie que dirige M. William Steadman.

— Croyez-vous que ce soit possible?

— Parfaitement... Le docteur Manner m'a promis de nous faire acheter nos claims par la French and American Gold Mining Company.

— Il doit revenir par ici?

— Certes.

— Ce serait une très bonne chose, fit Hélier.

— D'autant plus, ajouta Savaret, que nous pourrions vendre, grâce à lui, dans les meilleures conditions.

— C'est mon avis, fit Gontran.

— Alors, il n'y a qu'à faire à Dawson nos versements d'or et à négocier la vente.

— Moi, dit Sluice, j'ai bien envie de rester encore une année au moins ; d'attendre l'automne.

Zozo protesta.

— Vous êtes assez riche pour vous installer ailleurs.

— Vous savez, dit Savaret, je vous abandonne l'entière propriété du claim que j'ai fait mettre à votre nom.

« Vous pouvez, en le vendant, en retirer une jolie somme.

— C'est dit, nous rentrerons tous ensemble aux États-Unis ! conclut Sluice, en serrant avec gratitude la main de son patron.

Zozo et Zizi applaudirent.

Les préparatifs du départ commencèrent dès le lendemain.

Deux jours après, l'on partait pour Dawson.

Savaret décidait que Gontran et Sluice, l'accompagneraient.

Hélier resterait pour surveiller les ouvriers embauchés dès la fonte des neiges, et qui effectuaient les derniers lavages.

Une voiture avait été fabriquée pour transporter le chargement d'or, objet du dernier versement, et qui pesait près de 200 kilos.

C'était une charrette à bras qu'un ouvrier, aidé d'un des voyageurs traînerait.

Les deux autres devaient les relayer à leur tour.

En voyant les petits sacs si lourds mais si peu volumineux, Zozo, pourtant blasée déjà, ne pouvait s'empêcher de murmurer :

— Comment ! il y a là six cent mille francs !

— Et cet hiver, on aurait pu mourir de faim à côté, prononça philosophiquement Sluice.

A ce moment, quelqu'un déboucha d'un sentier, se dirigeant vers eux.

C'était un jeune homme à la figure sympathique, intelligente.

Il plut, au premier abord, à Savaret devant qui il débusqua.

— M. Savaret est-il au camp? lui demanda le jeune homme.

— C'est moi-même, fit l'ex-secrétaire du banquier Guilain-Marfant.

— Je suis bien heureux de vous trouver, Monsieur.

« A l'entrée de l'hiver dernier, j'ai eu, à Dawson, une lettre de ma mère.

« Comme j'étais occupé très loin d'ici, je n'ai pu chercher à vous rencontrer.

« Maintenant que je me rapproche, je viens bien vite vous serrer la main.

— Qui êtes-vous donc?

— C'est vrai, j'oublie de me présenter : Marius Bardégasse.

— Ah ! vous êtes le fils de mon hôtesse de San-Francisco.

— Justement.

— Votre excellente mère m'a donné des conseils qui m'ont été très utiles.

« J'espère bien la revoir d'ici deux mois.

« Je lui avais promis de vous porter l'accolade qu'elle m'a donnée pour vous à mon départ. Laissez-moi m'acquitter de ma commission.

Les deux hommes s'embrassèrent.

— Là, fit Savaret en riant, je ne rentrerai pas sans m'être acquitté de la commission.

« La brave madame Bardégasse sera heureuse d'avoir de bonnes nouvelles de son cher Marius.

— Pauvre mère ! comme je la reverrais avec plaisir... Mais dites-moi, le bruit court que vous allez à Dawson porter des millions?

— Et quand cela serait?

— Il est à craindre qu'il ait suscité des convoitises. Un homme qui vous connaît m'a chargé de vous prévenir que vous seriez attaqué en cours de route pendant votre voyage.

« Il vous conseille de vous tenir sur vos gardes.

« Il veillera, d'ailleurs, lui aussi.

— Qui est cet homme?

— Il prétend taire son nom.

— Français?

— Oui... C'est tout ce que je puis dire.

— Remerciez-le... mais nous sommes de taille à nous tirer d'affaire.

Un peu plus tard, on se séparait.

Il n'y avait rien à redouter jusqu'au confluent du Squatter-Brook.

Mais une fois les derniers claims de Marguaret-River dépassés, la route de Dawson s'engageait à travers la forêt, et par d'étroits défilés, franchissant un petit col pour redescendre sur Dawson-City.

On coupait ainsi un coude du Yukon.

L'on gagnait par cette voie une quinzaine de kilomètres.

Sluice décida que l'on abandonnerait ce chemin.

Car un homme averti en vaut deux.

En partant de bonne heure le lendemain, on arriverait vers les neuf heures du matin, au village de la compagnie minière.

De là, au lieu de prendre la route ordinaire, on descendrait le long de la rive de la Marguaret-River jusqu'à son confluent avec le Yukon.

On suivit ce plan, sans aucun incident.

On apporta une bonne nouvelle au village de la Marguaret.

Le président de la Compagnie William Steadman, accompagné de son médecin, était arrivé à Dawson.

On l'attendait d'un jour à l'autre au village.

Il serait possible de régler les affaires en quelques jours, puisqu'il n'y aurait plus que la question de vente des claims.

Sluice, toujours prudent, veillait.

Le campement, installé sur un rocher dominant le fleuve, n'était accessible que d'un côté, en aval de la rivière, par une série de rochers, formant chaos.

Les broussailles de la rive allaient jusque-là.

Sluice avait toujours l'œil du côté du bois, comme s'il croyait en voir surgir les ennemis.

Tout à coup, les branches d'un buisson s'agitèrent.

Un objet de la grosseur presque d'une orange, décrivant une courbe dans l'air vint tomber à deux pas du campement.

— Est-ce qu'on nous bombarde? dit Gontran.

— Non... une lettre, fit Savaret en ramassant le projectile.

C'était un galet de la berge, autour duquel on avait roulé un fragment de papier.

La missive disait ceci :

« Monsieur,

« L'ami qui veille sur vous vient vous prévenir que vous serez certainement attaqués.

« Vos ennemis sont au nombre de huit, je suis un des huit et au moment du combat, je vous prêterai mon concours efficace.

Vous êtes donc quatre contre sept, ou plutôt en me comptant, cinq contre sept.
Courage, défendez-vous à mort, car on ne reculera devant rien.

« Votre ami ».

L'écriture de ce billet, bien que tracé à la hâte, et au crayon, fit frissonner Savaret.
Très caractéristique, quoique certainement contrefaite, elle suscitait en lui de terribles souvenirs, mais sa pensée revint vite au présent.
On prit des dispositions.
L'installation du petit campement fut abritée dans le creux des roches.
De cette façon, les balles ne pourraient atteindre les voyageurs par surprise.
On chargea les armes.
Et l'on attendit.
Ce ne fut pas long.
Un quart d'heure plus tard Sluice, qui arpentait le bois, surprit une agitation soudaine, dans les broussailles.
Il se rendait très bien compte que des hommes devaient avancer en rampant.
Bientôt, du reste, il distingua plusieurs silhouettes.
La distance qui le séparait des agresseurs lui permettait de tirer.
Gontran épaula son arme :
— Si j'en descendais un ou deux ? dit-il.
— Les voyez-vous bien ? demanda Sluice.
— Oh ! j'en vois un admirablement. Ce serait un bonheur de lui trouer la peau.
— Ne tirez pas, adjura Savaret à mi-voix, nous ne devons pas nous mettre dans notre tort.
— Comment dans notre tort ?
— Jusqu'à présent ces gens n'ont rien fait contre nous.
— Mais ils vont agir, nous sommes prévenus.
— Il faut attendre !
Et de sa voix qu'on écoutait :
— Nous nous défendrons, pas autre chose.
— Alors, nous attendrons qu'ils commencent ? demanda Sluice couché à côté de Savaret.
— Oui.
— Eh bien, vous allez voir ce qu'ils attendent.
En deux minutes, il ôta sa veste et son chapeau et les disposa au-dessus du rocher qui l'abritait, de manière à simuler la silhouette d'un mineur.
Deux coups de feu retentirent.
La veste trouée d'une balle s'abattit sur le sol.
— Vous voyez leur magnanimité ?
Je crois maintenant que nous savons à quoi nous en tenir, fit Sluice.
Un coup de feu partit à côté de lui.
Gontran venait d'épauler son arme.
Il y eut un mouvement dans les broussailles.
On distingua un homme se penchant sur une masse sombre étendue à côté.
Puis tout disparut.
— Ils ne s'attendaient pas assurément à une si prompte riposte, dit le plus jeune des Harvert.
— Bravo ! faisait Sluice, votre coup a porté.
Il y eut un assez long moment d'attente.
Rien ne bougeait plus sous bois.
On eût cru que les bandits renonçaient à leur projet.
— Pourquoi nous attaquent-ils, prononça Savaret ; il leur était si facile de nous tendre une embuscade au cours du voyage.
— C'est que sans doute, ils avaient la conviction que nous suivrions la route habituelle de Dawson.
— Eh bien ?
— Notre changement d'itinéraire les aura désorientés.
— Ayant retrouvé nos traces, ils pouvaient attendre la nuit.
— Ils ont peur de voir leur proie leur échapper.
— Et ils se hâtent... trop je crois.
— Pourquoi auraient-ils cette idée.
— Parce que nous nous trouvons avoir campé, par hasard, juste à l'endroit où l'on attend d'habitude le bateau de Dawson.
C'était Sluice qui parlait.
— Vous êtes sûr ? demanda Savaret.
— Absolument.
« Voyez ce petit pin dépouillé de ses basses branches.
« C'est là où l'on hisse le drapeau qui sert de signal quand on veut s'embarquer.
— Tout s'explique maintenant.
— Oui, dit Gontran, en nous voyant descendre sur la berge, il nous ont cru au bout de notre route à pied.
« Certainement ils pensent que nous attendons un bateau.
Comme le jeune homme prononçait ces mots, une balle s'écrasa en sifflant à côté de lui sur le rocher.
Une détonation lointaine suivit de près le choc du projectile.
— Oh ! les canailles !
— Ils ont des fusils à longue portée.
« Ils nous canardent de la montagne.
En effet, un petit nuage blanc flottait presque à quatre cents mètres de là, à mi-côte.
La situation devenait critique.
Il fallait prendre une détermination sérieuse.
— Il n'y a qu'à nous abriter à la base du rocher, dit Sluice.
— Nous n'arriverons plus à surveiller qu'un côté des roches, dit Savaret.
— Tant pis !
« On fera ce qu'on pourra.
« Il ne faut pas hésiter.
Le déménagement s'effectua non sans qu'on essuyât deux nouveaux coups de feu.
Puis il y eut encore un arrêt dans l'attaque.
Sluice, qui regardait la pointe du rocher, s'écria :
— Abritez-vous vite !
La décharge éclatait.
Une grêle de balles s'abattait sur les malheureux chercheurs d'or.
Gontran articula :
— Touché !
Il portait la main à son bras gauche.
Sa manche était tachée de rouge.
Il laissa tomber son fusil.
— Est-ce grave ? interrogèrent ses compagnons.
— Je ne crois pas.
— Je peux encore tirer... ils approchent...
Il prenait son revolver de la main droite.
— Attention ! les voilà.
— Où ?
— Ils vont s'élancer...
« Défendons-nous jusqu'à la mort !
Six hommes bondissaient sur le petit groupe.
L'un s'abattait sur Savaret, dans la main un énorme coutelas de chasse.
Deux autres se jetaient sur Sluice, tandis qu'un autre se ruait sur le mineur embauché par Savaret.
Enfin, Gontran avait, en face de lui, deux derniers adversaires.
Savaret avait paré l'attaque ; mais un pistolet était tout à coup braqué sur lui.
Quelqu'un s'élança, le couvrant de son corps et recevant la décharge à sa place.
Mais ce quelqu'un aussi avait tiré.
Le meurtrier fit deux pas en arrière et tomba à la renverse.
Sluice venait d'assommer deux hommes qui menaçaient de le blesser d'un coup de couteau.
Le colosse dégageait Gontran.
Son bras se levait, un éclair brillait et la lame de son poignard disparaissait presque entière dans la poitrine d'un des bandits.
La scène avait à peine duré quelques secondes.
L'homme qui sauvait Savaret fût tombé si celui-ci ne l'eût soutenu dans ses bras, en disant :
— Vous avez reçu la balle qui m'était destinée... Vous m'avez sauvé la vie.

Et son regard s'arrêta sur ce sauveur, cet inconnu, cet ami.

Un grand cri jaillit de sa gorge, cri de surprise et d'horreur.

— Robert ! toi ici ! Robert !
— Oui, mon père... moi...
— Malheureux que je suis... blessé en me sauvant !
— Je suis heureux, moi... j'ai expié.
— Ah ! tais-toi... tais-toi ! ou je me tue.
— Vous devez vivre... on a besoin de vous.
— A condition que tu vives.
— Non, j'aime mieux partir.
— Mon enfant, mais j'ai pardonné...
« Robert, mon fils... quoi, en Alaska !
— Père, tu as pardonné... pardonne aussi à elle... Aime Suzette.

Pierre Savaret cria :

— Vite, au secours ! il meurt... C'est mon enfant... mon Robert ! Ah ! misérable que j'ai été !

La tête du jeune homme roulait, livide, sur son épaule.

— Père, tu as... pardonné... je suis heureux.
— Mon enfant, je t'en conjure, ne meurs pas...
— C'est une belle mort, puisqu'elle sauve ta vie... J'ai réparé... je pars... content.

La tête se rejeta en arrière.

Les lèvres se turent.

Sur le haut du rocher servant d'abri aux mineurs, un homme venait d'apparaître.

— Max Mannier ! s'écria Gontran.

Et le père, en étendant à terre le grand corps inerte :

— Docteur, sauvez-le... ma fortune, mon or, si vous le sauvez !

Max Mannier était là, en effet.

Avec lui ; William Steadman et quelques autres personnes, revolvers et carabines en mains, venaient d'apparaître.

Abrités sous un rocher à quelque distance, ils accouraient, devinant une attaque.

Tout en déshabillant le blessé et en ouvrant sa trousse, le médecin stupéfait en reconnaissant le jeune homme qu'il voyait à Paris au chevet de Mme Savaret, essayait de calmer le malheureux, hurlant devant tous sa douleur.

Partis dès le matin de Dawson dans un bateau à vapeur que William Steadman faisait venir dès le dégel par la voie du Yukon et qui, en quelques semaines, était remonté jusqu'à la capitale du Klondyke, le milliardaire et ses compagnons étaient arrivés à la hauteur du rocher au moment précis où la bataille se terminait.

Prévoyant quelque attentat criminel, William Steadman faisait accoster le canot.

Lui et ses amis s'élançaient alors courageusement au secours de ces inconnus qui se trouvaient être des amis.

Robert revenait d'une syncope, prise d'abord pour la mort.

Tandis que le docteur procédait au sondage de la blessure, le père lui soutenant la tête, Sluice, aidé de master Steadman, déshabillait Gontran qui venait de se trouver mal.

Les hommes du canot, eux, emportaient un peu plus loin les cadavres des agresseurs.

On les enterrerait et tout serait dit.

La blessure de Robert Savaret fit hocher tristement la tête au jeune médecin.

Il dit au père :

— La balle a pénétré dans l'estomac.
— Alors ?

Et Max Mannier murmura très bas :

— Il est perdu.

Robert ouvrit les yeux :

— Tant mieux !
« C'est ainsi que je voulais mourir... Il y a longtemps que je vous suis très...

Savaret eut un sanglot.

— Tu ne mourras pas, mon pauvre enfant, nous te sauverons.

Robert voulut répondre.

Un flot de sang remplit sa bouche.

— Père, il faut que je te parle, parvint-il à dire, [illegible] missement arrêté.

Ses yeux déjà voilés s'arrêtaient sur Max.

Celui-ci, qui pressentait entre ces deux hommes, le père et le fils, un sombre drame, se tourna vers Gontran.

— Diable ! il ne reprend pas connaissance, je vais voir sa blessure.

Resté seul auprès de lui, Savaret se pencha sur son fils :

— Que veux-tu me dire
— Père... écoute-moi... bien... encore une fois, une dernière... Je vais mourir... C'est fini... Il le fallait... c'est mieux ainsi... Je te demande une chose... une seule...
— Laquelle, mon pauvre malheureux enfant ?
— Tu m'as pardonné ?
— Oui.

L'horreur du passé surgit devant les yeux de Pierre Savaret.

Le dévouement rachète tout.

A l'égard de ce fils qui dans l'isolement d'une existence moins heureuse certes que la sienne, depuis un an et demi, veillait sur lui couronnant cette surveillance par le sacrifice de sa vie, il ne se sentait plus même une arrière-pensée.

— Oui, répéta-t-il, devant Dieu et devant les hommes, je te jure que je te pardonne.

Une pâle lueur illumina le visage du mourant.

Il eut un hoquet effroyable amenant sur ses lèvres une gorgée de sang noir.

— Soulève-moi un peu... Il faut que je te demande encore...
« Exauce le suprême désir d'un... mourant...
« Je souffre... Ecoute... toute la faute... tout le crime m'est imputable à moi... Pardonne-lui... aussi... à Elle [illegible] et aussi... une dernière fois... sois bon... pour... Suzette...
— Je lui pardonne à elle... Suzette sera toujours ma plus grande affection

La main du mourant se crispa sur sa poitrine.

— Tu rendras l'enfant à sa mère !
— Oui.

Une joie intense éclaira cette fois les traits de Robert.

— Merci, père.

Et Pierre Savaret sanglotait :

— Mais qui me pardonnera à moi... la mort d'un homme qui était mon ami, qui avait fait ma situation... la ruine de ses enfants, à qui je ne pourrai rendre qu'une bien faible partie de ce qu'elles possédaient... Qui me pardonnera ?
— Peut-être le mort du fond de sa tombe... Tu ne savais pas... C'est moi qui ai fait tout le mal.

Robert, de nouveau s'arrêta.

Le cerveau devenait lucide, mais les râles montaient, la langue s'embarrassait.

Il put dire encore :

— Tu n'es pas responsable... Moi seul, te dis-je, je le suis... Mais si j'ai ton pardon... J'ai le sien... je meurs en paix.

Robert ferma les yeux.

La tête pâle roula sur les genoux du père, comme tout à l'heure sur son épaule.

Il n'y eut plus qu'un souffle entre les lèvres.

Le dernier...

Max Mannier plaçait un pansement provisoire sur la blessure de l'épaule de Gontran, peu grave, mais ayant provoqué une assez forte hémorragie.

Maintenant il lui lavait une estafilade qui lui contournait le crâne.

Il remarqua soudain que Sluice, qui l'aidait, avait roulé autour de son bras gauche une corde serrant étroitement la manche de son vêtement autour de son poignet.

— Qu'est-ce que vous avez donc au bras ? demanda-t-il.
— Rien ! répondit le colosse, avec un gros rire, un simple coup de couteau qui me l'a traversé.
« Afin d'éviter la perte de sang, j'ai bien serré cette corde.
« Ça colle le cuir de ma veste à la peau et ça bouche le trou.

Le médecin s'indigna de ce pansement barbare.

…voulut qu'il contraignit Sluice à se laisser panser d'une façon moins rudimentaire.

Le brave garçon répétait :

— Occupez-vous donc des autres, ce n'est rien ce que cela !

« Je peux bien attendre moi.

« Si seulement vous ravigottiez ce pauvre garçon.

— Hélas ! c'est fini.

Savaret pleura des larmes silencieuses, roulant sur le visage figé.

Ce ne fut qu'au bout d'une heure que Max Mannier l'arracha à sa prostration douloureuse.

Le médecin, en l'entraînant quelques pas plus loin, l'entendit murmurer :

— La *chaîne mortelle* est rompue !

Tout le personnel du milliardaire était sur pied ; le bandit qui n'était que blessé embarqué dans le canot, put être livré à la justice.

On creusa une large fosse afin d'ensevelir l'ingénieur et l'autre mort.

Chacun était triste, solennel.

— Je ne veux pas que mon fils dorme auprès de ces misérables, supplia Pierre Savaret.

— Monsieur Savaret, dit William Steadman, je vous offre de prendre passage dans mon canot.

« Nous retournerons tout de suite à Dawson-City ; pas d'autres moyens de transporter vos blessés, ni le corps de votre fils, que l'on inhumera dans le cimetière de la ville.

Pierre Savaret ne pouvait qu'accepter.

Sluice s'occupa d'embarquer les sacs d'or.

Pendant que les hommes du canot creusaient les tombes, Savaret avait pris Max Mannier à part.

— Docteur, un médecin est un confesseur... J'ai une confession à faire... J'ai commis un véritable crime... quoique involontaire...

« Le malheureux enfant qui est étendu là... en est la cause.

« Les conséquences ont été terribles...

« Vous me direz quand vous saurez la vérité tout entière, si j'ai droit au pardon.

« Jurez-moi d'abord que rien de ce que je vous dirai ne sera répété.

Max Mannier, très ému, répondit :

— Je vous jure, sur mon honneur, qu'aucune de vos paroles ne sortira de ma bouche.

— Vous pourrez m'être utile pour réparer en partie le mal que j'ai fait... car, hélas ! la mort est irréparable.

— Parlez.

Pierre Savaret commença le récit des terribles événements qui, en le rendant fou, causaient le suicide du banquier Guillain-Marfant et la ruine de ses enfants.

Max Mannier resta atterré.

Puis simplement, il dit :

— Comment vous avez dû souffrir !

Et Savaret solennellement :

— Devant le cadavre de mon fils, de ce malheureux enfant que sa jeunesse égara, de ce pauvre être victime d'une indomptable passion, dites-moi si, à mon tour, j'ai droit au pardon ?

— Oui.

— Vous parlez selon votre conscience ?

— Oui.

— Merci.

« Maintenant je vous demande votre aide pour mon œuvre de réparation... une réparation, hélas ! bien infime.

« Si je me suis condamné au plus dur des labeurs, dans un pays perdu et terrible, c'était pour trouver le moyen d'y arriver.

« J'ai été, nous fûmes tous favorisés par le sort.

« Sur ce que j'ai gagné, je compte remettre à chacune des deux filles du banquier Guillain-Marfant, une somme de deux cent mille francs.

« Voulez-vous m'aider à la leur faire accepter ?

— Je vous suis tout acquis, répondit Max, mais est-ce qu'à elles vous voudriez tout dire ?...

— Oh ! pas un mot ! leur malédiction me laisserait sans force et j'ai une autre tâche à remplir.

« Je leur dirai simplement qu'une maladresse de ma part amena la ruine de leur père et que j'en suis la cause involontaire.

— Je comprends.

« Je serai avec vous.

— Il faut qu'elles acceptent.

« Je ne me sentirai la conscience moins bourrelée que lorsque cette humble restitution sera faite.

— Comptez sur moi.

— Merci... merci encore... toujours !

Sluice s'approchait, prévenant le pauvre père qu'on allait embarquer le corps de son fils.

Tant que dura la funèbre installation à bord, Savaret resta absorbé dans une douleur farouche.

Durant les heures du trajet, il ne devait sortir de ses tristes pensées que pour revenir à son idée de réparation.

— Vous venez de San-Francisco, dit-il à Max Mannier à brûle-pourpoint.

« Y avez-vous vu Mlles Odette et Simone ?

— Certainement, les deux pauvres enfants supportent vaillamment leur malheur.

— Et ma fille ?

« Ma Suzette ? Vous ont-elles parlé d'elle ?

« Vous l'avez vue dans le pensionnat ?

— Je ne l'ai pas vue ?

— Comment va-t-elle !

« Pourquoi ne l'avez-vous pas vue ?

Max Mannier, pris à l'improviste, venait de tressaillir. Il eut une hésitation.

Savaret s'effraya.

— Elle est malade ? que lui est-il arrivé ?...

« Qu'est-ce alors qui vous fait hésiter à me parler d'elle ?

— Je ne sais si... je dois vous dire.

Et avec un soupir déchirant :

— Je suis habitué aux malheurs.

— Ce n'est pas un malheur.

— Parlez alors...

— Voilà la chose... Mme Savaret a su par une lettre qu'adressaient les demoiselles Guillain-Marfant au marquis d'Harvert, le cousin de leurs maris, que Suzette était à San-Francisco.

— Comment Charlotte a-t-elle pu savoir cela par le marquis d'Harvert ?

— Mme Savaret était entrée comme secrétaire chez le marquis qui est un collectionneur distingué.

« Dès qu'elle apprit que son enfant était à San-Francisco, elle s'embarqua.

— Et puis ?

— Elle trouva le moyen de l'enlever du pensionnat où cependant elle était bien gardée !

— Et on ne l'a pas poursuivie ?

— La police était sur ses traces au moment où j'ai quitté la ville.

Le docteur sauvait la situation, et calmait l'anxiété du père par un mensonge inoffensif.

Avant son départ, on n'avait pas encore trouvé la retraite de Mme Savaret.

— Il faut que je rentre immédiatement là-bas, murmura Savaret : la malheureuse sera, sans doute conduite en prison... et Robert m'a demandé pitié pour elle... Comment faire, une fois mon fils enterré... pour atteindre seule San-Francisco ?

— Qui vous retiendra à Dawson ?

— Il faut que je vende mes claims... si je veux arriver à mes restitutions.

— Si je vous les faisais vendre ces merveilleux claims du Wapiti, à la Société de M. William Steadman ?

Je pourrais même dire à notre Société, car l'excellent homme, qui m'a pris en considération et en amitié, m'a fait nommer membre du conseil d'administration de ladite Société.

« C'est en cette qualité que je voyage avec lui aujourd'hui, autant qu'en celle de docteur.

— Je prétends que c'est le seul moyen d'avoir sous la main le médecin dévoué et le bon ami qui me soigne si admirablement, interrompit Steadman, ayant entendu la dernière phrase prononcée à voix haute par le docteur.

Sur le champ, Max Mannier lui explique le désir de son interlocuteur.

— Dès que M. Savaret est recommandé par vous, docteur, j'agirai comme pour vous.

« Nous allons le débarrasser de ses terrains aurifères.

« Nous conclurons donc cela à Dawson.

— Comme je vous suis reconnaissant, murmura Savaret.

William Steadman devait tenir parole.

Les derniers devoirs rendus à son fils, Savaret, accompagné de Sluce et de son mineur, retourna à la Marguaret-River.

On dut laisser Gontran très faible, à l'hôpital de Dawson-City où il serait mieux soigné qu'au campement.

En quelques jours, tout fut réglé.

Les claims étaient vendus à un très bon prix.

Le départ s'effectua sans difficulté, grâce à la chaloupe à vapeur de la compagnie.

Et tout le monde se retrouva à Dawson-City, où l'on revit Gontran sur pied quoique l'épaule encore douloureuse.

Le docteur exigeait qu'il tînt son bras bandé au moins six semaines.

Il fut décidé que l'on rentrerait par la longue et coûteuse, mais plus agréable route, des bateaux qui descendent le Yukon jusqu'à la mer de Behring.

Là on s'embarquait pour San-Francisco.

Savaret n'avait pas été de sa vie plus sombre, plus triste qu'en quittant cette capitale du Klondyke, où il laissait le corps de son fils unique, mort à vingt-sept ans.

Un mois de voyage.

Les chercheurs d'or rentraient dans la grande ville.

Relativement riches, à l'abri des nécessités de la vie, ils sentaient seulement les fatigues de leur dure existence.

Ils descendirent dans le même hôtel.

Chacun était plus ou moins préoccupé, suivant ce qui lui restait à faire.

XIX

Depuis le départ de Dawson, et durant le trajet en bateau, Gontran d'Harvert montrait une sérénité de visage qu'on ne lui voyait pas d'habitude, les traits du jeune homme, même dans ses moments de calme et de satisfaction, décelant toujours quelque préoccupation étrangère aux préoccupations communes.

C'est que Gontran avait la conscience déchargée d'un poids... en attendant qu'il la débarrassa de l'autre.

Il devait profiter du séjour de ses compagnons sur la Marguaret-River lors de la vente des claims, pour expédier à son oncle, le marquis d'Harvert — auquel d'ailleurs il ne donnait point son adresse — cinquante mille francs en restitution de la liasse de billets de banque volée dans un coffre-fort — avec une lettre d'excuse et de repentir sincère.

A San-Francisco, il s'occuperait de se libérer d'une façon anonyme vers Savaret, qui ne s'était jamais douté qu'il vivait depuis près de deux années auprès de son voleur de New-York.

A peine installés à San-Francisco, les deux frères d'Harvert prévinrent Max Mannier que leur première visite serait pour le pensionnat Washington.

— Bien, approuva celui-ci, avez-vous prévenu ces dames ?

— Non, répondit Hélier, et nous serions très heureux si vous vouliez vous en charger.

— Volontiers.

— Vous m'attendrez dans le salon pendant que je vous annoncerai.

Deux heures plus tard, Max Mannier était introduit auprès des deux sœurs.

Après les premières effusions, le docteur aborda carrément la question.

— Vos maris sont ici...

Elle lui tendit la main.

— Ils désirent vous voir.

— Par exemple ! s'écria Odette.

— C'est parfait, répondit simplement Simone.

— Vous savez, dit Odette, que je ne tiens pas à voir Gontran.

— Il le faut, ne serait-ce qu'une fois.

« Comme lui, vous devez avoir hâte de régler la situation.

— Nous les verrons, fit d'une voix ferme Simone, il le faut.

— Où sont-ils ? demanda sa sœur.

— Dans le grand salon... Voulez-vous y descendre ?

— Je préfère que l'entretien ait lieu chez nous.

— Priez-les donc de monter, mon ami.

Max ne se le fit pas répéter.

— Simone, dit Odette, en serrant, une fois seules, la main de sa sœur, sens comme je tremble.

— Pourquoi ? répondit celle-ci, absolument maîtresse d'elle-même.

— Peut-être est-ce la colère qui me revient... C'est que, vois-tu, j'ai bien réfléchi, je veux être sans pitié.

— Je crois, au contraire, que tu seras très indulgente.

Elle devait l'être.

Quand elle vit entrer Gontran, pâle, amaigri, le bras en écharpe, toute sa résolution s'en alla.

La jeune fille pourtant contint sa pitié.

Simone elle-même se sentit émue.

Etaient-ce bien là les deux brillants jeunes gens qu'elles épousaient deux ans plus tôt ?

A peine les eussent-elles reconnus dans leurs costumes d'hommes à demi-civilisés qui n'étaient pas cependant les costumes de peaux de bêtes qu'ils portaient dans leurs claims.

Max Mannier disait vrai.

Ils avaient souffert.

Ils avaient connu la lutte terrible avec les éléments, l'opiniâtre et abrutissant travail de pionnier.

Ils étaient maintenant des hommes plus fortement trempés que la plupart des autres hommes.

Ce fut l'impression bien vite nette qu'ils produisirent chez les deux jeunes femmes.

Hélier, le premier, parla :

— Nous vous remercions d'avoir bien voulu nous accorder cet entretien, nous en sommes profondément touchés.

— Nous sommes prêtes à vous écouter, messieurs, fit Simone, en indiquant des sièges et en s'asseyant elle-même.

— Explique-toi, dit Hélier à Gontran, je parlerai ensuite.

Ce dernier paraissait fort ému.

Il s'adressa à Odette, un peu tremblant :

— Je voudrais, mademoiselle, que vous compreniez tout ce qui s'est passé en moi depuis que je me suis rendu compte de la lâcheté de ma conduite... Je voudrais essayer... de réparer... mais avant, il faut que je fasse l'aveu qui m'étouffe... l'aveu...

Il s'embrouillait, ne pouvait achever.

Odette se sentit adoucie.

— Quel aveu ? murmura-t-elle.

— D'abord, dites-moi... que vous me pardonnez !

— Vous tenez donc à mon pardon ?

— Si, au fond de mon cœur, je ne l'avais pas espéré, je serais mort par là.

« Je sais que je suis très coupable, et... je m'humilie devant vous. Je vous en supplie... oubliez.

— Soit... j'oublierai.

— Est-ce bien vrai, Odette ?

— Je vous l'affirme.

— A présent, laissez-moi vous dire... que je vous aime !

— Vous... vous m'aimez !

— De toute mon âme !

« J'ai souffert mille tortures, mille remords.

« Je vous en prie, maintenant, laissez-moi un espoir.

Il avait glissé à genoux.

— D'abord, relevez-vous, vous êtes blessé ? Qu'avez-vous au bras ?

— Rien... Nous avons été attaqués, nous nous sommes défendus. Odette, ma vie entière ne sera pas suffisante pour vous adorer, pour réparer le mal que vous avez souffert par moi.

La jeune fille regardait sa sœur.

Simone, qui lisait dans son cœur, s'avança en souriant, prit sa main, la posa dans celle de Gontran.

— Tu as pardonné, aime-le...

Les doigts se serrèrent, la jeune fille retira doucement les siens.

Ce fut dans les bras de Simone qu'Odette se réfugia.

Elle pleura...

C'était une réponse.

Simone la poussa dans ceux de Gontran.

Hélier s'adressait à elle :

— Je ne puis pas vous dire absolument, mademoiselle, ce que vient de dire Gontran.

« Vous m'accusez de trop d'orgueil. Je sais combien j'ai été coupable envers vous, trop pour ne pas redouter l'imposture à laquelle me contraindrait l'indifférence que je lis dans votre regard.

« Nous souffririons ensemble, autant l'un que l'autre... beaucoup.

« Je vous ai aimée sincèrement. Lâchement, hélas ! j'ai perdu même le droit de vous le dire... et je dois l'oublier.

— La vie commune serait donc impossible... A moins cependant que vous ne la demandiez... alors j'essaierai de vous rendre heureuse... Si vous préférez votre liberté.

— Je la préfère, monsieur.

— Je m'incline... Vous trouverez un compagnon meilleur, vous êtes digne d'être aimée, aussi bonne, aussi intelligente que belle. Mais en vous rendant votre liberté je vous apporte une part de la fortune arrachée par moi au sol glacé de l'Alaska.

La jeune fille se dressa.

— J'accepte la liberté, je refuse la fortune.

— Je vous la dois ; le divorce vous la donnera.

— Je refuse, répéta-t-elle énergiquement... Je gagne ma vie... et si je rencontre ce compagnon dont vous me parlez, je ne veux rien devoir qu'à lui.

Hélier la regarda une minute, l'admirant et profondément touché de cette fierté.

— Vous avez peut-être raison, murmura-t-il ; vous êtes une grande âme, Simone... Mais, alors, vous aussi, vous pardonnerez ?

La jeune fille, d'un geste large, lui tendit sa main qu'il serra longuement.

— Maintenant, reprit-il, pour que mon frère puisse faire consacrer son mariage et moi... rompre le nôtre, nous devons, je crois, nous préparer à regagner la France.

— Le divorce sera prononcé en votre faveur, naturellement.

« Votre avoué vous remplacera complètement, et le mien se mettra à votre entière disposition.

Après une conversation d'au moins une bonne heure, les deux frères se retirèrent, laissant Simone et Odette vivement impressionnées.

Pierre Savaret, lui, ne pensait, son maigre bagage déposé à l'hôtel, qu'à s'élancer dans un cab et à se faire conduire au pensionnat, afin de savoir si sa fille y était revenue.

Un détail prosaïque l'arrêta.

Cet homme, qui revenait chargé de chèques sur une grande banque de San Francisco, n'avait plus que quelque monnaie en poche, ce qui était insuffisant pour ses pérégrinations dans la grande ville.

Il possédait bien quelques pépites d'or au fond de sa valise, mais cette monnaie n'était pas courante à San Francisco.

Il se rendit donc à la Banque, où il remit ses derniers chèques, afin de faire établir son compte.

D'après ses calculs, il devait posséder cinq cent quatre-vingt mille francs.

L'employé ouvrit plusieurs registres.

Il vérifia, puis lui tendit une fiche.

C'était le relevé des versements.

— Vous avez à votre crédit sept cent quatre-vingt-cinq mille francs, dit-il, de cette voix monotone des gens habitués à faire des réponses analogues toute la journée.

— Vous dites : cinq cent quatre-vingt-cinq mille, n'est-ce pas ? reprit Savaret, croyant avoir mal entendu.

— Sept cent quatre-vingt-cinq mille, répéta le commis.

Le voyageur, stupéfait, regarda le détail sur la fiche.

— Qu'est-ce que ces deux cent mille francs portés ici ? demanda-t-il, en montrant une ligne entre les autres.

« Je n'ai pas fait ce versement-là...

« Voyez donc.

— Il provient, en effet, d'un tiers, au crédit de votre compte.

— D'un tiers !

— Oui, il y a juste six semaines.

— C'est impossible.

« Vérifiez bien, je vous prie.

Le commis, complaisamment, consulta un autre registre.

— C'est un cas curieux, dit-il.

« Le versement est anonyme.

« Il nous vient de Vancouver, c'est-à-dire probablement de Dawson-City ; c'est la voie ordinaire.

— Comment, anonyme ?

« Il faut un nom en regard du chiffre versé.

— Le client qui a envoyé cette somme par un messager, a exigé qu'au lieu de son nom, on mît le mot : restitution.

— C'est étrange ! fit Savaret.

Puis, une lueur jaillit dans son esprit. Lorsqu'à son arrivée en Amérique, on lui enlevait son portefeuille contenant deux cent mille francs, il était qu'il avait affaire à un voleur de profession.

Il comprenait maintenant.

Celui qui le lui dérobait était quelque pauvre diable, cherchant aussi fortune.

Il allait au Klondyke également.

Enrichi, le voleur restituait.

— Je comprends, dit-il au commis qui attendait le résultat de ses réflexions.

« J'ai été débarrassé de cette somme et mon voleur a eu des remords.

— Vous avez de la chance, dit tranquillement le commis.

Savaret quitta la banque très satisfait, en prenant sur son compte une forte liasse de banknotes.

Il se rendit aussitôt à la maison d'éducation où il avait laissé Suzette, qu'il n'allait peut-être pas revoir.

Suzette était-elle retrouvée.

— Je vous en prie, Monsieur, supplia la directrice, s'apercevant qu'il savait tout, ne me faites pas de reproches.

« Si vous saviez par quelles inquiétudes j'ai passé !

— L'enfant va bien, Madame ?

— Très bien, mais profondément triste d'avoir quitté sa mère.

— Et la mère ?

— Elle a été arrêtée.

Cela ne m'étonne pas... coupable d'un rapt.

— Elle a d'ailleurs été remise en liberté provisoire.

— Ah ! tant mieux.

« Je la verrai aujourd'hui... Ma petite mignonne va bien, c'est le principal.

— Je vais la chercher, vous en jugerez.

— Mais non, je voulais seulement savoir pour l'instant, si elle était ici.

« Malgré le désir fou de la serrer dans mes bras, j'aurai le courage d'attendre quelques heures. J'ai un plan à mettre à exécution.

« Je reviendrai ce soir, je parlerai aussi à ces demoiselles Guillain-Mariant.

En quittant le pensionnat, Pierre Savaret se rendit au parquet, où on lui remit l'adresse de sa femme.

En pénétrant dans l'hôtel où habitait Charlotte, une terrible émotion l'étreignit.

Il écrivit sur une feuille de papier placée sous enveloppe, ces simples mots, qu'il lui fit remettre :

M. Savaret sollicite de Mme Savaret quelques minutes d'entretien.

Quoique la jeune femme s'attendît prochainement à une rencontre avec son mari, avisée qu'elle était par Simone du retour des chercheurs d'or, elle eut une minute d'angoisse.

Qu'allait-il résulter de cet entretien ?

Quelle serait l'attitude de celui qu'elle offensait si cruellement, à qui son mensonge faisait commettre l'odieuse action qui devait entraîner des suites si funestes ?

En femme de résolution, elle se surmonta vite.

— Faites entrer ce monsieur, dit-elle à la femme de chambre qui lui remettait l'enveloppe.

Un instant après, Pierre Savaret se tenait devant elle.

Les deux époux s'examinèrent en silence.

Charlotte, pâle dans ses vêtements noirs, était plus belle que jamais.

Elle ne retrouvait pas son mari, le tranquille bureaucrate, dans cet homme résolu, au teint brûlé par le soleil et les intempéries, aux cheveux tout blancs, mais à l'allure plus jeune qu'au départ.

Son costume de coureur des bois contribuait à accentuer ce changement.

Il parla le premier :

— Je reviens de loin, madame, et les souffrances endurées ont bien atténué mes impressions.

« J'ai été peiné en apprenant que votre amour maternel devait vous pousser à un acte aussi grave que celui de l'enlèvement de *ma* fille.

Il appuyait sur ce mot : *ma* fille.

— Suzette est surtout à moi, prononça Mme Savaret.

— C'est bien ce qui fait que je ne vous reproche nullement l'acte en lui-même.

« D'ailleurs, la justice n'ayant pas encore prononcé entre nous...

Savaret n'alla pas plus loin.

Son interlocutrice remarqua seulement l'émotion immense qui l'emplissait.

— La justice, dit-elle, mais... tranchera aussi le lien qui vous pèse... quand vous le voudrez.

— Écoutez-moi, fit-il, raffermissant sa voix ; je suis forcé de raviver une plaie douloureuse... J'aime ma Suzette peut-être autant que vous l'aimez... Le partage est impossible.

« L'attribution de cette enfant à l'un de nous serait terriblement cruelle... à l'autre.

— Que faire ? interrogea-t-elle, n'osant se demander où il voulait en venir.

— Il y avait entre nous quelque chose d'affreux... un homme... cause de tous nos malheurs... Cet homme était mon fils que j'avais bien aimé... il est mort.

— Robert ? Mort !

— Mort ! là-bas sur la terre glacée du Klondyke, mort pour me sauver la vie !

— Oh ! mon Dieu ! fit Charlotte en joignant les mains.

— Ne le plaignez pas, reprit-il, tandis que de grosses larmes coulaient de ses yeux. Cette mort, il l'accepta le sourire aux lèvres comme une rédemption.

« Je resterai, de nous trois, le plus malheureux.

Puis, plus bas, d'une voix étouffée :

— Il est parti... avec mon pardon.

— Votre pardon ! s'écria Charlotte en s'avançant vers son mari : vous avez pardonné à Robert ?

— Oui.

— Et à moi ? à moi deux fois criminelle, à moi qui porte le fardeau d'un suicide et de tant de ruines... à moi... pauvre femme, faible et repentante...

— À vous aussi...

— Oh ! merci... c'est trop !

Elle tombait dans les bras qu'il lui ouvrait tout grands.

— Que le passé terrible soit oublié, nous avons tous bien souffert.

— Merci, Pierre, ta bonté est immense !

Il murmura :

— Le banquier Guillain-Marfant nous eût-il pard...

Une heure plus tard, M. et Mme Savaret se prés...taient au pensionnat, demandant leur fille.

Suzette, amenée dans le hall qui servait de par... poussa un cri de joie à leur vue.

— Maman ! papa ! tous les deux ! dit-elle en se lais... couvrir de caresses.

— Oui, répondit Savaret, ta maman et ton papa ... vont t'emmener... Plus jamais tu ne les quitteras... mais, ma chère, entends-tu ?

— Que je suis heureuse ! Comme je vais vous aim... tous les deux !

Le père s'arracha le premier aux baisers de l'enf... pour se faire annoncer chez les deux sœurs, Simone ... Odette Guillain-Marfant.

On lui répondit que ces demoiselles étaient en conversation avec ces messieurs d'Harvert et le docteur M... Mannier.

Elles ne demandaient cependant qu'à le recevoir ... suite.

Aussitôt après les premières salutations échangé... Savaret entra dans le fond de la question.

— Mesdames, j'ai un pénible aveu à vous faire.

— Quoi donc ? fit Simone, de quoi s'agit-il, monsieur Savaret ?

— Monsieur votre père qui hélas ! s'est tué pour ne pas survivre à sa ruine, fut victime d'une fatalité, mais aussi d'une faute commise par moi qui gérais ses affaires. Une imprudence de ma part amenait la catastrophe qui aurait pu être évitée.

« Je ne m'en consolerai pas.

« Ma modeste situation ne me permettait point de réparer en partie le mal que je causai... involontairement. Je crus devoir en différer l'aveu jusqu'à ce que la dure tâche que je m'imposai pour y parvenir, arrivée à son terme, me permit de réaliser un capital me rendant capable d'indemniser, dans une faible proportion, celles qui peuvent se considérer comme mes victimes.

« Voici pour chacune de vous, Mesdemoiselles, un chèque de deux cent mille francs à votre nom... Prenez-le... si vous le refusiez, ici devant vous, je le détruirais.

Très surprises, les deux jeunes filles hésitaient, balbutiaient...

— En l'acceptant, reprit Savaret, vous soulagez ma conscience, vous me rendez le calme relatif sans lequel je ne pourrais vivre.

— Nous n'osons pas, balbutia Simone.

Max Mannier, comme il l'avait promis, intervint :

— Mesdemoiselles, vous avez bien voulu, en d'autres circonstances, suivre mes conseils. Voulez-vous bien me permettre, encore une fois de vous donner un avis ?

— Nous vous écoutons, docteur.

— Prenez sans scrupule, par pitié pour lui, ce que M. Savaret vous offre.

« Je connais l'affaire à laquelle il fait allusion.

« Cette somme, il vous la doit réellement, et si un tribunal avait eu à se prononcer entre vous, il eût été condamné à vous la verser.

— Le jugement de ma conscience vaut celui d'un tribunal, prononça l'ancien secrétaire du banquier.

— Alors, nous acceptons, fit Simone, et sans savoir de quoi il s'agit, sans vous le demander, devant les souffrances endurées pour réparer votre faute, je vous dis au nom de ma sœur et de moi : quoique vous ayez fait, nous vous pardonnons...

Une larme perla entre les paupières de Savaret.

Il y eut un silence ému.

Odette le rompit, voulant faire diversion :

— Avez-vous vu Suzette ?

— Oui, et je vais la rejoindre ; elle est avec sa mère.

— Avec sa mère ? Tant mieux ! La réconciliation est opérée ?

— Il faut accorder aux autres le pardon dont on a besoin soi-même.

— Cette pauvre Mme Savaret, comme elle doit être [illegible]se !

— Elle a beaucoup souffert !

— Nous repartirons tous les trois ensemble pour la [illegible]nce... Puisse l'oubli se faire dans nos âmes !

— Adieu, Mesdemoiselles, merci de vos bontés pour Suzette.

— Soyez heureuses, vous le méritez... Adieu !

— Au revoir, firent-elles toutes deux.

— Non... le revoir serait un retour vers le passé ter[illegible]le... et Charlotte et moi, nous voulons le fuir.

Les deux jeunes filles lui tendirent la main.

Il les serra avec un long sanglot.

[illegible] le regardaient sortir, très émues.

Après un entretien avec Simone, Hélier était rentré à [illegible]tel, où il retrouvait Zizi, inquiète, nerveuse.

— Eh bien ? demanda-t-elle dès qu'elle l'aperçut.

— J'ai vu... ma femme.

« Je lui ai fait part de mon intention de lui rendre sa [illegible]té.

« Il faut que j'aille en Europe pour le jugement du [illegible]orce.

— Tu pars à Paris ?

— Et moi ?

— Je t'emmène, naturellement, car je devrai y sé[illegible]rner un certain temps pour presser les formalités.

Zizi baissa le front tristement.

— Qu'as-tu ?

— Là-bas, tu reprendras la vie de jadis.

« Tu as de l'argent, tu t'amuseras, et la pauvre Zizi sera bien vite dédaignée.

Il y avait une douceur si vraie dans les paroles de [illegible] petite modiste, compagne énergique et dévouée des [illegible]urs de lutte, que le jeune homme la prit dans ses bras, avec un transport qu'il n'avait point eu encore.

Et baisant ses yeux brillants de larmes :

— Ne suis-je donc pas un autre Hélier, comme tu me le répètes tant ?

« Je ne t'oublierai pas, chère petite amie, que j'ai ap[illegible]s à connaître.

« Lorsque tout sera fini à Paris, nous reprendrons le chemin de l'Amérique, et nous viendrons nous instal[illegible] dans une de ses grandes villes, où la vie est plus [illegible]rge, plus libre, plus saine... seulement...

— Seulement quoi ?

— Seulement avant de quitter la France, nous irons [illegible] une visite à la mairie.

— A la mairie ?

— Où M. le maire, ceint de son écharpe, régularisera [illegible]tre situation...

« J'espère que tu diras oui.

— Moi... ta femme... moi ?

— Oui, toi !

— Tu n'y songes pas !... Comtesse d'Harvert ?

— Eh bien ?

— Une malheureuse petite ouvrière...

— Qui est une noble créature... Et la vie au Klondyke [illegible] n'a-t-elle pas appris qu'il n'y a sur terre que des [illegible] égaux, et que la question des castes n'est, comme [illegible] d'autres choses, qu'une monstruosité sociale.

En parlant, les lèvres d'Hélier cherchaient celles d'[illegible].

[illegible] ne protesta plus.

Gontran d'Harvert, en rentrant après quelques cour[illegible] dans San-Francisco, d'une seconde visite au pen[illegible]nat le lendemain de la première, apportait à son [illegible] une lettre ouverte que lui remettait Odette.

— Lis, dit-il, ceci nous concerne... elle vient de Fran[illegible] notre pauvre cousin dû écrire cela aussitôt après [illegible] réception des cinquante mille francs que je lui re[illegible]nnais. Et la mort, comme si elle attendait qu'il [illegible]rdonnât, l'a frappé certainement quelques heures plus [illegible]d.

— C'est encore une conclusion...

Un notaire de Paris annonçait aux deux sœurs la [illegible] subite du marquis d'Harvert qui, la veille, lui re[illegible]tait son testament.

Le notaire leur en communiquait un extrait :

Le marquis Hubert d'Harvert léguait la moitié de sa fortune, évaluée à quelques millions, à ses neveux Hé[illegible]lier et Gontran d'Harvert — le notaire faisait remar[illegible]quer qu'il n'avait pas encore trouvé l'adresse de ceux-ci.

L'autre moitié revenait à leurs épouses les demoi[illegible]selles Guillain-Mariani.

Il donnait une dot de cent mille francs à la petite Suzette Savaret.

De plus, il laissait à Mme Charlotte Savaret, sa villa de Saint-Cloud avec une jolie rente, si elle l'habitait.

Quant à sa merveilleuse collection, il la donnait à l'É[illegible]tat, à condition qu'elle fût installée dans une salle de musée portant son nom.

— Notre pauvre cousin était meilleur qu'il ne parais[illegible]sait, fit Hélier, sa stupéfaction passée. Plus que jamais, nous devons hâter notre départ.

— Et le docteur Mannier, l'as-tu vu ? Rentre-t-il en France ?

— Non, il part avec Steadman pour un grand voyage. Il sera de retour quand ton divorce sera prononcé.

— Il épousera Simone, il est digne d'elle !

Huit jours plus tard, les frères d'Harvert, Miles Guil[illegible]lain-Mariani et Elise Sibot s'embarquaient pour la France.

Pierre Savaret, sa femme et sa fille, ne devaient le faire que quinze jours après.

Ils avaient passé une semaine chez M. Mac-Otry — qui devait oublier sa passion pour Charlotte — et l'on ne se quittait qu'avec des promesses formelles de se revoir à Paris, lorsque celui-ci y viendrait avec Elise.

Que sont devenus Sluice et Zozo ?

Le colosse et la jolie petite modiste vivent heureux, très heureux.

Si on veut les voir, on n'a qu'à entrer à San-Francis[illegible]co, dans le grand bar du Klondyke, fréquenté par la jeunesse la plus élégante de la ville.

Dominant le comptoir de son énorme masse, un gigan[illegible]tesque ours grizly, empaillé, tient dans ses pattes de devant la corbeille d'argent où les clients prennent les biscuits secs qui les... engagent à boire.

C'est la victime de Sluice, un des ours du village du Wapiti, qu'il a pu dépecer, sans abîmer la peau.

Zozo raconte à ses clients les prouesses du colosse, chaque fois que ceux-ci lui demandent la provenance de cette bête féroce.

On fait bien la cour un peu à la jolie Française, mère de deux énormes bébés, garçon et fille, restée fraîche, rose et toujours souriante, mais on ne va pas plus loin.

D'abord, parce que Zozo n'a d'yeux que pour son brave mari, qui prépare les boissons à côté d'elle ; aussi, parce que Sluice a une façon de prendre les messieurs trop entreprenants par le fond de leur pantalon et de les dé[illegible]poser dans un cab avec une facilité qui donne à réfléchir.

Sluice et Zozo sont en passe de devenir millionnaires.

Au retour d'Amérique, M. et Mme Savaret se sont ins[illegible]tallés suivant la volonté du donataire, dans la « villa du Rêve », à Saint-Cloud.

La rente léguée à la jeune femme par celui qui s'appelait le marquis Hubert Harvert est versée à celle-ci réguliè[illegible]rement.

Pierre Savaret s'est replongé dans les affaires de Bourse.

Il poursuit le rêve, qui peut-être deviendra une réalité, d'atteindre à quelque combinaison financière lui per[illegible]mettant de reprendre l'affaire que sa trahison fit sombrer en pleine espérance de succès, et que la mort de son malheureux patron jeta dans l'oubli.

Son but est, non seulement, de faire accepter aux filles de celui-ci, de nouvelles restitutions, mais de désin[illegible]téresser peu à peu les créanciers de la faillite.

L'œuvre est formidable.

Pierre Savaret y emploiera le reste de sa vie.

Que ne peut-il rappeler le mort de la tombe, le réha[illegible]biliter, fût-ce en s'accusant !

La tombe garde ce qu'elle prend.

L'ancien secrétaire du banquier Guillain-Marfani reste peu à la villa de Saint-Cloud.

Parti généralement par un des premiers trains, il ne rentre que pour le dîner.

La soirée est le seul moment où il se trouve avec la mère et l'enfant.

Il gâte de plus en plus Suzette, la petite fille aux cheveux d'or.

Entre Charlotte et lui des relations amicales, une amitié dévouée.

Rien de plus.

Sa passion, réveillée dans les neiges du Klondyke, s'est amortie complètement au contact de la vie journalière.

Il y a entre eux un cadavre.

Ce cadavre est celui de son fils.

Robert s'est fait tuer pour le sauver.

Ce souvenir est indélébile.

Et Charlotte sent un grand soulagement à cette [illegible] lence, qu'elle n'avait osé rêver.

Elle avait peur de l'amour, qui ne pourrait plus [illegible] qu'un supplice.

Elle demeurera sans amour.

Sa seule tendresse, son seul but, sera sa fille.

A la « villa du Rêve », les jours s'écoulent [illegible] dans le confort laissé par ce vieillard que la jeune [illegible] connut à peine, qui fut le plus respectueux des [illegible] qui semble étendre sur sa tête sa protection [illegible]

Des rires d'enfant, une voix joyeuse égaient la [illegible] vaste où se réfugia, pour y mourir, le marquis [illegible] vert.

Ses cheveux d'or au vent, Suzette Savarel, [illegible] d'un passé qu'elle ne connaîtra jamais, court [illegible] parmi les taillis, autour des pelouses verdoyantes. [illegible]

C'est l'innocence qui passe !

FIN

Paris. — Imp. GAMBART ET Cie, 52, avenue du Maine.

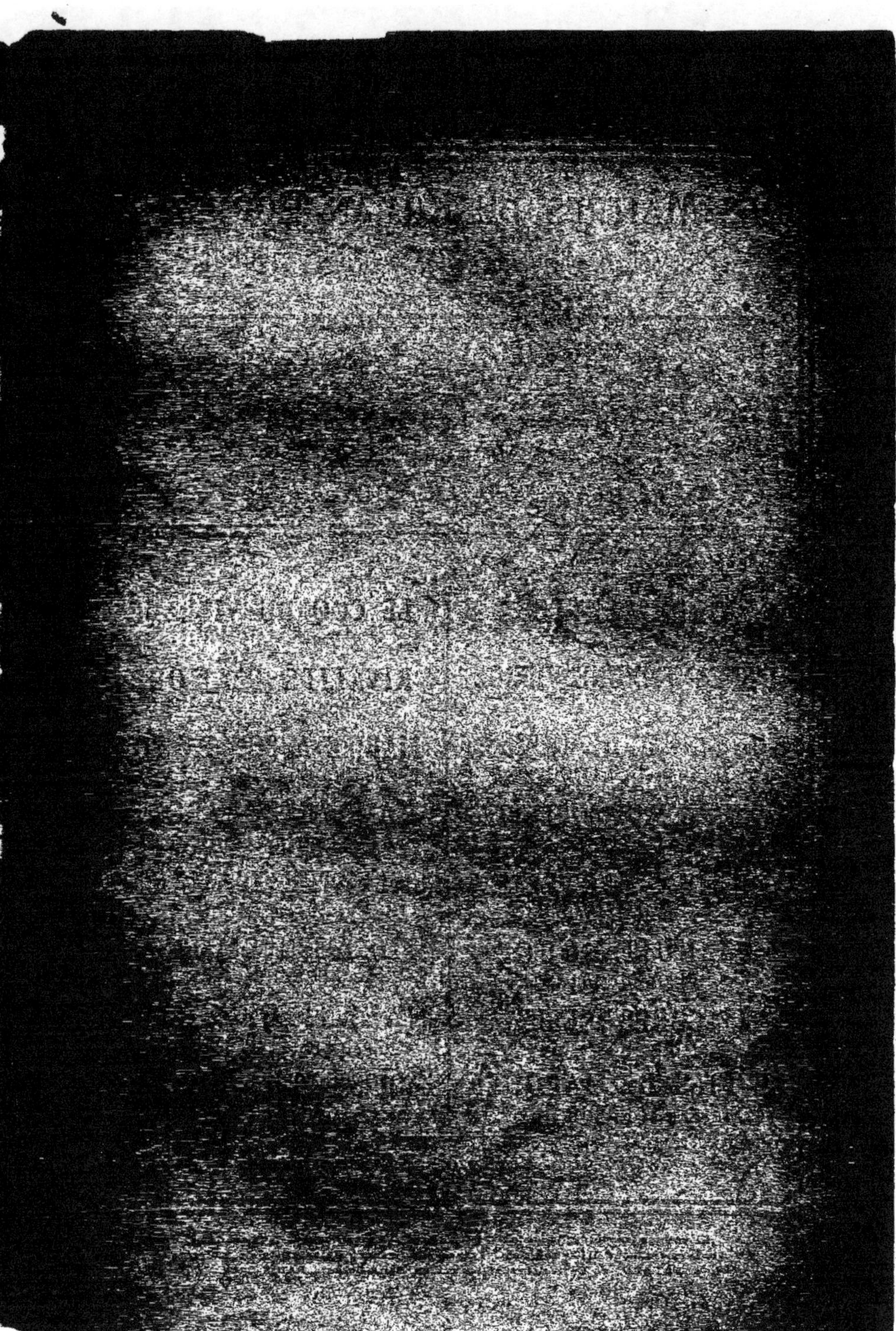

www.ingramcontent.com/pod-product-compliance
Ingram Content Group UK Ltd.
Pitfield, Milton Keynes, MK11 3LW, UK
UKHW021109260726
13994UKWH00002B/801

9 782329 105673